Michael Ignatieff

Asja

Michael Ignatieff

Asja

Roman

Aus dem Englischen
von Werner Schmitz

Büchergilde Gutenberg

Originaltitel: *Asya*

TEIL 1

Sie zog Mantel und Stiefel an, schloß die Küchentür und glitt hinaus, bevor jemand ihr Verschwinden bemerkte. Ihr Atem strömte durch den dicken Schal und stieg in die Birkenäste über ihr. Von den Eiszapfen an der Dachrinne rieselten stete Tropfen in die hohen Schneewälle zu beiden Seiten des Wegs; Schneeklumpen rutschten von den Tannenzweigen und sanken mit einem Zischen zu Boden; die höchsten Äste der Birken ächzten und knackten im Wind. Sie hüpfte die hundertundsechs hölzernen Stufen zum Bootshaus hinunter und sang dabei vor sich hin.

Im Bootshaus fielen Scheiben wintrigen Lichts durch die Ritzen in den Bretterwänden und zerlegten ihren Körper in helle und dunkle Streifen. An den Sparren über ihr glänzten die Skullboote, und die an Doppeltauen über ihrem Liegeplatz hängende Motorbarkasse schaukelte mit einem trockenen, knarrenden Geräusch sachte hin und her.

Sie kletterte die Bootshausleiter hinunter und prüfte das Eis mit ihrem Stiefel. Dann stieß sie die großen Holztüren auf und trat in das grelle Licht des silbernen Stroms. In der Ferne konnte sie gerade noch den dünnen Strich des jenseitigen Ufers erkennen. Vater war einmal auf Schneeschuhen über den Fluß gegangen. Das würde sie auch tun. Sie würde alle in Erstaunen versetzen. Sie lutschte an ihrem Fausthandschuh und ging weiter.

Sie blickte zum Haus zurück, wo sie Lapin und Nanny Saunders mit dem Spiel »Schlangen und Leitern« allein gelassen hatte, doch Marino war im Nebel verschwunden. Immer wenn sie aufhörte, ihre Stiefel durch das matschige Eis zu schieben, hörte sie unter ihren Füßen den Fluß brausen. Bald würde das Eis sich heben und bersten, und ein Stöhnen würde die Luft erfüllen, als ob die ganze Erde Schmerzen habe. Dann würde der Fluß seine Decke abwerfen, die schartigen Brocken würden verrutschen und schließlich an der

Anlegestelle vorbeischaukeln. Sie hatte es gern, wenn die gefrorene Welt in Bewegung geriet, wenn der Strom des Lebens den Fluß wieder für sich zurückforderte. Marino würde aus seinem Schlaf erwachen. Der Bootsmann würde Vaters englisches Skullboot schmirgeln, den Rumpf der Motorbarkasse firnissen und die Dollen des Ruderboots einfetten. Sobald das Wasser eisfrei wäre, würde Vater vom Bootshaus aus nackt hineinspringen, beim Auftauchen einen lauten Schrei ausstoßen und sich die Haare aus den Augen schütteln.

Sie platschte durch den Matsch und dachte an den Frühling. Als sie die Flußmitte erreicht hatte, war sie vom Nebel eingehüllt. Das Bootshaus hinter ihr war weg, und die lange verschlierte Spur ihrer mit Wasser gefüllten Schritte verlor sich im Nichts. Der Bleistiftstrich des gegenüberliegenden Ufers war verschwunden. Sie blieb stehen und horchte. Ein leises Geräusch. Eine Sichel, die über einen Schleifstein gezogen wurde. Eine Klinge, die an etwas Hartem geschärft wurde. Sie drehte sich um, lutschte an ihrem Handschuh, versuchte herauszufinden, von wo das Geräusch kam. Sichelnde Klingen, zischende Klingen, immer näher. Wo hatte sie dieses Geräusch schon einmal gehört? Dann wußte sie es. Was da draußen im Nebel auf sie zukam, war ein Schlittschuhläufer. Niemand, den sie kannte. Die waren alle im Haus. Jetzt konnte sie seinen Atem hören, seinen kraftvoll arbeitenden Körper, die Klingen, mit denen er dem Fluß die Haut zerschnitt. Reglos erwartete sie ihn, furchtlos und allein. Der Nebelschleier riß, die riesige weiße Gestalt sauste an ihr vorüber, und das Eis unter ihr gab nach. Sie versank in einem dunklen Wasserloch und klammerte sich an den gezackten Rand, während der Strom sie packte und ihr die Stiefel von den Füßen zog. Der Fluß brauste in ihren Ohren, flüssige Wärme – wie in der Badewanne – stieg durch ihren Körper, und sie ließ sich fortreißen.

Dann Gesichter, die über sie gebeugt waren, Hände, die sich an ihr zu schaffen machten, verzweifelt ihre Gliedmaßen rieben und sich die Tränen aus den Gesichtern wischten, und die sahen so trostlos aus, daß sie fragen wollte, was denn passiert sei, doch konnte sie nicht sprechen, sondern nur aus dem warmen Wassernest, in dem sie versunken war, zu ihnen hinaufstarren. Fest eingewickelt, wie in Windeln, wurde sie emporgehoben und hinaufgetragen. Aus ihren Armen starrte sie in die schwarzen nackten Zweige von Bäumen, die vom rosa Himmel der Dämmerung beleuchtet waren. Unter und hinter sich hörte sie das gleichmäßige Knirschen von Stiefeln im Schnee und das Weinen einer Frau. Sie konnte weder den Kopf bewegen noch erkennen, wohin sie gebracht wurde, aber sie wußte, daß sie die andere Seite erreicht hatte, den Ort, von wo der Frühling kam, den Ort, an den der Fluß sie führen wollte.

Sie schlug die Augen auf und sah, daß Praskowja ihr mit einem Tuch das Gesicht befeuchtete. Wie viel besser war es in dem warmen Wassernest gewesen. Wie viel besser war es draußen auf dem Fluß gewesen. Wie schön sie ihre Tränen auf der anderen Seite gefunden hatte, als sie nur dort liegen und sie strömen sehen konnte. Wie schmerzlich waren sie jetzt, da man die Hand ausstrecken und sie Praskowja aus dem Gesicht wischen konnte.

»Mein Kind! Du bist von den Toten zurückgekehrt! Der Herr sei gepriesen.«

Was redete sie da vom Tod? Auf dem Fluß gab es keinen Tod, nur Wärme, die ihren Körper durchflutet hatte, und die Gewißheit, eine große Vision gesehen zu haben.

»Was ist nur in dich gefahren, mein Liebstes?« Die Stimme ihrer Mutter, ganz nah, zärtlich und besorgt.

Die Augen fest geschlossen, hörte Asja sich mit schriller Stimme sagen: »Ich habe einen Schlittschuhläufer gesehen. Einen großen Mann. Da draußen. Auf dem Eis.«

Sie blickte auf. Da standen sie alle um ihr Bett gedrängt: Vater, Mutter, ihr Bruder Lapin, Praskowja, doch konnte sie ihren Mienen anmerken, daß keiner von ihnen gesehen oder gehört hatte, was sie gesehen und gehört hatte. Bis ans Ende ihres Lebens behielt sie diesen Augenblick im Gedächtnis: als sie den Abgrund des Nichtwissens entdeckte, der sie von denen trennte, die sie liebte.

Sie sah sich um. Wo war Nanny Saunders?

Ihr Vater legte seine Hand auf ihre.

»Der Stallbursche begleitet sie zum Bahnhof.«

»Aber warum?«

»Ihr wurde gekündigt, weil sie dich aus den Augen gelassen hat.«

Den weiten Weg zurück nach England? Mitten im Winter? Sie konnte sich das schwarze Kabriolett vorstellen, wie es durch den dunklen Wald zockelte, mit Nanny Saunders und ihren Schachteln auf dem Rücksitz.

»Nicht weinen, Kind, nicht weinen.«

Aber diese aus Kummer und Zorn gemischten Tränen ließen sich nicht aufhalten. Viel später, als sie das Leben kennengelernt hatte, erinnerte sie sich an diesen Augenblick als den, in dem ihr aufging, daß es Ungerechtigkeit gab und daß ein Vater dafür verantwortlich sein konnte.

»Es war nicht Nannys Schuld. Du hast mir erzählt, daß du den Fluß überquert hast. Es war nicht ihre Schuld! Ruf sie zurück!« Dr. Feldman versuchte ihren Kopf auf das Kissen zurückzudrücken. »Laß das, Kind, laß das...«

»Ich kann sie nicht zurückrufen. Ich habe mich entschieden«, sagte Vater mit jenem vernünftigen Tonfall, der, wie sie wußte, einen stärkeren Willen als den ihren artikulierte.

»Aber du hast mir erzählt, daß du mit Schlittschuhen über den Fluß gefahren bist.«

»Habe ich das, Kind?« Sein langes Gesicht mit dem sauber gestutzten Bart war dicht über ihrem, es roch nach Wintergrünöl. Sie konnte den Gedanken nicht ertragen, daß er das vergessen hatte, daß er die Worte, die er an sie richtete, so leicht nahm. Sie drehte sich von ihrem Vater weg und brach in Tränen aus.

Nach einer Woche war sie außer Gefahr, und nach einem Monat konnte sie ihre Beine wieder gebrauchen. Aus England kam eine neue Nanny, Mrs. Moorehead, eine abscheuliche und übereifrige Frau, die sie überwachen sollte, auf daß sich das furchtbare, das ersehnte Abenteuer nie wieder zutrage. Doch Nanny Moorehead hielt sich nicht lange. Dafür sorgte sie.

Sie wußte, daß ihr Abenteuer sie zu etwas Besonderem gemacht hatte. Jedermann betrachtete sie mit respektvollem Staunen. Die Nachbarn, die Tatitschews und Dolgorukis, kamen eilig in ihren Schlitten vorgefahren, um sich die Geschichte erzählen zu lassen. Die Dienstboten verbreiteten die Nachricht, so daß sich am nächsten Sonntag vor der Familienkapelle die Frauen des Dorfs um die Tochter der Herrschaft drängten – erst fünf Jahre alt, man stelle sich vor! –, die ganz allein mitten auf den Fluß hinausgegangen war. Im niedrigen Schankraum der nahegelegenen Postkutschenstation erzählte Anton Nikolajewitsch, der Bootsmann von Marino, jedem Reisenden, wie er in seinen Schneeschuhen auf das Eis hinausgestürzt sei und ihr gerade noch rechtzeitig das Seil um die Hüfte geworfen habe. Auf diese Weise verbreitete sich die Geschichte im ganzen Distrikt, so daß sich Prinz Wladimir Adamowitsch Galizin, Adelsmarschall der Provinz, bei seinem nächsten Besuch in Smolensk auf einem Empfang zu Ehren des neuen Provinzgouverneurs als Vater jenes kleinen Mädchens vorstellen konnte, das den Versuch unternommen hatte, die zugefrorene Wasusa zu überqueren.

Sie selbst hörte schweigend zu, wenn die Geschichte immer wieder erzählt wurde, wobei sie das Gefühl hatte, daß sie von jedermann in seinem eigenen Interesse verwendet wurde, nur nicht in ihrem. Praskowja verwendete sie, um zu beweisen, daß man einem englischen Kindermädchen niemals trauen könne; Anton Nikolajewitsch, um zu zeigen, wie mutig er gewesen sei; und ihr Vater, um zu demonstrieren, was für eine eigenwillige und unerschrockene Tochter er habe. In den Augen des kleinen Mädchens selbst gingen alle diese Versionen am Kern der Geschichte vorbei. Als sie älter wurde, prägte sich eine schwache Erinnerung ins strahlende Licht einer glänzenden Vision. Mit elf Jahren erzählte sie ihrem Bruder eines Abends im Kinderzimmer, was sie an jenem Winternachmittag auf dem Eis wirklich gesehen hatte.

»Er war ganz weiß, doppelt so groß wie Vater, und er hatte so einen Lederhelm an, wie Automobilfahrer sie tragen. Dazu ein gewaltiges Sausen, das den ganzen Himmel füllte.«

Bruder Lapin, der auf dem Bauch liegend die Kupfertiefdrucke in Larchs *Illustrierten Pilzen* studierte, blickte nicht einmal auf. »Ach«, sagte er mit seiner trockenen, präzisen Stimme, »Gott trägt also Schlittschuhe?«

Sie errötete vor Scham und sprach niemals mehr von dem, was sie gesehen hatte. Doch hielt sie an dieser Erinnerung so fest, wie ein Kind eine Murmel in der Faust behält. Denn damit hatte sich zum erstenmal der Schleier der Kindheit gehoben, es war der erste Augenblick, den sie mit einer Erinnerung an sich selbst, an Marino und an ihre Eltern verband. Alles davor, der ganze unscharfe Film der frühesten Kindheit, war aus der Kamera gerissen und durch jenen blendenden Gang übers Eis dem grellen Licht des Vergessens ausgesetzt worden. Diese frühesten Erinnerungen waren verloren, und in ihrem Inneren existierte ein dunkler Ort, von dem sie wußte, daß er nie ans Licht ihres suchenden Geistes gelangen würde. Der Schock des Flusses hatte etwas in ihr eingefroren, und in der vor ihr liegenden Zukunft würde es Situationen geben, in denen ihre Handlungen aus einer dunklen und unergründlichen Region in ihrem Inneren hervorgehen würden. Das war der Preis, den sie für die Überquerung des Flusses bezahlt hatte. Gewonnen hatte sie Furchtlosigkeit. Ein abgewandtes und zurückgezogenes Frauenleben kam für sie nicht in Frage. Der Unfall hatte ihr Dispens erteilt. Sie wußte, daß sie eine Vision gehabt hatte, daß sie verschont worden war und daß sie von nun an frei war. Ihr ganzes Leben lang nannten die Leute sie furchtlos, obwohl sie in Wahrheit genausoviel Furcht empfand wie alle anderen. Nur war ihr auch im harten Griff der Furcht genau bewußt, daß sie sie loslassen würde, so wie es der Fluß getan hatte. Menschen, die furchtlos erscheinen, wirken oftmals kalt. Sie widersprach nie, wenn man sie in ihrem späteren Leben als kalt bezeichnete. Denn sie wußte, und irgendein innerer Winkel ihres Körpers vergaß das nie, wie kalt der reißende Strom gewesen war.

Ihre Eltern behandelten sie mit Ehrfurcht, wie eine Botin, die aus einem unbesuchbaren Land zurückgekehrt war. Die merkwürdige Kühnheit ihres Kindes und seine geheimnisvolle Errettung vor dem Schicksal verleitete die beiden – vergeblich –, nach irgendeiner Spur zu suchen, die ihnen ihr Wesen erklären könnte. Aber – und dies wurde ihr klar, sobald sie die Porträts der Vorfahren an den Wänden Marinos bewußt wahrnahm – sie stammte offenbar von keinem dieser Leute ab. Ihre Mutter, eine geborene Urusow, war schüchtern, fromm und praktisch veranlagt, sie selbst dagegen ausgelassen, gottlos und weltfremd. Freilich hatte sie den großen schlanken Wuchs und das gute Aussehen ihrer Mutter geerbt. »Ihr seht aus wie ein schönes Paar Barsoihunde«, pflegte Vater auf seine scherzende Art von ihnen zu sagen, womit er meinte, daß sie zierlich gebaut und fein gezeichnet waren, mit langen harmonischen Gliedmaßen. Dem jedoch standen andere Merkmale entgegen, die sich auf keines der Bilder im Familienalbum zurückführen ließen. Sie hatte lokkiges schwarzes Haar, eine blaßweiße Haut und glänzend schwarze Wimpern. Vater erklärte, das Schönste an ihr seien das feste kräftige Kinn, welches auf Entschlossenheit und Charakter hinweise, die breite flaumige Oberlippe und ihre mottengrauen Augen. Aber noch einmal: woher kamen diese Merkmale? »Wäre ich nicht vollkommen vom Gegenteil überzeugt«, sagte ihr Vater häufig zu sich selbst, »würde ich denken, sie ist überhaupt nicht mein Kind.«

Sie war zart und zierlich anzusehen – ein Mädchen, von dem man sich vorstellte, daß es feine Brüsseler Spitzen trug und der Mutter beim Arrangieren der Blumen half –, doch ihre Zierlichkeit war trügerisch. Vom Temperament her schlug sie eher ihrem Vater nach. Sie hielt die Stämme fest, wenn er unter Aufsicht des Holzfällers im Wald mit der Ablängsäge arbeitete. Ihr Vater brachte ihr bei, von einer Weide am Flußufer eine Rute zu schneiden und damit zu angeln, und als sie die Araberstute reiten lernte, hielt er selbst das Leitseil. Ihr stolzester Besitz im Alter von acht Jahren war weder eine Puppe noch ein schönes Paar Lackschuhe, sondern ein Taschenmesser aus dem Französischen Laden in Moskau. Wenn Praskowja sie abends in der Wanne badete, zeigte sie oft auf die schmutzverklebten Knie des Kindes und rief: »Du bist eine richtige Wilde. Es gehört sich nicht für eine Dame, auf Bäume zu klettern und mit dem Küchenpersonal im Garten zu graben.«

»Ich bin keine Dame«, erwiderte sie.

Indessen – da ihr Aussehen nicht auf die restriktiven genealogischen Merkmale im Familienalbum zurückzuführen war – glaubte sie aufgrund der Mythologie, die sie sich im Lauf ihres Lebens von sich selber schuf, daß sie frei von Familienbanden sei. Wenn unabänderliche Verluste eintraten, wenn jedermann sie zu trösten versuchte, bestand sie darauf, daß sie diese Dinge überhaupt nie wirklich besessen habe oder von ihnen besessen worden sei.

Geboren wurde sie auf Marino am 19. Dezember 1899, nach dem Julianischen Kalender, im oberen Schlafzimmer mit dem Bullaugenfenster. Praskowja Iwanowna und der Familienarzt Dr. Feldman waren dabei, während der Hausherr ein Stockwerk tiefer auf dem Tanzboden auf und ab schritt, eine Balkan-Sobranje nach der anderen rauchte und auf Anweisung seiner Frau in den Klageliedern Jeremiae las. Sie wurde in das Taufbecken in der zu Marino gehörenden Familienkapelle getaucht und auf den Namen Anastasia Wladimirowna getauft. Doch wurde dieser Name nur vor Besuchern benutzt. »Meine Tochter Anastasia«, pflegte ihr Vater zu sagen und seine große Hand auf ihren Kopf zu legen, und während sie dann den obligatorischen Knicks machte, hatte sie das Gefühl, als ob er nicht seine eigene Tochter, sondern eine vollkommen Fremde vorstellen würde. Ihr richtiger Name war Asja, unter diesem Diminutiv kannten sie alle.

Als sie elf Jahre alt war, erzählte ihr ein kluger Junge, den sie am Strand in Biarritz kennenlernte, daß der westliche oder Gregorianische Kalender dem Julianischen um dreizehn Tage vorauslaufe. Die beiden rechneten aus, daß sie am 1. Januar 1900 geboren worden war. Sie lief ins Hotel zurück und verkündete, daß sie ihren Geburtstag künftig an diesem Datum zu feiern wünsche. Von allen Leuten, die sie kannte, war sie die einzige, die mit dem Jahrhundert geboren war, und da sie zu seinem Beginn verschont geblieben war, kam sie zu der Überzeugung, daß sie auch sein Ende erleben werde. Sie brauchte lange Zeit und manche schwere Erfahrung, ehe sie die kindliche Überzeugung von ihrer Unsterblichkeit ablegte.

Ihr engster Gefährte war ihr Bruder, ein strohblonder Junge mit einem verwirrten Gesichtsausdruck, dem er seinen Spitznamen verdankte. Sein Taufname war Alexander, aber man kannte ihn nur als Lapin. Seine Mutter sprach das Wort französisch aus, sein Vater dagegen russisch, mit Betonung auf der ersten Silbe und einem eher harten als weichen »n« am Ende. Englischen Freunden erklärte der Vater, der Name werde »Lapin, wie in Mappin and Webb« ausgesprochen.

Brüder und Schwestern sollten einander verstehen, dachte sie. Aber sie konnte Lapin nie verstehen. Denn er war zum Verrücktwerden anders. Tagsüber im Unterricht waren seine Buchstaben dünn und pedantisch, ihre dick und voller Tintenkleckse. Abends im Kinderzimmer legte er seine Kleider gefaltet auf den Stuhl, wogegen sie die ihren auf dem Boden verstreut liegenließ. Während sie Vater und den Holzfäller allmorgendlich auf die Waldlichtung begleitete, folgte Lapin der Mutter in die Gewächshäuser, mit einem Blumentopf in der Hand, um die abgestorbenen Blätter aufzusammeln, die sie von den Pfirsichbäumen schnitt. Wenn Asja und Lapin im tiefen Schatten der Kiefern gemeinsam Pilze suchen gingen, vermochte er deren hervortretende Formen zu erkennen, während sie lediglich einen flachen Teppich aus hellbraunen Kiefernnadeln wahrnahm. »Pst!« sagte er dann; seine Augen suchten durch die Brille den Boden ab, und sie folgte ihm.

»Warum muß ich still sein? Ich verscheuche die Pilze doch nicht.«

»Psst. Ich kann mich nicht konzentrieren.« Wenn er über seinen Briefmarkenalben oder dem Baukasten saß, war er ganz konzentriert und angespannt, während ihre Blicke rastlos über alles hinflogen. Als er einmal im grellen Schein der Kinderzimmerlampe über seinen Briefmarkenalben brütete, stand sie auf, zog ihr Nachthemd aus und wirbelte auf Zehenspitzen völlig nackt ganz dicht hinter ihm herum, aber er bemerkte nichts davon. In dieser Nacht zog sie ihm, als er fest eingeschlafen war, die Bettdecke zurück und sah zu ihrer Verwunderung seinen Penis starr aus dem Schlitz seiner Pyjamahose ragen, wie eine Spargelspitze, die sich aus der Erde des Küchengartens bohrt. Sie berührte ihn: ein fester, elastischer Schößling, ein großes Geheimnis.

Von den ersten Herbstschauern bis zum letzten Schneesturm des Winters wohnten sie in Moskau hinter dem Kreml in der Nikolajewskij-Straße. Zu Beginn jeden Frühjahrs wurden Dienstboten und große Mengen Gepäck aus der Nikolajewskij-Straße losgeschickt, um Marino für die Sommersaison vorzubereiten. Die Familie folgte später. Die Fahrt vom Moskauer Brester Bahnhof zu der ein Dutzend Meilen von dem Gut gelegenen ländlichen Station dauerte drei Stunden.

Als der Kutscher sie in dem Frühjahr nach Asjas Unfall an

der Station abholte, erklärte er, aufgrund der Überschwemmungen könne er sie nur bis zu dem Hügel bei Putinka bringen. Von dieser Anhöhe aus sahen sie den Weg zu ihrem Landsitz in den Tiefen eines Sees verschwinden. Anton Nikolajewitsch stakte mit einem Kahn heran und manövrierte ihn längsseits. Vater hob Asja und Lapin aus der Kutsche in Anton Nikolajewitschs Arme, und dann brachen sie auf und stakten schweigsam durch die Felder, vorbei an abgeschnittenen Birkengruppen, vorbei an den von Wasser eingeschlossenen Gewächshäusern, vorbei am überfluteten englischen Garten und den bis an die Knie im Wasser stehenden Gipsnymphen. Als Mutter ihren Kräutergarten unter Wasser sah, brach sie in Tränen aus, und Vater versprach, dieses Jahr werde er ganz bestimmt den Flutdeich bauen lassen. Asja lehnte sich über den Bug des Kahns, sah die Kieswege und Buchsbaumhecken unter sich dahingleiten und fühlte sich überhaupt nicht wie in einem Boot, sondern wie im Himmel, als schwebte sie einem Vogel gleich über den Garten.

Als sie im Kinderzimmer im Bett lag und von ihrer Mutter den Gutenachtkuß bekam, sagte Asja, sie wolle jedes Jahr mit dem Boot hier ankommen, sie wolle, daß das Wasser nie mehr zurückgehe, sie wolle für immer von der Außenwelt abgeschnitten sein. Als der Fluß sich endlich zurückzog, als das Gut keine von dem treibholzreichen Strom umspülte Insel mehr war, empfand sie Enttäuschung. Die Überschwemmungen ihrer Kindheit hinterließen tiefe Eindrücke bei ihr: Zerstörung zog sie an, es faszinierte sie, wenn alles hinweggefegt wurde. Einmal rannte sie eine Meile, nur um das Strohdach eines Bauernhofs brennen zu sehen; sie betete, daß der Fluß die Deiche ihres Vaters einreißen möge.

In jenem Hochwasserfrühling kam es zu Bauernaufständen, einige Landgüter in der Gegend wurden niedergebrannt. Doch Asja erfuhr davon erst viel später aus den Geschichtsbüchern; keine dreißig Meilen entfernt gab es Aufruhr in den Straßen von Smolensk, doch Asja bekam nichts davon mit. Bei der Lektüre der *Nowoje Wremja* unterbrach sich ihr Vater zuweilen, um über eine Schlagzeile die Stirn zu runzeln und auf Englisch auszurufen: »I'll be damned!«, worauf die Mutter am anderen Ende des Tisches aufzublicken und vorwurfsvoll zu sagen pflegte: »Wladimir, *je t'en prie.*«

Als die russische Kaiserliche Flotte von ihrem Ankerplatz an der Ostsee aus die Welt umsegelte, um gegen die Japaner zu kämpfen, fing ihre Mutter an, die Finger voller Druckerschwärze, ihnen beim Frühstück aus den Zeitungen vorzulesen. Sie war in den neunziger Jahren als Missionarin in Japan gewesen und verfolgte sämtliche Nachrichten von dem Krieg mit unparteiischer Sorge für das Schicksal beider Seiten.

»Die japanische Flotte hat in Yokohama die Anker gelichtet. Kinder, habe ich euch je von Yokohama erzählt?«

»Was ist Yokohama?« fragte Lapin, von seinem Toastbrot aufblickend.

»Es gab dort eine Straßenbahn, die unmittelbar an den Kais und all den Booten entlangfuhr. Ein Wald von Masten. Ich bin ganz hinten gefahren und mußte mir den Hut festhalten. Ich war die einzige weiße Frau dort. Noch etwas Tee, Liebster?« Sie streckte die Hand aus und nahm die Tasse von ihrem Mann entgegen. Er hatte immer gedacht, er hätte sie aus der einsamen Selbstaufopferung der missionarischen Tätigkeit gerettet. Nun dämmerte ihm, daß ihre Ehe die glücklichsten Jahre ihres Lebens beendet hatte.

Den Tagesraum neben Mutters Schlafzimmer schmückten zierliche Pinselzeichnungen von japanischen Klöstern und Gärten, die aus einem Stein, einem gestutzten Baum und konzentrischen Kreisen aus weißem Sand bestanden. Gelegentlich steckte Asjas Mutter sich das Haar hoch und legte einen Kimono an. Ihr Anblick, wenn sie in dem blauseidenen Kimono mit den kleinen, ineinander verschlungenen rosa Drachen vor einem Spiegel saß und das Licht auf ihren Nakken fiel, ließ Asja vor Freude erbeben, als sei dies ein Versprechen, daß die Schönheit ihrer Mutter eines Tages auf sie übergehen werde. Am Abend des Sommerballs pflegte sie bei ihrer Mutter zu sitzen und sie beim Ankleiden zu beobachten; dabei war ihr von all ihren Gesichtsausdrücken am liebsten der schuldbewußte, der sie überkam, wenn sie sich einmal erlaubte, schön zu sein.

Mit dreizehn durfte Asja endlich am Sommerball teilnehmen. Die Smolensker Abteilung von Vaters altem Regiment schickte ein Dutzend junger Offiziere, und sie tanzte mit allen. Ihr Körper in dem rehbraunen Musselinkleid begann sich eben zu entfalten, und daran, wie ihre Gesichter sich röteten, wie ihre Hände sie im Kreuz gefaßt hielten und wie sie ihr mit den Oberschenkeln beharrlich an die Hüfte drückten, erkannte sie, daß sie zu einem Wesen geworden war, das Männer begehren konnten. Dies war einer der erregendsten Augenblicke ihres Lebens. Der Reihe nach wirbelten sie sie von einem Ende des Parketts zum anderen, und als sie so, den Kopf zurückgelegt, in ihren Armen dahinflog und das Blut in ihrem Hals pochen fühlte, erhaschte sie einen Blick Lapins, der in seiner ersten Smokingjacke und Krawatte ganz allein hinter all den zusehenden Paaren am Fenster lehnte und sie durch seine dicken Brillengläser traurig anstarrte.

Inzwischen hatte sie ihr eigenes Zimmer, das unterm Dach mit dem Bullaugenfenster, das Zimmer ihrer Geburt. Wenn sie allein war, stieg sie aus dem Bett, ließ ihr Nachthemd fallen, stellte sich vor den hohen Spiegel und drehte sich langsam im kerzenhellen Dunkel. Sie neigte den Kopf auf eine Seite, dann auf die andere, und betrachtete sich. Ja, jetzt fing das alles an. Schon gab es draußen in der Welt den Mann, den sie heiraten würde. Trug er einen schwarzen Hut? Hatte er einen zusammengerollten Schirm nach englischer Mode? Oder war er ein Offizier, in engen blauen Gamaschenhosen mit roten Paspeln an den Seiten? Würde sein Schnurrbart beim Küssen ihre Wange kratzen? Würde seine Haut, wie die ihres Vaters, nach englischem Talkumpuder und Limone riechen? Nackt stand sie vor dem Spiegel und versuchte sich vorzustellen, wer dieser Fremde sein könnte, der ihr Leben in seine Hände nehmen würde.

Als sie einmal im japanischen Boudoir bei ihrer Mutter saß, sagte sie: »Wenn ich dem Mann begegne, den ich heiraten werde, werde ich das sofort merken.«

»Wie willst du das erkennen, Kind?«

»Hier. Genau hier«, sagte Asja und klopfte sich durch den hohen Kragen ihres Kleides ans Brustbein. Sie befühlte die Perlenkette um ihren Hals, als sei jede einzelne Perle ein Augenblick der Zukunft, den sie im voraus sehen, wiegen und zählen könne.

Leise erwiderte ihre Mutter: »Bei mir war es nicht so.«

Asja drückte den Pfropfen von Mutters Parfümflasche an ihr Handgelenk.

»Ich werde es merken«, sagte sie, während das Parfüm den Raum mit Fliederduft erfüllte.

Noch lange danach brauchte Asja bloß an Fliederduft zu denken, und schon tat sich ein Riß in der Gegenwart auf, und durch ihren Geist flutete das Licht jenes besonderen Augenblicks: die zärtliche Unruhe im Gesicht ihrer Mutter, als sie sich von ihrer Tochter abwandte und aus dem Fenster des japanischen Wohnzimmers auf den Rasen von Marino starrte.

Anfangs bemerkte niemand etwas davon, doch Mutter begann ihnen zu entgleiten, als ob sie, wie ihre Tochter, beschlossen hätte, über den Pfad zum Bootshaus hinunter zu verschwinden und allein auf den silbernen Fluß hinauszutreten. Was zunächst nur ein Schmerz war, eine gewisse Steifheit, wenn sie aufstand, entwickelte sich, wie Dr. Feldman es mit nervös abgewandtem Blick ausdrückte, »zu etwas Schlimmerem«.

Asja pflegte sie, stützte ihren Kopf und hielt das Glas so, daß sie die Tabletten schlucken konnte; befeuchtete ihr die Stirn und wechselte den Verband um die eiternde Blüte auf ihrer Brust. Eines Nachts, als Asja im Zimmer ihrer Mutter die Kerze vor der Ikone von St. Wladimir anzündete, hörte sie ihre Mutter sagen: »Ich habe mein Leben nicht gelebt.«

»Mutter, bitte, nicht.«

»Aber du mußt es *leben,* Kind. Du *mußt.* Niemand darf dich daran hindern.«

»Nicht so weit aufrichten, Mutter. Ermüde dich nicht.«

»Laß dich von nichts aufhalten. Weder von der Liebe noch von deinem Mann.«

»Ja, Mutter.«

Ihre Mutter legte sich zurück, erschöpft, abgezehrt, mit einem flehenden Gesichtsausdruck, als sei sie nicht sicher, ob ihr Kind wirklich verstanden habe, was sie, während das Leben ihr davonlief, klarzumachen versuchte.

Als Asja dann eines Morgens im Frühjahr 1914 aus einem kurzen Schlummer am Bett ihrer Mutter erwachte, erkannte sie sofort, daß Mutters Gesicht so leer und so verlassen war wie das abgelegte Nachthemd auf dem Stuhl. Aus der Hand auf der Bettdecke war die letzte Wärme gewichen. Sie war nurmehr eine fahle, verkrampfte Klaue. Asja küßte sie und begann zu zittern. So klar und kalt wie eine Bö im Winter kam ihr der Gedanke, daß sie soeben durch das schwarze Tor des Lebens ins Erwachsenenalter geworfen worden war.

Sie folgten dem Sarg durch den Birkenwald zur Gruft, der Priester und die Ikonen, die Dienstboten und die Dorfbewohner in lang auseinandergezogener Linie, Vater auf Lapins Arm gestützt, ein schwarzer Zug vor dem grünen Laub des Frühsommers. Nach dem Gottesdienst standen sie zusammen, und die Klänge der *Wjetschnaja Pamjat,* der Hymne Ewigen Gedenkens, stiegen in die Bäume. Bis zu diesem Augenblick hatte sie geglaubt, ihr Leben liege vor ihr wie der Fluß dort hinter den Bäumen, breit und kraftvoll und endlos, und jetzt wußte sie, daß es nicht so war, daß sie über die Zeit nicht nach Belieben verfügen konnte, daß die Zeit ihrem schlagenden Herzen vorauseilte.

Sie legte die hochgeschlossenen schwarzen Kleider ihrer Mutter an und trug gleich ihr die Schlüssel zu Küche und Vorratskammer an einem langen blauen Band um die Hüfte mit sich herum. Nach dem Essen blieb sie bei ihrem Vater sitzen und las ihm vor, während er die Decke anstarrte und eine Zigarre rauchte. Er gewöhnte sich so schnell an sie als Herrin des Hauses, daß beide vergaßen, daß sie erst vierzehn war.

Es war einige Monate später, als er eines Abends zu ihrem Zimmer unterm Dach kam, um ihr einen Gutenachtkuß zu geben. Er klopfte an die Tür, und bei seinem Eintreten sah er sie auf dem Stuhl vor dem Spiegel sitzen, ihr schwarzes Haar mit dem Schildpattkamm der Mutter zu einem Knoten hochgesteckt. Sie trug den Seidenkimono ihrer Mutter mit den aufgestickten rosa Drachen.

»Nein!« schrie er, stürzte aus der Tür und polterte die Treppe hinunter. Dann knallte die Tür seines Schlafzimmers zu.

Sie zog sich Mutters Schildpattspange aus den Haaren, riß sich den Kimono vom Leib, als stünde er in Flammen, und schleuderte ihn in die Ecke. Lange stand sie so im fast Dunkeln, sie hielt sich umklammert, starrte den zerknüllten Haufen blauer Seide auf dem Boden an und fühlte sich von Scham durchdrungen.

Am nächsten Morgen beim Frühstück – ihr Vater saß steif und mit gesenktem Kopf dabei – sagte sie zum Butler:

»Bitte verschließen Sie die Tür zum japanischen Wohnzimmer.«

Sie wagten sich nie wieder dort hinein. Das Zimmer blieb verschlossen, die Vorhänge zugezogen; Staub trieb durchs Dunkel und setzte sich auf die Wandschirme, die Seidendrucke und die mit Brokat verkleideten Wände.

Am 1. August 1914 stand sie, einen Arm um Lapins Schulter, am Haupteingang von Marino und sah Vaters kriegerischen Blick über die verbrannten Gesichter der Bauernjungen aus seinen Dörfern schweifen, ihre Bündel lagen neben ihnen. Plötzlich bellte er: »Abmarsch!«, und das Standphoto ging in einen ruckhaften Kinofilm über. Die Bauernjungen machten kehrtum und trotteten über die Pappelallee davon, sie hüpften, um im Gleichschritt zu bleiben, und erfüllten den Wald mit ihren Liedern. Vater lehnte an der Tür und sah der entschwindenden Marschsäule nach.

Nachdem er seine Rekruten in Marsch gesetzt hatte, blieb er nur noch im Haus; bekleidet mit einem alten Paar Pantoffeln und einer Strickjacke von *Swan and Edgar*, spielte er mit Lapin Schach oder sah durchs Fenster des Wintergartens dem Wechsel der Jahreszeiten zu, auf dem Boden um sich verstreut die Kriegszeitungen mit immer schlechteren Neuigkeiten. Sie fuhr jeden Tag ins Smolensker Rotkreuzkrankenhaus, wo sie Briefe für die des Schreibens unkundigen Rekonvaleszenten tippte. Wenn sie sie fragte, was sie über ihre Verletzungen erzählen sollte, begafften sie meist mit leerem Blick die kleine Maschine auf ihrem Schoß und sagten: »Was Sie für das Beste halten, Euer Hoheit.« Wenn sie nach Hause kam, setzte sie sich zu ihrem Vater in den Wintergarten und erzählte ihm, wie wenig sich die Soldaten beklagten, wie hoffnungslos sie dreinschauten. Vater streichelte ihr Kinn, strich ihre Haare zurück, die sich aus dem Knoten gelöst hatten, und sagte, sie dürfe ihn niemals verlassen. Aber sie wußte es besser.

Im Juni 1916 verkündete sie, sie werde sich zu einem Krankenschwesternlehrgang im Englisch-Russischen Krankenhaus zu Petrograd anmelden und dort bei Onkel Dimitrij Urusow in dessen Wohnung auf der Fontanka wohnen. Vater verweigerte seine Zustimmung, dazu sei sie zu jung. Sie stürmte nach oben und schloß sich in ihrem Zimmer ein.

Sie fand ihn in seinem Morgenmantel auf dem Dielenteppich, an die Wand neben ihrer Schlafzimmertür gelehnt. Sie fiel auf die Knie. »Ich schäme mich«, sagte er, den Blick zu Boden gerichtet.

»Kann ich gehen?«

Er streichelte ihr Haar, legte seinen Kopf auf ihre Schulter und nickte resigniert: »Wenn du Praskowja Iwanowna mitnimmst.«

Die junge Dame und ihre Nanny waren die einzigen Standespersonen im Zug und mußten, wenn es darum ging, den Weg zu ihrem Wagen frei zu machen oder während der Aufenthalte den Teekessel ihres Samowars im Büfettraum nachzufüllen, die Hilfe des Stationsvorstehers in Anspruch nehmen. Sie fuhren an Bahnsteigen vorüber, die ganz mit Bahren vollgestellt waren; Stapel von Kiefernsärgen an Nebengleisen; auf sämtlichen Straßen lange Schlangen von Nachschubkarren, die von räudigen Pferden gezogen wurden; und auf den Laderampen kleiner Landbahnhöfe mißmutige Schlangen von flaumbärtigen Halbwüchsigen, die Hälse aus engen Waffenröcken quellend, die Käppis schief auf den Köpfen, keiner von ihnen älter als sie selbst, dachte sie mit jähem Mitleid.

Vom Bahnhof fuhren sie mit einer *droshki* sofort zum Dimitrij Palast, dem Hauptquartier des Krankenhauses und einzigen Gebäude am Newskij Prospekt, auf dem der Union Jack wehte. Als man sie ins Büro führte, winkte Lady Muriel Paget verächtlich ab.

»Wie alt sind Sie, meine Liebe?«

»Neunzehn.«

Lady Muriel Paget blickte spöttisch.

»Praktische Erfahrung?«

»Ich habe im Smolensker Krankenhaus Verbände gerollt, für die Soldaten Briefe getippt...«

»Verbände gerollt!« rief Lady Paget.

»Ich bin fünfhundert Meilen gereist. Ich bin zu allem bereit.«

»Sogar, Ihr Alter falsch anzugeben, wie es scheint.« Lady Paget starrte Asja über ihre Lesebrille hinweg an. »Nun, immerhin haben Sie Enthusiasmus, was man von manchen Ihrer Landsmänninnen kaum behaupten kann«, sagte sie. »Morgen früh um Punkt halb acht mache ich meine Visite. Wenn Sie uns nicht im Weg herumstehen, können wir Ihnen vielleicht etwas beibringen.«

Auf dem Flur drückte Asja ganz aufgeregt Praskowjas Hand, aber die murmelte nur: »Sie hat dich vollkommen durchschaut, mein Kind.«

»Aber ich hab's geschafft!«

Auf dem ganzen Weg zu Onkel Dimitrijs und Tante Olgas Haus flehte Praskowja Iwanowna sie unter Tränen und Vorhaltungen an, es sich noch einmal zu überlegen.

»Eine solche Tätigkeit schickt sich nicht für Adlige! Wenn deine Mutter noch leben würde, würde sie es dir verbieten!«

Doch Asja hielt sich an das klare Bild von dem eisigen Auftreten und der frischen weißen Uniform Lady Muriel Pagets und ließ sich nicht von ihrem Entschluß abbringen. Um halb acht am nächsten Morgen fand sie sich zur Visite ein, und schon bald hatte sie die respektiven Verdienste von Eusol und hypertonischer Salzlösung bei der Säuberung von Kampfverletzungen kennengelernt. Bleichen Gesichts und mit zusammengebissenen Zähnen sah sie zu, wie die Stationsschwestern Kaliumpermanganat auf die klaffenden Wunden tupften und das bleigraue Fleisch schwarz färbten.

Bloßgelegtes Fleisch, Körper, die ihre Geheimnisse der Geschicklichkeit ihrer Hände darboten: all das hatte keinen Schrecken für sie. Angesichts von Wunden wurde sie klar und konzentriert und wurzelte in der Gegenwart. Wenn sie Hände hielt, die vor Angst zitterten, wenn sie Wunden aufdeckte und mit einer Lösung abtupfte, erhob sie sich über die Bezirke von Gefahr und Tod. In ihrer frisch gestärkten Uniform schritt sie zwischen den Bettreihen unter den Kronleuchtern einher, und wenn die Blicke der verwundeten Soldaten sich auf sie richteten, spürte sie, daß sie kein sechzehnjähriges Mädchen mehr war, sondern endlich eine Frau. Sie hoffte, Lady Paget würde sie ersuchen, sich dem mobilen

Feldlazarett in Ost-Polen anzuschließen. Und dann erhielt sie eines Septembermorgens ein Telegramm von Lapin mit der Aufforderung, unverzüglich nach Marino zurückzukommen.

Lapin empfing die Kutsche an der Tür. Seine Oberlippe war mit dem ersten Bartflaum bedeckt, und seine Kleider wirkten plötzlich alle zu klein. Sie küßte ihn dreimal und sagte, er sehe aus wie ein Grashüpfer in Hosen.

»Was ist passiert?«

»Geh und sieh selbst.«

Ohne den Reisemantel abzulegen, sprang sie immer zwei Stufen auf einmal die Wendeltreppe hoch. Vater lag im Bett hochgestützt und streckte ihr die Hände entgegen.

»Was hast du?« rief sie, indem sie seine Hand nahm und sich neben das Bett kniete.

»Nichts, mein Liebstes. Eine Angina, sagt Dr. Feldman.« Er sprach leise und undeutlich.

Bald darauf hatte sie ihn in einen Rollstuhl gesetzt und in Decken gehüllt und schob ihn durch die Buchsbaumalleen. Eine Woche später, als sie in den Gewächshäusern die Früchte an den Treibhausreben befühlten, berichtete er ihr von seinem Entschluß, Lapin ein Jahr früher auf die Schule nach England zu schicken. Der Krieg mache es dem Moskauer Gymnasium unmöglich, die Schüler angemessen vorzubereiten. Der beste Mathematiklehrer diene irgendwo in den Karpaten als Artillerieoffizier; der Geographielehrer sei den Kartographierern beim Generalstab in Mogilew zugeteilt; und alle drei Fremdsprachenlehrer seien 1915 an der Polen-Front gefallen.

Lapin war ganz gegen seine Art begeistert. Der Expreßzug würde ihn über Nacht nach Petrograd bringen, wo Onkel Dimitrij und Tante Olga ihn am Bahnhof abholen und an Bord des Ostseedampfers bringen würden. In Felixstowe würde ihn der Internatsaufseher abholen und dann nach London begleiten. Die Reise würde eine Woche dauern, aber anders ging es nicht. Die deutschen Truppen, die bereits fünfundsiebzig Kilometer vor Petrograd lagerten, hatten den Landweg abgeschnitten.

Der Bahnsteig im Nikolajewskij-Bahnhof war voller Soldaten, und ihr Vater richtete seinen erfahrenen Blick auf die Rekruten, die mißtrauisch und unruhig um ihn herumstanden.

»Was für ein Durcheinander!« brummte er.

Die Zeitungen wurden zensiert, aber von der Front sickerten Nachrichten über Kompanien durch, die ihre Waffen weggeworfen und sich irgendwo ins Land geflüchtet hatten. Daß sie Lapin in Sicherheit brachten, war so offenkundig, daß keine Rede davon war, wann sie einander wiedersehen würden.

Als es zum zweitenmal läutete, rief Vater: »Denk an Aksionow bei der Asow Bank! Grüße ihn bitte von mir und geh sorgsam mit deinem Taschengeld um!«

Als der Zug losfuhr, waren Lapins letzte vernehmliche Worte: »Die Asow Bank! 36 Lombard Street EC1!«

Am Abend dieses Tages erwachte sie in dem Moskauer Haus von einem lauten Stöhnen. Als sie an sein Bett kam, hielt Vater sich mit einer Hand die Brust, während die andere zwischen den Krügen und Gläsern auf dem Nachttisch herumtastete. Sie nahm ihn in die Arme, legte ihm die Pille auf die Zunge und fühlte ihn feucht und schlaff in den Schlaf gleiten. Jetzt wußte sie, daß sie gefangen war.

Im Herbst 1916 beendeten sie die Sommersaison in Marino und verlegten ihren Wohnsitz in das Moskauer Haus, aus dem sie sich nur für kurze Fahrten mit dem Kabriolett um den Kreml hinauswagten. Auf den Straßen wurde demonstriert, schwarze und rote Fahnen tanzten an ihrem Tor vorbei, aber sie zogen die Vorhänge vor und blieben im Haus. Die Glocken des Kreml verstummten. In den dunklen, mit Brokat ausgekleideten Wänden des Hauses an der Nikolajewskij-Straße wurde die Zeit an dem Pulsschlag im Stethoskop gemessen, dem qualvollen, unrhythmischen Pochen von Vaters Herz.

Eines kalten Märzmorgens wurden die Frühstücksbrötchen wie gewöhnlich auf dem silbernen Tablett serviert. Vater zeigte ungehalten auf das Brötchen auf seinem Teller und blickte Wasja gebieterisch an.

»Ein Brötchen, Euer Exzellenz«, sagte der Butler.

»Seien Sie nicht unverschämt, Wasja.«

»Das Mehl ist schlecht, Euer Exzellenz. Anderes ist in den Geschäften nicht zu haben.«

Mit einer zugleich abwesenden und verletzten Miene riß Vater mit seinen Fingern ein Stück davon ab und begann das Brot der Revolution zu kauen.

»Das Brot des Volkes!« hörte Asja den Butler in der Küche murmeln, während er Messer und Gabeln an seiner Schürze polierte und in die mit Filz ausgeschlagenen Fächer fallen ließ. »Weiß für den Adel, grau für alle anderen. Jetzt wissen sie wenigstens, wie das ist.«

Er war zu alt und schwerhörig, um ihre Anwesenheit keine drei Meter von ihm zu bemerken. Wo hatte Wasja gelernt, solche Platitüden in den Mund zu nehmen? Er hatte sein Leben lang weißes Brot gegessen.

Sie vergaß das nie, wie sie da in der hochgeschlossenen Bluse aus Gipüre-Spitze, das Haar zu einem Knoten aufgesteckt, in dem vom rautenförmigen Oberlicht vage erhellten Durchgang stand und Wasja beim Polieren der Messer beobachtete. Im Flur zischte die Heizung, die Messer fielen klappernd in die mit Filz ausgeschlagenen Fächer, und in ihrer Erinnerung schien der Durchgang immer breiter und länger zu werden, bis nicht mehr drei Meter, sondern ein unüberquerbarer Fluß sie von Wasja zu trennen schien.

Den ersten Frühling der Revolution verbrachten sie hinter zugezogenen Vorhängen; Vater lag im Bett, las wieder einmal seine Lieblingskomödien von Gribojedow und schlürfte in Flaschen abgefülltes Narsanwasser, während sie Grays

Anatomie und Burtons *Unterleibsverletzungen im Kriege* studierte. Jeden Morgen eilte sie in der Hoffnung, bei den Menschenmassen, die den Wahlrednern lauschten, kein Aufsehen zu erregen, in ihrem schlichtesten Frühlingsmantel aus dem Haus und begab sich zum Telegraphenamt, um Lapin eine Nachricht zu schicken, doch hatte es immer geschlossen. Eines Morgens im April ging sie auf den riesigen gepflasterten Platz vor dem Kreml mitten unter die entlassenen Soldaten in ihren grauen und sandfarbenen Überziehern. Sie bückte sich und las zwischen Pferdedung und Zigarettenpapier neugierig ein paar zertrampelte Revolutionsflugblätter auf. Als ihr Vater zum Frühstück hinunterkam, lagen die Flugblätter auf dem weißleinenen Tischtuch des Frühstückstischs. Während Wasja seinem Herrn die Falten des Morgenmantels um die Beine legte, schwenkte sie eins, auf dem stand: »Enteignet die Blutsauger!«, und brach in Gelächter aus.

Vater schlug sich die Serviette auf den Schoß: »Du hältst das alles für Theater oder sonst eine Art von Unterhaltung. Ich versichere dir, das ist es nicht.« Er sah bekümmert das graue Brötchen an, und dann Wasja, der mit der Schulter zuckte. »Ich habe mich zu einer Kur entschlossen. Wir reisen nach Süden zu den Bädern im Kaukasus.«

»Und was ist mit Marino?«

Vater schüttelte den Kopf. »Dort ist es nicht sicher. Die Dolgorukijs wurden geplündert. Wußtest du das nicht? Nun, so sieht es aus. Gott weiß, was aus Marino geworden ist.«

Asja konnte das Zimmer mit dem Bullaugenfenster ganz deutlich vor sich sehen, die in Staubdecken gehüllten Möbel in den Salons und die eiskalten holländischen Kachelöfen; das versiegelte japanische Zimmer. All das wartete, während der Staub durch Lichtbalken sank, die durch Ritzen in den geschlossenen Vorhängen fielen.

»Und deshalb müssen diese widerwärtigen Flugblätter vom Tisch.«

So energisch hatte sie ihn seit Jahren nicht mehr erlebt.

»Eine Kur?« fragte sie, indem sie Wasja die Flugblätter gab, der sie zweifelnd ansah und zum Mülleimer in der Küche brachte. »Vater, dort draußen findet eine Revolution statt.« Sie konnte es nicht glauben.

»Genau deswegen brauche ich eine Kur, liebes Kind. Genau deswegen.«

Im Sommer 1917 stieg Vater jeden Nachmittag in den Einspänner und ließ sich an den Villen und Sanatorien, den Hotels und Bädern von Kislowodsk vorbeifahren, um seinem alten Freund und Regimentskameraden Dimitrij Iswolskij einen Besuch abzustatten. Der alte Iswolskij war ein großer, korpulenter Gentleman mit einem dicken Bauch, den eine halbmeterlange Knopfleiste in zwei Teile schnitt. Er trug Anzüge aus bestem englischem Kammgarn, voller Suppen- und Zigarettenflecke, und einen Strohhut mit schwarzem Band. Sein langes, dickwangiges Gesicht gab ihm das Aussehen eines Jagdhundes. Er saß zurückgelehnt in einem Korbstuhl auf der Veranda, rauchte seine Zigaretten bis zu der weißen Spitze hinunter, schnippte Asche von seiner Weste und hörte Vater, dessen Ansichten er respektierte, aufmerksam zu. Gemeinsam am Südrand Rußlands von der Welt abgeschnitten, verbrachten sie ihre Nachmittage mit Diskussionen darüber, ob die Armee den Vormarsch der Deutschen aufhalten könne und die provisorische Regierung beim Kampf gegen den allgemeinen Zerfall eine Chance habe. Ihre Gespräche endeten jedesmal damit, daß einer von ihnen sagte: »So kann es nicht weitergehen«, worauf der andere seufzte: »Aber wir müssen heiter sein. Wir müssen.« Der Anblick der beiden ließ Asja an zwei Kinder neben einer Sandburg denken, die den Rückgang der Flut erzwingen wollen. Es überraschte sie, sich so viel älter, so viel zynischer als diese beiden zu fühlen.

»Warum *müssen?*« fragte Asja.

Iswolskij sagte freundlich: »Die Zeiten sind schlimm genug. Wir dürfen sie durch Verzweiflung nicht noch schlimmer machen.«

Iswolskijs Villa hatte etwas kasernenhaft Kahles, in allen Zimmern hing der bittere Geruch von Zigaretten, auf allen freien Flächen stapelten sich alte Zeitungen, und auf den

Armlehnen der Sofas schwankten leere Teetassen. Iswolskij war Witwer und erzog seinen Sohn Nikolaj mit Unterstützung seiner alten *nanja*. Asja fragte ihn, wie er seine Frau verloren habe.

»Typhus. Im städtischen Trinkwasser von Eupatoria. Urlaubsort auf der Krim, schon mal gehört? Mein Sohn war zweieinhalb Jahre alt. Typhus in der städtischen Wasserversorgung«, wiederholte er mit scharfer Verachtung. »Unser Land ist wahrhaftig zu beklagen.«

Von Moskau in das südliche Kislowodsk waren es vier Reisetage mit dem Zug, von Petrograd fünf, und Asja kam es vor, als ob die Berge um die Stadt sie von der alten Welt vollständig abschnitten. Aber das war eine Illusion. Ende Oktober waren Asja und ihr Vater gerade im Telegraphenamt, um Lapin ein Telegramm zu schicken, als der Vorsteher die Vorhänge zuzog und ihnen die soeben aus Petrograd eingegangene Nachricht vom Sturz der provisorischen Regierung zeigte.

»Wir müssen unsere Ersparnisse abheben«, sagte Vater, aber der Vorsteher schob den Vorhang an seinem Fenster beiseite und zeigte auf die Menschenmassen, die vor dem bereits verschlossenen Eingang der Asow Bank zusammenströmten. Es war zu spät.

Einige Monate verlebten sie wie Scheintote. Bis eines Abends im März – Praskowja Iwanowna saß vor dem Kamin im Salon und strickte, Vater auf dem Sofa neben ihr las flüchtig in einem Buch Lermontows, und Asja mühte sich ab, eine Socke zu stopfen – ein Automobil mit grellen Scheinwerfern die Auffahrt hochgerumpelt kam und anhielt. Noch ehe Asja sich vom Fenster weggewandt hatte, waren sie schon durch die Tür, Männer mit Pistolen, die nach oben zu den Schlafzimmern polterten, durch die Hintertür eindrangen und die Dienstboten aus dem Küchenhaus vor sich hertrieben. Praskowja begann zu weinen. Das Wollknäuel fiel von ihrem Schoß und entrollte sich auf dem Teppich.

Ein Junge in der Salontür richtete seine Pistole auf die drei. Sein Waffenrock war fleckig, die Epauletten abgerissen, sein Gesicht ängstlich und anmaßend und die Waffe zu groß für seine Hände. Er fuchtelte mit der Pistole: »Nein! Aufstehen, damit ich euch sehen kann.«

»Mein Vater ist krank«, sagte Asja. »Wir werden uns setzen.« Sie zog Vater und Praskowja auf das Sofa neben sich. Der Junge schrie etwas, und die Sicherung der Waffe klickte leise und metallisch. Sie dachte: jetzt wird er schießen. Jetzt.

Die Sekunden vergingen. Vaters Hand lag kalt und klamm in der ihren. Oben krachten Schubladen auf den Boden, schnitten Messer in Matratzen und Kissen, splitterte Holz und klirrte Glas, stürzten Bücher aus Regalen.

»Mein Vater braucht seine Medizin.«

»Keine Bewegung.«

»Eine grüne Flasche oben im Bad im Medizinschränkchen.«

»Keine Bewegung.«

Praskowja zog sie am Arm, damit sie still sei. Asja schrie: »Befehlen Sie jemandem, sie zu holen! Auf der Stelle!«

Ein Mann in schwarzer Lederjacke steckte sein bleiches Gesicht durch die Tür. Er blieb stehen, zündete eine Zigarette an, blies den Rauch in ihre Richtung und sagte liebenswürdig: »Wenn ich noch einen Ton von dir höre, lasse ich dich in den Garten bringen und erschießen. Verstanden?«

Sie starrten sich schweigend an.

»Haben Sie einen Durchsuchungsbefehl?« fragte sie.

»Anweisung des bolschewistischen Sonderkomitees.«

»Von wo?«

»Sowjet Kislowodsk. Jetzt weißt du's«, sagte er und zertrat die Zigarette auf dem Teppich.

Sie verschwanden so schnell, wie sie gekommen waren, stapften mit Kissenbezügen und Säcken über den Schultern auf den Hof hinaus. Der Wagen wendete und rumpelte in die Nacht davon. Alle im Haus verharrten reglos an ihren Plätzen, während Asja die Treppe zum Bad hochrannte. Vaters Pillen lagen auf dem Boden verstreut. Sie sammelte sie in ihr hochgerafftes Kleid und lief nach unten. Sie legte ihm eine Pille auf die Zunge, und nachdem Vater sie geschluckt hatte, hielt sie ihn fest in den Armen.

»Wo ist die Polizei? Warum werden solche Ausschreitungen zugelassen?« flüsterte er. Sie wußte, die waren alle weg. Und was war an ihre Stelle getreten? Bloß Gewehre, Jungen mit Gewehren.

Am nächsten Morgen war der Apfelbaum vor ihrem Fenster mit einem schimmernden Eisfilm überzogen. Sie schrieb ihren Namen in den Reif und sog den hellen Tag in sich ein, bis sie bereit war, sich der Verwüstung zu ihren Füßen zuzuwenden: zerfetzte Kleider, verstreute Unterwäsche, zerrissene Vorhänge, die Schmuckschachtel ausgeleert und die Stühle umgeworfen.

Ihr Vater kam im Nachthemd und blieb in der Tür ihres Zimmers stehen.

»Ich…« sagte er, »ich…« Mit einem verwirrten, flehenden Ausdruck im Gesicht fiel er auf die Knie. Sie stürzte hin, um ihn aufzufangen.

»Praskowja, hilf mir!« schrie sie.

Seine Lippen bewegten sich, als versuchte er zu sprechen. Praskowja hielt seine Hände und begann zu beten.

»Sei still«, fauchte Asja.

Sie tätschelte seine Wangen und trommelte an seine Brust. Sein Blick krallte sich an einen Fleck an der Decke, und ganz langsam wurde sein Körper in ihren Armen schlaff. Er war noch warm, seine stopplige Wange dicht an ihrer, und sie atmete den schweren Mandelgeruch seiner Haut. Sie ließ ihn sanft auf den Teppich gleiten und begann zu weinen.

Ehe sie wußte, was geschah, lagen die Dienstboten im Flur auf den Knien und beteten. Die Rolläden waren zugezogen, eine Kerze warf ihr Licht auf die spröde Maske seines Gesichts. Sie wich ans Ende des Zimmers zurück. Anstelle des

Körpers, den sie gekannt hatte, dieses kräftigen Oberleibs, der an Sommermorgen aus den Fluten der Wasusa geragt hatte, lag dort eine eingesunkene Gestalt in weißem Nachthemd, zwei nackte Beine ausgespreizt auf dem Teppich. Die Gesichtshaut war um den Schädel geschrumpft, sein ganzes ausdrucksvolles Mienenspiel war verschwunden. Aus einer dürren Wüste, die sich in ihr aufgetan hatte, schrie eine tonlose Stimme: Ich bin allein.

Bei eisigem Märzwind trugen der Kutscher, der Hofverwalter und der Leichenbestatter den Kiefernsarg zum Gemeindefriedhof. Die Totengräber arbeiteten noch, nasse Erde klatschte in den engen Raum zwischen Grabhügeln und rostigen Kreuzen. Der Leichenbestatter, ein rattenhafter Mann, fuhr sich mit den Händen durchs strähnige Haar und flüsterte ihr zu: »Kein Gottesdienst. Nichts zu machen. Der Stadtsowjet erlaubt das nicht.«

»Aus meinen Augen!« fauchte sie, und er zog sich hastig zurück.

Während die Dienstboten weinten, blickte sie erhobenen Hauptes über den erbärmlichen Friedhof hinweg nach dem Rand des Kiefernwaldes dahinter. Als sie die *Wjetschnaja Pamjat* sang, die Hymne Ewigen Gedenkens, erfüllte ihre Stimme kräftig und ungebrochen ihren ganzen Körper.

Praskowja und die Dienstboten ließen sie allein, und sie warf sich neben dem dunklen Loch, in dem er lag, auf den Boden. Sie strich mit den Händen über die kalte schwarze Erde, als liebkose sie das Gesicht eines Schlafenden.

Hinter sich hörte sie Schritte. Der alte Iswolskij trat mit dem Hut in der Hand auf sie zu, die goldene Uhrkette schwang an seiner Weste. »Mein liebes Kind«, sagte er, »mein liebes Kind«, nahm ihre Hand und küßte sie. »Ich habe es eben erst erfahren. Wie kannst du mir je verzeihen...« Jetzt brach der ganze aufgestaute Kummer aus ihr heraus, und er kniete sich neben sie in den Schmutz und nahm sie in die Arme.

Zurück im Haus, entließ sie die Dienstboten, schenkte den Männern die Kleider ihres Vaters und den Frauen hinreichend Schmuck, daß sie sich nach Moskau durchschlagen konnten. Vergeblich schickte sie Telegramme an Lapin in London, an Onkel Dimitrij und Tante Olga in Petrograd, und ließ Praskowjas Wehklagen kalt über sich ergehen. Unter dem Eispanzer ihrer Beherrschtheit rauschte ein Strom von Trauer, und sie wußte, sie würde hineinstürzen und ertrinken, falls das Eis auch nur für einen Augenblick einen Riß bekommen sollte. Am Abend schob Praskowja weinend das Essen auf ihrem Teller herum und flüsterte: »Soweit mußte es also kommen.«

»Pst. Es ist nun einmal so.«

»Wann werden wir Marino jemals wiedersehen?«

»Niemals! Hörst du mich, niemals!« Noch nie hatte Praskowja sie so kalt und wütend gesehen.

Asja suchte Iswolskij auf und fragte ihn, was sie tun solle.

»Wir müssen fliehen, liebes Kind.«

»Aber wie?«

»Über die Häfen am Schwarzen Meer. Noworossisk, Eupatoria, Sewastopol. Aber die Bahnstrecken dorthin sind blockiert. Die Weiße Armee steht etwa sechzig Kilometer von hier, und die Roten werden uns nicht in den Zug steigen lassen. Wir sitzen in der Falle, mein Kind.«

Sein Sohn Nick saß zu seinen Füßen und malte ein Bild.

»Was malst du da?« fragte Asja.

Mit tiefschwarzer Kreide hatte der Junge ein Strichmännchen mit einem Gewehr gemalt; in Dunkelrot ein Haus; in Blau auf dem Rasen verstreut Bücher und Spielzeug; in Gelb einen Jungen mit riesigen Augen. »Eine Hausdurchsuchung«, sagte Nick.

Iswolskij sah die Zeichnung seines Sohnes traurig an. »Wir kommen auch noch dran.«

Als ihr ganzes Geld aufgebraucht war, als sie die letzten schimmligen Linsen im Küchenhaus gegessen und das letzte

Scheit im Ofen verbrannt hatten, gingen Asja und Praskowja zum städtischen Krankenhaus. Der Oberarzt, unrasiert in einem blutbespritzten Kittel, musterte ihre schmalen weißen Hände, ihre zierlichen Schenkel und das einst schöne Paar Schuhe und sagte ihr, sie solle ihm folgen.

Die Korridore stanken nach Urin und waren mit Betten vollgestellt. In den Krankensälen lagen hungernde Kinder, die sie mit riesigen, teilnahmslosen Augen anstarrten.

»Skorbut«, sagte der Arzt. »Können Sie das glauben, in Rußland? Skorbut bei Kindern!«

»Was können Sie für sie tun?«

»Wenn sie uns nicht vorher sterben, können wir ihnen zu essen geben. Wir haben ein paar Bauernhöfe gefunden, die uns Nahrungsmittel liefern. Zum entsprechenden Preis.«

»Nun?« sagte er, als sie wieder am Eingang standen.

»Ich muß essen. Haben Sie auch Arbeit für meine *nanja?*«

»Im Waschhaus. Schicken Sie sie dorthin.«

Die Lauge brannte auf Praskowjas Händen, und die nassen Laken in den Wannen waren ihr fast zu schwer, doch im Speiseraum des Krankenhauses gab es halbwegs genießbares Essen, und in den Mittagspausen trafen sich die beiden dort und beugten sich über ihre Blechnäpfe mit Haferschleim wie zwei Gefangene, die eine lange Strafe abzusitzen hatten.

Drei der Kinder in Asjas Obhut starben, sie wickelte sie in Leichentücher und legte sie in winzige Särge. Sie versuchte, etwas für sie zu empfinden, für ihre verfallenen kleinen Körper, war aber unempfindlich gegen jedes Leid.

Eines Abends, als sie gerade die Kinder zu Bett brachte, fielen draußen auf dem Hof Schüsse. Männer mit Patronengürteln um ihre zerfetzten Röcke und Tschapkas auf den Köpfen rannten durch die Korridore. Einer kam in ihren Saal gestürzt und zog sie neben dem Fenster zu Boden. Er roch nach Pferden und Erde.

»Wer ist da draußen?« rief sie. Eine Kugel pfiff an einem offenen Fenster vorbei. Die Kinder stöhnten in ihren Betten.

»Stadtwache. Rote Bastarde!«

»Nicht schießen!« schrie sie. »Hier liegen Kinder!«

»Ruhe! Die sollen die Köpfe unten lassen!« brüllte er, als die Kinder wimmernd unter ihre Betten krochen.

Der Kosake riß sie auf die Beine und zog sie durch den Korridor und die Treppe hinunter. Er zerrte sie auf den Hof und stieß sie auf einen Heuwagen. In dem Stroh lagen bereits vier andere Krankenschwestern und ein Arzt, die Arme schützend über den Köpfen. Die Ladeklappe wurde zugeschlagen, eine Peitsche knallte, und sie rumpelten aus dem Hof. Praskowja rannte mit schreckverzerrtem Gesicht hinter dem davoneilenden Wagen her.

Eine Stunde fuhren sie unter dem dunkel werdenden Himmel. Dann hielten sie mit einem jähen Ruck. Man befahl ihnen auszusteigen, und sie taumelten auf den Boden. Asja sah, daß sie in einer Art Feldlager war. Licht schimmerte durch Zelte, Feuer loderten, Gewehrpyramiden warfen Schatten, die im Dunkel der unermeßlichen Ebene verschwanden.

Man führte sie in ein Kasinozelt und gab ihnen zu essen. Sie saßen über ihren Blechtellern und schlangen eine Portion Kascha hinunter, als plötzlich die Zeltklappen zurückflogen und ein kleiner athletischer Mann mit kurzgeschorenem Haar, einer Pelzjacke um die Schultern und einer Reitpeitsche in der Hand sich vor ihnen aufbaute. Er lächelte würdevoll und verkündete:

»Ich bin Schkuro. Kapitän Andrej Schkuro. Früher in Diensten der Reitergarde seiner kaiserlichen Majestät. Jetzt Kommandant der südlichen Irregulären seiner Majestät; ich habe den Auftrag, die Bolschewiken aus der Stadt Kislowodsk zu vertreiben. Wir haben Mangel an ausgebildetem medizinischen Personal. Sie werden im Feldlazarett arbeiten.« Dann eine Verneigung. »Wir sind gut ausgerüstet. Guten Abend.« Und mit einem Klaps seiner Reitpeitsche war er verschwunden.

Man zeigte Asja das Feldlazarett, drei Zelte in einem Kiefernwald hinter dem Lager. Reihen von Holzpritschen unter durchhängenden Leinwandbahnen. Spirituslampen an den Zeltstangen warfen vogelhafte Schatten auf die stöhnenden Gesichter der Verwundeten. Die Luft war erfüllt vom scharfen Geruch der Verwesung. Durch die trockene nackte Erde unter ihren Füßen konnte sie den nahen Donner der Artilleriegeschütze spüren.

Ein Panzerzug der Roten Armee in Kislowodsk hatte zwei Weiße Batterien oberhalb der Stadt voll getroffen. Zwei blutbespritzte Pferdekarren kamen an, hochbeladen mit zerfetzten Leibern. Der Kommandant der einen Batterie, ein junger Leutnant, wurde mit einer Schulterverletzung hereingebracht. Sie begleitete seine Bahre, als die Sanitäter ihn aus dem Operationszelt trugen. Der linke Arm des Leutnants war fest an seine Brust gebunden. Seine braun verstaubte Uniform war an der Schulter weggerissen. Seine nackten weißen Füße baumelten von der Bahre; wo der Helm sich abgedrückt hatte, war sein rotbraunes Haar verfilzt. Er war schlank und muskulös, und der Mullverband leuchtete weiß auf seiner gebräunten Haut. Seine Wangenknochen glänzten hell, während die Höhlen seiner tiefliegenden Augen im Schatten lagen. In seinem linken Ohr schimmerte ein schwarzes Blutgerinnsel. Die Sanitäter stellten die Bahre neben die Pritsche, und als sie ihre Arme um seine Brust schlang, um ihn auf die Pritsche zu heben, zuckte er zusammen, und ihre Blicke begegneten sich.

»Hol dich der Teufel!« flüsterte er.

»Sie haben Glück gehabt. Gehirnerschütterung. Perforiertes Trommelfell.«

»Meine Schulter, verdammt«, flüsterte er.

Sie lächelte.

»Ein Granatensplitter, sauber durchtrennter Muskel, keine Abwärtswanderung der Fragmente in die Brusthöhle. Ich sage Ihnen, Sie haben Glück.«

»Wie alt sind Sie?«

»Wieso? Meinen Sie, ich wüßte nicht, wovon ich rede?« Sie stand auf, um Mull und Jod zu holen.

»Sie haben Glück.«

»Meine Leute haben mich aus dem Graben gezogen. Sonst wäre ich jetzt schon Krähenfutter.«

Sie setzte sich auf den Rand der Pritsche, hielt seinen Kopf zwischen Daumen und Zeigefinger ruhig und tupfte mit einem Wattebausch das Blut aus seinem Ohr. Das Jod ließ ihn zusammenzucken.

»Wie heißen Sie?« fragte sie, um ihn abzulenken.

»Gurewitsch, Zweite Artillerie.«

»Ihren richtigen Namen«, sagte sie leise, während sie ihm einen Mullverband um das Ohr legte. »Ich bin nicht Ihr Kommandeur.«

»Sergej Apollonowitsch.«

»Apollonowitsch. Sohn des Apollo...«

»Ein versoffener Landbesitzer aus Wolhynien.«

»Ihr Vater?«

Er nickte.

Als sie fertig war, legte er sich auf das Kissen zurück und starrte sie an. Noch kein Mann hatte sie jemals so angesehen, mit einem so unverwandten Blick, daß sie das Gefühl hatte, ihre fleckige Uniform, ihre zerfetzten Wollsocken und bespritzten Schuhe, ihre blutverschmierten Hände und ihr schweißnasses Gesicht seien plötzlich von einem Lichtkranz umgeben.

»Und ich bin Asja«, sagte sie, indem sie sich von der Pritsche erhob und er sie nur mit seinen Blicken verfolgen konnte. Später kam sie wieder und setzte sich zu ihm aufs Bett, sah, wie seine Brust sich hob und wieder senkte, seine Augenlider zuweilen zitterten und sein Mund Worte formte, die sie nicht verstehen konnte. Sogar im Schlaf schien er beherrscht, kompakt und distanziert. Sie kehrte in ihr Zelt zurück, rollte sich in einer Ecke zusammen und schlief in ihren Kleidern ein.

Am nächsten Tag befahl er ihr, ihm aus dem Bett zu helfen. Sie schüttelte den Kopf. »Sie verstehen offenbar nicht?« sagte er und schob dabei seine verletzte Schulter unter der Decke hervor. »Wenn das Lager abgebrochen wird und ich dann nicht reiten kann, wird man mich hier zurücklassen.« Er schlang seinen gesunden Arm um ihre Schultern, und sie hob ihn auf die Füße. »Gut. Jetzt gehen wir.«

Sie gingen den niedergetretenen Graspfad zwischen den Lazarettzelten und dem Hauptlager auf und ab. Anfangs mußte er sich schwer auf sie stützen. Sie roch seinen Schweiß, fühlte den harten Muskelgürtel um seine Taille.

»Wir haben Sie also entführt«, sagte er. »Sobald wir die Stadt erobert und die Roten vertrieben haben, können Sie nach Hause gehen.«

»Glauben Sie das wirklich?«

Er zeigte ein grimmig strahlendes Lächeln. »Wer weiß schon, was zum Teufel ich glaube.«

Als drei Tage später ein Roter Artilleriezug auf Schußweite herankam, brachen sie das Lager eilends ab. Genau wie von ihm vorausgesagt, wurden vier Männer, die sich nicht bewegen konnten, mit Essen und Wasser in dem mit einem roten Kreuz beschmierten Zelt zurückgelassen.

»Aber das geht doch nicht!« flehte sie.

»Ach, Sie sind so reizend und gut erzogen. Das ist hier nicht das Englisch-Russische Krankenhaus.«

Asja half, ihn auf einen der Verpflegungswagen zu laden. Die Peitschen knallten, und sie fuhren durch die beißend kalte Nacht; sein Kopf lag auf ihrem Knie, sein gesunder Arm hielt die verbundene Schulter gepackt, und bei jedem Stoß des Wagens auf der holprigen staubigen Straße zog er eine Grimasse. Sie wußte nicht, wo sie war, sie wußte nicht, wohin sie ging, und es kümmerte sie auch nicht.

In dieser Nacht gingen sie in einer steinigen Schlucht am Rand ihres neuen Lagers spazieren. Sie setzten sich im Dunkeln auf einen Felsbrocken, und sie rauchte ihre erste Zigarette, ein paar Züge, die er ihr überließ. »Wer sind Sie?« fragte sie.

»Wie gesagt. Der Sohn eines Landbesitzers aus Chelm in Wolhynien.«

»Wo liegt das?«

»An der Westgrenze, ein erbärmlicher Ort voller Juden, Ukrainer und Polen. Auf der Hauptstraße steht man bis zu den Achsen im Schlamm. Und Sie?«

»Marino, so hieß das Haus. Gouvernement Smolensk.«

Er massierte sich die Schulter und sagte: »Davon wird nichts übrig sein. Nicht, wenn es in der Nähe von Smolensk liegt.« Er sah nach den durch die Zeltwände leuchtenden Lampen zurück und zertrat seine Zigarette mit dem Absatz. »Und Chelm? Was wird von Chelm übrig sein?«

»Auch nichts.«

»Ihr Vater ist Landbesitzer«, sagte sie. »Und Ihre Mutter?«

»Lebt in Moskau. Ich sehe sie nicht. Ich wohne bei meinem Vater. Bis vor kurzem jedenfalls. Mit meinem Vater ging es abwärts, er schlief mit der Frau des Kaufmanns, züchtete Schweine und Rote Bete. Und Sie?«

»Mein Vater ist tot. Meine Mutter ist tot. Mein Bruder ist in England. Mein Besitz ist niedergebrannt.« Sie begann zu lachen, als sei ihr die Absurdität ihrer vollständigen Enteignung nun endlich aufgegangen, als sei es ihr jetzt möglich, sich damit abzufinden, daß das alles verschwunden war – Bootshaus, Erker, Haus, Garten, Portal, Wintergarten, Gärtner, Bootsleute. Als sie aufhörte und sich die Augen trocknete, dachte sie: Dieses Lachen muß so ähnlich sein wie Sterben; alles schwindet dahin, verfließt in den Staub und den Tumult von Lachen und Weinen in deinem Kopf. Sie sah ihn an und erkannte, daß ihr Lachen ihn befremdet hatte.

»Bring mich ins Bett zurück«, sagte er und streichelte ihr mit einem eigenartig sanften Blick das Kinn.

Zwei Wochen später ritt Schkuros Kavallerie bei peitschendem Regen eine Attacke gegen Kislowodsk und jagte den Roten Verband aus der Stadt. In dem regennassen Biwak, in dem Schkuros Leute feierten, lagen Asja und Sergej Seite an Seite und sahen dem Zigarettenrauch nach, der sich an der Zeltwand hochkräuselte.

»Wir sind erledigt«, sagte Sergej.

»Wie meinst du das? Wir haben die Stadt doch gerade zurückerobert.«

Als ob er lange darüber nachgedacht hätte, sagte er: »Die haben Überzeugungen, und wir haben nichts als Haß.«

»Wie kannst du das wissen?«

»Weil wir Gefangene machen. Ich verhöre sie.« Er studierte die Glut seiner Zigarette. »Und du, meine kleine Krankenschwester, was ist mit deinen Überzeugungen?«

»Du behandelst mich von oben herab.«

»Nein. Ich provoziere dich«, sagte er und streichelte ihre Schulter. »Also?«

Sie dachte kurz nach und sagte dann: »Ich will mein früheres Leben wiederhaben. Das Zimmer mit dem Bullaugenfenster, den Sommerball. Ich will über den zugefrorenen Fluß auf die andere Seite gehen. Ich will meinen Vater zurückhaben«, sie brach ab. »Du weißt nicht, wovon ich rede. Meine Wünsche sind hoffnungslos.«

Er gab ihr seine Zigarette. »Hoffnungslos. Dann sind wir schon zwei.«

Am nächsten Morgen begleitete er sie die lange gewundene Straße zu dem hinauf, was einmal die Villa ihres Vaters gewesen war. Schkuros Weiße Garden trieben alle zusammen, die dem örtlichen Sowjet angehört hatten, und führten sie durch Menschenmassen, die sie anzischten und bespuckten, ins Gefängnis ab. Berittene Kosakengardisten trieben aneinandergebundene Gefangene von der Roten Miliz durch die Straßen. Das Licht der Rache glühte in aller Augen.

Als Sergej das grüne Tor am Ende der Auffahrt aufschwang, stürzte Asja voran und lief durch die Obstbäume nach der Rückseite des Hauses. Praskowja konnte sich gerade noch die Hände an der Schürze abreiben, bevor sie in einer Umarmung erstickt wurde.

»Mein Kind«, rief sie. »Ich dachte, du wärst tot!«

Onkel Dimitrij und Tante Olga liefen ihr durch die Hintertür entgegen. Sergej blieb draußen und sah zu, wie sie einander ungläubig und begeistert die Wangen tätschelten. »Und ihr hättet dieses Kind sehen sollen! Wie eine Tigerin!« Praskowja wischte sich die Tränen ab und gestikulierte glücklich. »›Holen Sie seine Medizin! Auf der Stelle!‹ «

»Es reicht, Praskowja. Ich möchte nicht daran erinnert werden.«

Olga nahm Asja in die Arme. »Dein Vater…«

»Die haben ihn ermordet.«

»Wahrhaftig, Kind, das haben sie wahrhaftig«, sagte Onkel Dimitrij. »Na komm, schon gut.«

Asja schluchzte an Olgas Schulter, Sergej zog an seiner Zigarette.

Beim Essen erzählte Tante Olga Asja alles.

»Im Dezember kamen sie in unsere Wohnung in Petrograd und quartierten sechs Leute bei uns ein. Kannst du dir das vorstellen? Aus dem Fabrikviertel. Wir hatten nur noch ein einziges Zimmer für uns.«

»Unterdessen wurde die Bank verstaatlicht. Jegliche Auslandsreisen verboten. So ziemlich jeden Fischer und Dampferkapitän auf der Newa habe ich versucht zu bestechen, uns nach Riga zu bringen. Vergebens«, sagte Dimitrij.

»Und jede Nacht Hausdurchsuchungen, und tagsüber diese lächerlichen Wachposten mit roten Armbinden auf den Straßen, die einen anhielten, bloß weil man einen besseren Mantel anhatte als sie«, sagte Olga.

Was für ein merkwürdiges Paar, und jetzt, dachte Asja plötzlich gerührt, ihre einzige Familie: der große derbe Dimitrij, so aufrichtig und praktisch wie ein Bauer, und einziger Geschäftsmann in der Familie. Er war Direktor der Petrograder Filiale der Banque de Suez gewesen. Die zierliche Olga, Tochter eines sibirischen Kaufmanns, das Haar in Flechten straff nach hinten gelegt und die Augen zu einem Blinzeln verkniffen, das parallele Furchen über ihre Stirne zog. Ein kinderloses Paar, ihre Persönlichkeiten so ineinander verflochten, daß sie jeweils die Sätze des anderen beenden konnten. »Ich habe einen Bahnhofsvorsteher bestochen, worauf man uns nach Süden fahren ließ. Vielleicht finden wir irgendwo die Weiße Armee. Kislowodsk, dachte ich. Vielleicht können wir Asja noch einholen. Alles besser, als darauf zu warten, verhaftet zu werden. Im eigenen Haus.«

»Wann sind sie hier angekommen, Praskowja?«

»Vor drei Wochen, mein Kind. Wir dachten, du wärst tot!«

»Sergej hat mich gerettet«, und Sergej erwiderte Praskowjas eifersüchtigen Blick mit einem Grinsen.

Sie verbrachten den Tag zusammen um den Samowar in dem kahlen und eiskalten Salon. Dimitrij teilte mit Sergej seine letzten Zigaretten, Olga lauschte Asjas Bericht von ihrer Entführung, Praskowja stopfte Dimitrijs Socken und klapperte vergnügt mit ihren falschen Zähnen.

Nach dem Abendessen schlug Dimitrij vor, Sergej sollte in dem leeren Küchenhaus schlafen, und beauftragte Praskowja, ihm das Bett zu machen; sie fügte sich murrend.

Es wurde Mitternacht, bis das Haus endlich zur Ruhe fand und das tiefe Schnarchen aus Praskowjas Zimmer und die Stille in Dimitrijs und Olgas Zimmer Asja die Sicherheit gaben, daß sie sich unbemerkt davonschleichen konnte. Sie trug das letzte flanellene Nachthemd ihrer Mutter. Fröstelnd lief sie über den nächtlichen Rasen, der Tau brannte auf ihren Füßen. Kaum hatte sie die Tür zum Küchenhaus geöffnet, hörte sie, wie ein Streichholz angerissen wurde, und das flakkernde Licht führte sie an sein Bett.

Sie ließ das Nachthemd auf den Boden gleiten und blieb dann vor ihm stehen, so daß er sie im goldenen Schein der Kerosinlampe vollständig sehen konnte. Seine Augen erstiegen ihren Körper, und ihre Blicke begegneten sich.

Als er sie berührte, bebte sie auf, wie sie beim Tod ihrer Mutter gebebt hatte, unkontrollierbar, jede Faser ihres Fleischs angespannt vor Überlebenswillen. »Hast du Angst?« fragte er, und sie flüsterte – wahrheitsgemäß –, sie habe keine Angst.

»Ich kann bloß nicht aufhören zu zittern.« Die Laken waren erhitzt von seinem Körper, und sie ließ sich zärtlich von ihm wärmen.

»Deine Brüste sind vollkommen«, sagte er trocken. Als sie darauf niederblickte, auf die kleinen Ellipsen mit ihren Himbeerspitzen, die der Berührung seiner Hände harrten, begann sie zu lachen. Er küßte sie, machte eine Zeremonie daraus, erst die eine, dann die andere, und sie sah ihm zu und spürte das Echo stummen Gelächters durch ihren Körper spielen, eines Gelächters, das mit dem Tod verwandt war: das Lachen der Verlassenheit.

In dieser Nacht träumte sie wie schon seit Monaten von ihrem Vater, diesmal kam er in seiner weißen Sommerjacke lautlos auf sie zu, und als sie erwachte, lag ein Fremder neben ihr, mit offenem Mund, ein Speicheltropfen auf seiner Lippe, seine Hand auf ihrer Brust. Die Bartstoppeln an seinem Kinn schabten rauh an ihren Wangen, Wärme durchflutete sie, in ihrem Blut loderte ein unaufhörlicher Brand, und sie lag an seiner Seite, und die Kerosinlampe flackerte tropfend über die kahlen Bretter der Küchenhauswand.

Als die Dämmerung das Fenster erhellte, nahm sie seinen Arm von sich, stand auf, schlüpfte in ihr Nachthemd und blies die Lampe aus. Dann ging sie auf Zehenspitzen zur Tür und eilte in dem schwachen Licht übers feuchte Gras, wobei sie Nasses von sich tropfen fühlte.

Beim Frühstück mit Dimitrij, Olga und Praskowja setzte Sergej sich ihr gegenüber und begegnete ihrem Blick mit einem knappen Nicken. Mit einem jähen Schwindelgefühl wurde ihr klar, daß sie ihre Familie noch nie zuvor hintergangen hatte. Als Dimitrij den Vorschlag machte, Sergej könne doch auch die nächste Nacht im Küchenhaus schlafen, stellte Asja ihre Teetasse hin, um das aufgeregte Zittern ihrer Hände zu verbergen.

Sie kam in dieser Woche jede Nacht zu ihm; wenn das Haus sich zur Ruhe gelegt hatte, lief sie über das Gras und tastete sich, geleitet von dem Lichtstreif unter der Tür, durch den dunklen Flur zu seinem hinten gelegenen Zimmer. Amüsiert sah er zu, wie sie ihn erforschte. Sie strich mit ihren Händen durch das krause goldene Haar auf seiner Brust, führte ihre Zunge an seine Brustwarzen, über seine Bauchdecke an sein Geschlecht. Er warf den Kopf zurück und schloß die Augen. Sie dachte ungestüm – Ich tue das, ich habe die Macht dazu.

Es war in der fünften Nacht, er lag nackt und unbedeckt, die Arme hinterm Kopf verschränkt, und sie saß neben ihm auf der Bettkante und sagte: »Ich liebe dich.«

Er legte ihr einen Finger auf die Lippen.

»Du wirst noch das ganze Haus aufwecken.«

Und da schrie sie mit einer Wildheit, die sie noch nie an sich erlebt hatte, in die Nacht hinaus: »Ich liebe dich!«

Sie warteten schweigend, daß die Nacht sich um das zitternde Echo ihrer Stimme legte. Regen fingerte an dem Blechdach, ein Zweig des Birnbaums scharrte am Fenster. Er lag in den von der Kerosinlampe geworfenen Schatten und betrachtete sie.

»Komm«, flüsterte er.

Sie schüttelte den Kopf.

»Komm.«

»Erst, wenn du es auch sagst.« Sie verschränkte die Arme.

Ehe sie sich rühren konnte, lag er auf ihr, und sie rutschten vom Bett auf den Boden, und während er stöhnend und zähneknirschend durch sie hinströmte, wurde ihr plötzlich klar, daß er sie hatte unterwerfen wollen, in Wahrheit aber sie ihn unterworfen hatte.

Als sie erwachte, tauchte das Fenster sein Gesicht in fahles

Licht, und sie erkannte, daß es Morgen war und sie sich sputen mußte. Sie ließ ihn in den wirren Laken auf den Dielen liegen und rannte über den nassen, eiskalten Rasen. Auf den Verandastufen blickte sie nach oben und sah den Spitzenvorhang in Dimitrijs und Olgas Fenster zucken und wieder zurückfallen.

Sie schlief in ihrem eigenen Bett, als Olga hereinkam und sich zu ihr setzte. Während Asja aus dem Schlaf auftauchte, merkte sie, wie stark sein Ammoniakgeruch noch an ihr hing.

»Asja, Liebstes. Sergej ist fort.«

»Was! Wohin?«

»Mineralnyje Wody. Schkuro zieht seine Truppen ab. Man liefert uns den Roten aus.«

Olga flehte sie an. »Folge ihm nicht, Liebstes, bitte.«

Sie mochten sagen, was sie wollten, nichts konnte Asja aufhalten. Sie warf ihre Sachen in eine Tasche und rannte die staubige weiße Straße zum Bahnhof hinunter, Praskowja lief ihr nach und versuchte sie am Ärmel festzuhalten. Sie stieß sie weg.

»Nein! Jetzt ist es soweit. Jetzt oder nie!«

»Wovon redest du, Kind? Du bist ja außer dir.«

Für Erklärungen war keine Zeit, zu sagen gab es nichts. Sie ließ Praskowja geknickt und betäubt, ihr Taschentuch vors Gesicht gepreßt, auf der Straße stehen.

Dimitrij stürzte ihr nach. Auf dem Bahnsteig in Kislowodsk bat er ein letztes Mal.

»Im Namen deines geliebten Vaters.«

»Nein.«

»Asja, du wirst umkommen.«

Sie starrte geradeaus, eingesponnen in einen Kokon aus Gewißheit, der sie vor den Leuten schützte, die sich neben ihr um einen Platz in den Waggons prügelten. Sie packte die stählerne Umrandung des Fensters und wich seinen Blicken aus.

Als der Zug losfuhr, den Truppen Schkuros nach, und die kleiner werdende Gestalt Dimitrijs in der tobenden Menge auf dem Bahnsteig unterging, stand sie am Fenster und dachte mechanisch: Ich bin wahnsinnig, so etwas zu tun: Ich habe keine Ahnung, wo Serjoscha sein könnte, und der Zug bringt mich mitten ins Kampfgebiet. Doch war sie sicher, daß die Zeit gekommen war, die sie sich vor so langer Zeit im japanischen Wohnzimmer ihrer Mutter vorgestellt hatte, der Augenblick, da sie sich auf ihr Schicksal stürzen mußte.

Einer von Schkuros Männern zerrte sie grob auf ihren Sitz.

»Weg vom Fenster, meine Dame. Man wird uns beschießen.«

Eine Fahrt, die noch ein Jahr zuvor nur eine Stunde gedauert hätte, dauerte jetzt fast den ganzen Tag; der Zug schlich durch eine zerstörte Landschaft, die übersät war mit Toten und aufgedunsenen Tierkadavern, verwüsteten Obstgärten und dachlosen Dörfern.

»Mutter Gottes«, sagte einer der jungen Soldaten, während er aus dem Fenster starrte.

»So ist nun mal der Bürgerkrieg, Junge«, sagte ein älterer und leckte lange und nachdenklich an seinem Zigarettenpapier.

Als der Zug bei Sonnenuntergang Mineralnyje Wody erreichte, bebten die Fenster vom Feuer der Geschütze, und alles strömte auf den Bahnsteig, um in Deckung zu gehen. Asja warf ihren Koffer hinaus, sprang, stürzte hart auf den Bahnsteig, raffte sich hoch und rannte zum Speisesaal.

»Ein Roter Panzerzug weiter voraus! Beschießt den Bahnhof!« schrie ihr jemand ins Ohr, und sie warf sich auf den Boden und landete unter einem Tisch, auf dem noch die weiße Decke lag. Messer und Gabeln rappelten unter dem Bombardement. Neben ihr kauerte ein Junge, der ihr nach jeder Explosion grinsend zublinzelte. Gipsstaub rieselte auf sie herab, ein Hagel von Glassplittern rauschte über den Boden. In der langen Stille nach dem letzten Einschlag empfand sie ein seltsames Hochgefühl. Das wahre Leben – wo man alles wagen konnte – hatte nun endlich angefangen.

Sie stand auf, schüttelte sich das Glas aus ihrem Krankenschwesternumhang und ging auf den Bahnsteig hinaus. Gerade setzte sich langsam und dampfend ein Weißer Artilleriezug in Bewegung, und sie ging neben ihm her, bis sie auf gleicher Höhe mit der Lokomotive war. Dort im Führerstand, das Gesicht rot von der Glut aus dem offenen Feuerloch des Dampfkessels, stand Sergej mit einem Revolver in der Hand. Sie schrie, doch ihre Stimme ging in einem Dampfstoß und dem Knirschen der Räder unter. Die Lokomotive, die ihn mit sich fortnahm, wurde schneller, und sie rannte den Bahnsteig entlang, stieß Leute zur Seite, brüllte seinen Namen, bis die letzte rote Laterne am letzten Waggon außer Sicht geraten war. Ohne zu wissen, wohin sie ging, trieb sie mit der panischen Menge fort, bis sie sich bei Einbruch der Dunkelheit im Vorraum der städtischen Ambulanz wiederfand. »Ich komme, um zu helfen«, sagte sie und stellte ihren Koffer ab.

Man sah sie eigenartig an und ließ sie Platz nehmen. Eine der Krankenschwestern begann ihr Glassplitter aus den Haaren zu suchen und betupfte eine Schnittwunde über ihrem Auge mit Jodtinktur.

Sie verbrachte die Nacht auf einem Feldbett der Ambulanz, das Sperrfeuer kam immer näher, der kalte Boden unter ihr bebte, die Kerosinlampe zitterte in ihrer Wandhalterung, und sie konnte nur immer vor sich hin flüstern: »O mein Geliebter, beschütze mich.«

Als sie am nächsten Tag zum Bahnhof ging, um nach Kislowodsk zurückzukehren, standen dort die Menschen so dicht, daß sie nicht einmal auf den Vorplatz gelangen konnte. Der Stationsvorsteher kletterte auf einen Gepäckwagen und schrie durch ein Megaphon, die Strecke nach Kislowodsk sei abgeschnitten, und wer dem Roten Vormarsch entkommen wolle, müsse sich nach Osten wenden, nach Ekaterinadar und Noworossisk an der Schwarzmeerküste.

Sie schlug sich zu einem Zug durch, der nach Osten fuhr. Während der zwei Tage langen Fahrt tauschte sie ihren Hut und ihre Handschuhe gegen Essen ein und stand in den Korridoren inmitten verängstigter Soldaten, die zu erschöpft waren, sie zu belästigen. Bei jedem Halt sprang sie aus dem Wagen, suchte die Bahnsteige ab und fragte, ob irgend jemand etwas vom Verbleib von Schkuros Leuten gehört habe. Sie ging von einem Waggon zum anderen durch ganze Zugladungen Weißer Soldaten und fragte tausend staubige Gesichter immer wieder von neuem: »Sergej Gurewitsch, Leutnant der Artillerie bei Schkuros Irregulären. Haben Sie ihn gesehen?«

Überall begegnete sie dem gleichen Nicken, dem gleichen Schulterzucken, den gleichen mitleidigen oder höhnischen Mienen.

Im Hauptquartier der Weißen Armee des südlichen Kommandoabschnitts unter General Denikin in Ekaterinadar zog der Adjutant einen Stuhl für sie heran, legte ein Stück teuren gelben Pergaments vor sich hin und ergriff die Feder, um ihr Gesuch aufzunehmen. Aber er schrieb nichts auf. Das alles war zu absurd.

»Er ist Ihr Mann?«

»Mein Verlobter.«

»Zuletzt gesehen vor einer Woche in Mineralnyje Wody? Auf Schkuros Artilleriezug?«

Sie nickte.

»Prinzessin Galizin, bei aller Hochachtung...«

»Also ist es hoffnungslos. Sie werden ihn nicht finden können?«

»Vollkommen hoffnungslos.« Er beugte sich vor und flüsterte: »Gehen Sie nach Noworossisk, zu irgendeiner Hafenstadt am Schwarzen Meer. Nehmen Sie das nächstbeste Schiff. Fliehen Sie. Es ist vorbei. Vergessen Sie ihn.«

Die spöttischen Stimmen all dieser Zweifler verfolgten sie, als sie den mit stinkenden, erschöpften Soldaten überfüllten

Zug von Ekaterinadar nach Noworossisk bestieg. Während alle anderen schliefen, drückte sie ihr Gesicht an die Fensterscheibe und dachte daran, daß sie Sergej nach ihrer letzten gemeinsamen Nacht nicht einmal einen Abschiedskuß gegeben hatte. Sie konnte das Bild nicht loswerden, wie er da im Küchenhaus in einem Gewirr von Laken auf den Dielen lag, die Brust entblößt, die Haut warm vom Schlaf, den Mund offen, die Augen unter der Wölbung seiner Lider verborgen.

Während sie an der Schwarzmeerküste auf ein Schiff wartete, wohnte sie in einer Pension. Die Erlösung kam in Gestalt der *Orient Star,* die Konstantinopel und Toulon zum Ziel hatte. Nachdem sie, um die Fahrt zu bezahlen, das allerletzte Stück des Familienschmucks versetzt hatte, ging sie am späten Nachmittag des 17. März 1919 an Bord.

Die *Orient Star* war von den Briten als Truppentransporter benutzt worden, und die Soldaten hatten ihre Initialen in die Teakholzreling geschnitzt. »Eine Schande«, sagte Gräfin Roditschew, indem sie mit einem verächtlichen Fingernagel über die Reling fuhr.

»Aber es wurde in Gallipoli als Truppentransporter eingesetzt. Was erwarten Sie da?« erwiderte Asja jäh erzürnt, daß diese alte Schachtel mit ihrer Lorgnette sich über den Zustand des Schiffes beschweren konnte, das zu ihrer Rettung gekommen war.

»Oh«, sagte Gräfin Roditschew und zog sich in ihre Traumwelt zurück, die eine Million Meilen von der sich vor ihnen entfaltenden Szene entfernt zu sein schien.

Sikh-Sepoys in staubigen roten Turbanen – Maultiertreiber bei den abziehenden britischen Expeditionsstreitkräften, die den Weißen zu Hilfe gekommen waren – trieben unmittelbar unter ihr ihre Maultiere die Landungsbrücke hinauf. Das Schreien dieser verängstigten Tiere, die da über den dunklen Wassergraben zwischen der Schiffsflanke und dem Kai schwankten, stieg jetzt zu Asja empor, und sie sah ihre räudigen Rücken unter sich vorbeidefilieren und im Laderaum verschwinden. Hinter ihnen auf dem Kai sah sie die Schlange vor der Gangway für die Passagiere, die britischen Offiziere in weißen Uniformen, die Tommies mit aufgepflanzten Bajonetten, die drängende und schiebende Menge, die mit Pässen, Geld, Schmuck und allem möglichen anderen winkte, um die Offiziere zu bestechen. Die Offiziere brüllten auf englisch: »Zurück! Zurück! Nur Passagiere mit Fahrkarten!« Die Tommies wehrten sich mit den Kolben ihrer Gewehre gegen das Andrängen der Masse, aus der unbeschreibliches Kindergeschrei und die schmeichelnden, angsterfüllten Stimmen der Erwachsenen aufstiegen. In der Ferne, oberhalb der weiten, von Villen gesäumten Bucht, oberhalb des grauen chaotischen Hafens, kämpfte die Weiße Armee um ihre Stellung. Die Rote Armee war in dieser Nacht zehn Kilometer vorgerückt. Der Exodus wurde zur wilden Flucht. Am Morgen hatte Asja auf dem Weg zum Schiff einen Zug Soldaten gesehen; mit abgerissenen Schulterklappen, eine Flasche von Mund zu Mund reichend, umdrängten sie einen Offizier, der auf einem Ballen am Rand des Hafens stand. Er hatte seinen Revolver gezogen. Sie schrien: »Und was ist mit uns, Euer Ehren?« Er hielt seine Waffe auf sie gerichtet, und es gab keinen Zweifel, daß er bereit war, auf sie zu schießen.

Jetzt waren es nur noch Minuten bis zur Abfahrt des Schiffes. Wachposten standen neben den Matrosen, die darauf warteten, die Taue loszumachen. Jedesmal, wenn vom Stadtrand her die Artilleriegeschütze krachten, bebte die Menge und drängte der Gangway entgegen. Asja wußte, in ihrem weißen Kleid und an ihrem sicheren Platz hoch über dem Gedränge war sie eine Qual für alle Menschen dort unter ihr, aber sie vermochte sich nicht zu entfernen. Ihr einziger Gedanke war, ob Praskowja, Olga, Dimitrij oder Sergej der Schnitzeljagd von Nachrichten würden folgen können, die sie in jeder Bahnhofsgaststätte, in jeder Offiziersmesse und in jeder Pension auf ihrem Weg an die Küste hinterlassen hatte.

Ein Mann in der Uniform eines Gardeoffiziers hastete, nur eine zerbeulte Aktentasche unterm Arm, die Gangway hoch. An Deck angekommen, nahm er eine Zigarre, zündete sie an und schritt lustvoll rauchend auf und ab, wobei er gelegentlich einen Blick auf die Szene unten am Kai warf, als ob dies ein zu seiner Unterhaltung arrangiertes Schauspiel wäre. Sie kannte ihn von den Heilquellen in Kislowodsk her. Sie erkannte auch einige Nachbarn aus Moskau wieder, die vier kleinen Grafen Trubezkoj, die aufgeputzt in Eton-Kragen und Knickerbockers die Gangway heraufmarschierten; ihre englische Nanny scheuchte sie voran: »Nun beeilt euch! Nun beeilt euch doch!«, als ob sie nicht um ihr Leben fliehen würden, sondern bloß zu spät zum Unterricht kämen. Und sie sah, wie deren Vater, der invalide Graf Trubezkoj, an den Spitzen seines Schnurrbarts kaute, als die Matrosen ihn die Gangway hochtrugen.

Sie sah auch Madame Apraksina, die Frau eines Moskauer Professors; sie trieb ihre drei Kinder die schwankende Gangway hoch, den Blick in wilder Entschlossenheit auf das Deck gerichtet. Ihr Mann schrie hinter ihr her: sie sah nicht einmal zurück.

Am Abend, als das alles weit entfernt und die Küste Rußlands nur noch ein dunkler Strich am Horizont war, traf Asja Madame Apraksina am Heck der *Orient Star;* sie hielt ein Taschentuch in der Hand und starrte ins Kielwasser. Nicht die Abfahrt selbst, nicht der immer breiter werdende Streifen Wasser zwischen ihr und ihrer Heimat, sondern erst Madame Apraksinas völlig verzweifelte Miene riß Asja aus dem Trancezustand, in dem sie sich befand, seit sie am Nachmittag an Bord des Dampfers gegangen war. Es war, als sähe sie, den Blick nach achtern gerichtet, mit einemmal die kühle weiße Gruft der Kirche, in der ihre Mutter unter den Birken von Marino ruhte, das frische Kreuz auf dem Grab ihres Vaters zwischen den durcheinandergeworfenen Grabsteinen des Gemeindefriedhofs; deutlich und unauslöschlich schien sie jeden einzelnen Menschen, den sie verloren hatte, vor sich zu sehen: Praskowja, Olga und Dimitrij, Iswolskij und seinen kleinen Sohn. Als sie an Sergej zu denken versuchte, blieb ihr Kopf vollkommen leer. Sie konnte nur die trostlosen Tatsachen Revue passieren lassen: daß sie ihn seit vier Monaten nicht mehr gesehen hatte, daß der Birnbaum das Fenster neben ihrem Bett gestreift hatte, als sie das letztemal miteinander geschlafen hatten, und daß ihre Annahme, sie würde ihn jemals wiedersehen, nichts als Torheit gewesen war. Asja und Madame Apraksina blieben an Deck, bis die letzte dämmerige Spur der russischen Küste entschwunden war. Dann wandte Madame Apraksina sich um und sagte: »Sie werden sich noch erkälten. Und in Ihrem Zustand...« Bis zu diesem Augenblick, da der Nachtwind ihr das lange weiße Kleid an den Körper wehte, hatte niemand bemerkt, daß Asja schwanger war.

TEIL 2

Bald nach ihrer Ankunft in Frankreich im Jahre 1919 mieteten Dimitrij und Olga Urusow ein Bauernhaus in der Provence, mit glänzenden dunkelgrünen Fensterläden und sieben dunkelrot gefliesten Räumen, ein Dutzend Meilen von der Ortschaft Saint Rémy de Provence am Ende eines von Schilfrohr gesäumten Wegs gelegen. Unter den Ikonen im Haus brannten Öllampen, an den Wänden hingen Petersburger Winterszenen, und auf dem Küchentisch dampfte tagaus, tagein der Samowar. Olga wohnte dort das ganze Jahr; um über die Runden zu kommen, übersetzte sie Bankdokumente, während Dimitrij in der Pariser Zentrale der Banque de Suez arbeitete. Einmal im Monat kam er Olga besuchen, wozu er Asja des öfteren mitnahm.

Asja stand oben am Schlafzimmerfenster und bürstete sich die Haare, während zwei Freunde von ihr, Botynskij und Rasumkin, auf dem Hof nach ihrem Sohn suchten. Niki war auf den Maulbeerbaum in der Mitte des Hofs geklettert und hielt sich im grünen Baldachin seines Laubs versteckt, während Rasumkin und Botynskij direkt unter ihm umhergingen und seinen Namen riefen.

»Böser Junge. Verdorbenes Kind. Und es ist mir egal, wenn du mich das sagen hörst«, brummte Rasumkin und sah zu Asja hoch, die höchst belustigt zu ihm herabblickte.

»Ich werde nicht den ganzen Tag verschwenden«, sagte er und stapfte in die Küche. Er kam mit einem Korb in der einen Hand und zwei Flaschen Wein in der anderen wieder zurück und stellte die Sachen in den Kofferraum des rostigen Renault, der den Urusows als Auto diente. Dann zwängte er seinen rundlichen Körper auf den Vordersitz und ließ sich seufzend hineinsinken. Das Verdeck des Wagens war zurückgeklappt, und Asja sah von ihrem erhöhten Platz an der Fensterbank die ölige Haarrolle, die seinen kahlen Fleck bedeckte.

Olga Urusow spähte aus dem Hoftor, für den Fall, daß Niki sich im Dickicht des Schilfrohrs versteckt hatte; Dimitrij lehnte auf einem Stuhl an der Küchenwand, schlürfte seinen Kaffee und las *Le Provençal* vom Samstag, dem 14. Juni 1924. Neben ihm streckte Lapin, der aus Oxford zu Besuch gekommen war, seine langen bloßen Füße in einen Strahl Sonnenlichts. Seite an Seite lasen sie die Zeitung. Doumergue war gestürzt. Herriot versuchte eine Regierung zu bilden.

»Keinerlei Nachrichten aus Rußland in dieser erbärmlichen Zeitung«, brummte Dimitrij. »Es könnte Knappheit und Hungersnot geben…«

»Wahrscheinlich«, stimmte Lapin zu.

»Und Exekutionen.«

»Allerdings.«

»Und was die Franzosen angeht, könnte sich das alles auf einem anderen Planeten abspielen.«

Seine Fahrerbrille in die Stirn geschoben, ging Wladimir Isaakowitsch Botynskij, ein spindeldürrer Gentleman in Knickerbockers, um den Maulbeerbaum und kratzte sich am Ohr.

»Niki, sei nicht albern. Wo steckst du?«

Asja lehnte sich aus dem Fenster und rief: »Spring!« Und er sprang, Botynskij genau auf den Rücken. Botynskij stieß einen Schrei aus, taumelte mit dem an ihm hängenden Jungen auf dem Hof herum und stolperte rückwärts in eine Hängematte.

»Voll getroffen! Bravo!« Asja klatschte in die Hände, hüpfte die Treppe hinunter und band ihr Haar in ein Kopftuch.

»Lapin, Botynskij, Niki, kommt jetzt!« rief sie, und die beiden befreiten sich aus der Hängematte und sprangen in den Wagen. Das Fahrzeug schlingerte aus der Einfahrt; Botynskij kauerte mit verstört konzentriertem Blick überm Steuerrad.

»Können Sie dieses Ding überhaupt fahren, Wladimir Isaakowitsch?« schrie Rasumkin.

»Die Theorie ist mir vertraut«, gab Botynskij zurück; er schaltete, ließ die Kupplung springen, und sie schnellten nach vorne. An jeder Kreuzung schrie Asja ihm ins Ohr, wohin er abbiegen sollte, während hinter ihnen Radfahrer die Fäuste schüttelten.

»Wie ein Rennfahrer, was?« rief Botynskij fröhlich und klopfte sich auf den Lederhelm; sein Schal flatterte im Fahrtwind.

»Sie sind eine Gefahr!« schrie sie. »Sind Sie überhaupt schon mal gefahren?«

»Lappalien, alles Lappalien!« schrie Botynskij zurück.

Botynskij war so lang und dünn, und seine Arme hingen so locker an ihm herab, daß Asja fand, er sehe aus wie eine Gottesanbeterin, wenn er mit unters Kinn hochgezogenen Knien auf einem Stuhl hockte. Botynskij gab eine Emigrantenzeitschrift heraus, *Die Stimme Rußlands,* und wenn Niki seine Taschen durchwühlte, fand er jedesmal Bleistiftstummel, Heftklammern und schmierige Flaschen mit Klebstoff, der zum Zusammenleimen von Korrekturfahnen gebraucht wurde.

Sie wußte, daß er ganz und gar nicht zu ihr paßte: mittellos, undefinierbar, voll rasender Energie, ein typischer russischer Draufgänger. Aber seine Beharrlichkeit war Balsam für ihre Seele. Oft kam er die sechs Treppen zu der kleinen Wohnung am Square des Batignolles hochgestiegen, wo sie mit Niki lebte, und brachte ihr noch warme Piroggen aus der russischen Bäckerei an der Rue de Moscou und sagte: »Sie müssen sie auf der Stelle essen«, schob sie ihr in den Mund und leckte sich den Teig von den Fingern. Sehr bald wurde er zu einem festen Bestandteil ihres Lebens. Wenn sie von ihrer Schicht in der Klinik nach Hause kam, wartete er oft an der Ecke und geleitete sie an den Betrunkenen auf dem Platz vorbei.

Sie brach ihm das Herz, aber sie konnte nicht anders. Er lechzte geradezu nach grober Behandlung. Sie begann, ihn mit Niki allein zu lassen, während sie ihr einziges anständiges schwarzes Kleid anlegte und die Treppen hinunterhüpfte, um essen zu gehen – einen Abend mit Rasumkin, am nächsten mit einem ehemaligen Patienten, dann wieder mit irgendeinem alten Verwandten, sogar mit Oberst Galizin, ihrem entfernten Vetter, der die entmutigende Angewohnheit hatte, zwischen den Cognacschwenkern ihre Hand zu fassen und ihr die Ehe anzutragen. Er tat dies zweimal. Sie erwiderte stets das gleiche: »Ich bin nicht verliebt, und ich weiß, was Liebe ist, also recht herzlichen Dank.«

Ja, einmal hatte sie erfahren, was es heißt, verliebt zu sein. Im Küchenhaus beim Schein der Kerosinlampe war sie verrückt vor Liebe gewesen. Als sie auf der Fahrt über das Schwarze Meer an Deck der *Orient Star* auf und ab gegangen war, hatte sie jeden Augenblick noch einmal durchlebt und sich bemüht, die präzise Farbe seiner Augen – graugrün – und den genauen Tonfall der letzten Worte, die er zu ihr gesagt hatte – »Komm. Komm.« – nicht aus dem Gedächtnis zu verlieren.

Während der ersten Monate in Paris hatte sie gelebt wie eine Nonne, die den Steinboden ihres Klosters austritt, und sich immer wieder gesagt: »Ich muß treu bleiben. Er wird zurückkehren.« Und dann führte ein Mann sie zum Essen aus, ein anderer Mann schenkte ihr Blumen, ihr Sohn wurde geboren, und nach und nach erschien es ihr sinnlos, einem Phantom die Treue zu halten.

Mit der Zeit war es für sie weniger ein Grund zu verzweifeln, als vielmehr ein Grund, stolz zu sein, daß sie mit jenem jungen Artillerieoffizier eine vollkommen makellose Woche verbracht hatte, und daß diese Woche ihr einen Sohn geschenkt hatte. Etwas Ähnliches würde niemals wieder geschehen.

»Ich strebe nicht mehr nach Vollkommenheit«, sagte sie

einmal versonnen zu Botynskij. »Und deswegen bin ich jetzt glücklich.«

Sie suchte sich Männer aus, die nur auf den nächsten Augenblick versessen waren, nicht auf das eheliche Danach. Zum Beispiel jener flachsblonde Berliner Bankier, der sie mit interessanten Schriften der dortigen Emigrantenpresse beglückte und dann ins Hotel Carlton nach Vichy entführte, wo sie ein Wochenende in einem blau-goldenen Zimmer verbrachten. Wenn sie abends in dem von Bäumen umstandenen Ballsaal tanzten, berührten ihre Finger den Ehering, den abzustreifen er geschmackvollerweise unterlassen hatte. Auf dem Bahnsteig des Gare de Lyon trennten sie sich mit dem brüderlichen Winken von Komplizen und wußten, daß sie einander nie wiedersehen würden. Sie fuhr mit der Metro nach Hause und kletterte summend die schmalen dunklen Stiegen am Square des Batignolles hinauf. Auf der obersten Stufe wurde sie von Botynskij erwartet.

»Ich weiß, mein Verhalten Ihnen gegenüber ist schlecht«, sagte sie zu ihm. »Aber betrachten wir einmal die Lage. Ich bin zweiundzwanzig Jahre alt, verwaist, vertrieben, mittellos und unverheiratet. Ich habe mir das Recht verdient, glücklich zu sein.«

Botynskij sah auf seine Hände: »Sie behandeln mich wie einen Eunuchen.«

Ihre grauen Augen gingen weit auf.

»Was für ein Ausdruck.« Und dann erwiderte sie leise: »Sie können jederzeit gehen.«

»Ich weiß«, sagte Botynskij unglücklich.

Dann kam der Abend mit Graf Engalitschew. Als sie die Treppe hinaufkam, wurde sie oben von Botynskij erwartet. Inzwischen war es ihr so einerlei, was Botynskij von ihr denken mochte, daß sie, während er verlegen den Blick abwandte, ihren Rock hochzog, die Strümpfe losband und hinunterrollte, stumm in der Küche Platz nahm und sich die Füße massierte.

»Was ist passiert?«

»Wir waren beim Pferderennen, er hat mir seinen Stall gezeigt, wir sind in der Closerie des Lilas essen gewesen.« Sie wirkte so erschöpft, daß Botynskij sie am liebsten in die Arme genommen hätte.

»Wozu erzähle ich Ihnen das? Unsere Beziehung ist unnatürlich.«

»Weiter.«

»Im Taxi wurde er zudringlich. Ich bin ja nicht gerade zurückhaltend, aber küssen lasse ich mich nur, wenn ich es will. Verstehen Sie?«

Botynskij seufzte mitfühlend.

»Also habe ich an die Scheibe geklopft, und der Fahrer hielt an. Mitten im Bois de Boulogne. Stockfinster. Ich bin ausgestiegen.«

Botynskij seufzte noch einmal.

»Und wissen Sie, was dieser miese Kerl zu mir gesagt hat? ›Frauen, die ja sagen, vergißt man nie. Frauen, die nein sagen‹«, und hier schnippte sie mit dem Finger, »›vergißt man für immer.‹«

»Das kann ich nicht glauben.«

»Wortwörtlich. Und dann fährt er los und läßt mich auf der Straße stehen. Können Sie sich das vorstellen? Ich mußte eine Stunde lang mit der Metro fahren. In meinem besten Kleid.«

»Leute wie er haben die Revolution zu einer Notwendigkeit gemacht«, sagte er, und sie begann zu lachen.

»Sie sind zornig. Wie rührend.«

»Er liegt völlig falsch. Männer erinnern sich viel eher an eine Frau, die *nein* sagt, als an eine, die *ja* sagt. Ich muß es wissen.«

Sie gab ihm einen Kuß auf die Stirn, ging in ihr Schlafzimmer, schloß die Tür und schlief in ihren Kleidern ein. Als sie aufwachte, sah sie, daß Botynskij ihr vor seinem Weggang das Kleid ausgezogen und sie zugedeckt hatte.

Drei Wochen später ließ sie Niki bei den Urusows und führte Botynskij nach Aigues Mortes in ein stickiges Hotelzimmer mit fleckigen Tapeten. Als sie neben ihm lag, sank ihr plötzlich der Mut. Sie dachte: Wenn ich doch nur wieder neunzehn wäre. Wenn mein Körper doch keine Erinnerung hätte. Wenn ich doch gerade erst anfangen würde.

»Nimm die Brille ab, Botynskij«, sagte sie zu ihm. Und Botynskij nahm die Brille ab. Jetzt war er nackt, ein Fremder mit Ringen unter den Augen, wo die dicken Brillengläser die Sonne von seiner Haut abhielten.

Er starrte sie an, seine Hände streichelten ihren Körper, er wartete auf ihre Erlaubnis, weiterzumachen. Als sie ihn gewähren ließ, entdeckte sie, daß sie alle unrecht hatten: Dimitrij, Rasumkin, alle, die behaupteten, Botynskij wäre bloß ein Witz. Er wußte, was er tat. Er nahm ihr Gesicht in seine Hände, und sie überließ sich ihm und wälzte sich nackt und mit Schweiß beperlt auf dem Kissen. Binnen einer Minute hatte ihr Körper die ganze große Last der Erinnerung abgeworfen und sich in der Gegenwart verloren.

Als sie erwachte, war das Zimmer kühl und dunkel, und er betrachtete sie noch immer. Noch nie hatte sie bei einem Mann einen so wehrlosen, so vertrauensvollen Blick gesehen. Ein einziges Wort von dir, Botynskij, dachte sie, und ich werde die deine. Aber dann sagte er: »Ohne meine Brille kann ich dich nicht sehen«, und ehe sie ihn aufhalten konnte, hatte er sie aufgesetzt, und diese nackten weißen Ringe verschwanden unter den Bullaugen seines Drahtgestells. Sein Lächeln schien zu sagen: Jetzt siehst du mich, wie ich bin. In Wirklichkeit aber hatte er sich nur wieder hinter seine wirkungsvollste Verkleidung zurückgezogen.

»Mami! Sieh mal, der Strand!« Nikis Stimme rüttelte sie aus ihrer Träumerei.

Sie waren bereits in La Tour des Sphinguettes. Der kleine schwarze Wagen holperte über den Damm, an dessen Ende der Leuchtturm stand, das Straußgras auf den Dünen schlug im Wind hin und her. Botynskij hielt auf dem Damm, und sie stiegen aus. Es wehte ein heftiger Wind, der Sand fegte zischend über den Böschungshang und stach sie in die Knöchel, und Niki schrie, als er mit Lapin und Botynskij die Dünen hinunter vorauslief. Asja ging ihnen nach, Arm in Arm mit Rasumkin.

Sie fand es amüsant, diesen Urlaub gemeinsam mit Rasumkin und Botynskij zu verbringen: es war für beide gleich quälend. Beide verabscheuten die Rolle als ihre demütigen Diener. Sie murrten unverhohlen über die Art, wie sie sie um den kleinen Finger gewickelt hatte. Doch als sie ihnen eine Woche bei den Urusows vorschlug, waren sie hilflos einverstanden. »Wir sind ihre Sklaven«, sagte Rasumkin, »weil wir beide häßlich sind. Sie ist schön, und wir sind verhext. Das Ganze ist erbärmlich.«

Sie löste sich von Rasumkins Arm und sprang hüpfend die Dünen hinunter, eine Windsbraut in Petticoats und leichtem Kattunrock, mit schwarzen Locken in hellrotem Kopftuch und bloßen Füßen, die beim Laufen kaum den Sand zu berühren schienen. Der Wind schien sie emporzuheben und frei und schwerelos über den Strand zu treiben. Sie schlich von hinten an Botynskij heran und hielt ihm die Augen zu, und als er herumfuhr, umschlang sie ihn mit den Armen und küßte ihn.

Rasumkin wandte sich ab und sah wütend aufs Meer hinaus. Die Vorstellung, daß er die beiden zusammengebracht hatte! Die ganze widerwärtige Szene fiel ihm wieder ein. Seine Wohnung in Neuilly: Botynskij unter Hochspannung, wie er sich über Nekrasow und Belinskij und weiß Gott wen sonst noch alles verbreitete und ein Glas nach dem anderen aus Rasumkins bestem georgischen Vorrat kippte, während Asja ihn mit jener katzenhaften Aufmerksamkeit beobachtete, die Frauen ihrer Beute stets widmen. Was sah sie nur in diesem absurden Menschen mit den hohen Kragen, den zwei Nummern zu kleinen Anzügen, deren Taschen mit Büchern und Kleisterflaschen und Druckfahnen vollgestopft waren, und diesen Fischaugen hinter seiner Brille? Ein mittelloser Traumtänzer, wogegen er, Rasumkin, die besten crèmefarbenen Leinensachen trug, eine schöne Wohnung mit Aussicht auf den Bois de Boulogne besaß, ebenso viele Sprachen wie Botynskij beherrschte und sie nicht weniger zärtlich liebte. Kein Vergleich, und doch war ihm mit entsetzlicher Gewißheit klar, daß Botynskij den Weg zu ihr ins Bett gefunden hatte.

Rasumkin fluchte über den Sand, der ihm in die schweren schwarzen Schuhe drang, er fluchte über das Gewicht des Picknickkorbs und den Wind, der ihm den Hut vom Kopf wehte und am Strand entlangrollte. Er schritt hinter ihr, und seine großen schwarzen Schuhe löschten ihre zierlichen Fußabdrücke aus.

»Du bedauerst mich, deswegen duldest du mich in deiner Nähe«, hatte er einmal zu ihr gesagt.

»Mach dich nicht lächerlich«, hatte sie erwidert. »Ich tue das, weil du mir ergeben bist.«

Bei ihrem ersten Besuch in seiner Arztpraxis hatte sie auf der Kante des Untersuchungstischs gesessen und sich sittsam bedeckt gehalten wie die Meißner Schäferin auf dem Kamin seiner Mutter in Neuilly, klein, zierlich, weiß wie Porzellan, die kleinen aufgerichteten Brustwarzen, die gestraffte Haut über den rechteckigen Rauten ihrer Kniescheiben, ihre winzigen, hochgewölbten Füße, die gerade den Boden berührten.

Als sie sich auf der Couch zurücklegte und ihn die straffe Wölbung ihres Bauches betasten ließ, fragte er sie: »Freut sich Ihr Mann?« Sie war immerhin nicht älter als neunzehn.

»Ich habe keinen Mann.«

»Entschuldigen Sie.«

Sie richtete sich lächelnd auf und bedeckte sich mit dem Laken.

Und dann strömte die Geschichte aus ihr heraus. Wie sie

ihre Eltern begraben hatte, wie sie Praskowja Iwanowna auf einer staubigen Straße in Kislowodsk zurückgelassen hatte, wie sie vergebens nach dem Vater ihres Kindes gesucht hatte, obwohl sie ihn, wie sie mit entwaffnender Offenheit hinzufügte, nur einunddreißig Tage lang gekannt und genau fünfmal mit ihm geschlafen hatte.

»Sie haben Glück, daß Sie so fruchtbar sind«, sagte er, und sie blickte lächelnd an der Pracht und Fülle ihres Leibes hinunter. Für jede andere in ihrem Alter hätte Schwangerschaft eine Katastrophe bedeutet. Für dieses verlassene, vertriebene Mädchen schien es ein Anlaß zu heimlicher, obgleich strahlender Begeisterung, ein vaterloses Kind zur Welt zu bringen. Sie wirkte nicht hilflos im Exil, sondern glich einem Kätzchen, das, zu jung, um Angst zu kennen, aus dem Fenster gestürzt und in den Straßen von Paris auf den Füßen gelandet war. Und Rasumkin fühlte sich unmittelbar von dem entsetzlichen Sog der Liebe niedergezogen.

Als sie ihm von ihrer Ausbildung am Englisch-Russischen Krankenhaus erzählte, meinte er, er könne ihr vielleicht eine Stelle im Maison Velpeau besorgen, einer Privatklinik, die von seinem Freund Antonow geleitet werde.

»Vollgestopft mit notleidenden Russen. Genau der richtige Ort für Sie«, sagte er. Als sie ihn fragte, ob er in Moskau oder Petersburg studiert habe, zeigte er auf seine Diplome an der Wand, die von der Pariser École de Médecine stammten, Abschlußjahrgang 1917. Sie sah blinzelnd zu ihnen hinauf, auf eine kurzsichtige Art, die er entzückend fand. Da er sich lächerlich vorkam, platzte er damit heraus, daß er in Paris geboren sei und mit seiner Mutter in einer Wohnung in Neuilly lebe. Die Hälfte seiner Kommilitonen sei zwischen der Somme und Verdun getötet oder verwundet worden. Ihn selbst habe man ausgemustert: zu dick, zu asthmatisch. Er sah auf seinen Bauch hinab, als wollte er sagen: Da sehen Sie es, und sie hatte sich lachend wieder angezogen.

Antonow stellte sie sofort ein, und bis zum neunten Monat

arbeitete sie jeden Vormittag. Sie führte die alten Grafen und Gräfinnen die langen Flure auf und ab und ließ die endlose Flut ihrer Verbitterung und Trauer über sich ergehen. Exil. Enteignung. Offen gesagt, hatte sie es satt, davon zu hören. »Nicht ihre Krankheiten bringen sie um, sondern ihr Heimweh«, sagte sie einmal zu Rasumkin.

»Warum bringt es dich nicht um?«

»Weil ich ein Kind bekomme«, sagte sie.

Die Geburt war schwierig. Er empfand keine Freude, als er sie in der Narkose sah: der scheinbaren Unverwundbarkeit ihrer Jugend beraubt, den Mund offen, blaß und stammelnd. Als sie den Kleinen gesäubert und ihr in die Arme gelegt hatten, brach Asja in Tränen aus. Weinend sagte sie immer wieder, er gleiche Serjoscha aufs Haar, eine für Rasumkin vollkommen absurde Behauptung, da er genauso aussah wie alle anderen Neugeborenen: verschrumpelt, naß und purpurrot.

»Ja, Liebstes«, sagte Olga. »Sieh nur seine Haarfarbe.« Offenbar hatte das Kind das rotbraune Haar seines Vaters.

»Jetzt brauche ich meine Praskowja«, sagte Asja mit einem hilflosen Blick auf das Wesen, das Rasumkin ihr in die Arme legte.

Olga zog für die ersten Monate an den Square des Batignolles, um Asja am Anfang ihrer Mutterschaft zu helfen, und danach gab es, bis dann Botynskij auftauchte, eine ganze Reihe von Kindermädchen, deren Löhne Asjas magere Einkünfte von der Klinik vollkommen aufzehrten. Rasumkin bot ihr Unterstützung an, die sie aber ausschlug.

Einige Jahre später rief Asja ihn eines Abends an und bat, er solle so schnell wie möglich kommen. Nur mit Morgenmantel und Pantoffeln bekleidet, winkte er sich ein Taxi heran und raste durch ganz Paris. Mit Schrecken sah er, wie sie lebte, so schäbig, so ärmlich, so klaglos, den Jungen neben sich in ihrem Bett, bleich, fiebernd und verängstigt. Sie war keine Frau, die wegen nichts ein Theater machte, und es war tatsächlich ernst: Meningitis. Rasumkin brachte die beiden auf schnellstem Wege ins Amerikanische Krankenhaus, wo er eine Woche in der glücklichen, festen Gewißheit verbrachte, daß sie ihn brauchte. Als der Kleine schließlich ohne Hilfe aus der Vordertür wackelte, drehte sie sich in der Vorhalle des Krankenhauses um und küßte ihn vor zwei seiner Kollegen leidenschaftlich auf die Lippen. Und da endlich hatte er es gewagt, sie auszuführen und einige ihrer Ausgaben zu übernehmen.

Er führte sie in das Restaurant Chez Georges in der Rue Mazarine, weil er dachte, es würde ihr gefallen, wie der schwitzende alte ukrainische Koch sich auf eine Zigarette in die Durchreiche lehnte und seinen Kunden eine fettige Hand hinstreckte. Asja schien sich in diesem verräucherten Bohemelokal ebenso wohl zu fühlen wie auf dem pompösen Jahresball der russischen Rotkreuzgesellschaft. Er, Rasumkin, fühlte sich nirgends wohl. Auf dem Rotkreuzball, dem Höhepunkt im Kalender der Emigranten, trottete er in seinem Gehrock schwitzend hinter ihr her und machte unbehagliche Verbeugungen, wenn sie ihn großartig als »mein Arzt« vorstellte. Schon tags darauf aber sagte sie: »Ich hasse alle diese Leute, und Sie?« und befahl ihm, sie zum Swimmingpool des Molitor zu begleiten. Sie schien sich auf Schauplätze zu spezialisieren, die ihn in Verlegenheit versetzten. Denn sie wußte ganz genau, daß er vor den unausstehlichen Halbgöttern, die um das Schwimmbecken lungerten, seinen dicken Bauch und seine geäderten Beine niemals entblößen würde. Also saß er unglücklich oben auf der Zuschauergalerie und sah sie in ihrem schwarzen wollenen Badeanzug, der so eng um ihre entzückenden Brüste lag, aus der Umkleidekabine der Damen kommen. Zur Überraschung der eleganten Ladys am Beckenrand, die sich nicht die Haare naß machen wollten, sprang sie mit den Füßen voran ins Wasser. Dann tauchte sie auf und schwamm mit forschen, männlichen Stößen hin und her, während ihr Kind im gleichen Tempo am Rand neben ihr herzuckelte. Rasumkin über ihr auf dem Balkon sah die Muskeln zwischen ihren Schulterblättern wühlen und das Wasser an ihrem offenen Mund Wellen schlagen, wenn sie zum Luftholen den Kopf drehte, und angeekelt von sich selbst empfand er die Sehnsucht, irgendein anderer Mensch zu sein als Ilja Iljonowitsch Rasumkin.

Und als er sich jetzt im Sand von La Tour des Sphinguettes niederließ und den Weißwein zum Kühlen an einem kleinen Priel eingrub, erkannte er, daß er eine lächerliche Figur geworden war, der impotente und frustrierte »Bewunderer«, der »Freund der Familie«. Er blickte auf: sie lief noch immer am Strand entlang, ihr Sommerkleid wehte an ihre Beine.

Sie hielt ihn offenbar für geschlechtslos, dachte er verbittert. Könnte sie sehen, was Freitag abends bei Madame Dany aus ihm wurde, wäre sie mehr als überrascht. Dort empfing man ihn mit Ehrerbietung, dort war er der König. Wenn er oben im Schlafzimmer mit Regine neben den deckenhohen Spiegeln lag, konnte er sogar sich selbst betrachten, diesen gewaltigen Haufen Fleisch, und bei dem Anblick Wonneschauer empfinden. Regine spottete seiner nicht, sie betrachtete ihn nicht mit Asjas Ironie. Regine, die Gute, wußte gar nicht, was Ironie war. Sie tat, was man ihr auftrug. Ein gutes Mädchen. Und wenn Regine ihn dann wieder ankleidete, ihn zuknöpfte, ihm den Hut geraderückte und ihn auf die Straße entließ, genoß Rasumkin das größte Vergnügen von allen: durch die Menschenmassen vor den Kinos von Montparnasse zu schlendern und das Glücksgefühl eines Doppellebens auszukosten.

Nichts bot so guten Schutz gegen die Gleichgültigkeit und den Sarkasmus anderer Leute wie ein Doppelleben. Wenn er darüber nachdachte, war dies auch der Grund, warum er sein Feierabendgeschäft betrieb. Sehr lukrativ, aber auch sehr ungesetzlich. Konnte einen die Konzession kosten, wenn man erwischt wurde, dazu käme womöglich ein Verfahren wegen Totschlags und ein jäher Absturz in gesellschaftliche Ächtung. Aber das war ja gerade das Reizvolle daran. Angefangen hatte es mit diesem Mädchen bei Madame Dany. Er konnte sich nicht einmal an ihren Namen erinnern. Und dann begann die Kunde sich zu verbreiten, bald hatte er freie Auswahl, und sie bezahlten in bar, absurde Beträge, um sich von ihren Fehltritten zu befreien. Die Arbeit war grauenhaft, aber er lernte, seine sentimentalen Anwandlungen abzulegen. Das Geld kam ihm recht, aber es war nicht nur das Geld, nicht nur die Not – die verängstigten, ihm ausgelieferten Menschen, die ihn anflehten, ihre Ehe, ihren guten Ruf, ihre Gesundheit zu retten. Nein, es gefiel ihm, ein Geheimnis zu haben, das war es, wie er zu seiner echten Verblüffung herausfand. Niemand außer seinen Klienten und seiner Assistentin wußte davon. Bis fünf Uhr nachmittags war er ein angesehener Facharzt mit einer glänzenden Messingtafel über dem Klingelknopf, eine gute Adresse in Neuilly. Und wenn es dann nach fünf Uhr verstohlen klopfte, fing ein anderes Leben an. Er fand es unwiderstehlich, ein Geheimnis zu haben – weil er häßlich war, weil keine Frau ihn lieben wollte, weil Asja ihn für untadelig hielt.

Er blinzelte in die Sonne und erblickte sie weit hinten am Strand, das Kleid in die Strümpfe gesteckt, die Hände in den Taschen, watete sie bis zu den Waden durch die Wellen und sang zweifellos vor sich hin, wie sie es immer tat, wenn sie glücklich war.

Etwas näher, halb verloren im Gleißen des von den Wellen reflektierten Lichts, bauten Lapin und Botynskij eine Sandburg um Niki, der wie ein kleiner Buddha mit gekreuzten Beinen in der Mitte thronte.

Rasumkin beschäftigte sich damit, aus dem Schirm und Asjas Badetüchern einen Windschutz zu errichten. Er machte es sich dahinter gemütlich und schnitt sich mit seinem Taschenmesser ein Stück Wurst ab. Asja trat neben ihn, ging in die Knie und schnürte ihm die Senkel seiner großen schwarzen Straßenschuhe auf.

»Hat man so was schon gehört, am Strand Schuhe zu tragen! Du siehst absolut lächerlich aus!«

Er ließ sich von ihr die Leinenhose bis zu den Waden hochkrempeln und wankte lahm hinter ihr her, als sie die Sandburg besichtigen ging. Als sie eine Zigarette anzündete, wölbte er seine Hände um ihr Streichholz; dann kniete sie neben der Burg und inspizierte die Muscheln, die Niki hineingelegt hatte; das Wasser plätscherte um ihre Füße und netzte den Saum ihres Kleids.

»Die Flut kommt herein«, sagte sie.

Als Botynskij sich die Brille hochschob und zusah, wie die Türmchen in die Wellen rutschten, brach sie in Gelächter aus.

»Katastrophe! Wie entzückend«, sagte sie.

Niki sagte: »Gehn wir schwimmen!« und Asja hob ihn auf die Füße. Sie blickte sich um. Lapin, Botynskij und Rasumkin schüttelten die Köpfe.

»So was von Hasenfüßen! Nicht mal du, Lapin?«

»Nicht mal ich.«

Es war niemand in Sicht, nur ihr Wagen oben auf dem Damm und der weite Bogen der Wellen, die in dem grellen Gleißen verschwanden. Sie zog sich das Kleid über den Kopf, stieg aus ihrer Unterwäsche, klatschte in die Hände und rannte mit ihrem Sohn ins Wasser. Die drei Männer – Lapin, Botynskij und Rasumkin – saßen mit aufgekrempelten Hosenbeinen neben der Burg, rauchten gemeinsam eine Zigarette und sahen zu, wie Niki kreischend herumhüpfte und die Wellen spritzend an Asjas nackten Körper schlugen.

»Ihr seid ja *solche* Feiglinge!« rief sie; Niki tollte um sie herum, und die Wogen brachen sich an ihrem Rücken.

Als sie herausgelaufen kamen, hielt Botynskij schon ihr getrocknetes Strandkleid bereit, und Rasumkin reichte ihr ein Glas Weißwein. Ihre Brustwarzen waren eingeschrumpft, und ihre Haut war von den Schlägen der See gerötet. Die nassen schwarzen Haarlocken klebten ihr am Nacken, und zwischen ihren Schulterblättern rieselte Wasser herab. Rasumkin wurde von dem heftigen Verlangen gepackt, sie von oben bis unten abzulecken.

Sie öffnete ihr Kleid und ließ Niki hineinkriechen, dann rieben Lapin und Botynskij die beiden ab und gingen in die Knie, um ihre Waden und Knöchel zu erreichen. Anschließend watschelten Asja und Niki zusammen in ihrem Kleid hinter den Windschutz, wo sie sich fallen ließen und von Rasumkin etwas aus dem Korb zu essen serviert bekamen.

Niki legte seinen Kopf in ihren Schoß und war bald eingeschlafen. Sie blickte auf ihn herab, streichelte ihm zärtlich die Ohren, und die Männer sahen das Lächeln aus ihrem Gesicht verschwinden. Sie dachte: Meine Liebe hat die Orientierung verloren. Sergejs Bild war jetzt für sie so verschwommen wie die Kurve des Strands im flachen Gleißen der Sonne, und ihr Junge war zu einem Schatten geworden, vertrieben vom Ursprung seiner Gestalt.

Sie alle schwiegen jetzt und hörten dem Sand zu, der gegen den Windschutz trieb. Sie nippten an ihrem Wein, sahen einander im leuchtenden Strandlicht in die Gesichter, sahen den Jungen in den unergründlichen Tiefen des Schlafs versinken. Sie blickte aufs Meer hinaus, zog das Kleid fester um sich und sagte, das letztemal sei sie vor dem Krieg nackt schwimmen gewesen.

»Wo?« fragte Botynskij und nahm einen Schluck Wein.

»Mit Lapin und Vater. Am Bootshaus. Auf Marino. Weißt du noch, Lapin?«

»Aber ja«, sagte Lapin. »Wer kann so was je vergessen?«

Es war das erstemal in Rasumkins oder Botynskijs Gegenwart, daß sie auch nur für kurze Zeit ins Träumen geraten war. Sie war immun gegen die Krankheit der Emigranten. Tatsächlich zeigte sie die entgegengesetzten Symptome: nicht selten bemerkte Rasumkin unter der Oberfläche ihrer atemlosen Energie, ihrer Fröhlichkeit und guten Laune, mit welcher Anstrengung sie ihre stürmische Flucht in die Zukunft betrieb.

»Es ist vorbei. Vollkommen aus und vorbei«, sagte sie und sah Lapin zärtlich an.

Lapin nickte. *»E finita la commedia.«*

»Ach, Lapin, warum leben wir getrennt voneinander? Warum du in London, und ich in Paris? Wozu dieses lächerliche Oxford? Es sind nur so wenige von uns übrig. Wir müssen zusammenhalten.«

»Dieses lächerliche Oxford? Die beste Zeit meines Lebens, Asjenka, und in zwei Monaten fange ich bei Barclays an. Ich habe mich eingearbeitet. Zu spät, fürchte ich.«

»Zu spät? Ich hasse den Gedanken, daß du ein Engländer wirst. Ich hasse diese Vorstellung.«

»Aber das werde ich doch nicht! Niemals!« Doch da hatte sie sich bereits auf ihn geworfen; sie wälzte ihn im Sand herum und kitzelte ihn unter den Rippen, wo er, wie sie wußte, hilflos war; während er um Gnade flehte, schauten Botynskij und Rasumkin zu und aßen ihre Butterbrote.

Sie gingen im Gänsemarsch am Strand spazieren, bückten sich gelegentlich und lasen Muscheln auf, die sie nach hinten weiterreichten und in Nikis Eimer warfen. Das Licht wurde rötlich grau, vom Meer erhob sich ein kalter Wind, und sie traten den Rückweg zum Wagen an; Asja ging voran, dahinter kam Lapin mit Niki auf dem Rücken, Botynskij mit dem Korb, und als Nachhut Rasumkin, der seine schwarzen Schuhe an den verknoteten Senkeln um den Hals hängen hatte.

Als sie im Wagen saßen und das schwarze Leinwandverdeck zugezogen hatten, schminkte Asja sich vor dem Rückspiegel die Lippen.

»Das war der glücklichste Tag seit...«

»Seit Rußland«, sagte Lapin.

Sie blickte starr zum Meer zurück. »Ja.«

Sie lieferten Lapin bei den Urusows ab, wo er den Rest seiner Ferien unter Olgas Fürsorge verbringen wollte, und Dimitrij fuhr sie rechtzeitig für den Mitternachtszug nach Avignon zum Bahnhof. Asja legte den Kleinen in das untere Bett, schwang sich ins obere und warf Dimitrij auf dem Bahnsteig eine Kußhand zu. Dann beugte sie sich hinüber und versah Botynskij und Rasumkin mit Küssen.

»Gute Nacht, meine Freier, gute Nacht!«

Als der Zug mit hoher Geschwindigkeit dahinfuhr und Botynskij an Rasumkins Schnarchen erkannte, daß dieser fest eingeschlafen war, langte er hinüber und nahm Asjas Hand, aber auch sie schlief bereits, und so lag er allein und betrachtete ihr Gesicht im Schein des Nachtlichts. Seine Gedanken schweiften von ihr zu den Zugreisen seiner verlorenen Kindheit, von Kiew nach Wien, nach Triest; wie er im zarten Weiß der österreichischen Alpen eingeschlafen war und dann beim Aufwachen vor dem Fenster endlich das strahlende Blau der Adria an den Rand der Geleise hatte plätschern sehen. Er lag dort und erwog die Komponenten seiner Traurigkeit, er fragte sich, wieviel davon sich dem Exil zuschreiben ließe und wieviel dem Bewußtsein, daß die Frau, die da ihm gegenüber im Schlaf vor sich hin flüsterte, ihn niemals so lieben würde, wie er sie.

Pünktlich um sieben am Sonntagmorgen lief der Paris-Lyon-Méditerranée in den Gare de Lyon ein. Sie stiegen aus, Asja voran, Botynskij und Niki Hand in Hand hinterher und als letzter Rasumkin, der würdevoll neben dem von ihm gemieteten Gepäckträger einherschritt. Die Zeitungsverkäufer kurbelten gerade die Rolläden ihrer Kioske hoch, und in den Cafés gegenüber dem Bahnhof standen noch die Stühle auf den Tischen. Asja mochte diese Tageszeit in der Stadt am liebsten, alles war noch still und verlassen, die Eiswagen machten ihre Runden, und das Wasser in den Rinnsteinen gurgelte. Das Taxi brachte sie an den Quais vorbei, wo die Buchhändler in dem dünnen, vom Fluß reflektierten Licht ihre Waren ausbreiteten; dann weiter durch die Avenue Marceau, um den Arc de Triomphe, über die Avenue Wagram zum Boulevard Pereire und an der hohen Mauer des Güterbahnhofs entlang bis zu dem verkommenen Platz, wo sie anhielten.

»Ich werde nie begreifen, warum du hier wohnst«, sagte Rasumkin, als sie auf den Bürgersteig traten. Selbst am Sonntagmorgen rangierten auf dem Verschiebebahnhof die Güterzüge und stießen grusigen schwarzen Rauch aus ihren Schornsteinen.

»Wenn du an diesem Morgen unbedingt den großen Herrn spielen und dich über den Square des Batignolles lustig machen willst, Ilja Iljonowitsch, kannst du uns außer dem Taxi auch noch ein Frühstück spendieren.«

Rasumkin zog eine große Banknote hervor, die Asja an Botynskij weiterreichte; sie trug ihm auf, er solle mit Niki zur Rue de Moscou laufen und Blini, Serniki, saure Sahne und Schwarzbrot besorgen.

»Und Wodka«, fügte Rasumkin hinzu, während er sich mit ihren Koffern belud.

Es kümmerte ihn nicht, was sie dachte; dieser Ort war einfach unter ihrer Würde. In dem Park trieben sich beim Schichtwechsel die Eisenbahnarbeiter herum, rauchten und erzählten schmutzige Geschichten; und dieses dunkle, gewundene Treppenhaus, hinter jeder Tür bettelarme Russen, die immerzu Kohl kochten, entsetzliche Gestalten in Unterwäsche, die morgens vor der Toilette am Ende des Flurs Schlange standen. Sie mußte von dort gerettet werden.

»Ich habe Rettung nicht nötig, Ilja Iljonowitsch«, sagte sie, als sie ihm voran die Treppe emporstieg. »Ich kann die Kirche, die Bäckerei, das Tivoli-Bad zu Fuß erreichen. Wenn wir uns reich fühlen, gehen Niki und ich im Parc Monceau spazieren, und wenn wir uns arm fühlen, spielen wir auf dem Friedhof.«

»Du spielst mal wieder die Tapfere, meine Liebe«, sagte er und wartete außer Atem am oberen Ende der Treppe, während sie in ihrer Tasche nach den Schlüsseln kramte.

Sie sagte über die Schulter: »Dein Problem ist es, daß du

in deinem ganzen Leben nie etwas verloren hast, Ilja Iljonowitsch. Du klammerst dich unnötig an irgendwelche *Dinge.*«

Wenn sie in seiner Wohnung speiste, fuhr sie mit den Fingern über all den Schnickschnack, die kleinen Statuetten, die Nippsachen, die Sesselschoner, und zog ihn damit auf, daß er den Geschmack einer alten Dame habe.

»Ich will dir nur helfen, das ist alles, und du, mit deinem verrückten Stolz, schlägst alles aus.«

Sie stieß die Tür auf, ließ ihn vorgehen und sagte, indem sie die Tür hinter sich schloß: »Es freut mich, daß du mir die Zugfahrt und das Taxi bezahlst und uns sogar ein Frühstück spendierst, aber ich werde mich von niemandem aushalten lassen.«

»Ist davon je die Rede gewesen?«

Sie zündete sich eine Zigarette an, musterte ihn amüsiert und ging dann in die Küche, um den Teekessel aufzusetzen.

Rasumkin setzte sich auf einen Küchenstuhl und sah zu, wie sie schwungvoll das Linoleum auf dem Küchentisch abwischte, die Teedose aus dem Regal nahm und ihre gesprungenen Tassen hinstellte. Von seinem Platz aus konnte er in jedes Zimmer der Wohnung blicken: das Bad, wo ihre Strümpfe und Nikis Unterwäsche über der Wanne zum Trocknen hingen, das Doppelbett, auf dem sie und das Kind schliefen, ein Haufen Bettdecken hinter der offenen Tür, und den Salon mit seiner trostlosen Aussicht auf den Rangierbahnhof. Sie ging geschäftig an ihm vorbei, schüttelte die Sofakissen auf und trug zwei Stühle für das Frühstück herbei. Auf den Tischen lagen ein paar russische Bücher, einige Schnappschüsse von Niki, staksig und dünn, die Hände gegen die Sonne über den Augen, und, wie Rasumkin ärgerlich vermerkte, ein Photo von Botynskij in der affektierten Pose eines weisen und reifen Mannes, die Hände auf einer Ausgabe der *Stimme Rußlands* und Rauchkringel über seiner Zigarette. Keine Bilder von Vorfahren, kein Silber, nichts von den antiken Kleinigkeiten, die den Wohnungen der Emigranten ihre besondere Atmosphäre von Klaustrophobie und Abgeschlossenheit verliehen.

Keine Photographie von diesem mysteriösen Sergej. Was Rasumkin betraf, konnte der ebensogut ein Phantasieprodukt Asjas sein.

»Was soll ich mit einem Photo?« erwiderte sie, als er sie danach fragte, und wie immer war es ihm ein Rätsel, ob sie ihm auch damit nur wieder die Tapfere vorspielte.

Gespielte Tapferkeit oder nicht, sie schien immun gegen die typischen Leiden der Emigranten. Rasumkin hatte auf seinen Wegen durch Mietshäuser wie dieses genug davon gesehen, wenn er sein Stethoskop auf die rachitischen Lungen irgendeines Einsiedlers setzte, der zwischen Stapeln alter Zeitungen, halb gegessener Mahlzeiten, verstaubter Bücher und gelb angelaufener Löffel in seinem Elsternnest des Exils dahinsiechte. Wie er das russische Milieu haßte! Bei seinem jährlichen Besuch des Ostergottesdienstes in der Rue d'Aru schauderte er jedesmal zurück vor den Umarmungen, dem Geschwätz, dem Gefühl, daß diese Leute allesamt in einer Sülze vornehmer Altersschwäche konserviert seien. Er wußte, was er an den russischen Exilanten nicht ausstehen konnte: ihr Versagen. Er wollte sich so weit wie möglich vom Versagen fernhalten.

»Na also!« rief Asja und schlug das hellrote Tischtuch unter dem Topf mit den blühenden Geranien glatt, den sie von dem rostigen schmiedeeisernen Balkon über dem Platz hereingetragen hatte. Ja, sie war erstaunlich. Mit einemmal wirkte der deprimierende Salon beinahe heiter. Vielleicht war sie *wirklich* glücklich hier. Doch während er ihre Augen zufrieden in diesem Raum, der ihm wie ein Gefängnis vorkam, umherblicken sah, dachte er, daß er sich nie so ganz im klaren sei, was an ihr nur Bluff und was ehrlich war. Seine Liebe zu Asja, erkannte er, war getrübt von dem Bedauern darüber, daß so viel pure Energie in Selbsttäuschung verpulvert wurde.

Sie waren allein im Salon. Sie trat ans Fenster und sah auf die Straße hinunter, ob Niki und Botynskij schon von der Bäckerei zurückgeeilt kämen. Rasumkin wußte, was geschehen würde, wenn er diesen Augenblick nutzen und von hinten an sie herantreten, ihr mit den Händen durchs Haar streichen und ihren vom Wind geröteten Hals küssen würde. Er kannte das bereits.

Sie würde ihn nicht abweisen. Sie würde sich küssen lassen. Der schwache Duft ihres Halses, ihrer Wangen war ihm noch in Erinnerung. Doch hinterher, wenn sie sich ihm entwunden hatte, lag eine absolut unerträgliche Belustigung auf ihrem Gesicht. Der Gedanke daran ließ ihn erröten.

»Bist du eingeschnappt, Ilja?« fragte sie und drehte sich zu ihm um.

»Schon gut, Liebste«, und er zwang sich zu einem strahlenden Lächeln. Was hätte es für einen Sinn, ehrlich zu sein und sie den Haß spüren zu lassen, der seiner Liebe beigemischt war?

Dann kamen Botynskij und Niki mit dem Frühstück beladen die Treppe hochgepoltert und riefen: »Schnell! Sie sind noch warm!« Asja kippte die warmen Piroggen geschickt auf einige Teller und trug sie auf den niedrigen Tisch. Als sie sie hinunterschlangen, tranken die Männer auf alles, was ihnen einfiel.

»Auf Frankreich!«

»Auf Asja!«

»Auf Niki!«

»Auf Wodka!«

Wenn Botynskij sein Glas ausgetrunken hatte, starrte er finster hinein, als sei er verwirrt, es schon wieder leer zu sehen. Rasumkin dagegen glühte röter und röter wie ein beleibter slawischer Buddha.

»Sind sie betrunken?« wollte Niki wissen.

»Das kann man wohl sagen«, antwortete Asja.

Wenig später hatte Rasumkin sich auf dem Sofa ausgestreckt, während Botynskij auf dem Boden lag und sich stöhnend die Brust massierte. Der Tisch war voller Teigkrümel, und Nikis Gesicht war mit saurer Sahne verziert. Asja schlug die Aktivitäten für den Rest des Tages vor.

»Als erstes ins Tivoli-Bad!«

»Wozu das denn?« wollte Rasumkin wissen.

»Um etwas von unserem Gewicht wegzuschwitzen.«

»Ausgeschlossen.«

»Und weil ich den Sand vom Strand loswerden will«, sagte Asja, eine Pirogge schmatzend.

»Und damit ich dich schlagen kann!« rief Niki dazwischen.

»Damit du mich schlagen kannst. Mit dem Birkenlaub kennt er keine Gnade«, sagte Asja und streichelte Nikis Ohr zwischen Daumen und Zeigefinger. Jeden Sonntag kauften sie bei einem alten Ukrainer vor dem Bad Birkenzweige, mit denen Niki dann seiner wonnig schaudernden Mutter den Rücken bearbeitete.

»Und danach zur Andacht.«

»O nein!« stöhnten Botynskij und Rasumkin einstimmig auf.

»Ich will mein Kind nicht wie einen Heiden aufwachsen lassen. Praskowja, wo auch immer sie jetzt sein mag, würde sonst wie eine Furie hinter mir her sein. Zuerst die Andacht in der Rue d'Aru, anschließend Mittagessen in der Ville de Petrograd.«

»Du bestichst mich mit meinem eigenen Geld«, sagte Rasumkin.

»Ganz genau«, sagte Asja und klatschte in die Hände, wie sie es immer tat, wenn sie glücklich war. »Und jetzt laßt mir eine Minute Zeit, Gentlemen, damit ich mich anständig zurechtmachen kann.«

Sie hörten es leise an die Tür klopfen.

»Niki, sieh mal nach«, sagte Asja aus dem Schlafzimmer.

»Wer ist es?« rief sie durch die geschlossene Tür.

Niki hatte aufgemacht. Im Flur stand ein Mann. Er trug einen kleinen Pappkoffer, der mit einer Schnur zusammengebunden war. Auf dem Kopf hatte er eine unförmige Militärmütze, sein Trenchcoat war an den Ärmeln ausgefranst und an mehreren Stellen fleckig. Niki wischte sich die saure Sahne aus dem Gesicht und sah auf die schlammbespritzten Nagelschuhe des Fremden hinunter.

»Ich weiß nicht, Mami«, sagte Niki über die Schulter.

»Botynskij, sieh nach, wer da ist«, rief Asja, und Botynskij stand auf, wischte sich an einer Serviette den Mund und spähte um die Salontür nach dem Fremden im Flur.

»Wer ist es?« rief Asja noch einmal. Der Mann im Flur sagte nichts.

»Ein Besucher, Asja«, sagte Botynskij.

Sie kam aus dem Schlafzimmer und griff hinter sich, um den Reißverschluß des Rocks zuzumachen, den sie in der Kirche tragen wollte, als sie auf halbem Weg zum Flur stehenblieb. Sie alle sahen sie für einen Augenblick erstarren und dann eine Hand vors Gesicht heben.

»Niki«, sagte sie mit schwacher Stimme. »Das ist Sergej. Dein Vater ist nach Hause gekommen.«

Botynskij stand mit einer leeren Wodkaflasche in der Hand. Rasumkin erhob sich vom Sofa und strich sich die Weste glatt. Niki drehte sich halb um und sah seine Mutter ängstlich an. Asja verharrte völlig reglos in ihren Strümpfen und starrte Sergej an, der von den Toten zurückgekehrt war.

Rasumkin bewegte sich als erster. »Ich denke, wir sollten gehen, Wladimir Isaakowitsch«, sagte er, und Botynskij nickte.

Als sie an Sergej vorbeischlüpften, sagte Asja mit matter Stimme: »Meine Freunde«, und Sergej nickte.

»Komm rein«, flüsterte sie. Er schritt über die Schwelle und ging vor dem Jungen in die Knie.

Er sah Niki an, dann zu Asja hinauf.

Sie nickte fast unmerklich. »Dein Sohn.«

Sergejs Hand war kaum noch einen Zentimeter vom Gesicht des Jungen entfernt, als dieser den Kopf einzog, an ihm vorbeisprang und die Treppe hinunterrannte.

»Botynskij! Warte!« schrie der Junge.

Asja lief ihm nach. »Niki, bitte! Komm zurück!«

Botynskij erschien mit dem Jungen in seinen Armen auf dem Treppenabsatz ein Stockwerk tiefer.

»O Gott! Was sollen wir tun?« schrie sie.

»Wir gehen ins Bad«, sagte Rasumkin entschlossen. Und damit setzten die zwei Männer und der Junge ihren Weg die Treppe hinunter fort. Das Hoftor fiel rasselnd zu, und ihre Schritte verhallten auf der Straße. Sie drehte sich um, und da stand Sergej mit geschlossenen Augen an den Türrahmen gelehnt. Sie sagte: »Entschuldige«, und berührte seine stopplige Wange. Als sie ihr Gesicht in seinem schmutzigen Trenchcoat verbarg, zog er sie an sich.

Ihr Schluchzen brachte das stabile, verläßliche Gerüst, das sie in den sechs auf sich allein gestellten Jahren in ihrem Innern hatte errichten können, zum Einsturz. Dieser Fremde, in dessen Mantel sie ihre Tränen strömen ließ, dieser Mann, dessen Gesicht, dessen Geruch, dessen Hände sie kaum wiedererkannte, streichelte ihr Haar mit einer Geste, die gleichzeitig geduldig und unendlich müde war.

Es währte lange, ehe sie ein einziges Wort herausbringen konnte. »Wie?«

Sie sah ihm ins Gesicht und erkannte voller Schrecken, wieviel älter, wieviel faltiger und hagerer er geworden war. Er lächelte matt und sagte: »Mach mir Tee.«

Seine Stiefel polterten dumpf auf dem Linoleumboden der Küche. Er setzte sich auf den kleinen Stuhl. Sie zog ihm behutsam den Mantel vom Rücken. Darunter trug er eine Art blauen Overall, der vom vielen Waschen verschossen und an den Ärmelaufschlägen mehrmals genäht war.

»Aus dem Gefängnis?« fragte sie und strich mit der Hand über den abgenutzten Ärmel; er nickte.

Sie stellte den Tee vor ihn hin, und er schüttete einen, zwei, drei Löffel Zucker hinein, rührte um und trank mit gierigen Schlucken die Tasse aus, wobei er Asjas Anwesenheit ganz zu vergessen schien.

»Von wo kommst du jetzt?«

»Zu Fuß vom Gare de l'Est.«

»Wann?«

»Vorigen Donnerstag. Ich habe im Park geschlafen«, und er zeigte nach unten auf den Platz.

»Wir waren bei den Urusows in Saint Rémy. Wie hast du uns gefunden?«

»Je cherche une dame Russe«, sagte er. *»Je cherche une dame Russe.* Und immer hat man mir gesagt: ›*Allez à Clichy, ils sont tous là bas.*‹« Er zuckte die Schultern. »Ich wußte nicht, wo das war. Also bin ich zu Fuß gegangen.«

»Und wer hat dir geraten, hier nach mir zu suchen?«

»Der Bäcker in der Rue de Moscou. Da habe ich um ein Brötchen gebettelt.« Er fuhr sich durchs Gesicht. »Ich habe einen Sohn?«

Sie nickte.

»Gib mir eine Zigarette.« Sie zündete zwei an und schob ihm eine zwischen die Lippen. Er sog den Rauch tief in seine Lungen, schloß die Augen und stieß ihn heftig wieder aus. Seine Fingernägel waren schwarz, die einst weißen, mit rotbraunen Härchen schraffierten Hände waren dick und voller Schwielen. Als er seine Feldmütze abnahm, sah sie, daß sein Haar dünner geworden und hoch in die Stirn zurückgewichen war; es war verfilzt und schmutzig.

»Wie lange bist du unterwegs gewesen?« Sie streichelte den Ärmel seiner Jacke.

»Welcher Tag ist heute?«

»Sonntag, der fünfzehnte Juni.«

»Ich war in einem Stolypin-Waggon direkt an der Grenze. Ich konnte nichts sehen. Man hat mir die Handschellen abgenommen, auf einen Zug gezeigt, und ich bin eingestiegen.«

Einen solchen Waggon hatte sie vor dem Krieg einmal auf einem Nebengleis gesehen, mit schwarz vergitterten Abteilen und gespenstischen Sträflingsgesichtern hinter den Gittern. Aha: die Sowjets nannten diese Waggons also noch immer Stolypins.

»Du bist so blaß«, sagte sie.

»Moskau, Minsk, Brest, Warschau, Berlin, Paris. Auf jedem Bahnsteig habe ich gebettelt.«

»So bleich.« Sie berührte sein Gesicht.

»Ich habe zwei Jahre lang nicht die Sonne gesehen. Auf den Solowezkij-Inseln scheint niemals die Sonne.«

Sie wußte, daß es dort oben, nördlich von Leningrad, nördlich des Ladoga-Sees, ein Kloster gab. Sie hatten ihn in der polaren Finsternis eingekerkert.

»Ich habe meine geistliche Buße abgelegt.« Und sie versuchte sich die Zellen und die Eimer mit Spülwasser, die nackten eiskalten Böden vorzustellen.

Sie sagte: »Komm«, und er stand langsam und ein wenig schwankend auf. Sie stellte sich vor ihn und kleidete ihn aus, streifte ihm den Overall hinunter und ließ ihn die Arme heben, damit sie ihm das schmutzige Unterhemd ausziehen konnte. Sie strich mit der Hand über den fast quadratischen narbigen Fleck auf seiner linken Schulter, wo die Wunde gewesen war. Er lächelte matt, und sie kniete sich hin und zog ihm die klotzigen Stiefel und die Unterhose aus. Er stieg aus seinen Kleidern wie im Schlaf, und sie half ihm in die Badewanne. Sie seifte ihm Rücken und Schultern ein, tauchte seinen Kopf unter und wusch ihm die Haare, schrubbte ihm Hände und Füße sauber. Sie sah seine Erektion wachsen und abnehmen, und auch er sah das und lächelte, als ob das alles jemand anderem geschähe.

Sie drehte sich um, und im Flur standen Botynskij und Niki und starrten durch die halboffene Tür. Botynskij schob den Jungen nach vorn und entfernte sich dann die Treppe hinunter.

Niki versteckte sich halb hinter Asja und musterte den Mann in der Wanne. »Wie heißt du?« fragte Sergej und sah dem Kleinen prüfend ins Gesicht, als suchte er in seinem rotbraunen Haar, seinen grauen Augen und seinem zierlichen Körper nach einem Beweis, daß es wirklich sein Sohn sei.

»Niki«, sagte der kleine Junge hinter dem Rücken seiner Mutter. Plötzlich beugte er sich vor, küßte seinem Vater die Hand und rannte aus dem Zimmer.

»Geh behutsam mit ihm um. Das war ein furchtbarer Schreck für ihn. Für mich auch.« Sie sah nach seinen Kleidern auf dem Boden. »Die werden wir verbrennen müssen.«

»Bewahre sie auf. Zur Erinnerung.« Also sammelte sie sie ein, hängte sie an einem Bügel in ihren Schrank und wühlte dann nach irgendwelchen Kleidern, die er anziehen könnte. Sie kam mit Unterwäsche und Socken zurück.

»Wem gehört das?«

Sie holte tief Luft. »Du verstehst doch.« Sie wußte nicht mehr weiter. »Ich dachte, du bist tot«, und sie lehnte sich kurz an ihn. »Die Sachen gehören Botynskij. Ich lasse ihn manchmal hierbleiben.«

»Manchmal?«

»Manchmal.« Jetzt bedeckte sie ihr Gesicht und begann zu weinen.

Er fing eine ihrer Tränen mit der Fingerspitze und leckte sie auf.

»Keine Sorge«, sagte er.

Beim Mittagessen am Küchentisch hielt Niki sich nah an seiner Mutter, wandte seinen Blick aber nie von dem Fremden, der Botynskijs Hemd und Hose trug; beides war ihm zu weit. Nach dem Essen brachte sie Sergej ins Bett und schloß die Tür.

Als sie sicher war, daß er fest eingeschlafen war, gingen sie und Niki auf Zehenspitzen die Treppe hinunter und liefen dann fünf Blocks weit durch leere Sonntagsstraßen zu der Wohnung über der Rue de Petrograd, wo sie, vor Angst und

Freude weinend, Botynskij um Rat fragte, was sie tun solle. Er sagte ihr, sie solle sich setzen, räumte einen Platz auf seinem Schreibtisch frei, wo Niki mit Klebstoff und Schere spielen konnte, verschwand hinter dem blauen Vorhang, der seine Stehküche abtrennte, kam mit zwei kleinen Kaffeetassen zurück und setzte sich neben sie aufs Bett.

Sie mußte daran denken, wie sie sich Arm in Arm rückwärts auf sein Bett hatten fallen lassen, und wie das Regal über ihnen mit staubigem Poltern nach vorn gekippt war und Bücher und Zeitschriften über sie hingestürzt waren. Mit staubbedeckten Körpern hatten sie sich auf den Boden gewälzt und zwischen den umherverstreuten Bänden einer Gesamtausgabe von Turgenjew miteinander geschlafen.

Ihre Haut, dachte Botynskij, war von der Farbe des Rauchs. Eine Kreatur des Herbstes, der Jahreszeit, in der man das Laub verbrennt. Der magentarote Lippenstift. Einmal hatte sie ihm den vollkommenen Abdruck ihrer Lippen wie einen Paßstempel auf die Handfläche gesetzt. Und ihre roten Nägel, die langen dünnen Finger, das Netzwerk blauer Adern unter der rauchfarbenen Haut, diese Hände und Arme, die ihn umklammert hielten. Er würde es nie vergessen, wie sie ihn, welch ein Wunder, einmal begehrt hatte.

»Er hat sich so verändert«, sagte sie. »Was soll ich nur machen, Botynskij?«

Er zog seine Knie unters Kinn.

»Du heiratest ihn auf der Stelle.«

Als ob es da nichts anderes zu sagen gäbe. Um eine Antwort verlegen, nippte sie an ihrem Kaffee, und sie beide richteten ihre Blicke auf Niki, der im Lichtkreis von Botynskijs Schreibtischlampe ein Papierkaninchen ausschnitt.

»Komm mit uns spazieren«, sagte sie, denn er sollte wissen, daß einige Dinge sich niemals ändern würden; doch er schüttelte den Kopf und sah sie durch die Bullaugen seiner Brille an wie ein Reisender, der von seinem Heimatland endgültig Abschied nimmt.

Nachdem sie durch den Parc Monceau gestreift waren, gab sie Niki etwas zu essen und bettete ihn auf das Sofa im Wohnzimmer; dann stand sie in der Tür ihres Schlafzimmers und sah den schlafenden Sergej an. Sie verhielt sich vollkommen still, versuchte diesen friedlichen Augenblick auszudehnen, das Schlagen ihres Herzens dem gemessenen Auf und Ab seiner Brust anzupassen.

Sie kannte Botynskij so viel besser als diese schlafende Gestalt. Sie wußte, daß Botynskij für sie und Niki sein Leben hergeben würde. Das alles war ihr klar bewußt, und nichts davon war mehr wichtig. Als Sergej aufwachte, fütterte sie ihn löffelweise mit Suppe.

Der Tag sank von den Fenstern, und bald waren sie nur noch zwei von der Nachttischlampe erhellte Gesichter; sie teilten sich Zigaretten und sprachen mit gedämpften Stimmen, um ihr Kind nicht aufzuwecken. Er sei zunächst bei Schkuros Leuten gewesen, erzählte er, dann bei der Weißen Armee unter Wrangel und Denikin; bei Piatigorsk in Gefangenschaft geraten, geflohen, und schließlich im Herbst 1920 hinter die Feldschanzen bei Perekop gelangt, der letzten Stellung der Weißen Armee auf der Krim.

»Warum bist du nicht geflohen?« fragte sie. Paris war voller Taxifahrer, die behaupteten, in Perekop dabeigewesen zu sein.

»Ich hatte es satt«, sagte er. »Ich konnte einfach nicht. Du hättest mal die wilde Flucht sehen sollen, als die Roten durchgebrochen waren. Lafetten wurden von ihren Geschirren geschnitten und über die Klippen ins Meer gestürzt, die Männer schwammen zu den Schiffen und prügelten sich, um auf die Leitern der britischen und französischen Schiffe zu gelangen.«

Er war nicht gelaufen, er hatte sich nicht an der wilden Flucht beteiligt. Er hatte die drei noch bei der Batterie verbliebenen Männer fortgeschickt und dann zugesehen, wie sie über den Graben sprangen und über die Böschung zum Wasser hin verschwanden. Er blieb neben dem Geschütz sitzen, fühlte, wie es abkühlte, und wartete, daß die Roten über die Schanzen stürmten. Er rührte sich nicht mehr. Sein Krieg war vorbei.

»Du hast einmal zu mir gesagt: ›Die haben Überzeugungen, und wir haben nichts als Haß‹ «, sagte sie. Er nickte.

»Auch sie haben Haß empfunden. Exekutionen auf dem Schlachtfeld; Männer, die von Pferden über Schlammwege geschleift wurden; Gefangene, die geschlagen wurden und Spießruten laufen mußten.« Er legte sich gelassen rauchend zurück und sah das alles noch einmal.

»Warum haben sie dich eingesperrt?«

»Weil ich aus dem Internierungslager auf der Krim geflohen bin. Ich war aufsässig, wie mein Vater gesagt haben würde. Also wurde ich in einen Eisenbahnwagen gesteckt und landete schließlich mehr tot als lebendig in Solowezkij.«

Sie lauschte seiner ruhigen und präzisen Stimme und spürte, wie ihre ganze Liebe zurückkam. Aber sie wußte, daß viele Jahre sie jetzt trennten, die nie mehr aufgeholt werden konnten.

»Seltsam. Der erste Rote Offizier, der mich nach Perekop verhört hat, war Oniuskewitsch. Wir haben '16 dieselbe Generalstabsakademie besucht. Verstehst du?«

Sie nickte, aber nein, sie verstand nicht.

»Die Hälfte des Offizierskorps ist zu den Roten übergelaufen. Die andere Hälfte zu den Weißen. Bruderkampf. Plötzlich schien alles sinnlos.«

Er nuschelte vor Erschöpfung. »Erzähl mir alles«, sagte er.

»Ich kann nicht«, sagte sie ruhig.

»Nun, dann erzähl mir ein bißchen.«

Sie erzählte ihm, wie sie die Truppenzüge in Ekaterinadar und die Kais von Noworossisk nach einem Zeichen von ihm abgesucht hatte. Sie erzählte ihm, wie die *Orient Star* nach Konstantinopel gefahren war, wie sie Toulon erreicht hatte, wie sie in Paris überlebt und Arbeit in Antonows Klinik gefunden hatte, und wie ihre neue »Familie«, womit sie Botynskij und Rasumkin, Olga und Dimitrij bezeichnete, um sie herum Gestalt angenommen hatte.

»Ich habe nie geglaubt, daß ich dich wiedersehen würde«, sagte sie.

Er streichelte ihr Kinn und sah sie so klug und zärtlich an, daß sie zu weinen begann.

»Ich habe aufgegeben«, flüsterte sie. »Ich habe einfach aufgegeben.«

»Das ist doch menschlich«, sagte er und wiegte sie in seinen Armen.

»Woher hast du gewußt, daß ich hier bin?« fragte sie.

»Ich dachte: Paris oder London. Falls Dimitrij überlebt hat, Paris. Falls Lapin überlebt hat, London. Ich dachte: Ich versuche es zunächst in der einen Stadt, dann in der anderen.«

Sie umarmte ihn. Er hatte nicht aufgegeben. Ein Wunder.

Als sie einander genug erzählt hatten, küßte er sie und knöpfte ihre Bluse auf, faltete sie auseinander und liebkoste ihre Brüste, vereinigte die Erinnerung an sie und ihre Wirklichkeit in seinen Händen. Sie sank rückwärts aufs Bett, er streifte ihr den Rock und die Unterwäsche ab, setzte sich dann neben sie und musterte ihren Körper mit distanziert zärtlichen Blicken.

»Du zitterst ja«, sagte er.

»Wie beim ersten Mal«, sagte sie, die Augen voller Tränen.

Er nickte. Und dann berührte sein Finger den schmalen fleischigen Wulst quer über ihrem schwarzen Delta. Und dann sah er die Narbe des Kaiserschnitts, sah, was die Geburt ihres Kindes sie gekostet hatte. Und dann begann er, lautlos und mit offenen Augen, zu weinen.

Jeden Abend, wenn sie aus der Klinik nach Hause kam, saß er, das verschlissene rote Wörterbuch neben sich, Zeitung lesend unter der Lampe am Küchentisch. Oft ging sie allein ins Bett, während er noch in der Küche nebenan vor sich hin murmelte, um die Falten aus seiner Aussprache zu bügeln. Bald war sein Französisch so glatt wie ein frisch gemangeltes Tischtuch.

Bei den Mahlzeiten aß er alles, was sie ihm vorsetzte, und wischte systematisch seinen Teller sauber. Seine hohlen Wangen füllten sich innerhalb eines Monats, und seine hagere Gestalt begann voller zu werden. Jeden Morgen trieb er Gymnastik und starrte dabei in den Spiegel, als wollte er ein Gespenst aus seinen Gedanken vertreiben.

Als sie eines Abends nach Hause kam, erwartete er sie in holzkohlengrauen Flanellhosen mit ausgebeulten Bügelfalten, einem hellbraunen Fischgrät-Jackett und einem am Kragen offenen weißen Hemd. Sein Haar war geschniegelt, und er rauchte seine Zigarette in einer Spitze.

»Rasumkin hat mich zu seinem Ausstatter mitgenommen.«

Sie setzte sich auf sein Knie.

»Soll ich das zu unserer Hochzeit tragen?«

Sie strich ihm den Kragen glatt und versuchte ihn nicht merken zu lassen, wie schockiert sie war. Wer ist er? dachte sie wütend. Was ist aus ihm geworden?

»Möchtest du heiraten oder nicht?«

Sie küßte seinen Hals und legte ihren Kopf an seine Schulter.

Ohne danach fragen zu müssen, war ihr klar, daß Sergej mit einer kirchlichen Hochzeit niemals einverstanden wäre. Er würde das für sentimental halten. Sie wußte das so genau, wie sie wußte, daß er niemals ein zweites Kind würde haben wollen.

In der Mairie de Clichy wurden Braut und Bräutigam von dem für Eheschließungen zuständigen städtischen Beamten gefragt, wer der kleine Junge sei.

»Unser Sohn«, sagte Sergej mit ruhigem Lächeln.

Der Beamte hastete mit monotoner Stimme durch die Formalitäten. Asja hielt Nikis Hand, und Lapin, Dimitrij und Olga, Botynskij und Rasumkin stellten sich im Halbkreis hinter ihr auf. Sergej stand in einem maßgeschneiderten holzkohlengrauen Nadelstreifenanzug neben ihr und trug während der ganzen absurden kleinen Zeremonie eine kalte gleichgültige Miene zur Schau. Neben der Trikolore war dort, wo das Bild des französischen Präsidenten hätte hängen sollen, ein freier Fleck an der Wand. Während die Formalitäten abgespult wurden, schweiften ihre Gedanken umher. Warum war das Bild verschwunden, fragte sie sich. Millerand, Doumergue, Herriot: ihr wollte nicht einmal einfallen, wer zur Zeit die Präsidentschaft innehatte. In einem anderen Leben hätte sie in der Kapelle von Marino geheiratet. Vater wäre an ihrer Seite gewesen. Sie hätte das Hochzeitsgewand ihrer Mutter getragen, und nicht dieses einfache schwarze Kleid. All das war wie das Bild dort an der Wand verschwunden und hatte in ihrer Erinnerung einen verschmierten Fleck hinterlassen.

Als Serjoscha sie in die Arme nahm und küßte, sah Niki verwirrt zu ihr auf, als ob die Beschwörungsformeln des Ratssekretärs sie verzaubert hätten. Asja ging in die Knie, nahm sein Gesicht in ihre Hände und sagte: »Ich bin noch immer hier. Nichts hat sich verändert.« Aber sie wußte, das stimmte nicht.

Anschließend packte Rasumkin die Gesellschaft in mehrere Taxis und brachte sie zum besten russischen Restaurant von Paris, Le Caneton in der Rue de la Bourse.

»Aber nicht doch!« rief Asja.

»Aber ja doch«, sagte Rasumkin, als er sie zu einem mit Blumen und glänzendem Silberzeug gedeckten Tisch am

Fenster geleitete. Es gab Kaviar und Lachs, georgischen Weißwein und Stör auf frischem Dill.

Sie tranken einander zu, Botynskij hielt eine noble und komische Rede über das Ende seiner Hoffnungen und den Beginn der ihren, die Asja zum Weinen brachte, und dann fütterten sie Niki mit den Fingern. Zur allgemeinen Überraschung stand Lapin auf und gab einen Toast auf den Bräutigam aus.

»Er war verschwunden. Weg. Verschollen. In der Polarnacht der Solowezkij-Inseln. Und jetzt ist er zurückgekehrt wie ein Märchenheld!« sagte Lapin und hob mit ganz untypischem Schwung sein Glas. »Auf seine Auferstehung! Auf das Glück der beiden!«

Dimitrij sagte, so temperamentvoll habe er Lapin noch nie erlebt. Das könne nicht nur am Champagner liegen. »Er muß irgendwo eine Frau haben«, flüsterte er.

Olga sagte ihm, er solle still sein, aber alle hatten es gehört, und Asja fragte: »Nun, Lapin, gibt es da eine Frau? Erzähle!« Lapin wurde rot, und daraus schloß sie, daß es tatsächlich eine gab. »Ihr Name?« Schweigen. »Sag schon. Wie heißt sie?«

»Sally. Sie arbeitet bei der Bank.«

Asja kitzelte Lapin unter den Rippen. »Weiter. Welche Haarfarbe?«

»Geht dich nichts an. Sie ist blond.«

»Weiter.«

»Geht dich nichts an. Sie ist groß und die Tochter eines Obersten, und mehr werde ich nicht von ihr erzählen.«

»Wie mager du bist. Wird sie dich aufpäppeln?«

»Asja, hör auf damit!«

Sergej saß am Kopfende des Tisches und beobachtete Asja und Lapin mit seinem fürstlichen Blick.

Nun ließ Asja von Lapin ab und erhob sich.

»Auf Ilja Iljonowitsch, der uns diesen Tag ermöglicht hat«, und sie beugte sich vor und drückte einen Kuß auf Rasumkins breite feuchte Stirn. Als sie mit ihm anstieß und er den schlichten goldenen Ring an ihrem Finger, das Glück in ihren Augen und ihre karminroten Lippen sah, loderte stechendes Verlangen in ihm auf.

Das Mahl war beendet, und alles starrte die Reste des Festessens an, als von einem anderen Tisch ein übertrieben förmlich mit Eckenkragen und schwarzem Anzug bekleideter Mann in Sergejs Alter an sie herantrat. Er verbeugte sich, schlug die Hacken zusammen und sprach Sergej auf russisch an:

»Habe ich die Ehre, mit Artilleriehauptmann Gurewitsch zu sprechen?«

»Sie haben die Ehre«, sagte Sergej trocken.

»Ich glaube, wir haben gemeinsam auf der Krim gedient.«

»Ihr Gedächtnis ist besser als das meine.«

»Sie sind in Gefangenschaft geraten?«

»In der Tat.«

»Und wurden freigelassen?«

»Wie Sie sehen.«

»General Kutjepow würde es begrüßen, persönlich von Ihren Erfahrungen hören zu dürfen.«

»Diese Befriedigung kann ich ihm nicht verschaffen.«

»Darf ich fragen, warum?«

»Ich verspüre nicht den Wunsch, mich einer politischen Organisation anzuschließen.«

»Verstehe.«

Der Mann verneigte sich und ging an einen mit jungen Leuten besetzten Tisch zurück. Sergej erwiderte ihr Starren mit verkniffenem Blick.

»Was für ein lächerlicher Mann. Wer ist dieser Kutjepow?« flüsterte Asja.

Botynskij blickte finster auf die Glocken und Filzhüte, die Baskenmützen und Käppis, die über den Spitzenvorhängen des Restaurantfensters vorbeihüpften. »Bund der zaristischen Veteranen.«

»Und wer ist das?«

»Die reaktionärste und renitenteste von allen Emigrantengruppen.«

»Absolut richtig«, stimmte Rasumkin zu, indem er einen Haufen Francscheine auf das Silbertablett stapelte. »Halte dich aus der Politik heraus.«

Sie fuhren mit einem Taxi nach Hause, Asjas Kopf an Botynskijs Schulter, Niki auf Sergejs Schoß; Lapin und Rasumkin sangen den Regimentsmarsch der Petersburger Kavalleriegarde.

»Still, ihr zwei!« rief Asja. »Erzählt mir von Kutjepow.«

Leise murmelnd begann Botynskij einen langwierigen Bericht über Graf Gutschkows Kreis in Berlin, über Baron Wrangels Gruppe in Prag, über Kutjepows Versuch, sämtliche Veteranen der Zarenarmee in Paris zu versammeln. Asja begriff lediglich so viel, daß diese Gruppen die Wiedereinsetzung des alten Regimes erstrebten und über die Grenzen Polens und Finnlands Waffen ins Land schmuggelten.

»Ohne erkennbares Ergebnis?« fragte sie.

Botynskij nickte düster. »Nichtsnutzige Reaktionäre allesamt. Lernen nichts, vergessen nichts. Ich will für Rußland eine Verfassung, Gesetze, englische Einrichtungen; sie wollen die Knute, die Peitsche, die Wiedereinführung der Leibeigenschaft und Gott weiß welcher Scheußlichkeiten. Hoffnungslos.«

»Du bist sehr naiv, Liebste. Wieso weißt du von dem allen nichts?« fragte Sergej, ihr Ohrläppchen streichelnd.

Sie zuckte die Schultern. »Als ich nach Paris kam, war ich schwanger. Ich hatte nichts als meinen Koffer, und ich dachte: So, das ist vorbei. Wenn ich daher mit Russen essen ging und sie mich einluden, irgendeinem ihrer Zirkel beizutreten, hätte ich mich am liebsten hingelegt, um nie mehr aufzuwachen. Und bin folglich lieber tanzen oder schwimmen oder zum Pferderennen gegangen.«

»Aber sie haben Vater getötet«, rief Lapin dazwischen.

»Sie? Die Bolschewiken. Ja, allerdings«, sagte sie. »Und wir können ihn nicht zurückzuholen.« Sie legte ihren Kopf an Sergejs Schulter und sah die üppigen Fassaden der nächtlichen Stadt an den Fenstern des Taxis vorbeigleiten.

Nachdem die anderen ihnen im dunklen Treppenhaus noch ein Ständchen gebracht hatten und Niki ins Bett gebracht worden war, waren Sergej und Asja endlich allein. Sie nestelte an seinen Knöpfen und zog ihm den Anzug aus, und er schälte sie aus ihrem dünnen schwarzen Kleid und trug sie ins Badezimmer. Er drehte die Hähne auf, und als die Wanne voll war, legte er sie ins Wasser und stieg dann zu ihr hinein. Die Beine umeinandergeschlungen, saßen sie sich in der Wanne gegenüber. Ihre Schläfen pochten, der Champagner brauste durch sie hin wie elektrischer Strom.

»Mann und Frau«, sagte er und lehnte sich zurück; seine Hände streichelten die Innenseiten ihrer Schenkel. Er hatte die Augen geschlossen. Das Wasser plätscherte um seine haarigen Brustwarzen. Über seinem rotbraunen Schopf die kupferne Sonnenblume der Dusche. Hinter ihrem Rücken die Wasserhähne. Meine Hochzeitsnacht, dachte sie.

Schnell wie eine Katze drehte sie den kalten Hahn auf, und Wasser platschte ihm von oben ins Gesicht. Er brüllte auf, sprang aus der Wanne, nahm sie und trug sie durch den dunklen Flur ins Schlafzimmer. Dort warf er sie aufs Bett, und sie rangen und wälzten sich beißend und lachend auf den nassen Laken.

Den Kopf überm Bettrand, das Wogen seines Atems in ihrem Ohr, den Körper naß und glühend, seine schlanken pferdestarken Schenkel zwischen ihren, in allen Fibern von Blut durchströmt, versank sie in tiefen Schlaf.

Als sie erwachte, zerschnitt ein Lichtkeil die Dunkelheit. Und in diesem Lichtstrahl, der aus dem Flur durch die halboffene Tür hineinfiel, stand Niki und sah sie beide an. Seine nackten Füße standen in den Pfützen, die sie auf dem Weg aus dem Bad hinterlassen hatten; offenen Mundes und mit aufgerissenen Augen preßte er seine linke Hand zur Faust geballt ans Hosenbein seines Pyjamas.

Sie schloß die Augen und hörte ihn durch den Flur zu seinem Bett zurücklaufen. Sie schob Sergej beiseite, warf sich einen Morgenmantel über und eilte ihm nach.

»Alles in Ordnung bei dir?« flüsterte sie und kniete sich neben sein Bett.

»Was habt ihr da getan?«

»Er liebt mich...«

»Was habt ihr da getan?«

»... Und ich liebe ihn.«

»Wo kommt das Wasser im Flur her?«

Sie streichelte sein Gesicht. »Das geht dich nichts an. Rück mal ein Stück.«

Sie beruhigte ihn mit einer Geschichte, zwang seine Lider, schwer zu werden, sich zu schließen. Als er einschlief, blieb sie neben ihm liegen und fragte sich, was ein Kind verstehen konnte, und was ein Kind verlieren konnte in einem solchen Augenblick im Dunkeln vor einer halboffenen Tür.

Als Sergej die beiden am nächsten Morgen Seite an Seite schlafen sah, beugte er sich über sie und küßte sie wach. »Man hat mich also verlassen.«

Niki drehte sich um und murmelte im Schlaf.

»Er hat uns letzte Nacht beobachtet«, flüsterte sie. »Er wollte wissen, was wir da getan haben.«

Sergej küßte sie auf die Lippen. »Das haben wir getan.« Aber sie schaute so unglücklich drein, daß er sich aufs Bett setzte und ihr die Wange streichelte.

Sie half Niki beim Anziehen, packte seinen Ranzen und brachte ihn zur Schule. Am Schultor drehte Niki sich zu ihr um.

»Wird Sergej für immer bei uns bleiben?«

Er sah so verwirrt aus, daß sie in die Knie ging und ihm das Haar aus der Stirn strich. »Er ist dein Vater.«

»Wird Botynskij uns weiter besuchen kommen?«

»Natürlich.«

Langsam ging er von ihr fort auf den Schulhof, den Ranzen auf dem Rücken, allein mit der ganzen dunklen Welt der Erwachsenen, die es zu begreifen galt.

Nach ihrer Arbeit in der Klinik holte Asja ihn ab, und als er fest eingeschlafen war, eilte sie wie an jedem Dienstag zum Tee bei Botynskij.

»Jetzt schon zu deinem Liebhaber?« Sergej sah sie belustigt an.

»Ich bleibe meinen Gewohnheiten treu.«

Wie immer legte Botynskij den Zuckerwürfel auf den Löffel, tauchte ihn ins Teeglas und schob ihn ihr in den Mund. Sie schluckte und lächelte ihn an. Sie und Botynskij hatten jede Phase von Nikis Wachstum gemeinsam erlebt. Jetzt war etwas geschehen, das sie ihm nicht berichten konnte. Also schlürfte sie ihren Tee und spielte an einem Buch herum, das oben auf dem schwankenden Stapel neben ihrem Sessel lag.

»Was mache ich nur mit all diesen Männern? Mit Niki, Sergej und dir?«

Botynskij nahm einen Schluck Tee.

»Er könnte wenigstens eifersüchtig sein. Es macht mich ganz wütend, daß er nicht eifersüchtig ist.«

»Warum sollte Sergej eifersüchtig sein?«

»Er sollte mir das Kompliment der Eifersucht machen. Zum allermindesten.«

Sie wechselte das Thema und ließ ihn von den jüngsten Neuigkeiten berichten, einem neuen Band von Chodasewitsch und der ersten sowjetischen Exportausgabe von Majakowskijs Gedichten. Sie wollte mit ihrem Besuch zeigen, daß all dies weitergehen sollte. Botynskij sollte wissen, daß sie ihrem früheren Leben die Treue hielt. Sie erhob sich, um nach Hause zu gehen, setzte ihm einen Kuß auf die Stirn und winkte ihm neckend von der Treppe. Ganz und gar nicht unangenehm war ihr bewußt, daß es Botynskij quälte, zu sehen, wie ein anderer Mann sie so glücklich machte.

Als sie am nächsten Morgen zur Arbeit ging, zog Sergej seinen Hochzeitsanzug an; sie fragte ihn nach dem Grund, aber er legte nur lächelnd einen Finger an seine Lippen. »Ein Geheimnis.«

Den ganzen Tag in der Klinik fragte sie sich, während sie Temperaturen und Blutdruck maß und Fieberkurven zeichnete, was er wohl im Schilde führte. Als sie an diesem Abend nach Hause kam, standen Blumen in einer Vase auf dem schäbigen Linoleum des Küchentischs, und er reichte ihr ein Glas Wein.

»Ich habe Arbeit gefunden.«

Er steige ins Import-Export-Geschäft ein, zusammen mit dem Freund eines Freundes, einem Mann namens Andronnikow, der habe in Passy zwei Zimmer und ein Telefon und sei spezialisiert auf den Import von baltischem Bauholz aus Lettland, über Hamburg und Le Havre.

»Wer hat dir von diesem Andronnikow erzählt?«

»Jemand, den ich bei uns kennengelernt habe.« Er unterbrach sich, und sie fühlte, wie die Läden zufielen, um sie von diesem Teil seines Lebens auszuschließen.

»Was für ein Mann?«

Er küßte sie auf die Nase.

»Ich werde dich aus der Klinik befreien.«

»Ich will nicht befreit werden.« Sie begann ihren Mantel auszuziehen.

»Laß an. Wir gehen aus.«

»Ich trage noch meine Uniform.«

Er drückte sie fest an sich. »Frauen in Uniform finde ich unwiderstehlich.«

Sie legte ihm einen Finger auf die Lippen.

»Und was ist mit Niki?«

»Sieh mal nach.«

Sie öffnete die Tür des Salons und sah Botynskij und Niki auf dem Sofa sitzen. Sie lasen eine Geschichte. Botynskij winkte unglücklich. Sie warf ihm eine Kußhand zu.

Als sie nach unten gingen, sagte sie: »Wir quälen Botynskij.«

»Er ist ein bereitwilliges Opfer.«

»Das ist niemand für immer.«

Sergej führte sie ins Bataclan. Sie fragte nicht, wo er das Geld hernahm, sondern machte einfach mit; sie tanzten und tranken billigen Champagner. Sergej hatte noch niemals jemanden Charleston tanzen sehen. Seine Augen verfolgten eine junge Frau in kurzem Röckchen, die mit so laszivem Gewackel die Beine schmiß, daß er laut auflachte.

Auf der Bühne tanzten in rosa Licht getaucht zwanzig amerikanische Mädchen; sie trugen Straußenfedern, auf ihren Brüsten glitzerten Silberplättchen, ihre Brustwarzen waren mit hellsilbernen Sternen bemalt, ihre Schenkel in Netzstrümpfe gehüllt, ihre Beine endeten in Pfennigabsätzen. Sie tanzten und zwinkerten und sangen. Asja stieß Sergej an. »Du träumst doch nicht etwa von diesen Schönheiten?«

Er wandte ihr ein einfältig-seliges Gesicht zu. »Auf Solowezkij habe ich davon geträumt. Genau diese Szene. Was singen die da?«

Er hielt den Kopf schief und setzte eine komisch angespannte Miene auf; Asja fühlte sich an den Hund auf den Grammophonplatten erinnert, der vor dem Schalltrichter der Stimme seines Herrn lauscht. Er war noch immer auf einem Ohr taub: das geplatzte Trommelfell, das sie an jenem ersten Nachmittag in Schkuros Lazarettzelt gereinigt hatte, war nicht zugeheilt.

»Sie singen englisch, und es ist einfach zu dumm«, sagte sie.

»Erzähl's mir.«

»Nein, zu dumm.« Doch er bestand darauf. Sie mußte schreien: »›Wenn sie uns fragen, ob wir Franzosen sind, sagen wir *qu'est-ce que vous pensez? Voilà les Nonstop, voilà les Nonstop Nudes!*‹ Im Programm steht, das seien hübsche Mädchen aus New York.«

Alles applaudierte, als die Mädchen im Cancan von der Bühne tanzten; ihre Gesichter waren zu identisch grinsenden Fratzen erstarrt, ihre Absätze klapperten auf den Brettern, die Straußenfedern wippten an ihren Hinterteilen.

»Wunderbar! Der Traum eines Gefangenen! Nonstop Nackte! Hier gefällt es mir! Das nenne ich westliche Kultur!« Sein Gesicht glühte vor Liebe und Champagner. Er war erst seit einem Monat aus dem Gefängnis, und nun war er hier in einem Pariser Nachtclub und schien sich ganz wie zu Hause zu fühlen.

»Bei all dem werde ich mitmachen«, sagte er mit einer ausladenden Geste über die Männer in Smokingjacketts an den Nachbartischen, die Frauen in Boas und teuren Dauerwellen und die Zigarettenmädchen in ihren engen rosaglitzernden Tutus, die zwischen den Tischen herumgingen. »Wir kaufen bei den Russen Bauholz und Kupfer und Pelze, und wir verkaufen ihnen Maschinenteile und Getreide. Todsicheres Geschäft. In der Dunkelheit von Solowezkij hatte ich jahrelang Zeit, darüber nachzudenken.«

»Du machst mir Angst«, sagte sie leise, aber die Band legte gerade mit einer New Orleans-Jazznummer los, und er hörte sie nicht.

»Und jetzt, mit der NÖP...«, sagte er. Vor ihm stand ein Zigarettenmädchen; er ließ einen Schein in ihren Bauchladen fallen und nahm sich ein Päckchen.

»Was ist NÖP?« fragte sie, trank ihren Champagner aus und sah sich um. Die Tänzer wirbelten so nah an ihrem Tisch, daß die Kleider der Frauen ihr an die Beine flogen.

Er verdrehte die Augen und sprach die einzelnen Worte überdeutlich aus: »Neue Ökonomische Politik.«

Sie streichelte seine Wange. »Nun, Liebling, die NÖP ist dort, und ich bin hier. Warum sollte ich davon wissen?«

»Weil«, sagte er und stand auf, nahm ihre Hand und führte sie auf die Tanzfläche, »weil ich mich an der NÖP beteiligen werde.« Er umfing sie mit seinen Armen, und sie tanzten los.

»Ein Vertreter der NÖP in Paris«, sagte sie und streifte sein Ohr mit ihren Lippen. »Auf dem anderen Ohr bist du taub, stimmt's? Ich merke das.«

»Pst. Unser Geheimnis.«

»Weißt du noch, wie ich dich gepflegt habe? In Schkuros Zelt?«

»Und ich habe gezittert wie ein Hund.«

»Wie ein Hund«, und sie schlang ihm die Hände ums Kreuz und ergab sich ganz in seine Führung.

Jeden Morgen um sieben Uhr fuhr er zu Andronnikow in Passy und arbeitete dort bis nach Einbruch der Dunkelheit.

»Wer ist dieser Andronnikow?« fragte sie.

»Ein völlig uninteressanter Mann, der zufällig eine Holzhandelsfirma betreibt.«

»Du tust so geheimnisvoll.«

»Ganz und gar nicht. Da gibt es keine Geheimnisse. Das Holzgeschäft ist schlichtweg langweilig, und damit will ich dich verschonen.«

»Ich möchte Andronnikow kennenlernen. Ich stelle ihn mir als Gnom vor, mit mürrischer Miene, schmutzigen Fingernägeln und Zigarettenasche auf dem Revers; ein Mann, der unablässig in schlechtem Deutsch ins Telefon murmelt.«

»Wunderbar! Na warte, das werde ich Andronnikow erzählen«, lachte Sergej.

Aber sie lernte Andronnikow niemals kennen.

Zuerst ging es um baltisches Bauholz, das per Schiff von Riga nach Le Havre gebracht wurde. Dann stieg er in den Getreidehandel ein.

»Warum fragst du mich ständig?«

»Weil ich alles von dir wissen will.«

»Also gut. Andronnikow kauft auf dem Chicagoer Getreidemarkt ein. Ich verkaufe an die hungernden Russen weiter.«

Als sie einmal den Papierkorb im Salon leerte, fand sie eine Geschäftskarte mit dem Aufdruck: »Jack Cummings, Büro Toronto, Massey Harris Ferguson.«

»Wer ist Jack Cummings?« fragte sie ihn beim Abendessen; Niki saß auf ihrem Knie und stibitzte ihr die Bratkartoffeln vom Teller.

Sergej schob seinem Sohn ein Stück Kartoffel in den Mund. »Deine Mutter spioniert mir nach.«

»Was heißt hier spionieren? Was soll eine Frau denn machen? Du erzählst mir ja nichts.« Sie hielt ihm Jack Cummings' Karte hin.

»Verstehe«, sagte er, und ein verärgerter Ausdruck huschte über sein Gesicht. Dann verkündete er: »Fahren wir übers Wochenende weg. Ich will dir etwas zeigen.«

Jack Cummings persönlich stand in Le Havre am Kai, um sie zu begrüßen. Sergej hob Asja und Niki auf die Gangway des kanadischen Frachters, und Cummings führte sie an die offene Ladeluke.

Sergej zeigte hinunter. »Die Lösung des Geheimnisses. Schau.«

Ein Traktor neben dem anderen, fünfzig Stück in ordentlichen Reihen. »Massey Harris Ferguson« auf den hellroten Motorhauben. Niki war begeistert. »Darf ich mit einem fahren?«

»Sicher«, sagte Jack Cummings, und sie stiegen die Lukenleiter in den Laderaum hinunter und hoben Niki auf den Sitz eines der Traktoren.

»Für die Kolchosen im nördlichen Kaukasus.«

»Für Stawropol? Für Kislowodsk?« Asja lächelte ihn an, und Sergej nickte. Im Spätsommer '17 hatte sie diese Dörfer vom Zug aus gesehen, die Gärten voller Obst, die weißgetünchten Mauern grell wie Schnee in der Sonne; und dann, nur einen Sommer später – in ihrem Sommer – vom Bürgerkrieg verwüstet. Jetzt würden Sergejs Traktoren die verwahrloste Erde umpflügen. Die Obstgärten würden wieder Früchte tragen. Sie drückte seine Hand.

»Ihr Gatte ist ein verdammt gerissener Geschäftsmann«, sagte Jack Cummings. Sergej, tadellos gekleidet in einen

Maßanzug aus der Rue Saint Honoré, verbeugte sich vor dem zerknitterten Kanadier im Regenmantel.

An diesem Abend führte Sergej sie zum Feiern ins Casino von Deauville und teilte ihr mit, daß er sich bei Andronnikow freikaufen werde.

»Wo willst du das Geld hernehmen?«

»Von den Traktoren. Drei Prozent auf fünfzig Traktoren.« Er zündete sich lächelnd eine kleine Zigarre an. »Die Einzelheiten sind langweilig.«

»Ich liebe dich.«

»Ich rede von Geld, und du sagst, du liebst mich.«

»Das Geld ist mir vollkommen gleichgültig.«

Er lachte. »Mir auch.«

Mit diesem Geschäft startete die Gesellschaft für Osthandel.

»Ein einwandfrei langweiliger und ehrbarer Name, findest du nicht auch?« fragte Sergej, als er mit ihr darüber beriet.

»Der aufregende und nicht ehrbare Dinge verheißt, hoffe ich.«

»Ganz genau.«

Bald reiste er im Ausland umher; sein Handkoffer war bepflastert mit Aufklebern vom Rome Hotel in Riga, vom Adlon Unter den Linden in Berlin, vom Imperial in Bukarest, und Niki bekam von seinem Vater nach jeder Reise eine Sammlung Hotelseife und Briefpapier mitgebracht.

1927 setzte die Gesellschaft sich mit dem Import von Öl aus Baku endgültig durch. Ein französisch-armenischer Ölhändler namens Dujmeijan führte die direkten Verhandlungen mit den Sowjets und überließ Serjoscha die Abwicklung des Geschäfts auf französischer Seite. So verstand sie es jedenfalls.

»Ich möchte nicht, daß du dich mit der Sowjetischen Handelskommission abgibst.«

»Warum nicht?« fragte er.

»Botynskij sagt, das sind alles Spione.«

»Botynskij«, sagte Sergej nachdenklich. »Was wissen Dichter von Spionen?«

»Sei nicht so überheblich.«

»Worüber machst du dir Sorgen? Daß die Sowjets mich entführen könnten?«

»Mach dich nicht lustig. Was soll ich tun, wenn du in Schwierigkeiten kommst?«

»Was für Schwierigkeiten?«

»Du hast keine Papiere. Ich auch nicht. Bloß die Nansen-Pässe für Staatenlose. Was passiert, wenn du auf einer deiner Reisen verhaftet wirst?«

»Von wem, Liebste?«

»Ich weiß nicht. Du erzählst mir ja nie etwas.«

»Ich verrate dir das Geheimnis«, sagte er, ihr die Nase streichelnd. »Das Geschäft ist langweilig. Du bist so viel interessanter.«

Sie blieb ungerührt. »Keine direkten Kontakte mit den Sowjets. Das macht mir Angst. Versprich es mir.«

»Die bekommen mich nie zu sehen. Ich bleibe in den Kulissen. Dujmeijan agiert auf der Bühne.«

Dujmeijan streckte lächelnd eine Hand aus und gab ihr Feuer. Dann rückten die beiden Männer eng zusammen, so daß ihre Gesichter – Dujmeijans dunkles assyrisches und Serjoschas rotbraunes kantiges – sich fast berührten, und flüsterten miteinander.

»Es ist ein Spiel«, sagte er, als sie mit dem Taxi nach Hause fuhren.

»Für mich sieht es ernst aus.«

»Nur ein Spiel.«

»Wo kommt das ganze Geld her?«

»Fünf Prozent nach jedem abgeschlossenen Geschäft. Für fünf Prozent von sechstausendfünfhundert Fässern Baku-Öl kann man eine ganze Menge seidene Unterwäsche kaufen«, sagte er und strich mit seiner Hand über die gewölbte Wärme ihres Oberschenkels. Sachte hielt sie ihn auf.

»Warum bekomme ich bei dir nie meinen Willen?
»Da kannst du dich nicht beklagen. Eigentlich willst du sagen: du bekommst bei allen anderen deinen Willen, warum nicht auch bei mir?«

»Leichter Widerstand... eine gewisse Weigerung. Interessant«, er streichelte ihre Lippen.

»Und das alles, weil ich mich weigere, dich... direkt unter den Augen des Taxifahrers?«

Wieder lachte er. »Sieh nur dein Kinn an. Störrisch. Wunderbarer Anblick, dein Kinn.«

Sie hielten vor dem Square des Batignolles; er bezahlte den Fahrer, und als sie durch das hohe dunkle Treppenhaus, in dem der Geruch von Kohl und Desinfektionsmitteln stand, nach oben stiegen, sagte er: »Ich habe eine neue Wohnung für uns gefunden.«

Sie sah ihn an. »Du bist entschlossen, den Zauberer zu spielen.«

»Freust du dich nicht?«

»Natürlich freue ich mich. Was sollte mich schon an ein Haus wie dieses binden? Aber...«

»Aber was?«

»Es ist ein *fait accompli*. Warum kann ich nicht selbst entscheiden, wo ich wohnen möchte? Du bist ein hoffnungsloser Fall«, und sie schob ihn zur Seite und öffnete die Tür zu der grauen Wohnung, in der sie einst Herrin ihres eigenen Lebens gewesen war.

Die neue Wohnung – sieben Zimmer mit glänzenden Parkettböden – lag an der Rue de Solferino, gleich um die Ecke vom Gare d'Orleans. Von ihrem Schlafzimmerfenster aus konnte sie die Lastkähne auf der Seine sehen und die kleine Fußgängerbrücke, die zur École des Beaux Arts hinüberführte. Niki hatte sein Zimmer mit Bildern von Dampfmaschinen geschmückt. Es gab Zimmer für eine Nanny und eine Kammerzofe und ein Gästezimmer, das Asja für Lapin bereithielt, wenn er aus London zu Besuch kam.

Sergej fand es lächerlich, daß sie, obwohl sie es nicht nötig hatte, weiter zur Arbeit ging.

Sie besprach sich mit Rasumkin.

»Aber ich arbeite gern als Krankenschwester.«

»Sieh dich doch mal an, Liebste. Dieser Pelzmantel, diese kleinen roten Lederschuhe an deinen entzückenden Füßen. Und dieses Kleid«, er strich anerkennend über die purpurne Seide. »Was hat jemand wie du mit Bettpfannen und kranken alten Russen zu tun?«

»Ich mag meine kranken alten Russen.«

»Überlaß sie mir. Du hast Besseres zu tun.«

»Zum Beispiel?«

»Dein Sohn. Dein Mann. ›Der kommende Mann.‹ So nennen ihn alle.«

»Wer ist *alle?*«

Rasumkin lächelte. »Die ganze Gemeinschaft teilt sich in Eifersucht und Beifall.«

»Vor allem Eifersucht.«

»Teils. Schau, er braucht dich. Du weißt doch, wie die Russen sind. Sie sagen: ›Aber er ist mit der Prinzessin Galizin verheiratet. Also muß er der Richtige sein.‹«

»Der Richtige ist er demnach durch mich?«

»Allerdings.«

Tatsächlich fragte sie sich zuweilen selbst, ob er der Richtige war. Manchmal ging er zu weit. Von einer seiner Fahrten nach Le Havre, wo er die Löschung einer Schiffsladung aus Leningrad beaufsichtigte, brachte er eine Kiste mit zurück. Im Wohnzimmer stemmte er sie auf, warf die Holzwolle beiseite, zog einen mit einem Wappen verzierten Tafelteller hervor und zeigte ihr den Stempel der Kaiserlichen Manufaktur auf der Rückseite. Dann wühlte er ganz unten am Boden der Kiste herum und brachte eine kleine, angeschlagene Ikone des Heiligen Sergius zum Vorschein.

»Mein Schutzheiliger«, sagte er und reichte ihr das Bild. »Für dich.«

Sie brach in Tränen aus und wandte sich von ihm ab. »Du raubst Kirchen aus. Tu das weg!«

Er legte alles in die Kiste zurück, während sie schluchzend auf der Couch saß und ihm zusah. Er sagte mit stählerner Ruhe: »Große Häuser werden verwüstet. Soviel du weißt, ist Marino geplündert oder niedergebrannt.«

»Schluß damit, auf der Stelle!« schrie sie.

»Kirchen werden abgerissen oder zu Tischlerwerkstätten gemacht. Schätze wandern in staatliche Gästehäuser oder werden zur Vergrößerung der Goldreserve eingeschmolzen, und du sitzt hier in Paris und weinst dir die Augen aus dem Kopf. Warum? Immerhin diese Schätze haben ein sicheres Zuhause gefunden.«

»Nicht in meinem Haus!« brüllte sie.

»Nun, dann eben woanders.« Und er verkaufte die ganze Lieferung an einen New Yorker Antiquitätenhändler. Zu fünf Prozent.

Wenn Rasumkin recht hatte und sie es war, die ihn in den Augen der Gemeinschaft zum »Richtigen« machte, so nutzte sich die Wirkung ihres guten Namens allmählich ab. Sie wußte, daß Kutjepows Leute über ihn tuschelten. Jedesmal, wenn sie die russische Kathedrale in der Rue d'Aru betrat, verfiel alles um sie herum in Schweigen.

»Na und?« konnte sie ihn sagen hören. Na und? Er trotzte sämtlichen Ansprüchen aus der Vergangenheit. Er war der einzige freie Mann, den sie je kennengelernt hatte.

Er vermittelte Asja das Gefühl, als gehörte ihr Aufstieg aus dem Square des Batignolles und dem Geruch der Emigrantenarmut – jenem Gemisch aus Kohl, Schwarzbrot und Paraffinöfen – zur natürlichen Ordnung der Dinge. Er tat so, als sei dies das mindeste, was sie erwarten durften. Schließlich seien sie beide, erklärte er, in Häusern mit Dienstboten und Parkettböden geboren.

»Wirklich, du auch?« fragte sie. »Du erzählst mir so wenig.«

»Vaters Landgut? Ich werde dir davon erzählen. Die Böden knarrten genauso wie dieser hier; wir hatten einen alten Bauern namens Tolja, der schnallte sich Filzunterlagen unter die Schuhe, und wenn das Wachs aufgetragen war, schlitterte er den ganzen Tag brummend damit im Haus herum, bis die Böden zu einem harten strahlenden Glanz poliert waren. Ich bin ihm durch die Zimmer gefolgt. ›Aus dem Weg, Wilder‹ «, lachte Sergej. »Als mein Vater dann mit der Frau des Weinhändlers angebändelt hat, ist meine Mutter ausgezogen, nach Moskau, und von da an hat kein Mensch sich mehr um die Böden gekümmert. Siehst du, ich kehre jetzt also zu den Böden meiner Kindheit zurück, genau wie du.« Und er streckte seine Arme aus und tanzte mit ihr durch den Salon.

»Was ist aus deiner Mutter geworden?« fragte sie ihn, während sie über das Parkett sausten.

»Tot. Alle tot. Tolja. Mutter. Alle weg. Hungersnot von '20. Ich habe sie nach meiner Entlassung gesucht. Keine Spur. Du siehst also, ich bin vollkommen frei.«

»Das bist du«, sagte sie und schmiegte sich an seine Schulter.

»Wir kehren zurück. Zu dem, was wir verdienen«, sagte er, indem er sie sachte über das glänzende Parkett hin und her schaukelte.

So ganz sicher war sie nicht. Wenn sie zuweilen von einem abendlichen Ausgang nach Hause kam, ihren Pelz aufs Sofa warf und sich im Flurspiegel erblickte, dachte sie: Ich bin sechsundzwanzig, und er ist neunundzwanzig. Wie ist so etwas nur möglich?

Im Frühjahr 1927 ließen sie Niki bei Botynskij und der Nanny und fuhren mit dem Zug nach Nizza, um einen per Schiff aus Genua eingetroffenen Hispano-Suiza abzuholen, einen offenen Sportwagen mit 50 Pferdestärken. Sie sahen sich das Spiel Suzanne Lenglen gegen Helen Wills um die französische Meisterschaft an und übernachteten dann im Grand Hôtel Cimiez. Am Sonntagmorgen fuhren sie zu der

Kirche in der Rue Longchamps, wo Asjas Eltern geheiratet hatten. Sie ging hinein und entzündete eine Kerze vor der Ikone des Heiligen Wladimir. Drinnen war es dunkel und klamm, und die alten Frauen – die Kirchenmäuse, wie ihr Vater sie zu nennen pflegte – kauerten in den von Kerzen beleuchteten Nischen und beobachteten sie aus schwarzen Augen. Sie wollte noch länger bleiben, im Schein der Kerzen verharren, doch draußen ging Serjoscha in seiner ledernen Fahrermontur wartend auf und ab.

Für die Fahrt nach Saint Rémy brauchten sie den ganzen Tag. Tief hinter der Windschutzscheibe eingesunken, die Füße auf dem großen Getriebekasten dieses gewaltigen Monstrums, sah sie Sergej beim Fahren zu; er hatte die Fahrerbrille auf, seine Handschuhe hielten das Steuer umklammert, seine Lippen waren vor Konzentration leicht gespitzt. Sie musterte ihn, als hätte sie ihn eben erst kennengelernt.

Bei Einbruch der Dunkelheit hielten sie an einer Tankstelle. Plötzlich sagte Asja: »Ich habe den Haushalt meines Vaters geleitet. Ich habe allein ein Kind großgezogen. Und jetzt sehe ich mein eigenes Leben nur als Zuschauerin. Du hast die Macht übernommen. Das ist furchtbar.«

Er lachte. »Wovon redest du eigentlich? Ich kann dich doch zu nichts überreden. Ständig sage ich dir, du sollst diese alten Russen aufgeben. Und deine Uniform ablegen. Nichts. Null. Du bist unverbesserlich. Von nichts abzubringen.«

Sie lachte, zündete zwei Zigaretten an, reichte ihm seine hinüber und sah die Spitze wild aufglühen, als der Wagen in den Trichter der Dunkelheit losjagte. Doch als die Zigarette zu Asche verbrannt war und die Nacht über sie hinsauste, erkannte sie, daß sie ihr Leben in seine Hände gelegt hatte und nicht wußte, wie sie es zurückbekommen könnte.

Eine Stunde später kroch der Wagen den schäbigen Weg zu den Urusows hinunter; das zerzauste Schilfrohr war so aufgeschossen, daß es an die Kotflügel schlug. Olga stand am Tor, sie trug ihren roten Kaftan und eine schwarze Schürze und hatte ein Bündel Feuerholz unterm Arm wie eine Bäuerin; sie hielt sich gegen das Blenden der Scheinwerfer eine Hand vor die Augen.

»Mein Gott!« rief Olga, als sie neben ihr anhielten. »Was für ein Auto! Ich dachte schon: die Polizei!«

Sergej ging mit einer Kiste Austern und einer Magnumflasche Champagner unterm Arm voran ins Haus. Dimitrij half ihnen aus ihrer Lederkleidung, doch als Olga sich unbeobachtet glaubte, schnüffelte sie verstohlen an der Fahrerbrille, die Sergej auf den Tisch im Flur geworfen hatte.

Olga mochte ihn einfach nicht. Asja konnte nichts dagegen ausrichten. Olga sagte immer nur: »Es geht mich ja nichts an, Liebling. Er ist der Vater deines Kindes, aber...«

»Aber was, Olga?«

»Er ist so...«, und sie paffte wütend an einer der Zigaretten, von denen ihre Zähne dunkel und ihre Finger gelb geworden waren. »So un-weich.«

»So un-was?«

»So hart, Liebste. Jede andere Frau als du würde von ihm erdrückt werden.«

Dimitrij stand in der niedrigen Küche mit den rauchgeschwärzten Balken, und als Asja ihn küßte, zupfte sie ihm ein Stück Brombeerranke vom Rücken seines schwarzen Wollpullovers.

»Noch immer im Kampf mit dem Dschungel, lieber Mann«, sagte sie, und er entblößte seine Arme, um ihr die Dornenkratzer zu zeigen. An den verlängerten Wochenenden, für die er monatlich von Paris hierherkam, verschwand er in dem Hektar Wald hinterm Haus und tauchte erst im Dunkeln wieder auf, um Olgas Pilzsuppe zu essen; von den Blättern in seinem Haar und den Dornenranken, die seine Overalls zerfetzten, merkte er dabei nichts.

Serjoscha sagte: »Dimitrij, warum gibst du es nicht auf? Es ist vergeblich. Geradezu der Inbegriff der russischen Vergeblichkeit.«

Asja, die gerade den Tisch deckte, drehte sich um und gab ihrem Mann einen Stoß in die Rippen. »Schuft, du solltest ihm lieber helfen.«

»Wenn ich nachgebe, wird ein Dschungel aus dem Wald«, sagte Dimitrij achselzuckend.

»Na und?« sagte Serjoscha, um ihn zu necken. Na und? war sein Lieblingsausdruck, seine ständige Erwiderung auf Botynskijs wirre Auslassungen über die Zukunft der Sowjetunion, auf Rasumkins düstere Theorien über die Verdorbenheit der Menschen oder auf Dimitrijs grimmigen Fleiß.

»Laß dieses ewige ›na und?‹-Gerede«, sagte Asja. »Ich kann das nicht ausstehen. Die Leute werden dich noch eines Tages hassen.«

»Na und?« gab er grinsend zurück, und sie trommelte in gespielter Wut auf seine Brust ein.

Dimitrij sagte: »Ein Wald ist schön, ein Dschungel nicht.« Um den Streit beizulegen, zeigte Olga auf die Girlanden aus getrockneten Pilzen, die von den Deckenbalken der Küche hingen.

»Würde Dimitrij nicht die Wege freihalten, könnte ich keine Pilzsuppe mehr machen.«

»Deine Suppe ist so köstlich; ich kapituliere«, sagte Sergej und goß ihnen beiden Champagner ein. »Auf deine Gesundheit!«

Olga und Dimitrij wirkten auf Asja wie eine einzige Person, die in einer männlichen und einer weiblichen Ausgabe existierte. Auch als sie einen Streit zwischen den beiden mitbekam – »Warum hast du die Sahne draußen stehen lassen? Du bist nicht in Tambow, du Idiot, sondern in der Provence, sie wird dick werden« –, schien es, als belauschte sie nur einen einzelnen Menschen, der laut mit sich selbst haderte.

Dimitrij, früher so fröhlich und furchtlos, war jetzt stiller und grimmiger geworden.

»Monsieur Urusow, Sie *waren* unser Manager in Petersburg. Freilich waren Sie das«, hatte der französische Bankpräsident gesagt, als Dimitrij nach Paris gekommen war. »Aber jetzt existiert Petersburg nicht mehr.«

»Du hättest ihm die Tür vor die Nase knallen sollen! Nach allem was du für diese miese Bank getan hast«, hatte Asja gerufen.

»Wir können uns romantische Gesten nicht leisten«, hatte Dimitrij erwidert und traurig seine Hände angesehen.

Dimitrij hatte wieder ganz von unten angefangen. Mit Angestellten, die halb so alt waren wie er, zählte er stornierte Schecks; er streifte seinen Gummifingerhut über, setzte sich hinter den Schalter und zählte anderen Leuten das Geld durch den Kassenschlitz. Zentimeter um Zentimeter kämpfte er sich nach oben zurück. Nach acht langen Jahren wurde er zum stellvertretenden Leiter der Osteuropa-Abteilung ernannt. Sein verbitterter Kommentar: »Die erwarten, daß alle Russen aufgeben.«

»Mit den Urusows haben sie nicht gerechnet«, pflegte Asja zu sagen, um ihn aufzumuntern, doch an manchen Tagen konnte sie seine Stimmung nicht aufheitern. Eine melancholische Verwirrung über die Härte des Lebens durchzog wie ein unterirdischer Strom das Temperament aller Urusows. Wenn Dimitrij aus dem Fenster blickte und dem durch das Schilf fahrenden Wind zusah, mußte Asja an ihre Mutter denken, wie sie vom Fenster des Wintergartens über den Fluß gestarrt und unablässig an ihrem Ehering gedreht hatte. Asja liebte und fürchtete diesen Blick gleichermaßen, als läge diese Verwirrtheit auch in ihrer Natur, als würde auch sie eines Tages von der Härte des Schicksals entwaffnet werden. Was hatte ihre Mutter in jener Nacht auf dem Sterbebett gesagt? »Ich habe mein Leben nicht gelebt.«

Nein, dachte Asja. Nicht mit mir. Ich *werde* mein Leben leben.

Serjoscha nahm die Austern aus den Schalen; während er die Muscheln mit seinem Messer aufbrach, schnitt Asja die Zitronen in Würfel und leckte sich den Saft von den Fingern.

»Warum *bist* du nur gegen mich, Onkel Dimitrij?« fragte Serjoscha mit jenem Gleichmut, der alle, die ihn nicht mochten, auf die Palme brachte.

Dimitrij lächelte verlegen.

»Etwa, weil alles so schnell gegangen ist? Vielleicht hältst du mich für einen Schurken?«

Dimitrij schüttelte mit schüchternem Lächeln den Kopf.

»Nun, dann eben, weil ich mit den niederträchtigen Bolschewiken Handel treibe?«

Dimitrij nickte. »Die niederträchtigen Bolschewiken.«

»Aber das tust du doch auch, Dimitrij.«

Dimitrij zuckte die Schultern. »Meine Bank tut das. Und wer tut es nicht, heutzutage?«

»Genau meine Meinung.«

»Ich werde entlassen, wenn ich mich weigere. Aber du«, sagte Dimitrij leise und gutmütig, »würdest noch mit dem Teufel persönlich Geschäfte machen.«

Sergej nahm weiter die Austern aus den Schalen. Er schwieg, und dann sagte er plötzlich: »Im Herbst '19 standen wir irgendwo auf einem Nebengleis, an die Fenstergitter unserer Stolypin-Waggons gekettet; wie sich herausstellte, sollten wir nach Norden verlegt werden, von Krasnodar in das Lefortowo-Gefängnis unweit von Moskau. Weiter voraus hatten Banditen die Brücke gesprengt. Jedenfalls konnten wir durch die Gitterstäbe sehen, daß das Land hungerte; es war irgendwo in der Nähe von Ekaterinburg, die Felder verwüstet, soweit das Auge reichte – platt, platt, keine einzige Kornähre. Man holte uns heraus und ließ uns neben den Geleisen Gruben ausheben. Zwei ganze Tage lang, bis die Männer umkippten und die Wachtposten sie mit den Gewehrkolben wieder auf die Beine stoßen mußten. Dann kamen die Güterwagen angerollt, man gab uns Mistgabeln und befahl uns, hineinzugehen und die Gruben aufzufüllen.«

Sie hörten reglos zu. Er sprach mit leiser Stimme.

»Die Güterwagen waren voller Leichen. Ganze Familien.

Nackt oder in Lumpen. Verhungert. Kleine Knochenbündel. Die von Männern mit Mistgabeln in die Gruben geschaufelt wurden. Purzelten wie Puppen. Mit diesen Händen habe ich das getan«, und er streckte seine Hände aus; sie waren feucht von den Austern, an den Fingerspitzen klebten kleine Muschelsplitter.

Niemand sagte ein Wort.

»Und dann haben wir sie mit Kalk bestreut und zugedeckt. Drei von uns fielen vor Erschöpfung und Hunger tot um, und auch die mußten wir in die Grube stoßen. Dann wurden wir wieder in die Stolypins verladen und nach Norden gebracht.«

Asja stand auf, stellte sich in die offene Tür und sah auf den eisigen Hof hinaus. Der Mond war aufgegangen und warf durch den Maulbeerbaum scharfe Lichtfinger auf die leuchtenden Steinfliesen. Um ihr Zittern loszuwerden, machte sie sich eine Zigarette an.

Als sie zurückkam, sagte Dimitrij gerade: »Und deswegen hast du neulich sechsundzwanzig Güterwagen Getreide von Wien nach Kiew geschickt.«

Sergej schüttelte den Kopf. »Die guten Werke überlasse ich Herbert Hoover.«

»Natürlich alles zu fünf Prozent. Trotzdem, du hilfst dem Regime, wenn du den Menschen hilfst.«

Wieder schüttelte Sergej den Kopf. »Das wollte ich mit meiner kleinen sentimentalen Geschichte nicht sagen. Der Krieg der Kommunisten war eine Katastrophe. Das Land lag in Trümmern. Als ich durch die Gitterfenster des Stolypin-Waggons diese leeren Felder sah, wurde mir klar, daß jemand, der ihnen für fünf Prozent Provision Getreide liefert, schon sehr dumm sein müßte, wenn er damit nicht einen Haufen Geld verdienen würde.« Er blies Rauch nach oben in die geschwärzten Balken. Dann wandte er sich wieder den Austern zu und reichte Asja eine auf der Spitze seines Messers. Sie schüttelte den Kopf.

Sie war ihm zu nahe, zu tief verbunden, um die richtigen Worte für ihre Gefühle finden zu können. Um zu wissen, daß sie ihn liebte, brauchte sie nur zu sehen, wie er das Messer zwischen die zusammengepreßten Schalen schob und herumdrehte, sie auseinanderbrach, die Muschel in den Weidenkorb zu seinen Füßen leerte und sich genießerisch die Finger leckte. Jede seiner Gesten war sauber, ökonomisch und vollkommen.

»Die Banque de Suez finanziert eine Asbestfabrik in Woronesch. Der Betrieb wird von Ausländern geführt, Schweizer Vorarbeiter, deutsche Ingenieure, ein amerikanischer Manager, der mit Taylor-Methoden arbeitet«, sagte Dimitrij. »Würdest du da Teilhaber werden?«

»Würdest *du* einen russischen Betrieb leiten wollen? Du weißt doch noch, wie das war, Dimitrij.«

»Akkordarbeit einführen.«

Sergej schüttelte den Kopf. »Ich müßte dort anwesend sein. Den Betrieb an Ort und Stelle leiten. Dagegen könnte die Polizei etwas haben. Obwohl sich das regeln ließe.«

Dimitrij zog eine Augenbraue hoch.

»Natürlich. Alles läßt sich regeln. Wie lange noch, weiß ich zwar nicht so genau. Aber zur Zeit ganz bestimmt. Aber das ist nicht das Problem. Mein Problem ist dort drüben«, und er hob ein Glas in Asjas Richtung.

»Ich muß im Hintergrund bleiben. Sie besteht darauf.«

»Ich habe ihn einmal verloren. Warum soll ich ihn ein zweites Mal verlieren?« sagte sie.

Es gab eine Pause, dann wandte sich Sergej an Olga. »Ich habe gehört, ihr habt ein Problem.« Olga bedachte Asja mit einem verlegen vorwurfsvollen Blick.

»Erzähl mir davon«, fuhr Sergej fort.

»Unser Mietvertrag für dieses Haus läuft in drei Monaten aus. Man will uns hier raushaben.« Olga blickte so traurig drein, daß Asja einen Arm um sie legte und sie tröstend schaukelte.

»Wieviel ist erforderlich?« fragte Sergej und sah sich in der niedrigen geschwärzten Küche um. »Um ihn aufzukaufen?«

Dimitrij drehte die Handflächen nach oben. »Mehr als ich habe, Sergej Apollonowitsch.«

»Überlaß das mir«, sagte Sergej.

Nachdem Olga den Kamin in ihrem Schlafzimmer geschürt und sich zurückgezogen hatte, wobei sie Asja eine Kußhand zuwarf und den Blick komisch von Sergej und seiner nackten Brust über der Decke abgewandt hielt, flüsterte Asja: »Haben wir denn das Geld?«

»Das läßt sich auftreiben.«

Sie schmiegte sich an seine Schulter, legte das Ohr auf die kleine quadratische Narbe. Er fuhr ihr mit den Fingern durch die nach Rauch riechenden Haare, und sie sahen die Schatten aus dem Kamin springen und an der Schlafzimmerwand ersterben.

Nach einer Weile flüsterte sie: »Du hast mir nie von diesen Leichen erzählt, die du in der Kalkgrube begraben hast.«

»Lebende Skelette, die tote Skelette in einen Graben stoßen.« Er lachte leise in der Dunkelheit. »Ich dachte, wenn ich hier jemals lebendig herauskomme, werde ich in meinem ganzen Leben vor nichts mehr Angst haben. Ich werde mir meine eigenen Regeln machen.«

Sie zog ihn an sich heran, drückte ihren Körper an seinen, damit er ihrer sicher sei, damit er die ganze Kraft des neuen Lebens spüre, das seit jenem Augenblick, da er auf dem Nebengleis in sein eigenes Grab gestarrt hatte, ihm ganz allein gehörte.

»Sie haben mich gebrochen. Ja. Ich bin nicht stolz darauf.«

Sie war nicht sicher, ob sie richtig gehört hatte. Er sprach so leise.

»Dunkelheit, Schläge, die Kälte, die Arbeit. Am Ende haben sie gewonnen.«

»Es ist vorbei. Hier«, sagte sie. »Ich bin warm. Ich kann dich besser machen.«

»Es ist nie vorbei.« Er streichelte lächelnd ihren Körper und sagte dann: »Ich bin, was sie aus mir gemacht haben.«

»Ich liebe dich«, flüsterte sie.

»Ich bin, was sie aus mir gemacht haben«, wiederholte er.

Am nächsten Tag fuhren sie nach Saint Rémy, und während sie im Le Relais des Alpilles saß, sich mit einem Calvados wärmte und den Bauern zusah, die neben ihr *belote*-Karten auf den Tisch knallten, konsultierte Sergej den Notar, der für den Mietvertrag der Urusows zuständig war. Eine Stunde später kam er lächelnd zurück. »Die Angelegenheit ist geregelt.«

»Was? Ein neuer Mietvertrag?«

»Ich habe es gekauft. Es gehört euch.«

Dimitrij war beschämt. »Nein, Sergej Apollonowitsch, ausgeschlossen.«

»Ganz und gar nicht ausgeschlossen.«

»Aber das kann ich nicht annehmen...«

Sergej schlug ihm freundlich auf beide Schultern.

»Dimitrij, du hast für Asja und Niki gesorgt, als ich im Gefängnis war. Nun bin ich an der Reihe.«

In den nächsten fünf Jahren verbrachten Asja und Niki jeden Familiensommer im Haus der Urusows. Serjoscha kam für zehn Tage dazu und konzentrierte sich in dieser Zeit ausschließlich auf Niki. Wenn sie sich eine der Szenen ins Gedächtnis zurückrufen wollte, brauchte Asja sich nur die Photographien anzusehen, die Olga aufgenommen und gewissenhaft datiert hatte:

1927. Den staubigen Weg auf und ab, Niki schwankend auf dem Fahrrad, Sergej läuft nebenher. »Richtig so! Immer geradeaus!«

1928. In La Tour des Sphinguettes, Niki über den Wellen auf den Schultern seines Vaters, er kreischt: »Nein! Zu kalt! Hör auf!«, und Sergej lacht, sein muskulöser Körper glänzt in der Sonne.

1929. Niki und Sergej im Schneidersitz auf dem Wohnzimmerteppich, sie haben ihre Badeanzüge an und spielen Dame, beide haben den gleichen ernsten Gesichtsausdruck, die gleiche gebräunte Haut und das gleiche rotbraune Haar.

1930. Am Karpfenteich im Garten der Urusows; Serjoscha bringt Niki die Namen der Insekten bei, die sie gefangen und freigelassen haben; Niki bekommt eine Angelschnur mit einem Wurm am Haken, um den alten Karpfen zu fangen, der durch die limonengrünen Schatten kreuzt.

Eines Morgens im Sommer 1931 stand Sergej auf und verkündete: »Dieses Haus braucht einen Swimmingpool.« Und es war kaum zu glauben, aber noch in derselben Woche war hinter Dimitrijs Wald in einer sonnenhellen Senke, die an ein Maisfeld grenzte, das Loch ausgehoben. Für sie alle, für Olga, für Dimitrij und vor allem für Niki war Sergej ein Wundertäter.

Wenn sie zusammen in den Alpilles wanderten und Sergej ihnen von der Zeit erzählte, als er mit seinem Vater im sumpfigen Marschland seines Landgutes auf Jagd gegangen war, glaubte Asja selbst die Hand nach dem zerzausten Jungen auszustrecken, der da im hohen Gras mit blutverschmierten Händen nach den verschreckt flatternden Vögeln suchte.

Sie saß unter dem Maulbeerbaum, sah das Licht von den Flanken der Alpilles schwinden und hörte Nikis Stimme, der seinem Vater in der Hängematte Tschechow vorlas. Und sie erinnerte sich, wie die staubigen Füße des Jungen sachte an die Hosenbeine seines Vaters geschlagen waren, wenn Sergej ihn früher ins Bett getragen hatte. Sie konnte es kaum glauben, daß Niki jetzt schon dreizehn war.

Doch selbst in den müßigsten Augenblicken des Familienlebens, selbst wenn sie nur am Eßzimmertisch Karten spielten, vernahm Asja immerzu den Taktschlag von Sergejs Willen, der erbarmungslos die Sekunden zählte. Es war, als könnte er die Ungezwungenheit des Familienlebens nicht ertragen, als sei er nur dann wirklich glücklich, wenn die Zeit knapp war, wenn nur noch Sekunden übrig waren, wenn irgendeine Gelegenheit zu ergreifen war. Einmal flehte sie ihn an: »Warum kannst du nicht einfach *leben?* Warum kannst du nicht einfach *sein?*«

Er schien aufrichtig verblüfft, und seine Antwort fiel unerwartet sanft aus: »Das muß ich dir überlassen. Du weißt, wie das geht.« In diesem Moment schien er sie zu bitten, seine Lehrerin zu sein. Aber das vermochte sie nicht.

Denn ebenso plötzlich, wie er zu ihnen hinabstieg, ebenso vollständig, wie er sich Niki widmete und ihm seine ganze Aufmerksamkeit schenkte, verschwand Sergej auch wieder, nach Mailand zu einem Treffen mit einem italienischen Kunden, der seinen rumänischen Rübsamen kaufen wollte, nach Zürich zu einem Treffen mit seinem Bankier, nach Riga oder Stettin oder Danzig, um baltisches Bauholz zu kaufen.

»Wo fährt er hin?« fragte Niki.

»Ich weiß es nicht«, antwortete Asja.

»Warum weißt du es nicht?«

»Weil«, erwiderte sie, »er macht, was er will.«

Wenn Sergej auf Reisen war, nahmen sie und Niki wieder das Leben auf, wie es vor seiner Rückkehr gewesen war. In ihrem Bett schlief Niki nun nicht mehr, doch abends kam Botynskij vorbei und half ihm bei den Schularbeiten und las ihm Geschichten aus Wladimir Dahls Anthologie vor, auf daß er sein Russisch aus den reinsten Quellen lernte. An einem Wochenende im Jahre 1933 kam Lapin aus London zu Besuch, und sie machten einen gemeinsamen Ausflug in Rasumkins eindrucksvollem schwarzen Citroën. Als sie in der Abenddämmerung nach Paris zurückfuhren und auf einer verlassenen Landstraße um die Ecke bogen, entdeckte Asja zwei steinerne Torpfosten, auf denen Löwen thronten, und dahinter einen langgestreckten Dom aus Pappeln.

»Halt!« rief sie, und dann stolperten sie alle hinaus; Asja schritt durch die Torpfosten voran, und die anderen folgten ihr. Niki holte sie ein.

»Wo sind wir hier?«

»Es sieht genau wie Marino aus.«

Lapin nickte. »Ja, die Torpfosten.«

»Aber, Mutter«, Niki begriff nicht.

Sie nahm seine Hand und sagte: »Komm«, und sie liefen zusammen die dämmerige Pappelallee hinauf.

So hat das damals ausgesehen, erklärte sie ihm. Nur die steinernen Löwen sind angeschlagen und überwachsen auf ihren Sockeln geblieben und bewachen den Eingang zu einem Garten, den es nicht mehr gibt, den Weg zu dem großen Haus, das nur noch in der Erinnerung einiger alter und verängstigter Bauern existiert, die zu keinem Menschen von dem Leben sprechen, das sie einst durch den Zaun beobachtet haben. Als sie, gefolgt von Lapin, Botynskij und Rasumkin, zwischen den Pappeln weitergingen, erzählte sie Niki von dem großen pfirsichfarbenen Haus, dem Mansardenzimmer mit dem Bullaugenfenster, in dem sie geboren worden war, von dem Garten mit den Buchsbaumhecken und den Gewächshäusern, die warm und grün mitten im harten weißen Schnee gestanden hatten. Sie hatte ihm noch nie davon erzählt. Am Ende der Pappelallee kamen sie auf einen freien Platz, und seine Mutter warf den Kopf zurück und lachte laut auf. »Seht nur!« rief sie.

Dort standen in einer Reihe drei rosa verputzte Vorstadtvillen. Drei ummauerte Gärten, in denen Kettenhunde herumliefen, helles Licht hinter metallenen Fensterläden, und dahinter dreifaches Leben, das sich vor der fröstelnden Dämmerung zurückgezogen hatte. Früher mußte hier einmal ein großes Haus gestanden, mußte die Pappelallee ein grandioses Ziel gehabt haben; die steinernen Löwen und Torpfosten dürften nicht ohne Grund dort aufgestellt worden sein. Aber es war kein einziger Stein übriggeblieben.

Asja rief: »Dafür hat es die Revolution gegeben! Seht ihr nicht? Das Château ist niedergebrannt und ausgeplündert worden – für das hier. Drei Villen! In rosa Putz!«

Keiner von ihnen hat je die seltsame Heiterkeit vergessen,

die Asja dort ergriffen hatte. Es war, als tanzte sie auf den Trümmern ihrer Erinnerungen und freue sich über ihre Weigerung, vor dem Pathos all ihrer Verluste zu kapitulieren.

Auf der Heimfahrt fragte Niki sie: »Wie viele Zimmer hat es dort gegeben?«

»Einhundertundvierzehn. Lapin und ich haben sie gezählt.«

»Und wie viele Dienstboten?«

»Wie gesagt. Wir hatten vierzig Butler. Vierzig Butler und vierzig Paar dazu passende weiße Handschuhe«, und sie zündete sich lachend eine Zigarette an. Aber nein, er wollte es wirklich wissen. Wie viele? Und da begann sie aufzuzählen: Nanny Saunders, und Praskowja Iwanowna, und Anton Nikolajewitsch, und die Küchenmagd, wie hieß die noch? Bald hatte sie den Überblick verloren.

»Warum hast du keine Bilder?« fragte Niki.

Und sie legte im Dunkel des Wagens einen Arm um ihn, während die Lichter von Paris am Fenster vorbeispritzten: »Weil ich keine nötig habe.«

»Erzähl mir davon«, sagte er, und sie erzählte ihm, wie sie auf dem Sommerball allein mit dem jungen Leutnant von der Smolensker Garnison in die Gewächshäuser gegangen war, und wie Praskowja sie beide auf der Gartenbank unter dem Pfirsichbaum entdeckt und ihn fortgescheucht hatte. »Na ja, es war schon fast dunkel, und wir hielten uns bei den Händen, aber in Gefahr war ich wohl kaum«, sagte Asja.

»Im Gegenteil. Wenn da jemand in Gefahr war, dann der Leutnant«, sagte Rasumkin auf dem Vordersitz.

Niki wollte wissen, was mit Marino geschehen war.

Lapin sagte: »Niedergebrannt. Zu Asche.« Ein Schmerz schwang in seiner Stimme, der sie alle zum Schweigen brachte. Er griff in seine Tasche und zog einen kleinen Umschlag heraus. »Entschuldige, liebste Asja. Ich bin ein Feigling. Das ganze Wochenende trage ich das schon in meiner Tasche und habe mich nicht getraut, es dir zu zeigen.«

Es war ein Brief, abgeschickt in Berlin und voller Stempel der verschiedensten Postämter in ganz Europa. Adressiert in unsicherer russischer Handschrift an Alexander Galizin, Saint Paul's School, London. »Die Schule hat ihn an die Bank weitergeleitet.«

Der Brief war mit Bleistift geschrieben.

Liebste Kinder!
Was ist aus Euch geworden? Unser Haus an der Nikolajewskij Straße ist jetzt das Verlagshaus der Universität. Und Anton Nikolajewitsch berichtet mir, daß sie unser geliebtes Marino in Brand gesteckt haben. Nicht alles ist niedergebrannt, aber vieles. Ich arbeite jetzt als Waschfrau. Könnt Ihr Euch das vorstellen? Arme Kinder, ich wünsche, ich müßte Euch das nicht erzählen. Was wir hier durchgemacht haben, kann ich nicht zu Papier bringen. Ich bin alt und sehr müde. Ich bete täglich für Euch. Vergeßt mich nicht.

Eure Praskowja.

»Ach, Lapin«, Asja drückte seine Hand. »Können wir sie nicht finden?«

»Ich habe alle möglichen Nachforschungen angestellt«, sagte er traurig. »Keine Nachsendeadresse. Wahrscheinlich hat sie den Brief einem ausländischen Geschäftsmann zugesteckt, und der hat ihn für sie in Berlin abgeschickt. Unmöglich herauszufinden.«

»Wir müssen etwas tun«, beharrte sie.

»Wir können nichts tun«, sagte Botynskij entschieden. »Sie wird auch gar nicht wollen, daß wir sie jetzt aufspüren. Das könnte sie in Gefahr bringen.«

Nun war es also soweit, ein Pfeil aus der Vergangenheit hatte sie mitten ins Herz getroffen. Wie töricht von ihr, daß sie je geglaubt hatte, all das hinter sich gelassen zu haben. Wie töricht sie gewesen war, sich für frei zu halten.

Und Marino war niedergebrannt. Gerüchte davon zu hören und es für möglich zu halten, war eine Sache. Eine ganz andere aber war es, es von Praskowja zu erfahren und zu wissen, daß es stimmte. Vandalen plündern die Zimmer, schleppen die Möbel weg, brechen die Dielen heraus, um sie anzuzünden; Fremde streifen mit Brechstangen in den Händen durch die mit Brokat tapezierten Räume. Und dann die Flammen.

»Werden wir je dorthin zurückkehren?« fragte Niki.

Sie wußte nicht, was sie antworten sollte. Niki saß im Dunkeln auf dem Rücksitz von Rasumkins Auto, das Licht der entgegenkommenden Scheinwerfer huschte über sein Gesicht, und er sagte: »Ja, das werden wir.«

In der Rue de Solferino ging Asja vor den Wohnzimmerfenstern auf und ab, sie rieb sich die Oberarme unter den Ärmeln ihres Jersey und sah die dunklen Oktoberwolken über die Dächer von Paris jagen.

Sie wartete jetzt ständig, entweder auf Niki oder auf Sergej. Wie war es nur mit ihr dahin gekommen? Sie trat vor den Spiegel und überdachte die Lage. 1935. Herbst. Fünfunddreißig Jahre alt. Wo kamen diese neuen Falten zu beiden Seiten ihres Mundes her? Alles hatte sich, unbemerkt von ihr, an sie herangeschlichen: diese kleinen Zeichen des Älterwerdens, dieser sorgenvolle Blick.

Er war so oft weg. Sie wußte nicht einmal mehr, wo er diese Woche hingefahren war. Prag oder Warschau? Oder war das vorige Woche gewesen? Es ging nicht mehr um Öl, sondern um Industriemaschinen: ein komplettes Stahlwalzwerk.

Weite Strecken seines Lebens waren ihr unbekannt: diese Hotels, diese osteuropäischen Konferenzzimmer; sogar die Büros der Gesellschaft für Osthandel hatte sie nie besucht. Früher hatte sie einige der Männer, mit denen er Geschäfte machte, dem Namen nach gekannt. Jetzt kannte sie nicht einmal die Namen seiner engsten Mitarbeiter in der Gesellschaft.

Ihren Fragen wich er aus. Er war zärtlich, aber zerstreut. Die Landkarte ihrer Ehe war mit unsichtbaren Demarkationslinien überzogen. Sie wußte, würde sie die Linien verschieben und auf Offenlegung seiner Geheimnisse bestehen, dann würde er nur irgendeine neue unsichtbare Grenze zwischen ihnen errichten.

Sie hätte ihn öfter auf seinen Reisen begleiten sollen; doch immer wenn sie dies tat, haßte sie die einsamen Stunden, in denen sie durch die Straßen fremder Städte streifte und darauf wartete, daß Sergej endlich wieder aus jenen verräucherten männlichen Zimmern auftauchte, in denen er seine Geschäfte arrangierte. Am Ende blieb sie lieber in Paris, arbeitete in der Klinik und ließ ihn ziehen. Er verschwand einfach, tauchte dann wieder auf, um die eine oder andere absurde Geschichte zu erzählen, und scheffelte immer mehr Geld, das er mit lässiger Gleichgültigkeit behandelte.

Die Wahrheit war, daß sie all dies hatte geschehen lassen. Denn sie liebte den unnahbaren Teil von ihm, sie liebte seinen Blick, mit dem er sagte: Meine Liebste, das sind die Tatsachen – ich bin allein, und du bist es auch. Und liebte er selbst nicht das gleiche? Sein Lieblingswort für sie war »unverbesserlich«. Sie hatte es gern, wenn er das sagte. Es bestätigte die Existenz einer dunklen Region ihres Wesens, die sie oft aus dem Blick verlor: ihren unbelehrbaren und unerreichbaren Kern.

War er ihr untreu gewesen? Gab es Frauen in diesen Hotelzimmern, in Riga, in Prag, in Berlin? Sicher konnte sie nicht sein. Er war ein Mann, der jede Spur von Parfüm oder Lippenstift sorgfältig entfernen würde. Sorglosigkeit hätte gegen sein pedantisches Wesen verstoßen. Er war niemals sorglos, und er ließ niemals etwas geschehen, das er nicht geplant hatte. Niemals entging es ihm, wenn ihre Stimmung sich änderte, er las jeden ihrer Gedanken. Wenn er also nicht wollte, daß sie dahinterkam, würde es ihr auch nicht gelingen. Sie nahm das durchaus gern in Kauf. Sie bewunderte es geradezu. Auch wenn er nie ein Wort darüber verlor, wußte sie, daß Sergej davon ausging, daß sie mit ihren Geheimnissen ebenso pedantisch verfahren würde wie er selbst. Er war skrupellos, und er akzeptierte, daß auch sie es sein könnte.

Über Botynskij hatte er sich nie geäußert, und anonym hatte er der Redaktion der *Stimme Rußlands* einen ansehnlichen Betrag gespendet – anonym, weil Botynskij das Geld sonst nicht angenommen hätte.

Die Uhr im Wohnzimmer schlug sechs. Regen strichelte die Balkontüren. Wo ist Niki, fragte sie sich plötzlich. Er hätte schon vor zwei Stunden aus der Schule kommen müssen. Sie packte hastig ihren Mantel, jagte die Treppe hinunter und stürzte sich in das Gewühl auf den regenglatten Straßen. Sie folgte dem Weg, den Niki gewöhnlich einschlug. Die Leute sahen ihr nach, und sie rannte weiter, denn in ihrem Innersten, dort wo die Alarmglocke schrillt, war sie vollkommen überzeugt, daß etwas Schreckliches passiert war.

Weiter vorne auf der Straße waren Menschen zusammengeströmt, die Gesichter erhellt von den Lichtern eines Cafés. Sie bahnte sich einen Weg durch die Menge. Dort, im Zentrum des Kreises nasser Schuhe, lag wie ein verschrecktes Tier eine bleiche, hastig atmende Gestalt. Sie beugte sich darüber. Unter den Gaffern befand sich auch Niki; er betrachtete den Verletzten mit der gleichen neutralen Neugier wie alle anderen.

»Was ist denn?« wollte Niki wissen.

»Du hast dich verspätet!« schrie sie, trat hastig den Rückzug an und ließ ihn allein hinterherzotteln. Sie war wütend auf sich, denn sie hatte immer geglaubt, sie würde es wissen, wenn er ihren Schutz brauchte. Es kam ihr entsetzlich vor, daß ihr Beschützerinstinkt sie getäuscht haben sollte. Was, wenn er wirklich einmal in Gefahr geriete? Würde auch dann die Alarmglocke schrillen?

»Was ist denn?« sagte Niki noch einmal, als er durch die Tür in die Wohnung trat.

»Dein Vater ist zu selten da. Ich werde nervös.«

»Mutter...«

»Ich weiß. Es ist lächerlich, aber ich hatte plötzlich das Gefühl, du wärst in irgendwelchen Schwierigkeiten, es könnte dir etwas zugestoßen sein... als ich diese Menschenmenge sah, war ich absolut sicher, daß du...«

»Mutter, ich bin sechzehn.« Und er legte seinen Arm um sie, der Ärmel war noch naß von der Straße. Sie lehnte ihren Kopf an seine Schulter. Ein komischer Bartflaum bedeckte seine Oberlippe. Seine Augen waren grau wie ihre, sein Körper gedrungen und muskulös wie Sergejs. Ja, er war beinahe erwachsen. Unglaublich.

Sie nahm seine Hand und legte sie an ihre Wange. »Ich habe nun einmal solche Vorahnungen. Diesmal habe ich mich geirrt. Da bist du, heil und gesund. Ich mache mich lächerlich.«

Er streichelte ihren Arm.

»Ich bin keine gute Mutter gewesen. Botynskij. Rasumkin. Sergej. Alle diese Männer. Meine Herumtreiberei. Du bist sehr geduldig mit mir gewesen.«

»Mutter, was hast du nur?«

»Wo bist du gewesen?«

»Bei Sonjetschka.«

Das war es also. Asja zog sich zurück. Botynskij sagte, der Vater des Mädchens, der alte Dimitriew, sei ein idealer Kandidat für die Schwarzhunderter: fromm, fanatisch und unversöhnlich. »Einer von diesen Leuten, die den alten Zeiten nachtrauern, als sie in Kiew die Schaufenster jüdischer Kaufleute eingeworfen haben.«

»Wir haben Tee getrunken«, sagte Niki, »und uns unterhalten.«

»Wer ist ›wir‹?«

»Wir hatten eine Versammlung. Loyale Offiziere, und auch Leute in meinem Alter.«

»Wer?«

»Das weißt du ganz genau.« Er ließ sie stehen und ging auf sein Zimmer.

Das Junge Rußland. So hieß die Organisation, der Niki sich angeschlossen hatte. Auf Sonjetschkas Geheiß.

»Und ich bin wohl das alte Rußland«, hatte sie zu ihm gesagt.

»Nein, nein«, hatte er geantwortet, aber sie wußte, daß er sie dafür hielt: sie hatte sich in das Exil ergeben und kollaborierte mit dem Verlust, während diese Leute jung und tatkräftig waren, Paraden abhielten, die Bolschewiken anprangerten, Bibeln und Porträts der Zarenfamilie und weiß Gott was sonst noch alles ins Land schmuggelten. »Wir versuchen wenigstens, etwas zu tun«, sagte Niki.

Sie wußte, das aufgebrachte Tun dieser Leute war sinnlos. Niki sollte nicht in dieses Milieu geraten. Der Leiter der Union der Veteranen, General Kutjepow, war auf offener Straße vor seinem Büro entführt worden; zum letztenmal gesehen hatte man ihn – so ging ein Gerücht –, wie er in Le Havre in einem Kiefernsarg über die Gangway eines sowjetischen Frachters mit Ziel Leningrad gekarrt wurde. Wochenlang war in der russischen Gemeinschaft von nichts anderem die Rede gewesen.

»Niki«, hatte sie ihn angefleht. »Halte dich von diesen Leuten fern. Es ist zu gefährlich.«

»Was ist gefährlich?«

»Botynskij sagt, unter den Jungen Russen gebe es Spione und Provokateure. Wer weiß, was die im Schilde führen?«

Aber die Gefahr zog ihn nur noch stärker an.

Schuld an allem war Sonjetschka: mit ihrer jugendlich ungestümen Überzeugung. »Denken Sie an General Denikins Bemerkung über Stalin«, sagte sie einmal. »Wie ein Radieschen. Außen rot, innen weiß.«

»Was soll das denn heißen?« hatte Asja gefragt, angestrengt um Höflichkeit bemüht.

»Die Säuberungsaktionen zerstören die Partei der Bolschewiken. Stalin nimmt uns die Arbeit ab.« Sonjetschka und Niki tauschten triumphierende Blicke aus. Er schien das tatsächlich zu glauben. Es war einfach niederschmetternd.

Sonjetschka verfügte auch über eine selbstbewußte, raubtierhafte Sexualität: der Lidschatten; der hinterlistige Gebrauch des Rouge ihrer Mutter, um sich älter zu schminken; der Büstenhalter, der ihre kleinen spitzen Brüste anhob. Das alles wirkte bei einem jungen Mädchen schockierend, fand Asja. Und Niki glaubte sich im Himmel; der scheue Niki, so unbeholfen und unfertig.

Von all dem abgesehen war Asja überzeugt, daß Sonjetschka Niki gegen Sergej aufhetzte.

»Du solltest mit dem Sowjetregime keine Geschäfte machen«, sagte Niki auf eine großspurige Art, die ihm gar nicht ähnlich war.

»Und du solltest deine Zeit nicht mit kindischen Reaktionären verschwenden«, gab Sergej zurück.

Sie sah jetzt ganz deutlich, was falsch gelaufen war. Nicht die Politik. Wer kümmerte sich schon um Politik? Es lag viel tiefer. Warum hatte sie es nicht kommen sehen? Sie suchte den verwünschten Boden ab, durchkämmte ihr Leben nach Hinweisen, verfolgte alles zurück bis zu jenem allerersten Augenblick, da Sergej heimgekehrt war. Als er zum erstenmal, in jenem fatalen, alles entscheidenden Augenblick, zu dem Gesicht seines Vaters hinaufgesehen hatte, mußte Niki zu dem Schluß gekommen sein, daß Asja ihn nur liebte, weil er diesen geliebten Abwesenden vertrat, weil sein Haar, seine Haut, seine Augen, die Erinnerung an diesen Fremden in ihrem Herzen lebendig gehalten hatten. Das war nicht wahr! Aber sie wußte, daß in jenem Augenblick der Rückkehr irgend etwas zwischen ihr und ihrem Sohn zerbrochen war, und daß nichts, was auch immer sie sagen mochte, dies je wieder heilen konnte. Und Sergej hatte einen Anspruch auf sie, durch den sich die Jahre, in denen sie mit Niki allein gelebt hatte, nicht verzeihen ließen. Es ging dabei nicht um Botynskij. Und auch nicht um Rasumkin. Beide konnten die Rolle des ergebenen, aber machtlosen Bewunderers spielen. Der einzige, der zwischen ihr und ihm stand, war ihr gemeinsamer Sohn. Wenn Sergej mit ihr schlief, wenn er ihr die höchste Lust bereitete, wenn seine Hände die Laken unter ihr zerrissen, wenn seine Küsse brannten und schmerzten, bekam sie plötzlich Angst. Dann wurde ihr bewußt, daß er nicht war, was er schien: der leidenschaftslose Feind aller Eifersüchteleien. In seinem Innersten strebte er wütend danach, sie allein zu besitzen.

Sie verfluchte diese klare Einsicht, denn Einsicht vermochte den fatalen Auflösungsprozeß nicht mehr aufzuhalten. Früher hatte sie die Familiensonntage geliebt, jetzt sah sie ihnen mit Schrecken entgegen.

Am einen Ende des großen Eßzimmertischs pflegten Botynskij und Rasumkin zu sitzen, Asja und Niki saßen links und rechts von Sergej, der den Braten zerlegte. Er zeigte mit dem Tranchiermesser in Nikis Richtung und sagte: »Nun, mein Junge. Die Hauptstädte der baltischen Republiken.«

»Riga.«

Pause.

»Reval.«

Pause.

»Kaunas.«

»Prächtiger Junge.« Und zwischen Tranchiermesser und Gabel wurde eine große Scheibe Rindfleisch vorgelegt.

Oft blieb es dabei. Niki wollte sein Bestes geben. Seine Willfährigkeit brach Asja fast das Herz.

Eines Sonntags wurde das Spiel dann aber zu weit getrieben. Sie hatte schon den ganzen Vormittag gespürt, wie die Spannung im Haus anstieg. Es war ein feuchter Tag, und Sergejs Schulter schmerzte. Als sie ihn massieren wollte, war er zurückgewichen. Dann war er in Pyjama und Morgenmantel in sein Arbeitszimmer gegangen, um im Detektorempfänger den Nachrichten von Radio Moskau zu lauschen. Da sein linkes Ohr taub war, hielt er beim Hören den Kopf schief. Gewöhnlich fand sie das komisch, aber an diesem Morgen war er nicht zum Scherzen aufgelegt. Die Neuigkeiten, die durch das ohrenbetäubende interkontinentale Rauschen drangen, ließen ihn gereizt zusammenfahren. Die sowjetische Handelskommission in London war wegen Spionage ausgewiesen worden; die Pariser Kommission war gesäubert worden. Ganz gegen seine Art hatte Sergej von diesen Ereignissen gesprochen.

»Mit unserem Glück geht es zu Ende.«

»Wieso?«

»Wir sind in die Ära des ›sozialistischen Aufbaus und des Fünfjahresplanes‹ eingetreten. Gott weiß, was sie von uns werden kaufen wollen.«

Und sie ließ ihn vor dem Radio stehen und über die Bedeutung dieser Hinweise rätseln. Als sie mit einer Tasse Kaffee zurückkam, fragte sie ihn, was das Radio gemeldet habe.

»Bau des Weißmeer-Kanals, nördlich von Leningrad. Wo ich im Gefängnis war. Zweihundertfünfzigtausend Arbeiter, heißt es. Sie berichten von Kalinins Rede über dieses Thema: die üblichen Lügen. ›Große sozialistische Errungenschaft‹, und so weiter und so weiter. In Wahrheit ist das alles Sklavenarbeit. Du kannst dir vorstellen, wie das sein muß. Und sie wollen keine ausländischen Maschinen. Keine einzige Kopeke fremder Währung. Plustern sich auf wie die Pfauen. Und du weißt auch, was das bedeutet? Die armen Teufel werden diesen Kanal mit ihren Händen bauen. Im ewigen Eis.«

»Botynskij hat recht. Mit diesen Leuten kannst du keine Geschäfte machen. Du mußt aufhören.«

»Asja, warum sprichst du so mit mir?«

»Weil wir uns immer die Wahrheit sagen.«

»Botynskij ist die Quelle der Wahrheit?«

»Du bist eifersüchtig.«

»Die Wahrheit. Was wissen andere von der Wahrheit?« Er wandte sich ab, starrte aus dem Fenster und rieb sich die quadratische Schulterwunde.

Während er dann beim Mittagessen wie gewöhnlich den Braten zerlegte, verkündete er: »Und jetzt ein kleiner Wettbewerb...«

Rasumkin stöhnte auf.

»Fünf Mitglieder des Politbüros. Irgendwelche fünf.«

»Es reicht, Sergej Apollonowitsch«, sagte Botynskij.

Rasumkin sah auf seinen Teller und stopfte sich die Serviette ins Hemd. »Zu schwierig«, sagte er. »Ständig werden welche ausgeschlossen. Wer soll da noch mithalten?«

»Es reicht wirklich«, sagte Asja.

Sergej ignorierte sie und zeigte mit seinem Tranchiermesser auf Niki: »Nun, mein Junge...«

»Stalin.«

»Ein guter Anfang. Weiter?«

»Kalinin.«

»Sehr gut. Weiter.«

Niki blickte starr geradeaus und wartete auf Erlösung.

»Weiter!« Sergej hielt das Tranchiermesser unverwandt auf seinen Sohn gerichtet.

»Gorkij.« Der Junge stockte.

»Falsch. Für seine Dienste an der Revolution, für all die Lügen, die er verbreitet hat, ist er jetzt auf der Insel Capri kaltgestellt. Ein gerissener Bursche. Weiter.«

»Das ist doch lächerlich.« Botynskij erhob sich, warf seine Serviette hin und stapfte durch die Doppeltür in den Salon.

»Tukatschewskij?« Nikis Stimme überschlug sich.

»Falsch. Nur Kandidat des Politbüros. Stellvertretender Kriegskommissar, mein alter Gegner im Bürgerkrieg. Weiter!«

»Hör sofort damit auf«, zischte Asja.

Niki warf seine Serviette hin, schrie mit wutverzerrter Stimme »Trotzkij!« und verließ das Zimmer. Asja lief ihm nach.

Nur Rasumkin war jetzt noch übrig. Sergej ließ das Messer sinken und sagte ruhig: »Falsch. Trotzkij wurde im November 1927 ausgeschlossen, nach Alma Ata deportiert und am 12. Februar 1929 nach Konstantinopel in die Verbannung geschickt. Hält sich zur Zeit in Norwegen versteckt.«

»Und du meinst, Niki weiß das nicht?« fragte Rasumkin, ohne von seinem Essen aufzublicken.

»Natürlich weiß er das«, sagte Sergej, indem er sich setzte und ein Stück Fleisch abschnitt. Als Asja zurückkam, aßen sie schweigend, bis Sergej sagte: »Du nimmst ihn zu sehr in Schutz.«

»Ich kann ihn nicht vor allem schützen.«

»Richtig. Warum versuchst du es dann überhaupt?« Sergej war eisig wie nie. »Wer hat dich beschützt? Niemand, Gott sei Dank, und du hast kämpfen gelernt. Eben deshalb liebe ich dich, während er –«

»Du redest von ihm, als ob er nicht dein Sohn wäre.«

»Sei nicht albern.«

»Er ist noch ein Kind, um Gottes willen!«

»Er ist sechzehn Jahre alt.«

»Ich will, daß er eine richtige Kindheit hat.«

»Habe ich eine Kindheit gehabt? Ich bin mit sechzehn in der Offiziersschule gewesen.«

»Um so schlimmer«, sagte Asja.

»Ich will, daß er ein paar nützlichere Dinge weiß als *›nos ancêtres les gaulois‹*, oder was man ihm da auf dem Gymnasium beibringt.«

»Und ich lasse nicht zu, daß du einen Tanzbären aus ihm machst. Nie wieder, hörst du?« Sie stieß jedes einzelne Wort mit kalter Wut hervor.

»Niki«, rief sie nach hinten. »Komm bitte an den Tisch zurück.« Der Junge tat, wie ihm geheißen, und sie aßen schweigend zu Ende. Draußen im Flur zog Botynskij seinen Mantel an und knallte die Wohnungstür zu.

Am Abend ging Sergej allein im Bois de Boulogne reiten; Asja blieb zu Hause. Niki war auf seinem Zimmer. Asja wanderte zwischen Eßzimmer, Küche und Wohnzimmer hin und her. Sie sah aus den Fenstern in den nächtlichen Himmel. Wieso hatte sie das geschehen lassen? Warum war sie so hilflos, dem Einhalt zu gebieten?

Als Niki eingeschlafen war, ging sie ins Café Voltaire, um sich mit Botynskij zu treffen. Ein russischer Abend. Angekündigt war die große Sängerin Plewizkaja, Gattin des Generals Skoblin. Vor allem aber würden russische Arbeiterdichter, direkt aus Moskau, aus ihren Werken lesen.

Als sie durch die Tür kam, winkte Botynskij ihr von einem Tisch nahe bei der kleinen Bühne. Sie mußte an den russischen Taxifahrern vorbei, die an der verzinkten Theke ihren Wodka kippten, vorbei an den leicht verarmten russischen Paaren, die sich an kleinen Tischen im Hintergrund ein Glas teilten, vorbei an den Dichterinnen mit schlecht gepflegten Haarknoten und gelben Zähnen, die allein an den Tischen saßen, mit Manuskripten, zerfledderten Angebinden, die sie, wie Asja sich vorstellte, den Arbeiterdichtern in die Hand drücken wollten. Als sie an all den aufmerksamen Gesichtern vorbei zwischen den Tischen auf die Bühne zuging, schämte sie sich ihres Zobelpelzmantels, einer Trophäe, die Sergej ihr von seinem letzten Geschäftsabschluß mit den sowjetischen Pelzhändlern mitgebracht hatte: die Armut schien ihr Glück zu verspotten. Zu allem Überfluß saßen ein Mann und eine Frau bei Botynskij, ein elegantes junges Pärchen. Errötend und unglücklich nahm sie Platz. Ich hätte nicht kommen sollen, dachte sie, als Botynskij ihr die Hand küßte und sie mit den anderen bekannt machte.

Louis war ein junger Mann um die zwanzig, der seine Lederjacke offen über einem blauen Arbeitshemd trug und sich mit einer theatralischen Geste die langen goldblonden Haare aus der Stirn schob. Einer dieser bourgeoisen kommunistischen Dichter, dachte sie. Wäre Botynskij doch nur nicht so bereit, solche Leute um sich zu dulden. Gaby war da schon interessanter: rote Lippen, die wie ein Ladenschild durch den Qualm strahlten, ein kräftiges, wenn auch blasses Gesicht und scharfe schwarze Augenbrauen, glattes blondes Haar, das am Halsansatz sauber in gerader Linie abgeschnitten war. Botynskij stellte sie vor als ein *mannequin mondaine*.

Als die Plewizkaja den Abend mit einem, wie sie es nannte, Strauß russischer Lieder eröffnete, vermochte Asja kaum auf ihrem Stuhl sitzen zu bleiben. Schwarze Augen, die Hände gefaltet, wogender Busen, bebende Stimme – ihre schamlose Sentimentalität verkörperte alles, was Asja am russischen Milieu verachtete. Sie versank in ihren Zobelpelz und hätte diese erbärmliche Frau am liebsten von der Bühne gezaubert.

Nachdem die Plewizkaja sich von ihrem geduldigen Publikum zu einer letzten Zugabe hatte bewegen lassen und trippelnd in den Kulissen verschwunden war, kam unter donnerndem Applaus einer der Arbeiterdichter hinter dem roten Vorhang hervor. Er stand keine fünf Meter von ihr entfernt, und seine ganze Erscheinung stieß sie ab: seine brutale Größe und seine schweren Lippen, die schwarzen Stiefel und die schwarze Tracht. Wie er auf das Podium trat, wie er zu ihnen hinunterstarrte, das alles war so manieriert: all die öden Posen eines Futurismus, der längst von der Zukunft verhöhnt wurde. Sie verabscheute es, mit welcher Arroganz er von ihnen allen den Tribut ehrfürchtigen Schweigens forderte. Er pflanzte sich breitbeinig hin, warf den Kopf zurück und begann zu rezitieren, eine Deklamation der rauhesten und unversöhnlichsten Silben ihrer Muttersprache. Sie war ihm so nahe, daß sie die Adern an seinem Hals hervortreten, seinen Speichel durch das Rampenlicht spritzen und die Schweißperlen auf seiner Stirn quellen sehen konnte. In der tiefen Furche zwischen seinen Brauen, in seinem kantigen Kiefer und seinen stechenden Augen schien die ganze Willenskraft der Revolution konzentriert. Sie dachte: Er ist Sowjet, ich bin Russin, und wir haben keine gemeinsame Sprache. Das Beste ist hier. Und dort? Nichts als Terror und Lügen.

Aber die Stimme hielt sie fest. Er hatte begonnen, Verse von Majakowskij zu zitieren, und Stille senkte sich über den Raum. Erst laut und rauh, dann düster und leise, strömte so klangvoll wie eine Glocke seine Stimme in das Schweigen.

Du wirst nicht verstehen warum
ich kalt wie ein höhnisches Grinsen
meine Seele auf die Schlachtbank
der bevorstehenden Jahre trage.
Wie eine ungewollte Träne falle ich
von der unrasierten Wange der Plätze
und bin vielleicht der letzte Dichter.

Während die Verse über sie hinströmten, gab Asja allmählich nach und ließ sich vom Klang seiner Stimme an all die unerreichbaren Orte tragen, in denen ihr Kummer verwahrt war.

Der Dichter schloß die Augen und rezitierte leise Majakowskijs Worte:

Ich bin ein Dichter.
Ich habe den Unterschied zwischen
den Gesichtern von Freund und Feind ausgemerzt.
In jedem Leichenhaus habe ich nach Schwestern gesucht.

Als er fertig war, stand sie auf. Alles um Asja her applaudierte, während sie wie gebannt stehen blieb und den flatternden roten Vorhang anstarrte. Gaby erhob sich neben ihr und flüsterte: »Ich habe die Worte nicht verstanden, aber ich brauchte nur in Ihr Gesicht zu sehen, um zu wissen, was sie bedeuteten.«

Asja ergriff Gabys Hand. »Ich würde Sie gerne wiedersehen.«

Dann machte sie kehrt und drängte sich ins Freie, an Frauen vorbei, die den Namen des Dichters riefen.

Draußen holte Botynskij sie ein. Es war feucht und kalt.

»Entschuldige«, sagte sie, und er nahm ihren Arm.

»Ich will zurück nach Hause«, sagte er und ließ einen Finger über ein schwarzes Geländer streifen.

»Alle in diesem Saal wollen nach Hause, aber sie können nicht.«

»Wie meinst du das, sie können nicht? Mirskij ist zurückgegangen, Swetlanow, Dutzende von anderen. Arbeiten jetzt alle für den RAPP, für die Schriftstellergewerkschaft und für weiß Gott was alles. Die Zeitschriften, die ich bekomme, sind voll von ihren Artikeln, die meisten übrigens unsäglich schlecht. Liebste, die Züge nach Moskau sind überfüllt heutzutage.«

»Und warum fährst du dann nicht auch?«

Botynskij blieb stehen, um sich die Brille zu putzen, und stieß seinen aufreizenden Seufzer aus. »Hast du nicht Radio gehört?«

»Serjoscha hört Radio Moskau, ich nicht«, sagte sie. »Ich ertrage das nicht: dieses furchtbare Russisch, diese brutale Art zu reden.«

»›Dieses furchtbare Russisch.‹ Na und, sollen sie doch furchtbares Russisch sprechen, wie Sergej sagen würde.«

Bei der Erwähnung seines Namens verbarg sie das Gesicht in ihrem Pelzkragen. Dann sagte er: »Ich verabscheue ihr Russisch. Ich verabscheue sie. Aber ich vermisse meine Heimat.«

Botynskij trat jetzt mit einem Fuß in den Rinnstein und ging humpelnd weiter. »Gestrichene Lattenzäune und Dorfstraßen, Schmeißfliegen, die zwischen den Scheiben der Doppelfenster dösen, der Kwaßkarren an der Ecke, der Dampf in den öffentlichen Bädern...«

»Birken, Balalaikas, der Geruch der Holzkohle im Samowar«, äffte sie ihn nach. »Dann fahr doch nach Hause.«

»Du weißt ganz genau...«

»Fahr doch.«

»Du...«, sagte er.

»Was ist mit mir?«

»Ich bin in dich verliebt.«

»Red keinen Unsinn«, sagte sie fest und bohrte ihre Hände in die Manteltaschen.

»Ich liebe dich«, wiederholte er.

Sie nahm seinen Arm. »Weißt du noch, Aigues Mortes, dieses Hotelzimmer mit der schrecklich fleckigen Tapete, weißt du noch?«

»Du hast auf seine Rückkehr gewartet. Es war nur ein Zwischenspiel.«

»Laß das.« Und sie wechselte das Thema: »Wer war dieses schöne Mädchen?«

Botynskij streifte sich die Brille von den Ohren und reckte

in einer grotesk schmachtenden Geste die Arme in den nächtlichen Himmel.

Asja begann zu lachen. »Läßt sie dich mal naschen?«

Er bleckte die Zähne, die wie alles an ihm lang, dünn und spitz waren. »Nicht den kleinsten Happen.« Und dann auf seine drolligste Art: »Ihr Frauen haltet mich allesamt für so gesellig, so harmlos. Dabei will ich euch bloß in Stücke reißen!«

Sie lachte. »Ach, Botynskij, mein einziger Freund.«

»Ich will nicht dein Freund sein«, sagte er. »Ich will dein Mann sein.«

Als sie vor ihrer Tür standen, berührte sie seine Lippen mit ihrem Handschuh; er lehnte seine Stirn an die ihre, und sie sagte: »Ich liebe dich noch immer.«

»Nein, das tust du nicht. Du liebst das Ungeheuer da oben.« Und damit küßte er sie, schlug sich den Kragen um den Hals und verschwand im Nebel.

Sie liebte das Ungeheuer da oben. Sie konnte nicht verstehen, warum sie seinem bösen Zauber erlegen war. Ohne ihren Zobel abzulegen, ging sie in den Zimmern der Wohnung hin und her, als könne sie sich nicht entscheiden, ob sie bleiben solle. Sie trat in Nikis Zimmer und setzte sich an sein Bett. Armes Ding, dachte sie; kurz davor, erwachsen zu werden, der Wasserfall der Enttäuschung kommt unaufhaltsam näher. Sie hatte sich nie vorgestellt, daß es so schmerzen würde, ein Kind aufwachsen zu sehen.

Sie schlich ins Schlafzimmer und begann sich vom Bett abgewandt auszukleiden; Sergej beobachtete sie über den Rand seiner Lesebrille, sah ihren Slip auf den Boden gleiten, sah sie die Strümpfe zu den Knöcheln hinunterrollen und sich den Oberschenkel massieren, wo das Gummiband einen roten Abdruck hinterlassen hatte. Er warf einen Stapel Geschäftsberichte auf den Teppich.

»Wie war dein Dichterabend?«

Sie antwortete nicht.

Sie spürte, wie er sie mit den Augen abtastete, und wollte ihn aus dem Gefängnis seines Körpers reißen, wollte den Abstand zwischen ihnen auslöschen, auf daß sie nur noch ein einziger Mensch wären, ein einziges Paar Augen, Hände und Schenkel, Schweiß und Knochen.

»Warum liebst du mich?« fragte sie, und als er die Arme ausstreckte, um ihr langes ernstes Gesicht in seine Hände zu nehmen, wich sie zurück.

»Was soll die Frage? Etwa wegen dieser Szene mit Niki beim Mittagessen?«

»Du bist so hart. Ich ertrage das nicht. Du wirst noch alle in diesem Haus kaputtmachen.«

»Dich werde ich nicht kaputtmachen.«

»Du darfst deinen Sohn nicht kaputtmachen. Niemals. Er will dich lieben, siehst du das nicht?«

»Will er das?«

»Du demütigst ihn.«

»Nein, ich unterrichte ihn.«

»Unterrichten, demütigen: für dich ist das doch dasselbe. Alles dasselbe.« Sie drehte sich auf ihre Seite des Betts und zündete eine Zigarette an. »Warum liebst du mich? Antworte.«

»Weil du mir so unähnlich bist wie nur irgend möglich«, sagte er, dann rückte er näher, strich mit dem kleinen Finger sachte über ihre Unterlippe und flüsterte: »Warum liebst du mich?«

»Weil du mir so unähnlich bist... weil du eine Vergangenheit hast, die ich nie verstehen werde. Die Solowezkij-Insel, die polare Finsternis, die Stolypin-Waggons. Ich weiß nicht...«

»Du hättest jemanden heiraten sollen, der dir ähnlich ist, einen wie Botynskij, zum Beispiel«, sagte Sergej.

»Ich habe auf dich gewartet. Weißt du noch? Ich habe dich geliebt, verdammt«, und sie drückte ihre Zigarette aus und wandte ihm den Rücken zu.

»Geliebt?« Die Vergangenheitsform hallte wie ein Echo durch die Dunkelheit.

Am nächsten Morgen rief sie Botynskij an. »Ich brauche Gabys Telefonnummer.«

»Ein Bündnis der Frauen. Ich bin mir nicht sicher, ob ich das unterstützen soll.«

»Ganz recht. Ich bin nur von Männern umgeben. Ein Bündnis der Frauen – genau das brauche ich. Gib mir die Nummer.«

»Was ist ein *mannequin mondaine?«* fragte Asja, als sie und Gaby in dem Restaurant über der Brasserie Lipp am Boulevard Saint Germain saßen.

»Der Couturier steckt uns in seine Musterkleider und bezahlt uns dafür, daß wir damit auf Partys gehen und sie vorführen. Ich bin eine Art wandelnde Reklametafel für meinen Couturier. Sie glauben doch nicht etwa, daß ich diese verdammten Sachen freiwillig trage?« sagte sie mit einem starken Toulouser Akzent und strich sich die grellrote Seide über den Hüften glatt.

»Botynskij sagt, er will...«, Asja unterbrach sich.

»Sagen Sie nur. Was will er?«

»Sie beißen. Nur einen kleinen Happen. In Ihre Schulter.«

»Botynskij ist albern.«

»Ich habe ihn einmal geliebt«, sagte Asja.

»Ich weiß.«

Plötzlich sagte Asja: »Das hätte er Ihnen nicht erzählen dürfen.«

»Ja, er sollte es respektieren, wenn man ihm etwas anvertraut. Nur Frauen wissen Geheimnisse zu wahren.«

»Wer war der Mann, mit dem Sie gestern abend zusammen waren? Dieser Dichter. Louis soundso.«

»Noch zu haben«, sagte Gaby so entschieden, daß Asja lachen mußte.

Gaby erwiderte quer durch den Raum den Blick eines Mannes, und Asja starrte ihre aprikosenfarbenen Schultern an, ihre Schlüsselbeine, den Spalt zwischen ihren Brüsten, und dann erblickte sie in dem gerahmten Spiegel hinter Gabys Goldschopf ihr eigenes blasses verhärmtes Gesicht. Neben Gaby, einer Frau in der Fülle ihrer Macht, fühlte Asja sich schwach. Nicht aus Eifersucht, sondern aus Panik vor dem mörderischen Tempo der Zeit.

Gaby drehte sich um und schenkte Asja ein komplizenhaftes Lächeln, als verstünde sie alles, als verstünde sie sogar das Entsetzen, das eine ältere Frau beim Anblick der dunklen Haut einer jüngeren überkommen kann. »Ich habe viel von Ihrem Mann gehört«, sagte Gaby leise.

»Von wem?«

»Wir haben denselben Arzt.«

»Rasumkin?«

»Richtig. Dieser Schuft.« Gaby zündete sich eine Zigarette an. »Ich habe in einer Bar gearbeitet. Er war dort Kunde. Ich brauchte eine Abtreibung. Er hat's gemacht.« Sie atmete aus und lächelte zärtlich. »Warum sollte ich es Ihnen nicht erzählen?«

»Das habe ich nicht gewußt«, stammelte Asja.

»Von den Abtreibungen? Aber sicher. Die besten in ganz Paris.«

»Aber das ist doch gefährlich.«

Wieder lächelte Gaby. »Rasumkin hat gute Beschützer, das kann ich Ihnen versichern.«

Es war das beste, sich nicht anmerken zu lassen, wie sehr diese Neuigkeit sie schockierte. »Und was erzählt Rasumkin Ihnen über meinen Mann?«

»Die Gesellschaft für Osthandel. Ich weiß alles darüber.«

»Dann wissen Sie mehr als ich«, sagte Asja unbehaglich.

»Mag sein«, sagte Gaby. »Aber ich kann eine gute Freundin sein.«

»Ich brauche eine«, sagte Asja.

Bald gehörte Gaby genauso zur Familie wie Botynskij und Rasumkin. An Sonntagnachmittagen ritt sie mit Sergej und

Asja im Bois de Boulogne spazieren. Botynskij meinte, das härteste Herz müsse schmelzen bei dem Anblick, wie Gaby nach dem gemeinsamen Ausritt, das Haar am Ansatz des Knotens leicht feucht von Schweiß, ihren Arm kokett bei Sergej eingehängt, in die Bar des Jockey Clubs geschritten käme und mit der Peitsche an ihre schwarzen Stiefel klopfe. Ihre Freundschaft hatte einen erotischen Beigeschmack, den sie alle genossen. Die Freimütigkeit, mit der Gaby und Serjoscha ihr Interesse aneinander zeigten, wirkte wie ein Spaß, bei dem mitzumachen sie Asja aufforderten. Wenn Sergej ihr Feuer gab, lag Gabys Hand auf seiner, und dann sahen sie beide Asja an, als wollten sie sagen: Dies ist ein Spiel.

Gaby war zu erfahren in Herzensdingen, um ihre Rolle in einem Dreiecksverhältnis falsch einzuschätzen. Bei ihren Flirts mit Sergej gelang es ihr immer, unmißverständlich klarzumachen, daß ihre Treue, vielleicht sogar ihre Liebe, zuallererst Asja galt. Deutlich wurde dies an dem Abend, als Asja und Gaby sich gemeinsam zum Pigalle davonstahlen.

Gaby fand es amüsant, wenn sie beide, nur die zwei Mädchen, zusammen ausgehen und sich eine Stripshow ansehen würden. Sie wimmelten zwei schreckliche deutsche Geschäftsleute ab, die ihnen vom Tisch nebenan etliche Flaschen Champagner zukommen ließen, und tanzten mit zwei recht ansehnlichen Engländern aus Derby, die große rote Hände hatten und ihre Weigerung, sie auf ihr Hotelzimmer zu begleiten, mit kaum verhohlener Erleichterung aufnahmen. Gegen zwei Uhr morgens wurden sie der Straußenfedern und Glitzerplättchen müde. Gaby sagte, sie sollten jetzt einmal so richtig in die Unterwelt eintauchen. Sie führte Asja in eine Kellerbar, wo ein nacktes Mädchen in Stöckelschuhen auf der Theke herumstolzierte und sämtliche Männer an der Bar zu ihr hochgafften. Der stupide Ausdruck ihrer Gesichter – die glasige Faszination, die infantile Gier nach Wiederholung immer der gleichen obszönen Gebärden – ließ die beiden kichern, und sie konnten nicht mehr aufhören. Sie lachten und lachten und stießen ihre Gläser um, und dann kam der Wirt und schimpfte, sie würden seine Gäste ablenken. Dies brachte sie nur noch lauter zum Lachen. Sie stolperten zusammen in die Nacht hinaus und fuhren gemeinsam nach Hause; im Taxi lagen sie einander in den Armen, Gabys Brustwarzen drückten hart in Asjas Hände, ihre Zunge leckte ihr die Ohren, die Lippen, die Schultern ab. Sie waren beide kurz davor, die Grenze zu überschreiten, und dann steckten sie beide zurück.

Serjoscha saß im Morgenmantel auf und schrieb Briefe, als Asja in dieser Nacht in die Wohnung geschlichen kam, und als sie erzählte, sie sei mit Gaby ausgewesen, konnte sie sehen, daß die Vorstellung sein Blut in Wallung brachte. Er hob sie auf und trug sie in seinen Armen ins Schlafzimmer. Und bald spürte Asja seine Lippen auf all den Stellen, die Gaby mit den ihren berührt hatte.

Asja und Gaby wiederholten eine solche Nacht nicht mehr, verleugneten einander aber auch nie. Es war ihr Geheimnis, ihre Verschwörung gegen alle Männer der Welt. Weshalb Asja eines Tages beim Essen in der Brasserie auch zu ihr sagen konnte: »Ich sollte mir wegen dir und Sergej Sorgen machen, oder?«

Gaby warf den Kopf zurück und lachte, und Asja packte das heiße Verlangen, noch einmal ihre Lippen zu küssen, noch einmal ihre flinke feuchte Zunge zu spüren.

»Ihr beiden gefallt mir«, sagte Gaby, und ihr Lächeln ging in einen halbernsten Ausdruck über. »Ihr seid einmalig in Paris. Ein rücksichtsloser Mann und eine anständige Frau, die ihm Paroli bietet. Sehr gut. Sehr selten.«

»Wieso rücksichtslos?«

Sie strich mit ihren Fingern über Asjas Hände, die in Handschuhen steckten, und dachte kurz nach. »Er schreckt vor nichts zurück, wenn die Sache es erfordert. Womit ich nicht sagen will, daß er kein Gewissen hat; aber hart ist er. Wenn er sich einmal entschlossen hat, bringt ihn nichts mehr um den Schlaf. Habe ich recht?«

Asja nickte, sie spürte Gabys warme Hände in ihren. »Bist du jemals verliebt gewesen?«

Gaby dachte kurz darüber nach, betrachtete ihre karminroten Fingernägel und schüttelte den Kopf: »Nein«, sagte sie. »Zu riskant.«

Gaby schien vollständig in der Gegenwart zu leben, unbelastet von Erinnerung oder Reue. Asja war darauf so neidisch, daß sie sich in ihren Tagträumen ausmalte, wie Gaby sie verführte, sich nackt auf ihrem Bett auf den Rücken legte und flüsterte: »Komm zu mir.« Doch glaubte Asja auch, daß es mit der Intensität der menschlichen Anziehungskraft und dem Wunsch, einen Weg gemeinsam zu Ende zu gehen, etwas auf sich hatte, das Gaby niemals verstehen würde. Gaby wußte nur, was Vergnügen war, aber nicht, was Glück bedeuten konnte. Kaum aber hatte Asja das gedacht, als sie vor ihrer eigenen Überheblichkeit zurückschreckte. Denn wußte sie, Asja, wirklich so genau, was Glück bedeutete? Wußte sie, wohin ihr eigenes verschwunden war?

Am 14. Juni 1937 organisierte Asja zum Gedenken an den dreizehnten Jahrestag von Sergejs Rückkehr aus der Gefangenschaft eine Party für die ganze »Familie«. Gaby reiste per Flugzeug von einer Modenschau in München an. Olga und Dimitrij kamen aus Saint Rémy. Lapin nahm den Zug aus London. Niki, der seit einem Jahr in Heidelberg studierte, fand sich in Begleitung eines deutschen Freundes namens Manfred für das Wochenende ein. Sergej kam von einer Konferenz in Berlin. Am Morgen gingen sie gemeinsam die Weltausstellung am Trocadero besuchen. Jede Nation, jede Region Frankreichs, jeder Industriezweig – von der Käseherstellung bis zur Luftfahrt – hatte einen eigenen Pavillon. Scharenweise wogten die Menschen über die Seinebrücke und ruhten dann in erschöpften Gruppen bei den sensationellen neuen Springbrunnen auf der Trocadero-Seite aus. Was für ein Exzeß, dachte Asja; die Leute, die zu Tausenden an ihr vorbeiströmten, hatten das gereizte Aussehen derer, die in diesem ganzen absurden Übermaß zu ersticken drohten.

Ziel der »Familie« waren die zwei gigantischen Pavillons zu beiden Seiten der Trocadero-Brücke. Der deutsche Pavillon am linken Ufer: ein klotziger modernistischer Turm im kargen Pseudo-Bauhausstil, fast dreißig Meter hoch, obendrauf Adler und Hakenkreuz. Leuchter brannten zu beiden Seiten des Portals, als sei dies der Eingang zu einer teutonischen Gruft. Von außen war es schon schauderhaft genug, aber drinnen würde es unerträglich sein, das wußte Asja genau: unbegreifliche Werkzeugmaschinen, pharmazeutische Gerätschaften in Glasvitrinen, vergrößerte Photographien des Führers, der die Köpfe blonder Kinder tätschelt, von strahlenden Jünglingen beim Bau der Autobahn, Zitate von Goethe und Kant, die den Glauben fördern sollten, daß dieses ganze primitive Spießbürgertum sich aus den reinsten Quellen des deutschen Nationalcharakters speiste.

Der sowjetische Pavillon gegenüber war auch nicht besser: ein stalinistischer Wolkenkratzer, wie ein Hochzeitskuchen gekrönt von einem Arbeiter und einem Kolchosenmädchen, beide fünfzehn Meter hoch, die Hammer und Sichel schwingend in die Zukunft schritten. Drinnen, das wußte Asja, wäre so ziemlich das gleiche wie in dem deutschen Pavillon: ein anderer Führer, der andere Köpfe tätschelte, Zitate von Puschkin anstatt von Goethe und Kant, aber die gleichen Massen strahlender Jünglinge und die gleiche feierliche, bedrohliche Atmosphäre.

Asja pflanzte sich auf eine Parkbank zwischen den beiden Pavillons, zog den Rock hoch, streckte ihre Beine in die Sonne und erklärte, sie werde an Ort und Stelle sitzen bleiben. Die anderen versuchten sie umzustimmen. Sergej sagte, daß sie dort womöglich sogar den neuen sowjetischen Vorzeigemenschen sehen könnte, einen stachanowschen Grubenarbeiter, der eigens für diese Ausstellung exportiert worden sei. Manfred bemerkte, der deutsche Pavillon mache wohl in der Tat einen ordinären Eindruck, sei jedoch auf alle Fälle symptomatisch und schon aus diesem Grund interessant. Niki bedachte seine Mutter mit verlegenen und ärgerlichen Blicken, während Botynskij es mit einem ironischen Plädoyer versuchte: »Zu beiden Seiten erwartet dich die strahlende Zukunft. Dies ist nicht der rechte Zeitpunkt, die unglückliche alte Emigrantin auf der Parkbank zu spielen.« Doch Asja rührte sich nicht von der Stelle.

Sie wartete draußen und sah die Familien vom Lande – die Männer, die ihre Jacketts über der Schulter trugen und sich mit Taschentüchern die Stirn abwischten; die Frauen in weißen Blusen, die sich mit dem Programmheft der Ausstellung Kühlung zufächelten – zwischen den beiden strahlenden Visionen der Zukunft hin und her pendeln.

»Habe ich's dir nicht gesagt, Olga?« fragte Asja, als sie nach der Rückkehr in die Rue de Solferino beim Mittagessen saßen.

»Ein Pavillon ist so ordinär und wichtigtuerisch wie der andere«, sagte Olga.

»Ganz genau«, sagte Asja. »Machtanbetung. Wie ich das hasse.«

»Soviel zum großen ideologischen Kampf unseres Zeitalters«, sagte Rasumkin und lutschte einen Knochen aus.

»Mutter interessiert sich kein bißchen für Politik. Nur für Ästhetik«, erklärte Niki seinem Freund Manfred, worauf Asja ihm sagte, er solle nicht so verdammt herablassend sein. Manfred, ein großgewachsener Zwanzigjähriger mit Sommersprossen und einer Brille, die er immerzu nach oben schieben mußte, stimmte Asja zu. »Wenn eine politische Bewegung häßliche Prinzipien unterstützt – in der Architektur, der Malerei oder worin auch immer –, weist dies zuverlässig darauf hin, daß auch ihre Politik häßlich sein wird.«

»Moment mal«, sagte Lapin. »Die Engländer beweisen mit ihren öffentlichen Gebäuden einen entsetzlichen Geschmack, oder anders gesagt, sie haben überhaupt keinen öffentlichen Stil, und treiben trotzdem die beste Politik von ganz Europa.«

»Die beste Politik von ganz Europa? Neville Chamberlain?« Sergej machte ein verblüfftes Gesicht.

Gaby mischte sich ein. »Ich fand Speers Monumentalbauten in Nürnberg, besonders das große Stadion, eigentlich recht eindrucksvoll, aber das ist ja gerade das Schlimme.«

»Ja«, sagte Manfred. »Das ist das Schlimme.«

»Speers Ästhetik gefällt dir also«, sagte Sergej, »aber seine Politik gefällt dir nicht?«

»Gefällt?« Gaby zuckte die Schultern. »Nein, gefallen kann man nicht sagen. Das Schlimme ist, daß es *wirklich* aufregend ist. Die Scheinwerfer. Die riesigen Arenen voller Menschen. Die großen Flaggen, die angestrahlten Säulen.«

»Brrrr«, machte Asja.

»Brrrr. Und dennoch aufregend. Das ist das Problem, stimmt's, Manfred?« Gaby beugte sich vor und faßte Manfreds Hand, als er sein Feuerzeug an die Spitze ihrer Zigarette hielt.

»Ja«, sagte er. »Das Spektakel ergreift einen.«

»Haben Sie der Hitlerjugend beitreten müssen, Manfred?« fragte Asja aufgeräumt.

»Mutter«, sagte Niki verärgert.

»Bis jetzt habe ich Distanz gewahrt«, sagte Manfred, ohne den Blick vom Tisch zu heben.

»Bis jetzt«, murmelte Rasumkin.

»Wie?« sagte Niki scharf.

»Nichts, mein Junge«, sagte Rasumkin und machte sich über den Käse her.

Während Asja und Olga abräumten, sagte Sergej: »Die Sowjets sind schamlos. Vor drei Jahren habe ich ihnen vier Tonnen deutscher Maschinen für die Textilherstellung geliefert, und jetzt stellen sie genau diese Maschinen in ihrem Pavillon aus, mit neuen Firmenzeichen versehen und präsentiert als Stolz der sowjetischen Technologie, hergestellt in Minsk.«

»Typisch«, sagte Dimitrij.

»Es ist absurd, wie sehr russische Dinge mich berühren«, sagte Olga, die mit dem Kaffee aus der Küche kam. »In dem sowjetischen Pavillon war eine kleine Vitrine mit weißen Holzspielzeugen, ihr wißt schon, sie sahen aus wie die alten, nur maschinell hergestellt und einfach schauderhaft, aber doch nach den alten Mustern, und ich stand davor«, sie stellte den Kaffee auf den niedrigen Tisch vor dem Sofa, »und plötzlich kam meine ganze Kindheit zurück. Als ich diese zwei nach Körnern pickenden Hühner sah und den Bären, der mit einem Stück Holz an den Baumstumpf schlägt, mußte ich heulen wie ein Schloßhund. Was für ein Schauspiel. Wie da auf einmal all diese Führer mit ihren schicken blauen Uniformen und kurzgeschorenen Haaren angerannt kamen und mich auf Russisch fragten: Fehlt Ihnen etwas, Madame? Nein, habe ich gesagt, mir fehlt überhaupt nichts, dabei hat es mir das Herz gebrochen.«

»Eben deshalb wollte ich nicht da hinein«, sagte Asja. »Ich dachte: ich werde bestimmt schwach werden.«

»Ohne es zu wollen«, sagte Olga.

»Ganz recht.«

»Die elektrischen Autos waren ziemlich gut«, sagte Botynskij an niemand besonderen gerichtet. »Gaby und ich haben uns eins ausgeliehen, ich habe die Kontrolle darüber verloren und den Pavillon mit dem Käse aus Frankreich gerammt.«

»Also haben wir etwas Käse gekauft, und dann war alles gut«, lachte Gaby.

»Einen Toast«, sagte Asja; sie stand auf und hob ihr Cognacglas. »Auf Sergej. Auf seine Rückkehr. Auf unseren Jahrestag.« Und alle tranken auf seine Gesundheit; er lächelte, und alle sagten, er müsse, er müsse es einfach tun, und er weigerte sich, und Asja bestand darauf, und er verschwand und kam wieder, aber nicht in seinem weißen Hemd mit Krawatte, seinen grauen Flanellhosen und Straßenschuhen, sondern in dem verschossenen und geflickten Overall und den Stiefeln, die er an jenem Sonntagmorgen vor dreizehn Jahren getragen hatte, als er in der sechsten Etage des Mietshauses am Square des Batignolles eingetroffen war.

»Paßt noch immer«, sagte er.

Sie starrten ihn an. Gaby hatte das noch nie gesehen und erhob sich jetzt, um den Stoff zu befühlen. »Unglaublich«, sagte sie.

»Waren Sie bei einer Arbeitskolonne?« fragte Manfred.

Sergej lächelte. »Wäre ich bei einer Arbeitskolonne gewesen, würde ich jetzt nicht hier stehen. In den Steinbrüchen hat niemand drei Monate überlebt; und bei den Holzfällern höchstens sechs Monate. Bis hierhin im Schnee«, er deutete auf seine Brust, »Holz für Eisenbahnschwellen fällen. Ich habe das einen Monat lang gemacht und zwölf Kilo dabei abgenommen.« Wieder lächelte er und zuckte die Achseln. »Ich war Offizier, ein Gehirn, wie diese Kriminellen das nennen, und folglich hat man mich, als ich aus dem Lagerkrankenhaus kam, in die Verwaltung gesteckt. Ich war einer der wenigen, die lesen und rechnen konnten.« Er legte einen Arm um Asja. »Dein Mann war ein richtiger kleiner Funktionär. Ich habe die Akten geführt. Am Ende waren mir sämtliche Geheimnisse bekannt.«

Als er in der blauen Uniform bei ihnen Platz nahm, senkte sich ein jähes Frösteln auf die Gesellschaft.

»Ich bin noch immer derselbe«, sagte er; Asja wandte ihren Blick ab und fragte sich, ob das wirklich stimmte.

»Wieso hat man dich freigelassen? Du hast mir nie davon erzählt«, wollte Niki wissen.

Sergej antwortete in dem gleichen gelassenen Tonfall: »Nach Lenins Tod gab es eine Generalamnestie. Daß ich hier bin, habe ich Lenin zu verdanken. Und der Tatsache, daß ich Lagerverwalter war. Ich habe dafür gesorgt, daß meine Akte unter denen war, die vor Verkündung der Amnestie nach Moskau geschickt wurden.« Sergej streifte die Bauchbinde von einer Havanna, schnitt das Ende ab und zündete sie an.

»Und dann haben sie dich einfach in einen Zug gesetzt«, sagte Niki.

»Dann haben sie mich einfach in einen Zug gesetzt«, erwiderte Sergej und blies einen dünnen Strahl Rauch aus.

Wie es seine Gewohnheit war, lag Botynskij vor dem Kamin und massierte sich das Herz. Flach auf dem Rücken, alle anderen ignorierend. Dies tat er nach jedem sonntäglichen Essen, und jeden Sonntag schlürfte Rasumkin seinen Kaffee und sagte, er solle diesen unangenehmen Auftritt sein lassen.

»Du bist mein Arzt. Ich habe Angina pectoris«, sagte Botynskij und starrte die Decke an.

»Allerdings. Ich bin dein Arzt«, sagte Rasumkin und wandte angewidert den Blick von ihm ab. »Und es nützt überhaupt nichts, wenn du dir die Brust massierst.«

Botynskij hörte nicht auf ihn. Gaby saß auf dem Sofa neben Rasumkin und schleuderte, während sie an ihrem Kaffee nippte, ihre roten marokkanischen Stöckelschuhe weg, um Botynskij sodann mit einem bestrumpften Zeh an den Ohren zu kitzeln.

Auf Manfreds peinlich berührten Blick sagte Niki: »So geht das hier jeden Sonntag. Für Asja ist das ›die Familie‹.«

Sergej stand auf und ging in die Bibliothek. »Radio Moskau. Kein Kapitalist kann ohne das auskommen«, sagte er und machte die Tür hinter sich zu. Durch die geschlossene Tür drang das Rauschen des transkontinentalen Funkverkehrs aus Sergejs neuer RCA-Musiktruhe zu ihnen hinüber.

»Wir in diesem Haus sind große Fans der Schauprozesse«, sagte Niki zu Manfred. »Wyschinskij im Radio zu lauschen, ist unsere liebste Freizeitbeschäftigung.«

Asja sah Niki scharf an. Jedesmal, wenn sie auf die Prozesse zu sprechen kamen, gab es Streit. Im Jahr zuvor war Sergej die ganze letzte Augustwoche zu Hause geblieben, um sich die Prozesse im Radio anzuhören. Einen ganzen Tag lang hatte die keifende Stimme des Staatsanwalts Andrej Wyschinskij durch die Wohnung gedröhnt, bis Asja fast einen Schreikrampf bekommen hätte. Es war ein entsetzlicher Auftritt gewesen, die affektierte Hysterie eines mittelmäßigen Schauspielers, der für Radek, Bucharin und Kamenew, ehemalige Helden der Revolution und Pioniere der Sowjetmacht, die Todesstrafe forderte. Dann kamen die Geständnisse, die tonlosen, hölzernen Sätze von Männern, die schon so gut wie tot waren und zu einem letzten Opfer für die Revolution gezwungen wurden, dem Opfer der schlichten Wahrheit. Doch Sergej hörte sich das stundenlang mit gespannter, gleichmütiger Miene an, als interessierte ihn daran nur, wie so etwas gemacht würde, wie man Seelen zerstören konnte.

»Um Gottes willen, Serjoscha«, hatte Botynskij gerufen. »Das ist Ausrottung. Der Opposition. Einer ganzen Klasse.«

Sergej schleuderte seine *Prawda* durch den Salon. »Botynskij, ich habe in der Armee des Zaren gedient. Ich habe die militärische Niederlage des alten Rußland miterlebt. Seinen Untergang durch Rückständigkeit. Durch hoffnungslos gutmütiges Herumgestümpere. Eine ganze Kultur ist vernichtet worden von... Leuten wie dir. So etwas darf nie wieder geschehen. Glaubst du etwa, ich *sympathisiere* mit Stalin? Wie kannst du nur so dumm sein?«

»Aber du treibst diese Ethik der Härte bis zur schieren Obszönität, Sergej Apollonowitsch. Das ist mir unerträglich.«

»Findest du, dies sei bloß eine Frage der Ethik? Findest du, ein spießiger Widerwille gegen seine Methoden mache irgend etwas aus?«

»Für mich macht es etwas aus.«

»Allerdings. Deine einzige Sorge ist es, dir nicht die Hände schmutzig zu machen, also flüchtest du dich in Entrüstung.«

»Wovor soll ich denn flüchten? Ich –«

»Vor den Tatsachen. Kriegswirtschaft läßt sich nicht mit der sensiblen liberalen Politik betreiben, von der du träumst. Er vernichtet seine Feinde, um den Apparat vollständig unter Kontrolle zu bekommen. Nun hör mal zu. Ich weiß nur eins. Die Stahlwerke, die sie jetzt bauen – die, für die ich ihnen das Walzwerk liefere –, werden ihnen helfen, den nächsten Krieg zu gewinnen. Und sollten die Sowjets den nächsten Krieg nicht gewinnen, dann wirst du, Botynskij, dann werden wir alle ausgerottet werden.«

Asja hatte zwischen ihnen gesessen; Botynskij ganz aufgewühlter Anstand und entrüstete Überzeugung, Sergej ganz elegante Urbanität und schneidende Härte; und sie hatte das Gefühl, daß jeder der beiden für eine der zwei Seelen in ihrer Brust redete.

Nach diesem Streit war Botynskij mit dem Schwur, nie mehr wiederzukommen, aus der Wohnung gestürzt. Aber freilich *war* er wiedergekommen. Wohin sonst hätte er gehen sollen? Da war er wieder und lag wie eh und je auf dem Teppich vorm Kamin, und Gaby streichelte ihm mit einem Zeh das Ohr.

Sergej kam aus dem Arbeitszimmer, er trug noch immer seine Gefängniskluft. Eine Sekunde blieb er stehen und beobachtete sie. Asja unterbrach sich beim Einschenken des Kaffees.

»Sie haben Tukatschewskij erschossen«, sagte er. »Und acht andere Generäle. Urteil des obersten sowjetischen Gerichtshofs. Ist eben verkündet worden. Mein Gegner bei Perekop. Der Beste ihres Generalstabs. Der Mann, der die Rote Armee 1920 vor die Tore Warschaus geführt hat. Erschossen als deutscher Spion.« Ein kraftloses, verbittertes Lachen. »Er und seine Mitverschwörer werden zersetzende Zwerge genannt, Reptilien faschistischer Spionage...« Sergej ließ sich auf das Sofa fallen und fuhr sich durch das schütter werdende Haar. Asja konnte sehen, daß er zum erstenmal in ihrem gemeinsamen Leben die Fassung verloren hatte.

Nach einem langen Schweigen sagte Botynskij: »Sergej, jetzt mußt sogar du zugeben, daß er zu weit gegangen ist. Das hat nichts mehr zu tun mit Klassenkampf, mit dem Ausmerzen der Feinde. Das ist Selbstmord.«

Sergej blieb ausnahmsweise eine Antwort schuldig. Er schritt vor dem Fenster auf und ab. Dann sagte er leise: »Ich habe Tukatschewskij verehrt. Er war das Symbol der Kontinuität zwischen der alten Armee, bei der ich gedient habe, und der neuen, die die Revolution aufgestellt hat. Er war der beste Militärstratege von ganz Europa.«

Es folgte Schweigen, das von Niki gebrochen wurde. »Die reißen sich selbst in Stücke.« Er lächelte; ein kühles, aufreizendes Lächeln, wie es auch sein Vater zuweilen aufsetzte.

»Ja, sie reißen sich selbst in Stücke, und wir werden dafür bezahlen müssen«, schoß Sergej zurück.

Niki und Manfred standen beisammen, umrahmt vom Licht der Balkontür, durch die man über die Dächer der Stadt blicken konnte.

Sergej starrte sie an wie vollkommen Fremde. »Du scheinst nicht zu begreifen, daß es Krieg in Europa geben wird. Dann wird es nicht die geringste Rolle spielen, daß du und Manfred zusammen Philosophie studiert habt, daß ihr Freunde seid, daß ihr beide liberale, zivilisierte Menschen seid. Macht euch das endlich klar. Ein Krieg mit Deutschland. Und wenn die Deutschen siegen, wenn Sie, mein lieber Manfred, gewinnen, ist es aus mit Europa.«

Manfred war sprachlos, aber Niki ballte die Fäuste und sagte mit hoher fester Stimme: »Und wer in Europa wird etwas gegen den Bolschewismus unternehmen? Wer? Nicht Blum, nicht Daladier, nicht Chamberlain, nicht Benes. Ich sage dir, wer es tun wird: Adolf Hitler.«

Botynskij richtete sich plötzlich auf. Alle anderen verharrten reglos.

Sergej sagte kaum hörbar: »Das hast du also in deinem Jahr Heidelberg gelernt?« Er baute sich unmittelbar vor seinem Sohn auf. »Wenn du das wirklich glaubst, haben wir uns nichts mehr zu sagen«, und ging aus dem Zimmer.

Asja sah sich hilflos um: Botynskij, Gaby, Rasumkin, aber sie alle wandten den Blick ab. Niki schien gehen zu wollen, aber sie ergriff seine Hand, und er ließ sich auf das Sofa nieder. »Es reicht«, flüsterte sie.

Nachdem Niki gegangen war, um die Nacht bei Sonjetschka zu verbringen, blieb Asja mit Sergej auf, der in seinen Akten las und mit einem silbernen Bleistift Häkchen an den Rand malte. Sie beobachtete ihn, sein Kopf und seine Augen lagen im Schatten, nur seine Hände und die Akten auf seinem Schoß waren in Licht getaucht.

»Was denkst du jetzt?« fragte er, als er merkte, daß sie ihn beobachtete. Seine Stimme klang freundlich.

»Ich mußte daran denken, wie du ausgesehen hast, als du '24 zurückgekommen bist. Deine Augen. Wie erschüttert du gewesen bist, wie jung. Da oben in Solowezkij war dir etwas Schreckliches zugestoßen, und ich habe nichts für dich tun können.«

»Gar nichts so Schreckliches«, sagte er, nahm die Brille ab

und rieb sich zwischen den Augen. »Ich bin bloß an meine Grenzen gestoßen. Ich habe herausgefunden, daß sie mich kriegen konnten.«

»Du mußt Niki erzählen, was geschehen ist.«

»Zu spät. Er hat mich für schuldig erklärt. Ich bin überführt. Meinst du, ich könnte irgend etwas sagen, das seine Meinung ändern würde?« Er sagte das ganz nüchtern, und sie spürte, wie ihr der Mut sank.

Er setzte sich neben sie und nahm ihre Hand, und sie legte ihren Kopf an seine Schulter.

»Zwischen Niki und mir gibt es keine Versöhnung. Wir stehen auf verschiedenen Seiten. So sieht die Sache aus, meine Liebste. Es tut mir weh, aber ich kann nichts daran ändern.«

»Es tut dir überhaupt nicht weh.«

Da nahm er ihr Gesicht in beide Hände und sagte mit einer Stimme, die sie nicht mehr zweifeln ließ: »Du wirst mir einfach glauben müssen, daß es mir weh tut.«

Und sie glaubte ihm.

Sie befand sich in einem tiefen Zwiespalt. Ihr Mann machte Geschäfte mit dem Sowjetregime, während ihr Sohn die Zeit, die ihm sein Studium der deutschen Sprache und Literatur an der Sorbonne noch übrigließ, der Arbeit in der Zentrale des Jungen Rußland in der Rue de Colisée widmete. Sie konnte nichts dagegen unternehmen: er war achtzehn. Zu alt, um ihm irgend etwas verbieten zu können. Zu jung, als daß er Vernunftgründen zugänglich gewesen wäre.

Erklärter Feind des Jungen Rußland war die Union der Rückkehr ins Mutterland, eine sowjetische Organisation, die es sich zum Ziel gesetzt hatte, die Emigranten zur Rückkehr in die Heimat zu bewegen. In den Wohnvierteln der Emigranten, in Clamart, in Passy, in Clichy, berief die Mutterland-Organisation Versammlungen ein, und heruntergekommene Familien, die sich nach der Heimat zurücksehnten, strömten in die Gemeindesäle und ließen sich von jungen sowjetischen Funktionären Vorträge darüber halten, wie freudig das Sowjetvolk sie in die Arme schließen werde. Mitten in solche Versammlungen hinein platzten Niki und Sonjetschka, warfen Flugblätter hoch und schrien den dicht gedrängten Familien zu: »Glaubt ihnen nicht! Man wird euch ermorden!«, um dann von stämmigen Männern in Anzügen hinausgeworfen zu werden.

Einmal kam Niki mit einer Platzwunde über dem Auge nach Hause und weigerte sich, Asja zu erzählen, wie es dazu gekommen war. Aber sie wußte es auch so. Bei einer Versammlung hatte es eine Schlägerei gegeben. Ein Stuhl war geworfen worden. Botynskij hielt sie auf dem laufenden. Jetzt schämte sie sich ihrer Gleichgültigkeit gegenüber der Politik. Jetzt begriff sie, wie das ihre Familie auseinanderriß. Sie las alles, sammelte Zeitungen und Emigrantenzeitschriften und verschlang sie. Es herrschte eine scheußliche Stimmung. Die Blätter waren voll von Morden, Entführungen, Attentaten und Intrigen. In ganz Europa liquidierten Stalins Agenten die Anhänger Trotzkijs. Wochenlang beherrschte der Fall Reiss die Schlagzeilen. Ignatij Reiss, ein sowjetischer Agent, der nach den Schauprozessen von '36 Stalin abschwor und seine Verbundenheit mit Trotzkij erklärte, wurde im September 1937 auf einer Landstraße in der Schweiz erschossen; am Ende desselben Monats wurde der Sekretär der Vierten Internationale Trotzkijs mit abgeschnittenem Kopf unter einer Seinebrücke gefunden.

Eines Morgens im Februar 1938 – Asja arbeitete wie üblich in ihrer Klinik – wurde ein Patient aus einem Krankenwagen getragen und auf einer Bahre durch die Korridore geschoben; ihm folgten dichtauf zwei Männer, die sich vor der Tür seines Privatzimmers postierten. Anfangs ließen sie außer ihr niemanden zu ihm hinein. Sie durfte nicht einmal seinen Namen wissen, aber da sie schon seit fast zwanzig Jahren dabei war, flüsterte der Klinikdirektor ihr zu: »Leon Sedow.«

»Wer?«

»Trotzkijs Sohn.«

Es war ein junger Mann um die dreißig mit rundem Gesicht und mächtigem Bartkranz, und er litt an ernstlichen Bauchbeschwerden. Dr. Scharajewitsch und Dr. Lopatkin kamen und gingen, ohne etwas über die Art seiner Erkrankung herausfinden zu können. Grau und ausgemergelt starrte der Sohn Trotzkijs an die Decke, und dann rief er nach seinen Bewachern, die sich tief über sein Gesicht beugten, um zu hören, was er ihnen zuflüsterte. Eines Abends saß Asja neben ihm und beobachtete seinen Schlaf. Der Sohn des großen Geächteten, dachte sie, des geistigen Vaters der Roten Armee, des Siegers im Bürgerkrieg, des Mannes, der für die Schlachten verantwortlich war, die sie zur Flucht ins Exil veranlaßt hatten. Der Genius im Panzerzug. Hatte Botynskij ihr nicht einmal erzählt, Trotzkij habe abends im Bett französische Gedichte gelesen? Mallarmé und solche Sachen? Ein äußerst kultivierter Barbar, dachte sie. Ein gebildeter Dschingis-Khan. Ein belesener Attila. Eigentlich empfand sie bei alldem nichts, allenfalls so etwas wie Mitleid mit seinem Sohn, der immer im Schatten seines geächteten Vaters leben mußte und jetzt dort lag und nach Luft rang.

Als sie am nächsten Morgen wieder zur Schicht erschien, waren die Männer vor der Tür verschwunden, und das Bett stand leer.

»Vergiftung«, vertraute ihr der Klinikdirektor an. »Aber erzählen Sie niemand davon.«

»Warum denn nicht?«

»Man wird die Klinik verdächtigen.«

»Hat man ihn hier vergiftet, unter meinen Augen?«

»Selbstverständlich nicht, meine Liebe, selbstverständlich nicht.«

Aber sie kannte sich nicht mehr aus. Alles war möglich.

Etwas Scheußliches griff langsam um sich, und all das war nicht davon zu trennen: dieser womöglich in ihrer Klinik von Unbekannten vergiftete Mann, von diesen Agenten, die in aller Munde waren, diesen Killern, die niemand benennen konnte.

Botynskij war vor Besorgnis ganz abgemagert. Die Emigrantenorganisationen beschuldigten sich gegenseitig der Mittäterschaft in diesen Komplotten. Jeder beschimpfte den anderen entweder als Faschisten, sowjetischen Spitzel oder trotzkistischen Strohmann. Alle waren jetzt Strohmänner für irgend etwas anderes. Es gebe keine schlichte Wahrheit mehr in der Welt, sagte Botynskij traurig und fuhr sich durch seine wenigen noch übrigen Haare. Sogar bei seiner Zeitschrift kämpfe jeder gegen jeden, sagte er. Gaby, die »ihre Informanten im Innenministerium« hatte – womit der junge Kabinettschef gemeint war, mit dem sie angebändelt hatte –, fragte Asja lediglich, was es denn die Geheimpolizei angehe, wenn Russen sich in Frankreich gegenseitig umbrächten? Gabys Art, alles zu wissen und sich von nichts überrascht zu zeigen, jagte Asja einen Schauer über den Rücken.

Und Niki wurde in dieses Gespinst von schmutzigen Intrigen hineingezogen. Sie fand Flugschriften in seinem Zimmer: primitive vervielfältigte Blätter, auf denen die Mutterland-Organisation als läufige Hunde, Aussätzige und Insekten beschimpft wurde. Eine ansteckende Sprache infizierte ihn mit ihrem Gift.

Eines Abends im September 1938 rief er an: »Kann ich dich sehen?«

»Ich bin deine Mutter. Natürlich. Komm nach Hause.«

»Nein. In dem Café an der Rue de Colisée.«

»Was ist denn los?«

»Warte, bis wir uns treffen.«

Es stand alles in den Abendzeitungen: General Miller, Führer der All-Militär-Union Rußlands, war verschwunden.

»Stalins Agenten. Keine andere Möglichkeit«, sagte Niki mit einer Zigarette im Mund. Asja sah ihn ungläubig an. Wann hatte er so zu rauchen angefangen? Was war aus ihrem Kind geworden?

»Was weißt du? Niki, sag es mir!«

General Skoblin, Millers Stellvertreter, sei ebenfalls verschwunden. Man vermute, daß Skoblin an der Entführung Millers nicht ganz unbeteiligt gewesen sei. Die Polizei habe Skoblins Frau Plewizkaja verhaftet.

»Die Frau, die in der Nacht gesungen hat, als die Arbeiterdichter im Café Voltaire aufgetreten sind?«

»Sie hat sich voll an Millers Aktivitäten beteiligt.«

»Niki, wohin soll das noch führen?« Sie flehte ihn an, aus diesem Milieu zu fliehen, ehe es zu spät wäre. Er versprach es, weil er selbst Angst hatte, aber sie wußte, daß er ihrem Einfluß entglitt. Er schlief mit Sonjetschka in der Wohnung der Dimitriews. Wochenlang hielt er sich bei Manfred in Deutschland auf. Asja verlor rapide die Kontrolle über das alles.

Im Dezember 1938 wurde die Plewizkaja wegen der Entführung des Generals Miller in Paris vor Gericht gestellt. Wie betäubt lasen Asja und Sergej die Zeitungen. Da man General Millers Leiche nicht gefunden hatte, nahm man an, daß er erschossen und in Le Havre an Bord eines sowjetischen Frachters gebracht worden sei. So wie einige Jahre zuvor General Kutjepow.

»Warum?« fragte Asja ihren Mann.

»Das alles ist ebenso einfach wie abscheulich«, antwortete Sergej. Miller sei dahintergekommen, daß sein Stellvertreter Skoblin sich mit einem Plan an die Gestapo gewandt habe, Marschall Tukatschewskij als deutschen Spion hinzustellen und Stalin eine entsprechende Information zukommen zu lassen. Unter Verwendung von Dokumenten, die von den Weißrussen in Paris geliefert worden seien, habe die Gestapo Beweise gefälscht, die auf geheime Verhandlungen Tukatschewskijs mit den Deutschen hindeuteten und den Anschein erweckten, als suche er ihre Unterstützung bei einem Komplott gegen Stalin. Praktisch hätten die Gestapo und Teile der weißrussischen Gruppe in Paris kollaboriert, um den fähigsten Kommandanten der sowjetischen Armee zu vernichten. Als Miller das Komplott durchschaut habe, sei er liquidiert worden.

Asja hatte Sergej noch nie so aufgeregt gesehen.

»Ich habe diesen Mann sehr verehrt«, sagte er nachdenklich. »Sein Vater hatte ein Landgut in derselben Provinz wie wir.«

»Tukatschewskij?«

»Er war in der Generalstabsakademie drei Jahre über mir. Der Beste meiner Generation. Der Allerbeste. Ich muß es wissen. Ich habe '19 gegen ihn gekämpft, und wir hatten nichts, was an ihn herangereicht hätte. Nichts. Und was hat Stalin jetzt? Woroschilow als Kriegskommissar. Speichellekker, Lakaien, Zwerge, alle miteinander. Unglaublich.«

Er stand auf und trat ans Fenster. »Und mein eigener Sohn hat für die Leute gearbeitet, die Tukatschewskij verkauft haben. Unser Sohn.« Er drehte sich um und sah sie kopfschüttelnd an.

»Wie meinst du das?«

»Woher hatte die Gestapo das Material, mit dem Tukatschewskij kompromittiert wurde? Hier aus Paris. Von einem Mitglied des Jungen Rußland. Also?«

»Nein«, flüsterte sie.

»Verschaffen wir uns Gewißheit.«

Er bestellte Niki zum Abendessen nach Hause.

Sergej ging vor den großen Fenstern des Wohnzimmers in der Rue de Solferino auf und ab und sprach ruhig und entschieden: »Und um einen Offizier der Roten Armee zu verraten, hältst du es also für akzeptabel, mit den Geheimdiensten der Faschisten zu kollaborieren? Ist das deine Meinung?«

Niki schwieg.

»In deinem jugendlichen Kopf stellst du dir vor, der Feind deines Feindes sei dein Freund?«

Niki schwieg.

»Du denkst, ein Schlag gegen den hervorragendsten Kommandanten der Roten Armee werde die Wiedereinsetzung eines Weißen Regimes in Rußland befördern?«

Niki schwieg.

»Für dich ist es akzeptierbar, mit faschistischen Nachrichtendiensten bei einem Mord zu kollaborieren?«

Niki schwieg.

»Antworte!« schrie Sergej plötzlich.

Niki sah ihm in die Augen und flüsterte: »Besser, als für Stalins Geheimpolizei zu arbeiten.«

Serjoscha biß die Zähne zusammen und zischte: »Das wirfst du mir vor?«

Nikis Augen sprachen Bände.

»Bitte verlasse auf der Stelle dieses Haus.«

Niki verzog den Mund zu einem scheußlichen Lächeln und ging erhobenen Hauptes, selbstzufrieden, ein Bild des Abscheus. Asja hielt ihn nicht auf. Sie hörte, wie er seine restlichen Kleider in einen Koffer warf. Sie hörte, wie er seinen Mantel anzog und dann die Tür hinter sich zuschlug. Sie rührte sich nicht. Es war längst zu spät, etwas zu unternehmen. Sie saß im Wohnzimmer und sah Sergej vor dem Fenster auf und ab gehen.

»Wie kann er nur so etwas von dir glauben?«

»Du kennst doch die Gerüchte.«

»Damit habe ich seit deiner Rückkehr gelebt.«

»Und was glaubst du?« Er starrte die Decke an.

»Ich wäre nicht in diesem Zimmer, wenn ich an diese Gerüchte glauben würde. Aber…«

»Aber was?« sagte er leise.

»Serjoscha, du verschweigst mir zuviel.«

Und da erzählte er es ihr. Ja, es gehe nicht mehr um Holz aus dem Baltikum und Öl aus Baku. Sondern um Waffentransporte und medizinische Versorgung. Bei letzterem werde er von Rasumkin unterstützt.

»Rasumkin?«

»Was überrascht dich daran? Er ist mit seiner Praxis in

Schwierigkeiten geraten. Er hat einen sehr tüchtigen Geschäftssinn. Da hilft er nur zu gern, wie er sich ausdrückt.«

»Wohin?«

»In den Osten.« Er fand seine Zigaretten, steckte zwei an und gab ihr eine.

»Wohin, Sergej?«

»Zur Zeit nach Polen. Ich möchte Polen unterstützen. Denn dort wird es als erstes losgehen. Die müssen uns helfen, etwas Zeit zu gewinnen. Die sind ja so absurd, diese armen Polen. Sie haben eine großartige Kavallerie. Die besten Ställe, die ich je gesehen habe, befinden sich in Łódź. Vor zwei Wochen bin ich mit ihnen geritten.«

»Das ist es also, was du tust?«

»Wunderbare Pferde. Aber kannst du dir vorstellen? Gegen Panzer? Also muß ich ihnen ein wenig unter die Arme greifen. Sonst tut es niemand. Meine Liebste, du hast das Pech, mit dem letzten Mann in ganz Europa verheiratet zu sein, der wirklich an ein freies Polen glaubt.«

Am nächsten Tag reiste er wieder nach Warschau ab und blieb zwei Wochen fort. Ohne ihn schien die Wohnung trostlos. Asja stand in der Tür von Nikis Zimmer und besah die Verwüstung, die er bei seinem Weggang hinterlassen hatte. Sie brachte es nichts übers Herz, dort aufzuräumen, und ließ daher alles, wie es war: das Bett mit Büchern übersät, die Schränke offen, die leeren Bügel an der Stange, die aus der Kommode gezogenen Schubladen. Da sie bei den Dimitriews, wo er sich aufhalten mußte, einfach nicht anrufen konnte, schrieb sie Niki einen Brief. Bekam aber keine Antwort. März 1939. Deutsche Truppen waren in Prag einmarschiert. Es wurde noch immer früh dunkel, und sie sehnte sich nach dem Frühling.

Sie bekam Husten und leichtes Fieber, und Rasumkin besuchte sie, um ihr die Brust abzuhorchen.

»Warum arbeitest du mit Serjoscha zusammen? Ich denke, du bist Arzt.«

Er glättete die Haarrolle auf seinem Kopf. »Ich unterstütze ihn, was das Medizinische betrifft. Da helfe ich nur zu gern.«

»Das sagt er auch. Aber warum, Rasumkin? Warum?«

»Es wird Krieg geben, Liebste. Die ersten Scharmützel haben bereits begonnen.«

Sie stieg die Treppe zu Botynskijs kleiner Wohnung in der Rue de Moscou hoch. Die Bücher, die Manuskripte, die Leimflaschen, der blaue Morgenmantel hinter der Tür – all das war noch wie früher, aber jetzt kam es ihr undenkbar vor, daß sie einmal auf diesem Bett mit ihm geschlafen hatte, daß das Regal über ihnen beiden eingestürzt war. Das war nicht ihr Leben, sondern das einer anderen. Zwei scharfe Linien umrahmten Botynskijs Mund, tief gefurcht wie Narben.

»Niki beantwortet meine Briefe nicht.«

»Er will dich erst wiedersehen, wenn du mit Serjoscha gebrochen hast«, sagte Botynskij. »Du bist ein Kollaborateur. Sagt er.«

»Kollaborateur«, wiederholte sie. »So weit ist es also gekommen.«

Botynskij nickte, blies auf seinen Kaffee und sah sie durch seine Brille an.

»Niemals«, sagte sie. »Was Niki getan hat, ist unverzeihlich.«

»Aber nicht unprovoziert.«

Sie platzte heraus: »Du bist so schwach, immer willst du alle verstehen! Kein Wunder, daß Sergej deine Zeitschrift einen Sandkasten nennt. Du bist ein Kind. Bei einer Organisation, die einen Mann wie Tukatschewskij verrät und seinen Henkern ausliefert, darf man einfach nicht mitmachen. Man darf einfach nicht.« Und dann bekam sie vor Aufregung einen Hustenanfall.

Botynskij wartete, bis sie wieder zu Atem kam. Er erhob sich und ging auf dem verschossenen Teppich auf und ab. »Ich weiß nicht, was du weißt. Ich weiß nicht, was du nicht hast sehen wollen. Aber mir ist aus zuverlässiger Quelle bekannt, daß Sergej vor kurzem im Zug nach Moskau gesehen wurde.«

»Natürlich. Der fährt über Warschau. Er ist in Warschau.«

Botynskij schüttelte den Kopf. »Nein, er wurde gesehen, wie er den Warschauer Bahnhof im Zug nach Moskau verlassen hat.«

Plötzlich wurde ihr kalt. »Wer hat ihn gesehen? Wer, Botynskij?«

»Ich selbst.«

»Was hattest du dort zu tun? Hast du ihm nachspioniert?«

»Asja, bitte. Ich war in Warschau wegen meines Sandkastens, wie du das nennst; um einen polnischen Dichter zu überreden, bei mir zu veröffentlichen. Sergej habe ich auf dem Bahnsteig rein zufällig gesehen. Wie kannst du nur denken, daß ich ihm nachspioniere?«

»Ich glaube dir nicht. Ich glaube nicht, daß er es war.«

»Asja, wenn es darum geht, zu glauben, was du glauben willst, bist du unschlagbar.«

»Ich soll also eher dir glauben als meinem Mann? Er reist niemals in die Sowjetunion. Man würde ihn an der Grenze verhaften und erschießen. Das weißt du.«

Botynskij zuckte die Schultern.

»Ich will dir sagen, was er getan hat«, sagte sie lebhaft. »Der Zug nach Moskau fährt über Łódź. Er ist nach Łódź gefahren. Zur Reitschule der polnischen Armee. Bitte. Das ist alles.«

Botynskij sagte nichts darauf, doch seine Augen blickten so wehmütig, so versunken hinter den konzentrischen Kreisen seiner Brillengläser hervor, daß sie ihm die Wange streichelte.

»Danke, daß du es mir gesagt hast, Botynskij.« Er legte seinen Kopf an ihre Schulter, wie jemand, der sehr müde ist, wie jemand, der nur noch schlafen will.

Ja, so mußte es sein. Er fuhr nach Łódź. Am Freitag wollte er zurück sein. Sie würde ihn fragen.

Sergej war erschöpft, als er nach Hause kam, und sie kniete sich rittlings über seinen Rücken und massierte ihm die Schulter, knetete die kleine Narbe und strich mit den Daumen an den festen Sehnen seines Halses auf und nieder.

»Botynskij hat erzählt, er hätte dich im Warschauer Bahnhof gesehen. Wie du in den Zug nach Moskau gestiegen bist.«

Sie spürte einen Krampf durch seine Halsmuskeln zucken. Er schlug die Augen auf. »Ich war auf dem Weg nach Łódź.«

»Das habe ich ihm auch gesagt«, schnurrte sie und beugte sich weit vor, um seinen Hals zu küssen; ihre Brüste streiften die Spitzen seiner Schulterblätter. »Du bist nicht nach Moskau gefahren.«

»Das würde ich niemals tun.«

»Ich weiß.«

Als er sich umdrehte und sie an sich zog, sagte er leise: »Botynskij sollte keine Gerüchte über mich verbreiten.«

Am nächsten Morgen führte er einige Telefonate; dann brachte er ihr eine Tasse Tee ans Bett und sagte, er habe eine Überraschung für sie.

»London. Übers Wochenende.«

»Jetzt?«

»Auf der Stelle«, sagte er lächelnd und küßte sie.

Sie umarmte ihn. Ja, eine Zerstreuung. Das hatten sie beide nötig.

Nachdem sie in Victoria Station aus dem Goldenen Pfeil gestiegen und sich im Brown's Hotel angemeldet hatten, besuchten sie als erstes einen kleinen Laden in der Jermyn Street, wo Sergej sich mit Dachshaarpinseln, Rasierseife und einem besonderen Toilettenwasser eindeckte. Dann speisten sie bei Wilton's und schlenderten durch den Green Park, und auf dem Weg zum Criterion, wo sie Tee trinken wollten, kamen sie gerade über den Piccadilly Circus, als plötzlich ein Straßenphotograph vor ihnen auftauchte, sie ablichtete und ihnen eine Karte hinstreckte.

»Wird Ihnen ins Hotel zugestellt! Geben Sie mir nur die Adresse.«

Sergej packte den Mann am Kragen. »Was soll das?« flüsterte er.

»Finger weg, Meister, bloß ein Photo.«

Sergej ließ ihn los, schrieb die Adresse des Brown's Hotels auf die Karte, bezahlte fünf Shilling, und dann gingen sie weiter.

Erstaunlicherweise wurde ihnen das Photo am nächsten Morgen tatsächlich mit dem Frühstück aufs Zimmer gebracht. Es zeigte sie Arm in Arm, im Gleichschritt, mit fröhlichen Gesichtern. »Und du hättest ihn fast verprügelt«, sagte Asja.

»Ich mag solche Überraschungen nicht«, sagte er.

Sie verbrachten den ganzen Vormittag im Bett. Man brachte ihnen die Zeitungen, und bald hatte Sergej sie über sämtliche Decken ausgebreitet. Am Abend zuvor hatte das Unterhaus die Erklärung verabschiedet, daß Großbritannien für Polen in den Krieg ziehen werde. Während Asja an ihrem Toast knabberte, las er ihr einige Artikel vor.

»Kriegsminister Hore-Belisha erklärt, daß unsere Beteiligung an einem Krieg, falls es dazu kommen sollte, nicht halbherzig sein wird.«

»Für mich hört sich das ziemlich halbherzig an«, sagte sie.

»Er will nicht unbedingt für Danzig sterben, wie?«

Sie wollte wissen, was Danzig für eine Stadt sei.

»Halb deutsch, halb polnisch. Eine schmutzige Hafenstadt an der Ostsee. Polens Zugang zum Meer. Gelegen zwischen Deutschland selbst und Ostpreußen. Steht Hitlers Träumen von einem größeren Deutschland im Weg.«

»Das weiß ich alles«, sagte sie und reichte ihm eine Toastscheibe.

»Hitler beliefert die Deutschen in Danzig mit Waffen, und...«, er biß zufrieden ein großes Stück ab, »dein Gatte beliefert die Polen.«

»Wie?«

»Über Le Havre. Erstklassige französische Maschinengewehre.« Er gab ihr einen Kuß. »Vergiß nicht, daß ich in Chelm geboren wurde. Ich bin ein halber Pole. Die Polen brauchen jede Hilfe, die wir ihnen geben können.«

»Warum?«

»Damit wir Zeit gewinnen. Wir sind als nächste dran, da bin ich mir sicher.«

Dann stellte er ihr Tablett auf den Boden, fegte die Zeitungen auf den Teppich, nahm ihr die Toastscheibe aus der Hand und liebte sie.

In seinen Armen wurde sie in die Zeit zurückgetragen, als sie einander noch fremd und ihre Körper noch jung waren. Aber selbst jetzt, als seine Hände ihre Brüste umfaßten und dann ihre Schenkel streichelten, ließ die Frage sie nicht los, ob er nicht irgendwo in seinen Gedanken gnadenlos jede Stelle ihres Körpers registrierte, an der sie gealtert war. Sie sehnte vollständiges Vergessen herbei, wußte aber genau, daß die Zeit ihr das gestohlen hatte.

Doch als sie aufwachte, war sie glücklich, daß sie allein miteinander und von der Welt abgeschirmt in diesem Hotelzimmer waren. Sie ging ins Badezimmer, betrachtete sich nackt im Spiegel und begann zu lachen. »Sie mich an! Sieh nur!«

Und da stand sie lächelnd in der Tür, es tropfte an ihr herab, ihre Haut voller dunkler Flecken von seinen mit Druckerschwärze beschmierten Händen. Mit plötzlich ernster Miene trat er an sie heran, sank auf die Knie und rieb sie mit einem Schwamm sauber, entfernte die Makel der Zeit.

Sie verbrachten den Rest des Tages in diesem mit Zeitungen übersäten Zimmer, ließen sich das Essen bringen, hörten Radio, unternahmen einen kleinen Spaziergang zum Green Park, kauften an den Kiosken noch mehr Zeitungen und sprangen nach der Rückkehr gleich wieder ins Bett, um ihre Flucht vor der Welt so lange wie nur möglich auszudehnen.

Dann wurde es Abend, und sie lagen wieder in ihren Betten im Schlafwagen des Goldenen Pfeils nach Paris; Asja sagte: »Ich habe Schuldgefühle, weil ich Lapin nicht besucht habe.«

»Manchmal ist es besser, einfach nur wegzulaufen.«

Als sie im Gare du Nord einliefen und aus dem Zug stiegen, brüllten ihnen die Zeitungsverkäufer auf dem Bahnsteig die neueste Nachricht entgegen: *»Conscription! Conscription! Mobilisation des réserves!«* Am liebsten hätte sie kehrtgemacht und sich wieder in den frischen weißen Laken des burgunderroten Schlafwagenabteils verkrochen, aber Sergej packte ihren Arm und ging mit ihr durch die Sperre, wo sie nach Jacquot, dem Chauffeur, Ausschau hielten. Da stand er, und selbst in seiner Fahrermütze wirkte er wie ein gemeiner Verbrecher. Auch Rasumkin war da.

Er nahm Asja beim Arm und fuhr sich mit einem Taschentuch übers Gesicht; er machte einen unglücklichen Eindruck.

»Was hast du denn bloß?« fragte sie und gab ihm einen Kuß.

»Du solltest dich setzen.«

»Sei nicht albern. Was gibt es?«

»Botynskij. Sein Herz. Ich habe mein Möglichstes getan, bin aber zu spät gekommen.« Rasumkin nahm ihre Hand und küßte sie. Sergej drückte sie an sich.

»Wann?«

»Heute morgen.«

»Weine nur, weine nur«, sagte Sergej, als sie ihren Kopf im Kragen seines Kamelhaarmantels verbarg.

»Ich möchte zu Fuß gehen«, sagte sie und riß sich los.

Sergej schnippte mit den Fingern. »Jacquot, folgen Sie uns.«

Sie ließ sie stehen und drängte sich durch die aus dem Bahnhof strömenden Massen. Jacquot blieb zurück, doch konnte sie den Motor des Citroën einen Block weit hinter sich schnurren hören. Sie ging, bis sie ihr geliebtes Clichy erreichte und in die Rue de Moscou einbog, wo sie eine Pirogge kaufte und im Stehen aß; dabei hörte sie Botynskij sagen: »Solange sie warm sind! Solange sie warm sind!« und schob sich die Teigkrümel in den Mund. Sie erklomm die Treppe zu dem Zimmer mit den durchgebogenen Bücherregalen und dem blauen Morgenmantel an dem Haken hinter der Tür. Es waren Männer dort, von denen einer auf der Suche nach Fingerabdrücken eine Tasse mit Pulver bestreute.

»Madame?« sagte ein Polizist.

»Ich war mit ihm befreundet«, sagte sie. Und als sie den umgestürzten Stuhl und den Manuskriptstapel sah, der davon auf den Boden geglitten war, sank sie auf das Bett und begann zu weinen.

»Wer hat ihn gefunden?« fragte sie schließlich.

Der Polizist sah in seinen Notizen nach. »Dr. Rasumkin. Heute morgen um sieben.«

»Er hatte schon immer ein krankes Herz. Er hat es ständig massiert«, sagte sie. Der Polizist nickte.

»Wo haben Sie ihn gefunden?« fragte sie.

»Auf dem Bett, wo Sie jetzt sitzen, mit verschränkten Armen. Er muß im Schlaf gestorben sein.« Er hielt inne. »Was für ein Mann ist er gewesen, Madame?«

Sie sah im Zimmer umher, die klebrige Leimflasche auf seinem Schreibtisch, die durchgebogenen, verstaubten Regale. »Er war ein Dichter. Ein russischer Dichter«, sagte sie.

Der offene, von Lilien umrahmte Sarg stand in der russischen Kirche an der Rue de Crimée. Ohne seine Brille, ohne diesen blinzelnden, spöttischen Blick durch die dicken runden Gläser, die ihn von der Welt absonderten, war Botynskij in seinem Sarg nicht wiederzuerkennen, ein Werk der Präparatoren.

»Wo ist seine Brille?« fragte Asja in die Stille der Kirche. Rasumkin flüsterte hinter ihr: »Konnte sie nicht finden.«

Da sie darauf bestand, nahmen Niki und Sergej den Sarg auf ihre Schultern; ihre Gesichter waren steinerne Masken. Rasumkin trug ihn am Fußende, gefolgt von Gaby in schwarzem Kostüm und Schleier und mit einer weißen Rose in der Hand. Auf dem Friedhof warf sie die Rose ins Grab.

Asja legte ihren Arm um Niki und flüsterte: »Komm nach Hause«, aber er starrte Botynskijs Sarg in der Erde an, schüttelte den Kopf und blieb, wo er war. Als sie zwischen den zerklüfteten Grabsteinen von ihm wegging, schien alles Licht zu verlöschen, das ihr einst aus dem langen Tunnel der Vergangenheit entgegengeströmt war. Hinter ihr fielen schwarze Türen zu und sperrten sie aus in eine lichtlose Gegenwart.

Zwei Monate später, Mitte Juni 1939, fuhr Sergej nach Danzig, um eine Lieferung aus Le Havre zu begleiten.

»Warum mußt du weg?« Sie wußte, daß ihre Frage zwecklos war.

»Diese Lieferung muß in die richtigen Hände gelangen.«

»Was ist es denn?«

Er legte einen Finger auf seine Lippen. »Das sage ich dir, wenn ich zurückkomme.«

Sie sah zu, wie er den Schweinslederkoffer mit dem grünen Seidenfutter packte. Er war so ordentlich, so ökonomisch. Er nutzte noch den kleinsten Raum. Nur zwei Garnituren Unterwäsche zum Wechseln, zwei Paar Socken, eine leichte Sommerhose, zwei Hemden, den ledernen braunen Toilettenbeutel und obendrauf ein Ersatzpaar seiner Lobb-Schuhe. Er ließ ihn zuschnappen, drehte den Schlüssel um und lächelte sie an.

Im Gare du Nord kreisten Tauben unter dem schmutzigen Glasdach, am Boden trieben Zeitungsfetzen. Ein paar Soldaten, die auf dem Weg zu ihren Sammelstellen waren, dösten teilnahmslos auf leeren Postwagen, Helme in den Händen, die Rucksäcke auf einem Stapel neben sich.

»Kümmere dich um sie, Rasumkin«, sagte Sergej.

»Selbstverständlich«, erwiderte Rasumkin, und dann nahm Sergej sie in die Arme, schob ihr das schwarze Haar von der Wange, küßte sie und streichelte ihr Gesicht. Er winkte ihr nach, bis der Zug nicht mehr zu sehen war.

Eine Woche später erhielt sie von seinem Büro die telefonische Nachricht, das Schiff sei sicher in Danzig eingelaufen. Zwei Wochen vergingen. Er hätte längst zurück sein müssen. Sie telegraphierte ihm in sein Hotel. Seine Antwort: »Kein Grund zur Sorge.«

Sie aß mit Gaby in der Brasserie Lipp. Die Schlagzeilen waren so voll von Danzig, daß jeder Kommentar sich erübrigte.

»Du hättest ihn niemals gehen lassen dürfen, Liebste«, sagte Gaby.

»Du hättest ihn auch nicht aufhalten können«, gab Asja zurück und zog wütend an ihrer Zigarette. Dann lachte sie bitter auf. »Er hat einmal gesagt, er sei der letzte Mensch in ganz Europa, der an ein freies Polen glaube.«

»Er ist nicht der einzige«, sagte Gaby. »Diesmal werden sogar die Franzosen kämpfen.«

»Ist das wahr?« fragte Asja.

Gaby legte einen hellrot glänzenden Fingernagel auf ihre Lippen. »Eins meiner Staatsgeheimnisse.«

Dem Juli folgte ein stickig heißer August. Asja schickte Telegramme und bekam zwei kurze Antworten: »Kein Grund zur Sorge. Verspätet« und »Rückkehr bevorstehend«. Sie versuchte ihn anzurufen, erfuhr aber, daß die über das Gebiet des Deutschen Reichs führenden Leitungen nach Danzig gekappt worden seien. Die Zeitungen berichteten, daß die Deutschen Waffen und Provokateure in die Stadt einschmuggelten. Nazibanden schlugen auf offener Straße Polen zusammen. Einige kommunistische Werftarbeiter waren entführt, in Lastwagen über die Grenze gebracht und in Konzentrationslagern interniert worden. Sie las und rauchte und hustete und las, bis ihre Finger schwarz von Druckerschwärze waren. Jeden Morgen telefonierte sie mit Sergejs Büro und ließ sich von den über Nacht eingetroffenen Telegrammen berichten. Es gehe ihm gut. Er lasse sie – und hier unterbrach sich die Sekretärin und las mit gezierter Stimme weiter – »ganz zärtlich grüßen«. Sie fragte, ob sie nicht eins der von Le Havre abgehenden Schiffe nehmen könnte, und die Sekretärin teilte ihr mit, Danzig werde jetzt von deutschen Kriegsschiffen blockiert.

Dann rief sie eines Morgens das Büro an, und es nahm niemand ab. Das Telefon klingelte und klingelte ihr gellend ins Ohr. Sie beschloß, selbst nach Passy zu gehen. Sie fand das Gebäude. Die Büroräume lagen in der dritten Etage. An der Tür eine polierte Messingtafel: Osthandel/Compagnie de l'Est, aber die Tür war verschlossen. Sie bückte sich und sah durchs Schlüsselloch. Sie erkannte ein schwarzes Telefon, den Rand eines Kalenders an der Wand, eine Schreibmaschine mit graugrüner Schutzhülle. Als das Telefon zu läuten begann, hämmerte sie an die Tür, aber niemand machte auf.

»Was soll ich tun, Gaby?« fragte sie, als sie ein Telefon gefunden hatte.

»Überlaß das mir.«

Am nächsten Nachmittag stand Asja in einem langgestreckten Gewölbe am Quai d'Orsay und hörte einem höflichen jungen Beamten zu, der ihr versicherte, er werde beim französischen Konsul in Danzig unverzüglich Nachforschungen anstellen.

»Ich vermute, er will für Polen kämpfen«, sagte sie.

»Wir werden für Sie Erkundigungen einziehen.«

Als sie am nächsten Tag bei ihm vorsprach, sagte er: »Nichts, Madame. Im Hotel ist er nicht. Was aber nicht bedeutet, daß er nicht in Danzig ist. Gott allein weiß, was sich in Danzig abspielt. Ich fürchte, Ihr Mann ist nicht aufzufinden.«

Auf dem Heimweg kaufte sie eine Zeitung. In kalten Lettern las sie dort, daß Hitler und Stalin einen Nichtangriffspakt unterzeichnet hatten. Der Beamte mußte davon gewußt haben, hatte es aber nicht für angebracht gehalten, es ihr zu sagen. Sie ließ die Zeitung sinken und ging an den Quais entlang. Unter den Brücken strömte das Hochwasser, und als sie stehenblieb und hinuntersah, hörte sie es an die Bögen spülen, wie die Wasusa im Frühling, wenn sie das Erdreich von den Wurzeln der Weiden riß, sich über die Wiesen ergoß und die Gärten überflutete. Sie sah auf den Fluß und merkte, daß sie kalt und klar im Kopf geworden war wie immer, wenn das unerbittliche Schicksal zuschlug. Sie erinnerte sich an jede Einzelheit der letzten Minuten, die sie ihn auf dem Bahnsteig im Gare du Nord gesehen hatte, an den Geruch der Handschuhe an der nackten Hand, mit der er sie streichelte, an das heitere aufrichtige Lächeln, mit dem er ihr sagte, er werde im Handumdrehen wieder zurück sein, an den Druck seiner Lippen auf ihrem Gesicht. Mit trostloser Klarheit dachte sie: Ich habe ihn wieder verloren.

Am Abend des letzten Samstags im Frieden kam Niki in einem überfüllten Zug von der elsässischen Grenze aus Deutschland zurück. Jacquot fuhr sie durch das Gewühl auf den Straßen nach Hause, vorbei an den Aushängen der Zeitungen, von denen es schrie: »Krieg! Krieg!«, und als sie in die vorbeiströmenden jungen Gesichter sah, glaubte sie ganz allein zu wissen, welches Elend ihnen allen bevorstand.

»Er ist weg, um in Polen zu kämpfen«, erklärte sie.

»Er ist weg, um für Stalin zu kämpfen«, erwiderte Niki.

»Er ist weg, um für uns alle zu kämpfen. Damit wir Zeit gewinnen.«

»Glaubst du das wirklich?«

»Allerdings.« Und da wußte er, daß es nichts mehr zu sagen gab.

»Niki, bitte bleib jetzt bei mir.«

Er schüttelte den Kopf und legte seine Hand auf ihre.

»Vater hat dein Leben zerstört.«

Sie sah zu den Menschenmassen auf den Quais hinaus, und alle Gesichter glühten in der sinnlichen Erregung einer Stadt, die in den Krieg ziehen wird.

»Erinnerst du dich an die Märchen, die wir früher zusammen gelesen haben?«

Er nickte.

»Das von dem König, der gestorben ist, und wie dann das ganze Volk sich mit unangezündeten Kerzen in der Kirche versammelt hat?«

»Und der, dessen Kerze als erstes anging, würde die Königin heiraten und neuer König werden«, erinnerte sich Niki.

»Ja. Und dann kommt ein Fremder, den keiner je gesehen hatte, mit einer Kerze in die Kirche, und sie fängt sofort an zu brennen. Und die Bojaren versuchen die Kerze auszumachen und den Fremden zu vertreiben.«

Niki drehte sich zu ihr um und sagte: »Und die Königin ruft: ›Rührt ihn nicht an! Ob er gut ist oder schlecht, er ist mein Schicksal.‹«

Asja begann zu weinen. »Ob er gut ist oder schlecht«, wiederholte sie und sah durch das Autofenster auf die Stadt, die von der Aussicht auf den Krieg entflammt war, »er ist mein Schicksal.«

TEIL 3

Um mitzubekommen, was sie flüsterte, beugte Rasumkin sich dicht über ihr Gesicht. Er hielt ihre Hand fest.

»Was hast du gesagt?«

Asja flüsterte: »Ich habe mit dem Sterben experimentiert.«

Das Experiment ging nun schon einige Monate. In all den Jahren, die er sie kannte, war dies das erstemal, daß sie offenkundig aufgegeben hatte. Der Husten hatte sich zur Bronchitis entwickelt, die Bronchitis zur Lungenentzündung, die Lungenentzündung zur Tuberkulose. Und sie hatte das alles geschehen lassen. »Ich welke dahin wie die Heldin eines schlechten Romans«, war unter Husten und Lächeln eine ihrer Redensarten.

Rasumkin dachte: Alle haben sie verlassen, nur ich nicht. Sie stirbt, und endlich habe ich sie für mich allein: *son chevalier sans peur et sans reproche*. Er fuhr sich seufzend mit einem Taschentuch über die Stirn. Durch die Krankenhausfenster konnte er die Sterne sehen. Asjas Finger lagen grau auf dem weißen Laken.

»Wozu sollte ich noch weiterleben?« sagte sie matt.

Rasumkin schlug die Augen auf, nahm einen Keks vom Nachttisch und biß deprimiert hinein. Krümel fielen auf seine Weste.

»Ich bin dein Arzt. Ich werde dich nicht sterben lassen.«

»Du kannst mich nicht zum Leben zwingen.«

Sie sprachen flüsternd miteinander, auf russisch, die Köpfe dicht zusammen. Die Vorhänge um das Bett waren zugezogen. In dem Saal wälzten sich die anderen im Schlaf.

»Es verletzt dich, daß ich sterben möchte.«

»Da hast du recht.« Rasumkin nahm noch einen Keks vom Tisch und zerbrach ihn mit den Zähnen. Zwischen seinen Fingergelenken waren knotige Fleischwülste zu sehen. Sein Anzug war fleckig, sein Kragen vergilbt: er machte einen heruntergekommenen und vernachlässigten Eindruck.

Jemand stöhnte in der Dunkelheit. Am Ende eines langen Flurs schaukelte eine nackte Glühbirne im nächtlichen Durchzug. Zigarettenrauch schwebte durch einen Lichtkubus über dem Linoleumboden.

»Wo bin ich?«

»Bordeaux. Du warst nicht in der Lage, etwas dagegen einzuwenden.«

Er hatte ihr ein Beruhigungsmittel gegeben, sie mit Hilfe der Concierge in der Rue de Solferino die Treppe hinuntergetragen und auf den Rücksitz von Jacquots Citroën gelegt. Wie leicht sie gewesen war, wie ihre Haut geglüht hatte, als er sie in seinen Armen trug.

Kein anständiger Arzt hätte einen Patienten in ihrem Zustand bewegt. Aber er war ja kein angesehener Arzt, dachte er mit einem gewissen mürrischen Stolz. Sich selbst überlassen, wäre sie in dieser Wohnung vermutlich gestorben, und wenn nicht, hätten die Polizei und die Deutschen ihr einen Besuch abgestattet, und das arme Ding würde überhaupt nicht begriffen haben, was sie da eigentlich von ihr wissen wollten.

»Die Deutschen sind in Paris.«

»Wie?«

»Du bist seit ungefähr einer Woche hier.«

»Und Niki?«

In Paris, wo er sein Deutsch zweifellos gut einzusetzen wußte. Lieber schweigen. »Keine Nachricht«, sagte er.

Sie starrte an die Decke. »Ich möchte zu Olga und Dimitrij.«

»Besser nicht.« In Saint Rémy würde die Polizei als erstes nach ihr suchen. »Vertrau mir.«

Sie blickte weg und war gleich darauf eingeschlafen. Er befühlte ihre Stirn. Immer noch Fieber.

Die Fahrt war unbeschreiblich gewesen, Stoßstange an Stoßstange auf Landstraßen durch die Getreidefelder, und nebenher der endlose Treck von Familien, die Karren und

Gepäckwagen und Kinderwagen vor sich herschoben. Während sie im Schneckentempo fuhren, schlugen Mütter auf das Autodach und verfluchten ihn, weil er ein Fahrzeug hatte. Und dann erhob sich über das Quietschen der Karren und das Heulen und Stapfen entlang der staubigen Straße ein anderes Geräusch, ein Jaulen, das immer höher anschwoll, bis sie alle in den leeren Himmel hinaufstarrten. Er sah schwarzes Licht im Rückspiegel aufflackern, dann dröhnte etwas auf, und eine Maschinengewehrgarbe ließ den Staub aufspritzen; alles kreischte und warf sich in den Graben. Dann ein verebbendes Brummen, dann Stille, dann das Weinen von Kindern.

Aus dem Graben neben dem Auto klomm eine Mutter mit ihrem kleinen Sohn im Arm.

»Nehmen Sie ihn mit! Retten Sie ihn!« schrie sie.

Neben dem fahrenden Auto herlaufend, hielt sie ihm das Kind hin, das mit angsterfüllten Augen vor dem Fenster auf- und abtauchte. Rasumkin konnte nur starr vor sich hin auf die staubige Straße und die endlosen Kolonnen der Flüchtlinge sehen und mit seiner kältesten Stimme sagen: »Die Frau auf dem Rücksitz hat Tuberkulose. Äußerst ansteckend. Ich bin ihr Arzt. Ich kann die Verantwortung für Ihr Kind nicht übernehmen.«

Na also. Erledigt. In seinem amtlichsten Krankenhauston. Zu irgend etwas mußte die Ausbildung doch gut sein.

Als er beschleunigte und an einem mit Möbeln beladenen Heukarren vorbeischlingerte, sah er kurz im Rückspiegel, wie die Frau eine Hand vors Gesicht hob und sich am Straßenrand hinsinken ließ, ohne das an ihren Bauch geklammerte Kind loszulassen. Ein niederschmetternder Anblick.

Rasumkin rieb sich die Augen und seufzte schwer. Er hatte all das, all diese wahnsinnigen Szenen in Schach gehalten, und jetzt begann die Spannung nachzulassen. Er sah sich um, suchte etwas, an dem er sich festhalten konnte. Die meergrünen Wände waren fleckig und vernachlässigt, die Glühbirnen schienen grell unter ihren Blechschirmen, der Baum auf dem verdreckten Innenhof kratzte an die streifigen Fenster, und irgendwo auf dem Flur, hinter der verlassenen Schwesternstation, tropfte ein Wasserhahn. In all den Jahren seiner Arbeit in Privatkliniken hatte er vergessen, wie erbärmlich vernachlässigt ein öffentliches Krankenhaus sein konnte.

Wie tief Asjas Augen eingesunken waren. Wie abgezehrt, dachte er, vollkommen abgezehrt. Auch sie ein typischer Fall von russischer Selbstzerstörung. Das war sein Spezialgebiet. Eine richtige Wissenschaft. Er hätte zum Beispiel die Wechselbeziehung zwischen der Sterblichkeitsrate seiner Patienten und dem abnehmenden Vermögen der Weißen Bewegung beweisen können. Was 1919 bloß eine dumpfe Bronchitis gewesen war, hatte sich 1926 zu einer tödlichen Lungenentzündung entwickelt. Und als die zwanziger von den dreißiger Jahren abgelöst wurden, stieg er die Treppen der Mietshäuser hinauf – jedes Jahr, so schien es, ein Stockwerk höher, bis die Armut sie schließlich unter die Dächer getrieben hatte – und fand sie in irgendwelchen schmutzigen Zimmern, in denen sich russische Zeitungen und ungespülte Teetassen stapelten und speckige Ikonen über Kerzenstümpfen flackerten. Durch sein Stethoskop hörte er das unregelmäßige Pochen ihrer Herzen und jenes Geräusch in ihren Brustkörben, das klang, als würde tief in einem Brunnen ein Stück Tuch zerrissen. Die Wut über ihre Enteignung, die einst ihre Wangen gerötet und sie mit fieberhafter Energie hatte Pläne schmieden lassen, begann jetzt an ihrem Fleisch zu zehren. Diese Leute starben nicht einfach aus Armut, sondern vor Wut. Sie lagen in schmuddeligen Morgenmänteln auf fleckigen Laken, husteten krampfhaft in ihre Taschentücher, stierten stundenlang aus den streifigen Fenstern in den bleigrauen Himmel der Stadt ihres Exils und waren erbittert entschlossen zu sterben. Hinter Asjas Selbstzerstörung steckte dieselbe störrische Entschlossenheit.

Es war nicht seine Aufgabe, so etwas gutzuheißen, sondern es zu verstehen. Immerhin war dies sein Spezialgebiet.

Aber dergleichen gutheißen? Niemals. Überleben. Um jeden Preis und unter allen Umständen, wie Sergej zu sagen pflegte. Als Sergej nach Polen abgereist war, hatte Asja zunächst die Unbeugsame gespielt. Sie ging weiter zur Arbeit in ihre Klinik und mit Gaby zum Lunch, und manchmal ließ sie sich sogar von ihm zum Abendessen ausführen. Aber ihn konnte man nicht täuschen. Ihre verkrampfte Haltung und ihre maskenhafte Unerschütterlichkeit sagten ihm, daß sie lediglich eine ihrer tapferen Vorstellungen gab. Kein Wort von Botynskij. Kein Wort von Serjoscha. Keine Silbe von Niki. Gewiß war das tapfer, aber diesmal hatte die Vorstellung sie überfordert.

Er warnte sie wegen ihrer Bronchitis. Er empfahl Kuren und Sanatorien. Sie nickte. Betastete die Pillenflaschen. Ließ sie ungeöffnet. Klassische Symptome. Er ermahnte sie: »Das ist gar nicht deine Art.«

»Was ist denn meine Art?« gab sie wütend zurück. »Was heißt das denn? Ich weiß es nicht mehr.«

Dann kam der Kollaps, und sie verbrachte die Wintermonate des *drôle de guerre* in der Rue de Solferino im Bett und geriet allmählich in die Fänge der Selbstvernachlässigung: die Haare ungekämmt, die Nägel unbeschnitten, die Lippen ungeschminkt, das Nachthemd offen, gleichgültig bis zur Katatonie. Er empfahl ein Sanatorium. Sie lehnte ab, und ihm war klar, daß sie auf ihrem Posten in der Rue de Solferino bleiben wollte, falls Sergej doch noch zurückkehrte. Im März 1940 war sie so krank, daß sie in ihre eigene Klinik eingeliefert werden mußte, doch zu seiner großen Verärgerung entließ sie sich dort selbst wieder, sobald sie gehen konnte.

»Laß mich sterben«, hatte sie ganz ruhig gesagt. »Ich bin neugierig, was als nächstes passiert. Laß mich gehen.«

All das hatte sie gesagt, aber er glaubte ihr nicht. Seine vielen Stunden an den Betten sterbender Patienten hatten ihn gelehrt, daß sie sich oft stärker ans Leben klammerten, als ihnen selbst bewußt war. Eben jetzt war ihr Gesicht neben ihm alles andere als ruhig. Es zeigte die ganze angespannte Konzentration einer betenden Heiligen. Tagsüber sagte Asja, daß sie sterben wolle. Nachts, im Schlaf, schien sie um ihr Leben zu kämpfen.

Rasumkin schüttelte sich wie eine Robbe und sah auf seine Uhr. Die ersten Sonnenstrahlen blitzten über den tristen Hof und beschienen die Äste des Baums vor dem Fenster. In dieser Beleuchtung wirkte Asjas Gesicht beinahe durchsichtig. Wo waren die anderen alle? Waren die Schwestern und Pfleger desertiert? Dieses Haus glich einem Schiff, das auf hoher See verlassen worden war. Die Lichter brannten in der Nacht, aber das Ruderhaus war leer. Rasumkin rief nach irgendwem. Keine Antwort. Gott, die waren alle abgehauen. Im Bett gegenüber bewegte sich jemand mit gedämpftem Stöhnen.

Wenn er nur Gaby finden könnte. Als Reynaud sie an jenem Morgen in Paris auf den Rücksitz des Wagens des Ministers geschoben hatte, hatte sie ihm zugeschrien: »Bordeaux, du Idiot!«

»Aber wo soll ich dich finden, in welchem Hotel?« hatte Rasumkin gefragt. Doch ihre Antwort war im Aufbrausen des losfahrenden Wagens untergegangen.

Gaby war wie geschaffen für Zeiten wie diese. Ihr Fleisch spendete Trost. Sie war die einzige gewesen, die keinen Spott dafür übrig hatte, daß er seine Stellung als Gynäkologe mißbrauchte. Sie ging davon aus, daß kein Arzt sie auf dem Untersuchungsstuhl liegen sehen konnte, ohne sich von der Macht ihrer sinnlichen Gegenwart durchbohrt zu fühlen. »Es muß solche und solche geben«, sagte sie, und die goldenen Armbänder an ihren Handgelenken klimperten, als sie ihn zu sich heranzog. Gaby, lächerliche Gaby, Verkörperung des *élan vital,* wo bist du? In Zeiten wie diesen war die Mätresse eines Politikers der Schlüssel zu jeder Tür. Sie würde wissen, was zu tun war, wen man bestechen mußte, um von diesem entsetzlichen Ort wegzukommen.

Am Ende des langen Flurs klatschte ein Mop über das Linoleum. Dieses träge hin und her schlappende Geräusch war eigenartig beruhigend. Das Ende der Welt mochte nahen, und alle anderen – Ärzte, Schwestern – mochten geflohen sein, aber diese alte Frau war noch immer auf ihrem Posten. Und, bei Gott, er war es auch, dachte Rasumkin. Noch immer auf meinem Posten. Er hatte Sergej versprochen, sich um sie zu kümmern, und das hatte er getan. In der Verdammnis, die jetzt alles, was er je angefaßt hatte, mit Flüchen belegte, war dieses Versprechen das einzig Reine und Ehrbare, das ihm geblieben war.

Er streichelte ihr Gesicht, schob ihr eine Haarsträhne von der Wange. Seine Wache war vorbei: sie würde noch stundenlang so weiterschlafen.

Durch das offene Fenster wehte schwach, aber unverkennbar der Duft von frischgebackenem Brot. Ein gutes Omen. Eins der kleinen Wunder des Lebens, die einen aufrechterhielten. Er raffte sich auf und ging hinaus, um diesem Geruch nachzuspüren.

Es war sieben Uhr: ein klarer und heller, ziemlich frischer Morgen, der Rasumkin belebte, als er durch die gepflasterten Straßen ging. Obwohl von Natur aus pessimistisch veranlagt, vertraute Rasumkin auf die Fähigkeit des Lebens, ihn zu retten, wenn er mit seinem Latein am Ende war. Ein Morgen wie dieser schien voller Verheißungen. Die Mauern glühten in der Sonne, die Pflastersteine glänzten, vor den oberen Fenstern in der schmalen Straße schwangen die Läden auf, und aus den Küchen strömte Kaffeeduft.

Beim Bäcker jedoch standen die Wartenden bis halb auf die Straße, eine Schlange unruhiger Frauen, von denen jede entschlossen war, den Laden leerzukaufen, ehe der Brotvorrat ausgegangen wäre. Rasumkin stellte sich hinten an.

»Was gibt's Neues heute morgen, Madame?« fragte er die Frau vor ihm: sie trug Pantoffeln und ein Hauskleid und hielt ein Einkaufsnetz umklammert.

»Und wer sind Sie?«

»Ebenso französischer Staatsbürger wie Sie, Madame«, sagte Rasumkin und verneigte sich.

»Es sind so viele Ausländer in der Stadt.«

So weit ist es also gekommen, dachte er. Als nächstes gibt es Ausweiskontrollen. Festnahme von Ausländern, Internierung. Er konnte das alles kommen sehen.

»Die Deutschen stehen bei Tours«, sagte eine Frau.

»Wir sind als nächste dran«, sagte eine andere.

Der Bäcker gab an jeden Kunden nur sechs Brotlaibe ab, und die Frauen verlegten sich schon aufs Schmeicheln.

»Aber ich habe sechs Kinder!«

»Ich kenne sie, die hat nur ihren Vater zu füttern.«

»Das ist nicht fair!«

»Machen Sie eine Ausnahme.«

Der Bäcker, in Unterhemd und mehlbestäubten Shorts, spielte den Richter in einem mit Strenge richtenden Tribunal. »Wenn ich anfange, Ausnahmen zu machen, bin ich erledigt«, brüllte er. Als Rasumkin an die Reihe kam, wedelte der Bäcker mit dem Finger.

»Nur meine Stammkunden.«

»Aber...«

Die Frau hinter ihm stieß ihn bereits mit dem Ellbogen zur Seite.

Rasumkin klammerte sich mit beiden Händen an den Ladentisch.

»Ich bin Arzt. Ich habe eine Patientin im Krankenhaus. Ich brauche zwei Brote.«

Der Bäcker musterte Rasumkin von oben bis unten, gewahrte den schmutzstarrenden Kragen, den zerknitterten Anzug, das unrasierte graue Gesicht und die ölige Haarsträhne über der kahlen Stirn.

»Armes Schwein«, sagte der Bäcker und gab ihm ein Brot.

Rasumkin wühlte in seiner Tasche und legte demütig zwei abgenutzte Scheine auf die Marmorplatte. »Der nächste!«

schrie der Bäcker, und Rasumkin wurde auf die Straße gestoßen.

An der Ecke blieb er stehen und lehnte sich an die Mauer, um Atem zu schöpfen. Die Welt ging zu Bruch, und er empfand nichts als Scham, unendliche Scham. Er ging weiter, in Richtung Bahnhof, und kaute niedergeschlagen an einer Brotkante. Die Leute rannten alle durcheinander, Frauen mit Kindern und Säuglingen auf den Armen, Soldaten und Polizisten, alle auf der Flucht. Die Bahnhofshalle war vollgestopft mit Koffern und Gepäckträgern und Leuten, die nach einander riefen. Er fühlte sich losgelöst, wie in einem Film: Panik in allen Gesichtern, ein Strudel, der sie alle hinabzerrte – das konnte nicht wirklich sein. Aber es war wirklich. Rasumkin kämpfte sich durch die Menge zum Bahnhofshotel. Was er jetzt brauchte, war ein Calvados.

Der Alkohol fuhr ihm brennend durch die Kehle. Er betrachtete sich im Spiegel hinter der Bar: armes Schwein. Muß das Hemd und den Anzug wechseln. Muß mich zusammenreißen. Sein Anzug war mit Mehl bedeckt. Er klopfte es ab und richtete seine Krawatte. Wenn sich nur diese Angst abstellen ließe.

In diesem Augenblick hüpften ein Mann und eine Frau die Stufen vor dem Hoteleingang hinunter. Rasumkin sprang auf und hetzte ihnen nach.

»Gaby, hilf mir!« schrie er.

Gaby war eben dabei, in einen schwarzen Citroën einzusteigen. Sie betastete seinen schmutzigen Rockaufschlag. »Du und alle anderen, lieber alter Mann. Schau dich nur an. Du darfst dich nicht so vor die Hunde gehen lassen. Gerade in solchen Zeiten ist die äußere Erscheinung das Wichtigste.« Ihr Gesicht war das einzige, das nicht von Panik verzerrt war.

Ein Finger klopfte ungeduldig an das Fenster des Citroën. »Wir müssen los. Das Flugzeug wartet.«

»Wohin?«

»Das Kabinett fliegt nach Algier.«

»Nimm mich mit.«

Sie dachte kurz nach.

»Nicht mich, ich meine uns«, sagte er.

»Wen denn noch?«

»Asja. Sie liegt im Krankenhaus.«

Gaby schüttelte den Kopf, griff aber in ihre Handtasche. Die Hand klopfte heftig an das Fenster. Mit einer Handbewegung scheuchte sie die Störung weg.

»Hier«, und reichte Rasumkin einen Schlüsselbund. »Nizza, 14 Rue Masséna, Appartement Nummer 4. Mein Versteck. Bring sie dorthin. Und, Rasumkin, nimm dich in acht. Es sind Gerüchte über dich in Umlauf. Laß dich nicht von den Deutschen erwischen.«

Sie streifte mit ihrem Handschuh über seine Wange und glitt auf den Rücksitz des Wagens, der sogleich vom Bordstein ablegte und sich durch die Menschenmassen zu schieben begann. Die Leute schlugen auf das Autodach und spuckten auf die schwarze Motorhaube. »Deserteur! Verräter!«

Rasumkin stand auf der Treppe und sah ihrem entschwindenden Profil in dem ovalen Heckfenster nach; sie trug einen Hut mit elegantem Schleier und winkte ihm fröhlich zu.

Er öffnete die Hand und betrachtete den langen Zinnschlüssel, der zu einem Hoftor gehören mußte, und den kleineren für die Wohnung selbst, und er dachte: Jetzt bin ich wirklich in Schwierigkeiten. Als Geliebte eines hohen Beamten bekam Gaby sämtliche Gerüchte als erste zu hören, und die mußten doch von erster Qualität sein.

Als er wieder die stillen Nebengassen gefunden hatte, erkannte Rasumkin das eigentliche Problem; es lautete: *was für ein* Gerücht. Jetzt, wo die Deutschen in Paris waren, würde niemand sich mit seinen kleinen Straftaten abgeben. Es gab also Grund zur Hoffnung. Aber die Welt war auf den Kopf gestellt. Man konnte niemals sicher sein. Rasumkin ließ sich auf der nächsten Parkbank nieder. Er kam sich vor wie ein alter Stock, der am Rand eines reißenden Stroms hängengeblieben war. Der Strom der Menschen floß an ihm vorbei: distanziert und niedergeschlagen sah er ihnen zu. Er holte tief Luft, besah seine zitternden Hände und zwang sie aufzuhören. Bis zum Ende, würde Gaby gesagt haben. Bis zum bitteren Ende. Die Flucht zu ergreifen oder damit herauszuplatzen, bevor sie Näheres darüber wußten, wäre ein Fehler. Immer mit der Ruhe, würde sie gesagt haben und mit jenem ironischen Blick, den Frauen in Panik geratenen Männern vorbehalten, die Stelle zwischen seinen Augenbrauen gerieben haben. Sie würden nach Nizza fahren, sie würden ein Schiff oder einen Zug nach Spanien finden.

»Also dann«, flüsterte er und stemmte sich hoch. »Bis zum Ende.«

Asja saß in einem von Gabys Seidenpyjamas und ihrem rosa Morgenrock auf dem Sofa neben dem offenen Fenster. Gaby hatte sich sehr bemüht, ihren Schatten mit sich fortzunehmen, aber der Abdruck ihrer Sohlen in einem Paar Schuhe im Schrank war noch da, ebenso wie der Moschusgeruch ihres Körpers in den Falten des Morgenrocks. Im übrigen war jede Spur von ihr ausgelöscht. Die Wohnung an der Rue Masséna war so leer wie eine Klosterzelle.

Gegenüber saß Josette und ließ ihre Stricknadeln hin und her klappern. Josettes Alter war schwer zu schätzen, zwischen Ende Vierzig und Anfang Sechzig war alles möglich. Sie trug braune Wollsocken unter ihrem Hauskleid und glitt in dicken Filzpantoffeln lautlos über den Parkettboden. Ihr Gesicht war schmal und spitz, und auf der Oberlippe hatte sie einen dünnen schwarzen Schnurrbart. Sie war Concierge und Gabys Hausangestellte zugleich. Sie hatte Asja in der Nacht ihres Eintreffens übernommen, ihr die Suppe in den Mund gelöffelt, ihre Nachthemden gewechselt, sie im Bett herumgedreht und ins Badezimmer getragen. Im Schattenreich des Fiebers waren sie miteinander vertraut geworden.

Als es an die Tür klopfte, stand Josette ruhig auf, bedeutete Asja mit einer Geste, sich im Schlafzimmer zu verstecken, und ging aufmachen. Asja hielt die Luft an und zog sich die Decke übers Kinn. Josette kam zurück, legte einen Finger auf ihre Lippen und wartete eine ganze Minute, bis die Schritte auf der Treppe verklungen waren.

»Die Polizei?«

»Natürlich. Sie wollten wissen, ob Madame anwesend sei. Ich habe gesagt, das sei sie nicht.«

Es war schrecklich, sein Vertrauen in eine so fremde Person setzen zu müssen, doch Asja hatte keine andere Wahl.

Als Rasumkin an diesem Abend zurückkam und sie ihm von dem Besuch erzählte, begann er vor den Fenstern auf und ab zu gehen. »Eine Katastrophe, wir hätten nie hierherkommen dürfen«, murmelte er und stieß eine Zigarette in die Perlmuttspitze, die er immer benutzte. »Wir hätten es gleich an der spanischen Grenze versuchen sollen.«

»Aber was will denn die Polizei?«

Rasumkin rieb sich die Wange. »Vichy hat die Deportation aller Ausländer angeordnet, die innerhalb zwanzig Kilometern von der französischen Küste aufgefunden werden. Wir sind subversive Elemente, meine Liebe, wußtest du das nicht?«

Das reicht als Erklärung vorläufig aus, dachte Rasumkin. Wir wollen sie nicht aufregen.

Dann lachte er, ein freudloses Kichern. »Du kannst von Glück reden, daß du krank bist, meine Liebe. Bleib nur dabei. Kranke werden nicht interniert. Dazu fehlt es an den notwendigen Einrichtungen.«

»Wir sind den Barbaren ausgeliefert«, sagte sie.

Er zeigte ihr Möglichkeiten auf, die ihr nie in den Sinn gekommen waren. Ihre Sicherheit in der Wohnung, sagte er, hänge davon ab, wie weit Gabys Beziehungen in die oberen Ränge der Dritten Republik reichten. Falls Gaby lediglich Kontakt zu den Beamten habe, die im Juni die Flucht ergriffen hätten, seien Asja und Rasumkin erledigt. Sollte sie hingegen auch den Männern »zur Verfügung stehen« – wie Rasumkin es ausdrückte –, die jetzt in Vichy das Sagen hätten, dürfte die Polizei wohl Abstand davon nehmen, ein Schlafzimmer zu stürmen, in dem es sich womöglich gerade ihr Chef bequem machte.

Daran hatte Asja natürlich nicht gedacht. »Gott sei Dank bin ich in den Händen eines Schurken wie du«, sagte sie und nahm eine seiner Zigaretten.

»Zu Diensten«, sagte Rasumkin, während er sich einen Daumennagel mit dem andern reinigte. Er erlaubte ihr einen Zug und zog ihr dann die Zigarette aus den Lippen.

»Und unsere Papiere?«

Er rauchte düster. »Der Hafen ist ein echter Basar. Für Geld bekommt man dort alles. Im portugiesischen Konsulat habe ich einen äußerst entgegenkommenden Griechen kennengelernt. Während der Dienstzeiten sind keine Visa zu bekommen. Nach fünf Uhr hat mir dieser Grieche im Café um die Ecke gegen harte Währung zwei sehr annehmbare Visa verkauft.« Rasumkin griff in seine Tasche und zog ein Päckchen Papiere hervor.

»Hier.«

Sie untersuchte das dürftige Dokument in ihrer Hand.

»Warum heiße ich nicht Gurewitsch? Warum wieder Galizin?«

Was sollte er darauf antworten?

»Ich hielt es für das beste, so unauffällig wie möglich aufzutreten. Immerhin könnte die französische Grenzpolizei dich danach fragen, warum Sergej nicht bei dir ist und so weiter. Und so etwas sollten wir vermeiden.«

Sie nickte. »Und da hast du mich neu erfunden.«

»Ganz recht.«

»Wie bist du an dieses Bild gekommen?« Sie betrachtete ihr ehemaliges Ich, umrahmt von einer straffen Dauerwelle, wie sie vor fünf Jahren modern gewesen war. »So kann ich niemals ausgesehen haben. Ausgeschlossen.«

Rasumkin zuckte die Achseln: niemand sah so aus wie früher. »Ich habe mir die Freiheit genommen, das Photo aus deinem Paß zu entfernen und kopieren zu lassen.«

»Raffiniert.«

Er nahm die Papiere wieder an sich. »Raffiniert bin ich allerdings.«

Sie küßte ihn auf die Wange. »Ich bin dir ausgeliefert«, sagte sie.

Als sie einige Tage darauf nach ihrem Nachmittagsschlaf in die Küche kam, traf sie dort Josette und Rasumkin, die mit einem kleinen drahtigen Mann in blauem Overall und Jackett am Tisch saßen.

»Mein Bruder«, sagte Josette.

Er arbeitete bei der Eisenbahn in Perpignan. Sein distanziertes Auftreten wies ihn als Alleinstehenden aus. Er sagte, er lebe auf dem Lande, und sie stellte sich vor, wie das sein mochte: das Junggesellenbett, eine Gruppe Olivenbäume auf einem von Steinen umgebenen Acker, Hühnerställe, die mit Draht und alten Bettgestellen eingezäunt waren, räudige Hunde, die an ihren Ketten bellten. Er aß mit ihnen, genauso wortkarg wie Josette, und wischte mit einem Stück Brot methodisch seinen leeren Suppenteller aus.

Nach einem langen Schweigen blickte der Bruder auf und sagte: »Sie wollen über die Grenze?«

Rasumkin sagte nichts darauf.

»Donnerstags habe ich Dienst in dem Zug nach Cerbère; ich kenne die Leute vom dortigen Zoll.«

Asja stand auf und räumte das Geschirr ab. Als sie die Sachen in die Spüle stellte, holte sie tief Luft und bereitete sich auf den Sprung ins Ungewisse vor. Josette und auch ihr Bruder sahen sie an, als sie zurückkam.

»Ja, das wollen wir«, sagte Asja. »So bald wie möglich.«

»Wieviel soll das kosten?« fragte Rasumkin.

Josette und ihr Bruder tauschten einen Blick aus.

»Nichts wird es Sie kosten«, sagte Josette.

Nachdem ihr Bruder gegangen war, Josette sich in ihr mit Spitzengardinen geschmücktes Privatgemach neben dem Hoftor zurückgezogen und Asja die Tür ihres Schlafzimmers zugemacht hatte, öffnete Rasumkin seinen Arztkoffer und unterzog sämtliche Säume und Falten, alle Verbandspäckchen und Ampullen einer genauen Prüfung. Er vermochte nicht zu sagen, ob Josette seine Sachen durchsucht hatte oder nicht. Alles war an seinem Platz, auch das Barett am Boden der Tasche. Er sank auf die Couch zurück.

Es mangelte ihm an Vertrauen. Wenn man wußte, daß man selbst nicht vertrauenswürdig war, mußten einem solche Hilfsangebote bedrohlich erscheinen. Asja konnte sich fremden Leuten einfach ausliefern. Daß sie Vertrauen zu Menschen haben konnte, daß sie sich nicht nur auf die Schwächen der anderen verließ, gehörte zu dem, was er ihre Rechtschaffenheit nannte. Sie war auf solche Augenblicke vorbereitet, in denen man nur noch auf das Beste im Menschen vertrauen konnte. Leider fehlte es ihr an dem nötigen gesunden Mißtrauen. Josette war eine Concierge, und es gab keine Concierge auf der Welt, die nicht mehr wußte, als sie wissen sollte.

Rasumkin zog seine Kleider aus und legte sich im Unterhemd auf das Sofa. Im Zimmer war es heiß und stickig. Er stieß einen metallenen Fensterladen auf. Auch nicht besser. Die Stille war unheimlich: Wasser gurgelte in einem Rinnstein, hinter den Läden auf der gegenüberliegenden Seite wurden Töpfe in eine Spüle gestellt; aber Autos und Stimmen waren nicht zu hören. Sperrstunde: eine ganze Stadt hatte sich hinter ihre Fensterläden zurückgezogen.

Er zündete sich eine Zigarette an und rauchte sie von unten zwischen Zeigefinger und Daumen, auf die alte russische Art, wie Mutter, wenn sie die Karten auslegte und ihn mit diesem dünnen gehässigen Blick durch den Rauch um ihren Patiencetisch anblinzelte. Das war alles, was er von ihr bewahrt hatte: die Art, wie sie ihre Zigaretten hielt. Das und die Meißner Porzellanfigürchen. Sonst war nichts mehr übrig. Alles zerstreut. In all den Jahren, die er bei der Selbstzerstörung seiner Klasse zugesehen oder mitgeholfen hatte, hatte er nie bemerkt, daß das gleiche auch mit ihm geschah. Jetzt war es zu spät, all die Spuren seines Selbstverrats zu ihren Ursprüngen zurückzuverfolgen. Er konnte anderen die Schuld geben. Er konnte sagen, er habe einen Pakt mit dem Teufel geschlossen, und konnte dem Teufel die Schuld geben. Aber nein, das war eine Lüge. Das alles, die Auflösung, die selbstzufriedene Preisgabe seines besseren Ich hatte schon viel früher begonnen. Keine Ausflüchte mehr. Er hatte die Ausflüchte satt. Jetzt konnte er sich nur noch an Äußerlichkeiten festhalten, an seinem gewissermaßen weltmännischen Auftreten und natürlich an seinem Scharfsinn.

Und an Asja. Auch an ihr konnte er sich festhalten. Sie war die alte, unverleumdete Vergangenheit, die gute, glaubwürdige Welt, die er mit seinem Leben verraten hatte. Er hatte sein Wort gegeben. Er würde dafür sorgen, daß ihr nichts Böses zustieß. Und dieses Versprechen konnte sogar seine Rettung bedeuten.

Er richtete sich auf. Ein Schrei war zu hören, dann noch einer. Er stand auf, schlang ein Handtuch um seine massige Gestalt und tappte in ihr Zimmer. Sie saß aufrecht im Bett und starrte die Fensterläden an, durch die in Streifen das Licht der Straßenlaterne fiel. Ihre Lippen waren feucht, sie versuchte, etwas zu sagen. Er setzte sich zu ihr, raffte das Handtuch um seinen Bauch und legte einen Arm um sie. Sie verströmte Schmerz. Der Anblick ihrer Augen brachte tief in seinem Innern die Stimmgabel seiner eigenen Angst zum Klingen.

Sie schüttelte sich, rieb sich mit beiden Händen das Gesicht und begann zu zittern. Eine Seite ihres Gesichts war vom Kopfkissen faltig und gerötet. Mit wirrer Stimme brach ein Traum aus ihr hervor: sie sah ihn, genau wie früher, munter die Straße entlangmarschieren.

»Wen?«

»Sergej«, sagte sie. »In Paris, am Café Weber vorbei, in dem ich gesessen habe. Ich konnte mich einfach nicht bewegen.« Rasumkin erkannte, daß sie hatte aufspringen wollen, aus dem Café stürzen und sich in seine Arme werfen, doch im Gefängnis des Traums war sie wie angewurzelt sitzen geblieben. Das Phantom war im Gewühl der Rue de la Madelaine verschwunden.

»Er hat gehört, wie ich ihn gerufen habe, aber dann einfach durch mich hindurchgesehen. Er hat mich gesehen, mich erkannt und sich von mir weggedreht.«

Rasumkin streichelte ihr das Haar. Welch ein Strom von

Leid floß noch immer tief in ihrem Innern! Zitternd starrte sie in das durch die Fensterläden fallende Licht, beherrscht von ihrem Phantom. Sergej würde ewig jenseits des Caféfensters sein, ewig unerreichbar für sie.

Sie wandelte noch immer auf dem verwünschten Boden ihrer Erinnerung. Ach, wie deutlich das war, und wie gefährlich. Auf die Liebe konnte sie nicht mehr zählen, wenn es darum ging, ihre Selbsttäuschung aufrechtzuerhalten. Tief in ihren Träumen suchte ein Teil von ihr noch immer nach der Wahrheit. Sie glich einem Kind mit verbundenen Augen, das mit den Händen ein Zimmer absucht. Eines Tages würden sich ihre blind tastenden Finger dem stillen Fremden nähern, der sich flach an die Mauern ihres Lebens preßte.

Rasumkin saß neben ihr auf dem Bett und fühlte ihren Puls. Sie sah verzweifelt aus und wunderschön, ihre eingesunkenen Augen im Schatten, ihre Wangenknochen von Lichtstreifen überhaucht. Er wollte aufstehen. Sie flüsterte: »Bleib da.«

Also blieb er und streichelte abwesend ihre Hand. Nur mit dem Handtuch bekleidet, kam er sich lächerlich vor, wie ein alter Herr, der die falsche Tür aus dem Dampfraum genommen hat und plötzlich auf der Straße steht. Wie hatte er in seinen besten Jahren nur so ein Wrack werden können? Behutsam legte er seine Füße aufs Bett und zog sich das Handtuch um Brust und Bauch.

»Ich habe mich gehenlassen«, sagte er.

»Ich mich auch«, sagte sie.

»Wir müssen dich wieder in Form bringen. Die Pyrenäen sind steil«, sagte er und drückte ihre Schultern.

Seit Bordeaux hatte sie nicht mehr vom Sterben geredet. Die Sonne und die Ruhe, mit der Josette sie umgeben hatte, hatten ihre Wirkung nicht verfehlt. Sie hatte das Leben wieder in den Griff bekommen, war aber noch immer geschwächt.

»Ich bin keine Bergsteigerin.«

Rasumkin wies auf seine massige Gestalt. »Und ich bin kein Bergführer.«

Sie nahm seine Finger und küßte sie.

»Lapin hat gesagt, ich wäre verrückt, in Paris zu bleiben«, sagte sie. »Aber das ist typisch Lapin – die Vorsicht in Person –, und ich bin, wie ich bin. Ich habe die Deutschen kommen lassen; und Lapin hatte wie immer recht. Und daher werden wir jetzt zu ihm gehen. Aus Schaden wird man klug.«

In den zwanzig Jahren als ihr anrüchiger, aber unentbehrlicher »Onkel« war Rasumkin noch nie so allein mit ihr im Dunkeln gewesen. Sie hob ihr Gesicht. Ihre Lippen streiften seine. Er konnte es kaum glauben. Ihre Hände strichen über seine Brust. Ihm kam das unvorstellbar vor. Aber dann wollte er plötzlich, daß sie all seine aufgestaute Schmach auslöschen sollte. Sie sank zurück und ließ ihn die Falten ihres Nachthemdes auseinanderschieben. Sie ließ sich von ihm berühren und küssen. Sie zog seinen Kopf auf ihre Brüste, und wie ein Mann, dem endlich sein heißester Wunsch erfüllt wird, grub er sich in ihren Körper und wußte, daß sie das gleiche empfand wie er, daß sie alles tun würde, um, wenn auch nur für eine Sekunde, ihre Einsamkeit zu vergessen.

Als Asja am nächsten Morgen erwachte, saß Josette am Frühstückstisch und las im *Nice Matin.* Asja stellte sich hinter sie und sah ihr über die Schulter. In der Zeitung war ein Bild von Pétain, aufgenommen bei einem Besuch in Toulouse; seine leberfleckige Hand schwebte über einem Gewühl ausgestreckter Kinderhände. Es stimmte nicht, dachte sie, daß er jedermanns liebenswerter Großvater war. Kalt und eitel nahm er die Huldigung der Kinder entgegen. Mit ehrfürchtig gerundeten Augen vor der Zauberei der Macht der Erwachsenen sahen sie zu ihm auf. Sie dachte unwillkürlich an ihren eigenen Sohn, wie er seinem Vater am Morgen der Rückkehr ins Gesicht gestarrt hatte, und ihr zog sich das Herz zusammen. Sie schüttelte sich. Diese Erinnerungen mußten aufhören.

Sie roch am ganzen Körper nach Rasumkin. »Josette, ich muß mich waschen«, sagte sie. Als sie in der Wanne saß, beobachtete sie, wie Josette ihre Bettdecke zurückschlug, energisch die Laken glattstrich, kurz innehielt und dann die fleckigen Laken abzog und zusammenpackte.

Es war falsch, verlegen zu sein. Verlegenheit war eine Form von Herablassung gegenüber seinen eigenen Gefühlen. Das war immer ein Fehler. Eine Woge von zärtlichen Empfindungen für Rasumkin durchströmte sie.

»Welcher Tag ist heute?« fragte sie, als Josette vorbeiging.

»Sonntag.«

»Der Wievielte?«

»Der fünfzehnte August, Madame.«

»Ach, Josette«, bat Asja, »sagen Sie Asja zu mir.«

Josette blieb an der Tür stehen und sah zu dem rosa Körper in der Wanne hinein.

»Jawohl, Madame Asja.« Sie beugte sich vor und holte die Seife aus dem Wasser. »Das letzte Stück richtige Seife. Auf dem Markt ist jetzt nur noch Karbol zu haben.«

»Entschuldigen Sie.«

»Gönnen Sie sich nur das Vergnügen, noch einmal gut zu riechen. Warum nicht? Es wird Ihre letzte Chance sein.«

Als Josette sie in Gabys luxuriöse samtweiche Handtücher wickelte und ihr Rücken und Beine abrieb, sagte Asja: »Heute ist der Namenstag meines Vaters. Der Tag des Heiligen Wladimir. Ich sollte zu seinem Gedenken eine Kerze anzünden.«

Und so verschworen sie sich, um Rasumkins strengste Anweisung zu umgehen, die da lautete, niemals die Wohnung zu verlassen. Eine Russin mit Nansen-Paß in einer verbotenen Hafenstadt. Sie sollte sich versteckt halten, bis die Luft wieder rein wäre.

Auf der Straße hielt Asja Josettes Arm umklammert. Sie hatte ganz verlernt, in Schuhen zu gehen. Aus Furcht, Rasumkin zu begegnen, bogen sie von der Promenade des

Anglais ab. In den stickigen Seitenstraßen schienen die Leute ihren Blicken auszuweichen, die Cafés waren unbelebt, verdrossen wischten die Barkeeper mit einem Lappen ihre Theken blank. Vor dem Schaufenster einer Apotheke blieb Asja stehen. Zwischen den staubigen Bruchbändern, Verbandspäckchen und Flaschen stand, an einen Turm Karbolseife gelehnt, ein verstaubter Spiegel, in dem sie sich selbst erblickte. Sie erschrak darüber, wie abgemagert sie war, wie ihr Lippenstift vor der Blässe ihrer Haut leuchtete.

Es hatte lange Abschnitte in ihrem Leben gegeben, in denen die Zeit flau und langsam wie ein sanfter brauner Strom dahingeflossen war, so langsam, daß sie sich etwa auf das unmerkliche Längerwerden von Nikis Gesicht konzentrieren mußte, um überhaupt eine Bewegung des Stroms zu erkennen. So war es in den dreißiger Jahren gewesen. Wenn sie in solchen Momenten in der Wohnung an der Rue de Solferino beim Tee saß und an einem gemütlichen Nachmittag die Dämmerung über Paris hereinsinken sah, vermochte sie geradewegs bis an den Beginn ihres Lebens zurückzublicken, während es vor ihr hinter der nächsten Kurve verschwand. Das Leben hatte ihr damit einen unbeschwerten Augenblick gewährt. Doch als sie jetzt ihr Spiegelbild in dem verstaubten Apothekenfenster sah und erkannte, wie sehr sie gealtert war, hatte sie das Gefühl, als ob die Zeit in eine enge Schlucht hinabstürzte. Sie lehnte sich an die Mauer, um nicht das Gleichgewicht zu verlieren. Über ihrem Kopf ragten finstere Häuser, mit Wäsche behangene Fensterläden und ein schmales Stück Himmel.

Josette nahm ihren Arm, und sie gingen durch die schattige Straße weiter. Unvermittelt tauchte die Kirche auf, zwei schiefergraue Zwiebelkuppeln, umrahmt vom dunklen Schacht der Straße. Sie blieb stehen und starrte die Kirche an, in der ihre Mutter und ihr Vater geheiratet hatten; eine Erinnerung regte sich in ihr und begann durch den dunklen Brunnen an die Oberfläche ihrer Gedanken emporzusteigen. Sie erinnerte sich, wie sie einmal in den Schrank ihrer Mutter geklettert war, wie die Mahagonitür hinter ihr zugefallen war, wie sie im Dunkel der Kleider ihrer Mutter die Hand um etwas Dürres und Kratziges geschlossen hatte, und wie sie, als sie wieder ins helle Schlafzimmer gestolpert war, in ihrer Hand Mutters Brautschleier erkannt hatte, in den eine welke Rose geflochten war.

»Weinen Sie manchmal, Josette?« flüsterte sie.

»Nur wenn es unbedingt sein muß«, sagte Josette energisch und gab ihr ein Taschentuch.

Die alten Frauen, die Kirchenmäuse, die gewöhnlich in Gruppen auf den Hofbänken saßen und miteinander murmelten und schnatterten, waren nirgends zu sehen.

Unter den argwöhnischen Blicken von Passanten läuteten sie an der Tür. Sie ging einen Spalt weit auf, und ein alter Küster mit gelblichem Bart und fleckiger Jacke spähte zu ihnen hinaus. Nein, die Kirche sei geschlossen: keine Messen, die Priester seien weg.

»Meine Eltern haben hier geheiratet.« Das Gesicht des Küsters blieb ausdruckslos.

»Heute ist der Namenstag meines Vaters«, beharrte Asja.

Josette schob ihm einen kleinen Packen Francscheine unter die Nase und stellte einen Fuß in die Tür. Der Küster betrachtete die Banknoten, die wie ein Keil in die Luft zwischen ihnen getrieben waren. Dann ließ er sie mit einem verstohlenen Blick nach links und rechts an sich vorbei durch die Tür treten.

Aus Furcht, Aufmerksamkeit zu erregen, wollte er kein Licht anmachen, und so bildete die einzige Beleuchtung die Kerze, die Asja vor der Ikone des Heiligen Wladimir anzündete. Sie kniete in der flackernden Dunkelheit und spürte die kalten Steine unter ihren Knien; die Stille schien in sie hineinzuströmen, und als sie zu beten begann, empfand sie vollkommenen Frieden an diesem stillen Ort, wo sich Vergangenheit und Zukunft begegneten.

»Ich werde Deine Geheimnisse
nicht wie Judas mit einem Kuß
an Deine Feinde verraten.«

Die kohlschwarzen Augen des Heiligen Wladimir leuchteten hart und streng auf sie herab. Sie bekreuzigte sich und betete, daß Zeit und Vergessen niemals ihre Erinnerungen trüben möchten. Sie hätte nicht sagen können, ob sie überhaupt an irgend etwas glaubte. Aber sie betete trotzdem: ihre Gebete waren Zaubersprüche geworden, die sie anstimmte, um die entweihte Vergangenheit wiederherzustellen.

»Doch wie ein Dieb will ich mich zu dir bekennen.«

Der Sog der Zeit trug sie in die Familienkapelle zurück, und sie sah wieder ihren Vater, das Gesicht umwölkt von Trauer, die Ikone aus dem Altarraum tragen. Sie wußte, dies war immerhin ein Augenblick gewesen, in dem ihr skeptischer Geist endlich einmal überwältigt worden war, in dem sie die Kürze des ihr auf Erden zugemessenen Lebens ganz deutlich empfunden hatte.

»Nicht bis zum Jüngsten Tag oder zur Verdammnis,
sondern bis zur Heilung meiner Seele und meines Leibes,
Amen.«

Die Kerzenflamme glomm ruhig in der Dunkelheit. Sie machte das Kreuzzeichen und erhob sich in dem Bewußtsein, daß sie mit dieser Flucht in die Vergangenheit aufhören mußte, daß sie sich jetzt mit diesen feuchten Steinen, mit dieser ovalen Flamme, mit diesem an sie herantretenden Küster und mit Josette, die sie beim Arm nahm, zu befassen hatte. An der Tür wandte sie sich um und warf einen letzten Blick zurück auf die eine Kerze in der Finsternis und den billigen Heiligen Wladimir in seiner Nische. Sie wußte, daß der

Küster die Kerze löschen würde, sobald sie außer Sicht wäre.

Draußen im hellen Sonnenschein nahm sie Josette beim Arm, und sie machten sich rasch auf den Weg. Sie konnten die Wohnung schon sehen, als Josette plötzlich stehenblieb. Das Hoftor ging auf, und mehrere Polizisten liefen hinein. Josette schwenkte Asja herum, stieß sie in ein Café und schritt dann energisch auf das Gebäude zu.

Asja begab sich an einen Ecktisch. Sie bestellte einen *diabolo menthe*, und als er gebracht wurde, saß sie ganz still und preßte ihre Hände um das kühle grüne Glas, damit sie aufhörten zu zittern. Hatte sie ihre Spuren beseitigt? Eine überzählige Zahnbürste im Bad, Geruch in den Laken, die Kaffeetasse auf dem Tisch am offenen Fenster: alles konnte sie verraten.

Gerade da kam wachsamen Schrittes Rasumkin am Fenster vorbei. Er trat ein, nahm ihre Hand, küßte sie und bestellte einen Cognac. Er sagte, sie müßten sich beeilen. Er kippte den Cognac mit einem Ruck hinunter, langte in seine Westentasche, legte einen Schein auf den Tisch und bot ihr seinen Arm. Seine Galanterie war beunruhigend.

Sie gingen durch die stickigen Straßen, bis sie glaubte umfallen zu müssen. Als er endlich sicher war, daß die Männer sich verzogen hatten, führte er sie durch den Eingang, ließ das Hoftor hinter sich einschnappen und zischte: »Tu das nie wieder.«

Josette zog sie in ihr Zimmer hinter den gelben Vorhängen. Asja setzte sich auf Josettes Bett. Das Zimmer war winzig: ein Bett, darüber ein Kreuz, eine Marienfigur, ein Kleiderschrank, ein Paar Pantoffeln, ein Glas auf dem Nachttisch.

Die Polizei hatte die Wohnung durchsucht und nichts gefunden. Nur, und hier sah Josette Asja an: »Es gibt da ein Problem. Ich benutze keinen Lippenstift, Madame.«

Asja stellte sich den Daumen eines Polizisten vor, der neugierig über einen narbenartigen roten Fleck am Rand ihrer Kaffeetasse rieb.

Rasumkin und Asja saßen stumm auf dem Bett und ließen Josette das Kommando übernehmen. Die Polizei würde wiederkommen. Morgen müßten sie weg. Für den Fall, daß die Polizei käme, um Josettes Behauptung zu überprüfen, sie benutze während der Abwesenheit ihrer Herrin deren Wohnung, werde sie oben schlafen, in Gabys Bett. Rasumkin wurde von Josette mit einer schlichten Geste hinausgeschickt. Er sollte sie am Bahnhof treffen; der Zug um halb sechs nach Marseille.

Josette zündete eine Kerze an und schob Asja durch eine Tür, die in den Keller führte. Dort war auf dem Boden ein Bett vorbereitet. Asja kniete sich hin und öffnete die Tasche, die Josette für sie gepackt hatte: Gabys Nachthemd und etwas Unterwäsche, die unmöglich Gaby gehören konnte: einfaches, praktisches weißes Baumwollzeug, ein Schlüpfer, ein paar Strümpfe. Josette hatte Asja zuliebe ihre eigene Garderobe geplündert.

»Warum tun Sie das für mich?«

Josette fragte scharf: »Warum verstecken Sie sich?«

»Weil ich Gurewitsch heiße. Ich habe einen Mann geheiratet, der auf der Seite der Polen kämpft und jetzt vielleicht schon in deutscher Gefangenschaft ist. Weil wir nicht interniert werden wollen.«

»Und Monsieur Rasumkin, warum versteckt er sich?«

»Weil auch er ein Russe ist.«

»Diese Polizisten, Madame, waren nicht von hier. Die hiesigen kenne ich. Aber diese waren aus Paris.«

»Ich verstehe nicht.«

»Madame, wenn Sie beide bloß Ausländer am falschen Ort oder mit falschen Papieren wären, wäre das eine Sache für die hiesige Polizei. Dafür schicken die Pariser keine Leute her.«

Paris konnte bedeuten: die Deutschen, die Gestapo.

»Dieser Mann sagt Ihnen nicht alles, was er weiß.«

Da Asja nicht wußte, an welchem Punkt Josettes Zweifel ansetzten, sprudelte sie mit schamrotem Gesicht blindlings drauflos. Sie kenne Rasumkin so gut wie sich selbst, doch während sie das sagte, ging ihr auf, daß dies überhaupt nicht stimmte. Ja, er sei wegen dieser Abtreibungsgeschichte relegiert oder exkommuniziert worden, oder wie man das bei Ärzten nenne, aber er habe seine Praxis wiederbekommen, und sie und Serjoscha und Botynskij – und jetzt wurde ihr bewußt, daß sie nur noch wirres Zeug redete – seien praktisch wie Brüder und Schwester.

Josette unterbrach sie. »Die Leute aus Paris geben sich nicht mit Abtreibungen ab. Deswegen würden sie nicht hierherkommen. Sie müssen sich selbst fragen, weshalb die Pariser Sûreté hinter diesem Mann her ist.«

Asja war sprachlos. Josettes Schatten flackerte im Licht der Kerze über die niedrigen schwarzen Kellerwände. Sie war also Rasumkins Komplizin. Aber wenn es so war, welches Verbrechen hatten sie begangen? Es war ihr wie ein Kinderspiel vorgekommen, als er die neuen Reisepapiere auf dem Tisch ausgebreitet hatte: sie sollte die alte Asja Galizin spielen, er einen Dr. Gabriel Pinceau, der seine Patientin nach Perpignan und von dort in ein portugiesisches Sanatorium begleitete. All diese so teuer erkauften beruhigenden Stempel und Unterschriften, all diese Papiere begannen vor ihren Augen zu verschwimmen. Was nach einer spielerischen Maskerade ausgesehen hatte, schien auf einmal mit sämtlichen Lügen ihrer Situation vermint. Und zu dem allen kam der Gedanke, daß sie mit ihm geschlafen hatte. Ihr Mund war ganz trocken.

»Ich bin sehr dumm gewesen, Josette.«

Josette verschwand die Kellertreppe hinauf und kam dann mit einer Schale Brühe zurück, deren Dampf im Licht der Kerze wirbelnd aufstieg. Asja schlürfte die Suppe, und Josette sah ihr zu; sie saßen nebeneinander auf dem kleinen Strohsack auf dem gefliesten Fußboden. Asja wollte ihren

Kopf in Josettes Schoß legen, aus dieser beengenden Gegenwart zu der hellen Lichtung ihrer Vergangenheit zurückfliegen. Sie wußte, daß sie dagegen ankämpfen mußte, jetzt mehr denn je.

»Warum tun Sie das für mich, Josette?«

Josette antwortete so leise, daß Asja es kaum hören konnte. »Weil Sie so naiv sind,«

Es war noch dunkel, aber die Bahnhofshalle war bereits gedrängt voll mit unrasierten entlassenen Soldaten in zu großen Regenmänteln, Frauen und Kinder, die auf ihren zerfetzten Habseligkeiten dösten, Männer mit Baskenmützen, die vor Eisenbahnbeamten mit ihren Papieren fuchtelten, Gepäckträger, die *»Passage, Passage«* riefen, Zeitungsverkäufer, die ihre Rolläden hochkurbelten und stapelweise den *Nice Matin* hineinschleppten. Als sie sich durch den Bahnhof schoben, flüsterte Josette: »Er belügt Sie.«

Was konnte sie nur machen, dachte Asja. Sie hatte keinen Mann, keine Eltern. Olga und Dimitrij waren zu alt, um sie zu beschützen. Sie hatte nur noch Lapin, und der war in England. Wer sonst außer Rasumkin konnte sie dorthin bringen?

Rasumkin stand an der Sperre, neben dem Bahnsteigschaffner und dem Gendarmen, der die Papiere kontrollierte. Er lüftete seinen alten Panamahut und verneigte sich höflich in Richtung Josette, die ihn ignorierte.

Es war unmöglich, Josette zu umarmen und ihr all das zu sagen, was zu sagen war. Asja streckte bloß die Hand aus und sagte: »Danke.«

»Ein andermal, Madame«, sagte Josette. In diesem Augenblick sah Asja sie, wie sie ihr für immer im Gedächtnis bleiben sollte: die kalte trockene Hand, die sie entgegenstreckte, das strenge Gesicht, umrahmt von grauem Haar und Kopftuch, die Andeutung eines Schnurrbartes auf ihrer Oberlippe und ein frostiges Lächeln. Ein andermal? Wann würde das sein?

Rasumkin nahm Asja beim Arm und ging mit ihr den Bahnsteig entlang. Als sie in den Wagen stieg, drehte sie sich um, aber Josette war schon weg.

Der Wagen war überfüllt mit Soldaten auf der Heimfahrt und Familien auf der Flucht, und jeder einzelne war mit seiner Furcht allein. Rasumkin schob ihr den Handschuh vom

Handgelenk und fühlte ihr den Puls. Seine Berührung erfüllte sie mit Ekel. Der Argwohn war ihr durch alle Poren gedrungen.

Josette hatte recht. Sie war in erschreckendem Ausmaß naiv gewesen. Sie spürte, daß sie in einer besseren Zeit geboren worden und daher für die jetzt herrschende Gemeinheit nicht tauglich war. Nun aber würde sich das ändern: es würde sich ändern müssen.

Während der Zug die Südküste entlangstürmte, durch Tunnel brauste und dann wieder an den strahlenden Saum des Wassers hinabstürzte, erkannte sie am beißenden Geruch seines Körpers neben ihr, daß Rasumkin Angst hatte. Gut, dachte sie. Das werde ich ausnutzen. Als der Zug zwischen den von Menschen wimmelnden Bahnsteigen des Gare St. Charles von Marseille zum Stehen kam und die anderen Passagiere aus dem Wagen stiegen, zischte sie ihm zu: »Die Männer, die Gabys Wohnung durchsucht haben, waren aus Paris. Bloß wegen ein paar Russen wären die nicht gekommen. Also raus mit der Sprache. Rasumkin, wozu dieser Wirbel?«

Rasumkin wischte sich mit einem Taschentuch übers Gesicht, fuhr mit einem Finger um das fleckige Band seines Panamahuts und sah mit rotgeränderten Augen zu ihr auf.

»Du kennst mich. Das ist keine schöne Geschichte. Ich bin nicht stolz darauf. Es gibt vieles, weswegen diese Leute aus Paris mich suchen könnten. Du brauchst mich nicht. Es wäre sicherer, wenn du mich zurücklassen würdest. Am besten gleich hier.«

Und er zog seine Brieftasche, nahm ihre Papiere heraus und gab sie ihr. »Geh.«

Damit hatte sie nicht gerechnet. Gewappnet für den Kampf mit der Unehrlichkeit, wurde sie von der Wahrheit entwaffnet. Sie wußte, er meinte es ernst, diesmal war mit Bitten nichts bei ihm auszurichten. Seine wehmütig beschämte Miene, die Art, wie er seinen Hut anstarrte und mit traurigen

Händen um die Krempe fuhr, all das weckte die Erinnerung an ihre gemeinsamen Jahre und seine unbelohnte Hingabe. »Lüg mich nicht an, Rasumkin«, sagte sie nachgebend.

»Ich schwöre es«, sagte er.

Rasumkin folgte ihr nach draußen. Wie eine Königin stieg sie auf den Bahnsteig, drehte sich um Knöchel und Ferse und rückte mit einer behandschuhten Hand ihren Haarknoten zurecht. Der Bahnsteig war schwarz von Menschen; für Rasumkin war nur sie allein ruhig und distanziert. Die Massen schwemmten sie auf die Sperre zu. Ganz Frankreich, dachte Rasumkin, wurde durch solche verstopften Reusen geschleust, und an jeder einzelnen warteten Männer in Regenmänteln, um ein oder zwei zappelnde Wesen aus dem Wasser zu ziehen. Alliierte Soldaten auf der Flucht, Holländer, Belgier, antinazistische Deutsche, antifaschistische Italiener, Juden, Kriminelle, entlassene Soldaten, alles drängte mit gesenkten Blicken und hochgeklappten Kragen auf die Sperre zu; Juden, die sich als Nichtjuden ausgaben, Deutsche, die sich als Franzosen ausgaben, und alle miteinander gaben sich als harmlose Nullen aus. Ein nüchterner Betrachter würde den Marseiller Gare St. Charles als ein Theater gesehen haben, in dem verzweifelte Amateure zum Zeitvertreib einiger gelangweilter Polizisten in Regenmänteln tausend Melodramen gleichzeitig aufführten. Die einzige, dachte Rasumkin, die überhaupt keine Rolle zu spielen schien, war Asja. Sie ging voran, und er betete, ihre Unerschütterlichkeit möge sie beide retten. An der Sperre wandte sie sich um und wartete, während er mit den Fahrkarten herumfummelte; gelassen sah sie zu, wie ihre Papiere kontrolliert wurden. Ich werde bei dir bleiben wie ein Hund, dachte er, als sie den Zug nach Perpignan bestiegen.

Ihr Reiseziel konnte man kaum als unverfänglich bezeichnen: es war allgemein bekannt als Ausgangsort für alle, die über die Berge fliehen wollten. Schon waren die Wagen voller Leute, die sich gegenseitig musterten und nach potentiellen Komplizen und potentiellen Verrätern suchten. Als sie ihre Plätze einnahmen, kam es Rasumkin in den Sinn, daß sie noch immer dieselben Sachen trugen, die sie auf der Flucht aus Paris getragen hatten: Asja ein graues Kammgarnkostüm und einen Übermantel; er selbst seinen arztüblichen Nadelstreifenanzug, der jetzt zerknittert und durchgeschwitzt war. Sie erregten Aufsehen. Man musterte im Wagen ihre Kleider und sah ihnen prüfend in die Gesichter.

Rasumkin hatte auf das Chaos des Augenblicks gesetzt, und jetzt war es ihm unheimlich, auf welch heimtückische Art das normale Leben sich wieder behauptet hatte. Der Zug fuhr pünktlich ab, die Kontrolleure machten ihre Runden durch die Wagen; die große Maschine des Lebens fing allenthalben wieder zu laufen an. Nur die Zeitungen, die die Leute lasen, zeugten noch davon, daß sie in die scharfe, schroffe Atmosphäre der neuen europäischen Ordnung geraten waren. Die Schlagzeilen schrien: Hitlers Warnung an Großbritannien; neue Rationierungsvorschriften; ein Photo von Pétain und Laval beim Händeschütteln. Die Öffentlichkeit brüllte so laut, daß jedes private Gespräch zu einem Flüstern wurde. Und jeder im Wagen wich den Blicken seines Nachbarn aus.

Sobald der Zug wieder durch offene Landschaft rollte, bahnte Asja sich einen Weg durch den Korridor und schloß sich im Waschraum ein. Sie mußte von ihm wegkommen, Bestandsaufnahme machen. Als der Zug rasend um eine Kurve fuhr, lehnte sie sich an die Wand und stemmte einen Fuß an den Sockel des Waschbeckens. Ihr Gesicht im Spiegel war bleich, und das Taschentuch in ihrer Hand war mit winzigen Blutflecken besprenkelt. Draußen jagte die Welt vorbei; Licht und Schatten spritzten über das Milchglas des Waschraumfensters, durch dessen Spalt heiße trockene Luft hineinpfiff. Einatmen, sagte sie zu sich. Ausatmen. Vertraue ihm.

Der Zug schaukelte. Als sie durch den Korridor zurückging, flatterten die orangen Vorhänge wie verrückt in den offenen Fenstern. Die Zugpfeife kreischte, und als sie sich wieder neben ihn setzte, hatte sie rasendes Herzklopfen. Er drückte seine Finger auf ihren Puls, nahm eine Pille aus seinem Köfferchen und gab sie ihr. Als sie sie schluckte, sah die alte Frau gegenüber von ihrem Strickzeug auf, und ihr dumpfer, ausdrucksloser Blick sagte Asja, daß sie es fertigbringen würde, ihrer Verhaftung zuzusehen, ohne eine Masche fallen zu lassen.

Endlos zog die Ebene der Camargue vorüber, das vom Mistral niedergewalzte Schilfrohrdickicht, die Pferde auf den kahlen abgebrannten Äckern. Am Rand des Horizonts schimmerte die metallene Linie des Meeres auf. Auf einer weißen Straße entlang der Eisenbahnböschung sah sie, verschwommen im Staub, einen Mann und einen Jungen auf einem Eselskarren. Ein Straßenschild schoß vorbei: Aigues Mortes, 10 Kilometer.

Vom Zugfenster aus waren die Türme der befestigten, von der Flut eingeschlossenen Stadt über den zerknickt hängenden Schilfwedeln gerade noch sichtbar. Rasumkin stieß sie sachte an die Schulter. Sie wußte, daß er sie an den Strand von La Tour des Sphinguettes erinnern wollte, aber sie wandte den Blick vom Fenster und schloß die Augen. Dieser Tag am Strand – der letzte Tag vor Sergejs Rückkehr – gehörte in den versiegelten Raum ihrer Vergangenheit, und den wollte sie nicht öffnen. Rasumkin sah sie an. Sie hatte die Augen geschlossen, ihr Daumennagel kratzte an der Unterseite ihres Eherings, die andere Hand hielt das Taschentuch umklammert. Der Zug raste am Strand entlang, vorbei an den sichelförmigen, lichtblitzenden Flutmarken. Als er daran dachte, wie sie an jenem Nachmittag nackt aus dem Meer gekommen war, stieg bei der Erinnerung an ihr glänzendes tierisches Wohlbehagen ein Stöhnen in ihm auf.

Als der Zug im Bahnhof von Perpignan zum Stehen kam, schreckte Asja aus dem Schlaf. Er führte sie über die Bahnsteige zum Anschlußzug. Die Strecke nach Port-Vendres führte am Meer entlang. Es war spät am Nachmittag. Sie saßen allein im Abteil, und Rasumkin begann zu reden, als hätte dieses Alleinsein eine Last von ihm genommen; doch Asja konnte seinen Worten nicht folgen. Er drückte ihre Hand, fühlte ihr den Puls, hielt ihr das Mineralwasser an die Lippen. Wasser tropfte auf ihren Hals und auf ihr Kleid. Er tupfte es mit seinem Taschentuch ab und wedelte sich mit dem Panamahut Kühlung zu. Das Signalhorn dröhnte, und sie saß zwischen Schlaf und Wachen. Schwarze Schatten schraffierten die Strände, an denen die Waggons entlangschwankten.

Sie wußte, daß sie angekommen waren, daß man ihr in ein Auto geholfen hatte. Durch ein Fenster wehte der Duft von Thymian und kühler Abendwind. Dann wurde sie über einen Flur geschoben, und jemand zog ihr die Kleider aus und legte sie in ein Bett. Ein schreckliches Chaos von Bildern ging ihr durch den Kopf: Niki spielte am Strand mit einem Drachen; Sergej lag unter einem Schirm im Sand und beobachtete sie über den Rand seiner Lesebrille; Botynskij bat sie mit einem flehenden Blick durch seine dicken Brillengläser, sie solle etwas sagen, ihre Hand durch die Finsternis nach ihm ausstrecken. Er wollte etwas von ihr, er brauchte ihre Hilfe, aber sie brachte kein Wort heraus.

Unter der Tür am Fußende ihres Betts lag wie eine leuchtende Narbe ein Lichtstreifen. Sie wußte, daß Dr. Feldman endlich gekommen war. Sein Bart roch nach Pfefferminz, seine kühle Hand lag auf ihrer Stirn. Aber sie wußte auch, daß dies nicht Dr. Feldman war und daß sie nicht wirklich im Haus ihres Vaters war. Mit erschöpfter Neugier fragte sie sich, ob sie im Sterben liege.

»Reisen ist vollkommen ausgeschlossen.«

»Selbstverständlich, vollkommen ausgeschlossen.« Rasumkins Stimme. Dann Geflüster. Sie konnte nichts hören.

Es währte lange, bis sie die Augen aufschlug. Ein Mann, nicht älter als Niki, wusch ihren Arm mit einem Schwamm.

»Wer sind Sie?«

»Majiec. Aus Łódź. Sind Sie Jüdin? Wir alle hier sind Juden.«

Sie schüttelte den Kopf.

Er ging ans Fußende des Betts, schob die Decken zurück und begann ihre Füße einzuseifen. Er tat all das sehr bedächtig, wie jemand, der in Gedanken versunken ist oder an einem Schock leidet. Er trug eine weiße Krankenhausjacke, eine graubraune Militärhose und staubige Stiefel. Er war klein und drahtig, und sein schmales blasses Gesicht war seit einer Woche nicht mehr rasiert worden.

»Mein Mann war Pole. Ich meine, er ist in Chelm geboren«, sagte sie.

Majiec trocknete ihr die Füße ab. »Aber Sie sind Russin.«

»Er war Russe und hat für die Polen gekämpft.«

»Ist er jetzt tot?«

Sie nickte.

Majiec schwieg. Er reichte ihr eine Zeitung. Sie sah nach dem Datum. Eine Woche war sie also schon hier.

»Wo ist Rasumkin?«

»Der Arzt? In Perpignan. Kommt heute abend wieder.« Dann zeigte er auf einen Artikel in der Zeitung. »Sehen Sie sich das an.«

Asja las die Verfügung des Hôtel du Parc in Vichy. Sie brauchte lange, bis ihr klar wurde, daß die Vichy-Regierung mit diesem Erlaß allen Personen jüdischer Rasse oder solchen, die mit Juden verheiratet waren und nach dem Januar 1932 in Frankreich eingebürgert worden waren, die französische Staatsbürgerschaft entzog. Majiec gab sich philosophisch. »Schweine sind das.« Er ließ sie nicht aus den Augen.

Nach einer Weile sagte er: »Wir haben dieselben Schwierigkeiten.«

Als sie in seinem Alter gewesen war, hatte sie nie geglaubt, daß ihr jemals etwas Böses zustoßen könnte. So war das, wenn man jung war. Aber jetzt, mit vierzig, mit der Zeitung und diesem abscheulichen Erlaß wie ein Schmutzfleck auf ihrem Bett und dem stechenden Schmerz in ihren Lungen und diesem fremden abgemagerten Flüchtling neben ihr, fühlte sie sich nur noch wie eine verängstigte Frau in den mittleren Jahren, deren Überlebenschancen allenfalls fünfzig zu fünfzig standen. Mit einer trockenen, beklommenen Stimme, die sie nicht als die ihre erkannte, sagte sie: »Wir haben dieselben Schwierigkeiten.«

Den Weg, den dieser Junge hinter sich hatte, konnte sie sich leicht vorstellen: auf allen vieren an Panzerkolonnen vorbeikriechen, in Gräben und unter Hecken schlafen, Rüben nagen und Mülltonnen plündern und schließlich vollkommen erschöpft hier landen, in einem Sanatorium zehn Kilometer vor der spanischen Grenze. Er zog ihr das Krankenhaus-Nachthemd über die Füße, strich die Decke glatt und ging die Waschschüssel ausleeren. Von Bett zu Bett behandelte er all die Frauen mit der gleichen besitzergreifenden Aufmerksamkeit, wusch ihre schlaffen Gliedmaßen, rieb sie mit Handtüchern trocken, ordnete ihr Bettzeug und schüttelte ihnen die Kopfkissen auf.

Den Rest des Tages lag sie wach und sah der Sonne bei ihrem Gang über den Himmel zu.

Es war schon ein richtiges Sanatorium: weiße Wände und Jalousien, ein langer Krankensaal voller Betten, eine eben um die Ecke verschwindende Schwesternhaube und Majiecs weiße Pflegerjacke. Ein grüner Linoleumflur, in dem vier Frauen weit auseinander in Betten lagen. Sie starrten an die Decke und standen nur auf, um mit dem teilnahmslosen Gang von Klinikbewohnern zum Bad zu schlurfen.

Zwei Betten weiter lag eine Frau mit schmalem olivgrauem Gesicht, deren kleine Hände unablässig die Bettdecke glattstrichen. Einmal griff sie zu einem Taschenspiegel, legte mit einer energischen Geste dunkelroten Lippenstift auf, ließ sich wieder zurücksinken und starrte an die Decke. Am Ende des Tages tappte sie an Asjas Bett vorbei und sah dann aufs Meer hinaus. Als sie zurückkam, flüsterte sie plötzlich auf deutsch: »Guten Abend.«

Tränen traten Asja in die Augen, als sie diese Sprache hörte, die einst in einem verlorenen Kontinent namens Europa zum Allgemeingut aller kultivierten Menschen gehört hatte.

Es wurde dunkel, aber niemand im Krankensaal schien zu schlafen. Die vier Frauen, getrennt von leeren Betten, lagen schweigend zusammen wach und lauschten in die Nacht; ihre gemeinsame Qual hielt in der Dunkelheit Zwiesprache. Dann vernahm sie seine Schritte, das Quietschen der Schuhe bei seinem schleppenden Gang durch den Korridor.

Rasumkin nahm den Hut ab und wischte sich über den roten Rand auf seiner Stirn. Er zog ein in Papier gewickeltes Stück Wurst aus seiner Manteltasche, spießte mit seinem Taschenmesser eine Scheibe auf und hielt sie ihr hin. Sie aßen schweigend. Sie gab ihm die Zeitung und wies auf den Erlaß. Er nickte.

»Ich dachte, du hättest dich vielleicht abgesetzt«, sagte sie.

»Wie kannst du nur so etwas denken«, sagte er müde.

Rasumkin rutschte auf seinem Sitz hin und her. »Ich habe Josettes Bruder gefunden. Es fährt ein Zug. Der *contrôleur* ist ein Freund, der *douanier* ist ein Freund.« Und mit einem Tonfall ironischer und freudloser Ungläubigkeit fügte er hinzu: »Kein Problem.« Wieviel hatte es ihn gekostet, fragte sie sich, sie bis hierher zu bringen, und wie viele Geldscheine waren in dem Beutel in seiner Innentasche noch übrig? Seinem Gesicht war anzusehen, wie anstrengend die heimlichen Treffen im Palmarium, im Tintin, im Café de la Gare gewesen waren.

»Wann?« fragte sie.

»Donnerstag, halb sechs.«

»Geh ohne mich«, sagte sie.

»Ausgeschlossen. Ich habe ein Versprechen abgegeben.« Rasumkin drehte die Zeitung um: 300 Flugzeuge über London, totale Zerstörung der Docks. Das sollte sie besser nicht sehen: Lapin war dort, er stand unter dem offenen Himmel, und die Bomben fielen wie Regen.

»Was sagst du da?«

»Ich habe es Sergej versprochen.«

»Das hast du mir nie erzählt.«

Hoffnung verabreichen, dachte er. Du mußt ihr genau die richtige Dosis geben. Rasch fügte er hinzu: »Du darfst nicht an ihn denken, du kannst es dir nicht leisten, dich von irgend etwas ablenken zu lassen.« Seine Stimme erhob sich von einem Flüstern zu einem heiseren Flehen.

»In Paris treibt man jetzt die Kommunisten zusammen«, sagte er, um sie schroff auf den Boden der Tatsachen zurückzuholen. »Jedenfalls geht in Perpignan dieses Gerücht um.« Er verschwieg seine Überzeugung, daß auch Jacquot dabei verhaftet worden war. Er drehte sich um und sah nach der Deutschen im übernächsten Bett.

»Aus Köln«, flüsterte er Asja zu. »Lungenentzündung. Hat sechs Wochen lang in Abwässerkanälen geschlafen. Konnte kaum noch gehen, als man sie dort rausgeholt hat.«

Asja wußte, daß überall auf dem Kontinent Menschen auf der Flucht waren – diese Frau aus Köln, Majiec, vielleicht auch Sergej –, sie schliefen in Gräben, rannten ungeschützte Straßen entlang, Angst und Hunger in den Eingeweiden, und im Kopf wie ein auf dem Höhepunkt des Films im Projektor steckengebliebenes Bild den vorweggenommenen Augenblick des Verrats. Und hinter ihnen allen auf der Flucht verlassene Zimmer, eine Uhr, die langsam ablief, Milch, die auf einer Fensterbank sauer wurde, ein Telefon, das nicht mehr läutete, Schubladen und Schränke voller Kleider, Spielzeug auf einer Treppe, ein offener Federhalter auf einem Schreibtisch, die Tinte an der Spitze trocknete ein; die Zeit hatte ausgesetzt, wartete auf den Stiefel, der krachend die Tür eintrat.

Was mochten sie in der Rue de Solferino tun, fragte sie sich mit erschöpfter Gleichgültigkeit. Und dann fiel ihr machtvoll etwas ein, das wirklich wichtig war.

»Wo ist Niki?« flüsterte sie.

Rasumkin war zu müde für Ausflüchte. Die Wahrheit glich einem schweren Paket, das er allzulange getragen hatte und endlich abstellen wollte.

»In Paris, bei der deutschen Botschaft.«

»Mit Manfred?«

Rasumkin nickte.

»Was soll das heißen?

»Als Dolmetscher.«

Als Dolmetscher. Aus der Sprache der Herren in die Sprache der Besiegten, aus der Sprache der Häscher in die Sprache der Gefangenen. Sie sank auf das Kissen zurück und starrte in die Nacht hinaus.

Die Deutschen in der Botschaft, dachte Rasumkin grimmig, dürften allesamt Nikis unschuldige Vorurteile bestätigt haben. Sie waren alle wie Manfred: gebildete junge Männer, die mit den Scheußlichkeiten, die sich im Keller des Hôtel Lutetia abspielten, nichts zu tun haben wollten.

Lange Zeit saß er bei ihr, während sie nur dalag und in die Nacht starrte. Wie mochte das wohl sein, fragte er sich, Kinder auszutragen, wie Frauen es taten, neben ihnen zu liegen, wenn sie schliefen, in ihrer Welt aus Gespenstern und Spielen zu leben, sie unerbittlich über sich hinauswachsen zu sehen, in ihren Gesichtern nach den schwachen Spuren ihrer selbst zu suchen, in ihren jugendlichen Stimmen die eigene verschwundene Zuversicht und Tapferkeit zu hören? So wie sie hatte zusehen müssen, wie die Kluft zwischen ihr und ihrem Sohn immer tiefer wurde und wie er sich vor Widerstand und Überzeugung immer mehr versteifte, das mußte ein Gefühl gewesen sein, als ob man sie in zwei Teile spaltete. Und jetzt war er zum Feind übergelaufen.

Als Rasumkin sie so betrachtete, erkannte er, daß eine seiner Erlösungsphantasien in ihm abgestorben war. Er hatte sich immer gefragt, ob eigene Kinder ihn vielleicht gerettet hätten, ihn zu einem anständigen Mann hätten machen können. Aber keine Frau hatte je daran gedacht, mit ihm Kinder zu bekommen, und wenn er sich Asjas verlassene und verzweifelte Miene ansah, wurde ihm klar, als was für ein Segen sich das nun herausgestellt hatte. Er stand auf, drückte ihre Hand an seine Lippen und wandte sich in den Korridor. Sie lauschte dem Quietschen seines schaukelnden Gangs auf dem Linoleum, hörte ihn die Treppe hinabsteigen.

Sie war besessen von den Einzelheiten, wie jemand, den eine gewaltige Last auf dem Rücken nach vorne beugt, nur noch die Steine, die Grashalme, die Fahrspuren zu seinen Füßen sehen kann. Ob Niki eine Uniform trug? Ob er die Hakken zusammenschlagen mußte? Ob er diesen obszönen Gruß verrichten mußte? Sie hielt sich die Hände vors Gesicht.

All diese verwirrten Mütter, von denen sie in den Zeitungen gelesen hatte: wie sie sich im Zeugenstand erhoben, zu ihren Söhnen auf der Anklagebank hinübergesehen und zum stummen Spott aller Anwesenden im Gerichtssaal gesagt hatten, daß er ein guter Junge sei, wirklich ein guter Junge. Jetzt begriff sie. Jetzt erkannte sie, wie unmöglich es war, anderen das Gute eines Kindes zu vermitteln, wie starrsinnig eine Mutter allen Tatsachen zuwider daran festhalten konnte. Das Gute war im Duft seiner Haut, im Glanz seines Haars, wenn sie es streichelte, im Geruch seines Schlafs, wenn sie neben ihm lag. Sie verspürte den absurden Wunsch, diese Tatsachen als mildernde Umstände anzuführen, um Gnade für ihn zu erwirken.

Sie betrachtete ihre Hände. Manche Narben verblaßten, verschmolzen mit der Haut, und man suchte vergebens nach ihren Spuren. Aber diese eine würde immer bleiben, ein sauberes, weißes Mal auf ihrem Körper. Sie fühlte sich alt, verletzt und leer. Alles, was sie verloren hatte, lag dort neben ihr.

Als sie in das Taxi stieg, das sie zum Zug an die Grenze bringen sollte, wußte Rasumkin, daß sie Niki aus ihren Gedanken verbannt hatte. Sie verfügte über die Fähigkeit, ihre eigenen Gefühle unbarmherzig abzutöten. Als das Taxi auf dem Bahnhofsvorplatz an schwarzgekleideten Männern in staubigen Stiefeln vorbeifuhr, die im Café de la Gare an einem Tisch saßen und Pastis tranken, an diesen alten Katalanen, die wußten, daß in diesem Bahnhof niemand unschuldig eine Reise antrat, fühlte Rasumkin sich selbst von ihrem kalten Elan ergriffen.

Ihm wäre der Fußweg lieber gewesen; sicherer, aber zu anstrengend. Majiec hatte sogar angeboten, sie hinzubringen. Die Wege waren gut markiert, und einer dieser Männer im Café hätte sie gegen Bezahlung über die Grenze geführt. Doch Asja war zu schwach, um über die Berge zu klettern, und er hatte versprochen, bei ihr zu bleiben, sie in Sicherheit zu bringen, sie von ihrem Sohn zu trennen. Er hatte sein Versprechen gehalten. Was auch immer man sonst über ihn sagen konnte, diese eine anständige Tat ließ er sich nicht nehmen. Sie durchfuhren eine Kurve, und vor ihnen erstreckte sich die wellige Landschaft Spaniens. Jetzt konnte er sich zum erstenmal sein Leben als ein unbeschriebenes Stück Papier vorstellen. Er würde wieder praktizieren. Kein Makel würde an ihm haften. Die Patienten würden in Scharen zu ihm kommen; wie eine Taufe würde ihn das Überschreiten der Grenze in ihren und seinen Augen reinwaschen. Und mochten die Engländer auch verlangen, daß er sein medizinisches Examen noch einmal ablegte: er würde es bestehen. Er war jung, noch keine fünfzig. Die Harley Street lockte. Neben seiner Tür würde ein matt leuchtend poliertes Messingschild hängen. Asja würde ihn lieben. Weitere Nächte wie die in Nizza, als sie im Streifenlicht der Jalousien beieinander lagen, taten sich vor seinen Augen auf.

Cerbère kam immer näher. Die Bahnstrecke führte durch einen Engpaß zwischen Meer und Berghang, und dann wurde der Zug von Tunneln verschluckt. In dem Abteil war es stockfinster, dann schlagartig wieder hell. Der Hang neben den Geleisen war steil und mit losem Geröll bedeckt, als könnte ein einziger falscher Schritt einen Erdrutsch auslösen.

Der Zug kam knirschend zum Stehen. Sie standen auf einer Eisenbahnbrücke, die über die zwischen die Felsen einer halbrunden Bucht eingeklemmte Hafenstadt hinüberführte. Aus einem Fenster sahen sie auf die Schieferwand, und aus dem anderen blickten sie auf ein Hotel, eine Bar, zwei Palmen, einen staubigen Platz und ein Stück Strand hinab: Cerbère, Cerberus. Kein Mensch auf den Straßen. Es war spät am Nachmittag. Die Schatten waren schwach, der Himmel grau und schwer.

Rasumkin zupfte sie am Ärmel und zeigte.

Josettes Bruder kam langsam die Brücke entlanggeschritten. Als er ihr Fenster erreicht hatte, nickte er kurz und bückte sich dann, um die Bremsen unter ihrem Fenster zu überprüfen. Hinter ihm konnten sie einen Grenzposten sehen, der in seinem Umhang auf der Brücke auf und ab ging.

Die Abteiltür wurde aufgeschoben. »Ihre Papiere.«

Die Revolver an ihren Hüften waren kleiner als die, die sie in amerikanischen Filmen gesehen hatte; die braunen Lederhalfter glänzten vom häufigen Gebrauch. Der eine schien Spanier zu sein, der andere Franzose. Die Schirme ihrer Dienstmützen verdeckten ihre Augen. Es war schwer zu erkennen, was für Männer das sein mochten.

»Die Patientin Galizin?«

»Ja.«

»Zum Sanatorio da Gama in Lissabon?«

»Ja.«

»Ihr Bruder erwartet Sie dort?«

»Ja.« Eine Lüge.

»Eingebürgert am 30. April 1928?«

»Ja.« Noch eine Lüge.

Asja sah den Stempel über ihren Papieren schweben und sich dann wie ein Kuß darauf senken. Die Männer tippten an ihre Mützen und waren verschwunden. Sie sah aus dem Fenster. Sie wollte Josettes Bruder noch einen raschen Dank zuwinken, aber er war nicht mehr zu sehen. Rasumkin wischte sich die Stirn, stieß einen langen Seufzer aus und zog an seiner Krawatte.

Der Zug schob sich langsam weiter und kam unter einem staubigen Glasdach rüttelnd zum Stehen. Gegenüber ein rissiges blaues Emailleschild mit der Aufschrift »Gare de Cerbère«. Rasumkin fuhr sich mit den Händen übers Gesicht und blickte auf den Boden. Asja beobachtete, wie die französischen und spanischen Zollbeamten aus dem Zug stiegen und über den Bahnsteig gingen. Einer nahm sein Käppi ab und kratzte sich am Kopf; der andere zündete eine Zigarette an. Feierabend. Sie sah den Bahnsteig auf und ab. Kein Restaurant, kein Kaffeewagen, kein Zeitungsstand. Die Glasscheiben des Bahnhofsdachs waren streifig und grau. In Gedanken spielte sie mit einem Wort: *Voksal:* das russische Wort für Bahnhof. *Vauxhall:* im achtzehnten Jahrhundert ein Vergnügungspark am Südufer der Themse. Der Name einer britischen Eisenbahnstation. Ein Stadtteil von London. Jedenfalls hatte Nanny Saunders das erzählt. Bald würde sie dort sein, geborgen in Vauxhall. Sie blickte zu dem verschlierten Glasdach des Bahnhofs auf. Eine Taube kreiste mit ausgestreckten Krallen und ließ sich auf dem Rand einer geborstenen Scheibe nieder. Auf dem Bahnsteig ihr gegenüber wartete ein Mann, der einen Pappkoffer und ein in Papier gewickeltes Rad eines Fahrrades neben sich stehen hatte. Wo mochte er mit diesem Rad hinwollen, fragte sie sich. Warum sah er so niedergeschlagen aus?

Die Abteiltür glitt auf. Ein Mann griff in die Innentasche seines Anzugs und zog eine Brieftasche und eine Dienstmarke hervor. »Polizei. Sie begleiten mich.«

Rasumkin erhob sich und setzte bedächtig den Hut auf. Dann hielt er ihm seine Papiere hin.

»Was soll das?« fragte sie. Sie konnte das Gesicht des Polizisten unter der Hutkrempe nicht sehen.

Er sagte: »Sie können gehen. Der Zug nach Barcelona und Lissabon fährt in einer Stunde ab.«

»Ich reise mit meinem Arzt.«

»Er hat einige Fragen zu beantworten.« Rasumkin stand grau und schwitzend auf dem Korridor und hielt die Hände vor sich ausgestreckt, als trüge er bereits Handschellen. Jetzt waren noch andere Männer in den Wagen gestiegen. Sie nahmen die Koffer von den Gepäcknetzen und gingen zum Büro des Bahnhofsvorstehers voran. Die Gesichter im Zug sahen der Prozession nach: Rasumkin, von zwei Männern eingerahmt, die ihn leicht an den Ellbogen gefaßt hielten, dahinter Asja. Zwischen zwei Waggons erblickte sie Josettes Bruder, der die Verbindung prüfte. Da stand er, zwei Meter von ihr entfernt, hielt mit behandschuhten Händen sein Zugeisen gepackt und wandte den Blick ab.

Im Büro des Bahnhofsvorstehers wiederholte man, daß sie nicht gebraucht werde. Sie könne ihre Reise fortsetzen. Sie zwang ihre Stimme in einen Kommandoton.

»Ohne meinen Arzt kann ich nicht weiterreisen. Was haben Sie mit ihm vor?«

Niemand antwortete. Rasumkin saß zusammengesunken auf einem Stuhl weiter hinten im Büro. Neben ihm standen die zwei Männer in Anzügen. Einer telefonierte gerade. Rasumkin blickte auf und flüsterte tonlos durch die offene Tür: »Geh.«

Sie schüttelte den Kopf.

Sie brachten ihn weg, führten ihn eine steile eiserne Wendeltreppe hinunter auf die Straße. Von oben sah sie staubige Palmwedel und dann Rasumkin, barhäuptig, den Hut in der Hand, an jedem Arm von einem der Polizisten festgehalten. Er verschwand in der Gendarmerie auf der anderen Seite des

Platzes. Sie sah sich in dem Büroraum um: eine Schreibmaschine, ein Michelin-Kalender. Ein kleiner Mann, den sie vorher nicht gesehen hatte, lehnte in der Tür des inneren Büros und beobachtete sie. Das Telefon klingelte. Er nahm ab, horchte hinein, sah sie an, zog an seiner Zigarette und drückte sie aus. Er kam auf sie zu.

»Ihre Papiere, Madame?«

»Ich habe meine Papiere bereits vorgezeigt.«

»Polizei, Madame.«

Er konnte ebensogut dreißig wie fünfzig sein. Seine Hände, die ihre Papiere untersuchten, waren sauber und blaß. Eine dünne Staubschicht bedeckte seine polierten schwarzen Schuhe. Seine Züge waren verschwommen, sein Haar kurz geschoren. Sein Schnurrbart sah aus wie angemalt, und er trug schwarze Onyxknöpfe an den Manschetten.

»Einige Fragen. Folgen Sie mir.«

»Sie haben gesagt, ich könnte gehen.«

»Nur ein paar Fragen.«

Er folgte ihr die eiserne Treppe auf die Straße hinunter. Sie blieb mit ihrem Absatz an einer Stufe hängen. Er wartete hinter ihr, bis sie den Schuh wieder freibekommen hatte. Durch das Eisengitter unter sich sah sie auf den Wipfel einer Palme.

Auf der leeren Straße ging er neben ihr. »Ich suche Sie beide schon seit geraumer Zeit.« Sie sagte nichts darauf.

»Ich habe sogar Ihre Freunde, die Urusows, besucht.«

Wütend fuhr sie herum. »Ich habe keine Ahnung, warum Sie uns verhören. Aber was auch immer dahinterstecken mag, diese beiden alten Leute wissen nichts. Die sollten Sie in Ruhe lassen.«

Mit amüsierter Miene hielt er ihr die Tür auf, als sie in das Gendarmeriegebäude traten. Ein langer Korridor, glänzendes Linoleum unter dem Licht einer Glühbirne, der Geruch von Bleichmitteln, eine Tür, das Geräusch ihrer Schuhe, das Geräusch ihres Herzens, die Schritte unmittelbar hinter ihr. Eine Hand öffnete die Tür vor ihr, und sie trat ein.

Er glitt an ihr vorbei und setzte sich hinter einen Schreibtisch. Suchte nach Papier, einem Federhalter, schlug einen neuen Aktenordner auf und brach zufrieden die Bindung auseinander. Nur für sie beide war er aus Paris hierhergekommen. Hinter sich, gleich neben dem trüben Fenster, das auf die Straße hinausging, spürte sie die Anwesenheit eines weiteren Polizisten. Von der Wand hinter dem Schreibtisch starrte Pétains Porträt auf sie hinab.

»Sie sind mit Sergej Gurewitsch verheiratet?«

Sein Federhalter schwebte über dem Papier.

»Ja.«

»Aber Sie reisen unter dem Namen Galizin.«

»Mein Mädchenname. Mein Mann ist tot.«

»Ihr Mann hat Frankreich am 16. Juni 1939 verlassen.«

Lügen konnte sie nicht, da man sie durchschauen würde; aber auch die Wahrheit konnte sie nicht sagen, da diese, auch wenn sie nicht wußte wie, Rasumkin belasten würde.

»Er ist für Polen in den Krieg gezogen. Seither habe ich ihn nicht mehr gesehen. Ich nehme an, er ist tot.«

»Verstehe.« Der Federhalter schwebte noch immer über der Akte. »Was sagt Ihnen der Name Ignatij Reiss?«

Nichts, abgesehen von dem Artikel in der Emigrantenzeitschrift. »Ignatij Reiss wurde 1937 am Stadtrand von Lausanne ermordet. Er war sowjetischer Agent und hatte einen Befehl, nach Moskau zurückzukehren, verweigert. Ich habe davon gelesen, wie alle anderen auch.«

Der Federhalter schwebte noch immer, das Papier war noch immer leer.

»Ihr Mann – wo war er, als Sie die Meldung über Reiss' Tod gelesen haben?«

Sie hörte wieder das Knistern in der Leitung, Sergejs Stimme: »Ich bin in Genf.«

»Wie?«

»Du kennst mich doch.«

»Ich kenne dich«, lachte sie.

»Es hat sich etwas ergeben, ein mögliches Geschäft; deswegen bin ich jetzt hier im Grand Hôtel du Parc. Bin morgen abend zurück.«

»Ich habe mir Sorgen gemacht. Ich wußte nicht, wo du steckst.«

Sie konnte sich Wort für Wort daran erinnern, an das Knistern in der Leitung, seine Stimme, hell und amüsiert, erfreut, sie zu hören. Sie fühlte ihr Herz klopfen.

»Ich bestehe auf einer Schweizer Uhr. Als Wiedergutmachung. Ich bestehe darauf.« – Es war ein Scherz. Eine Uhr war ihr vollkommen gleichgültig.

»Gemacht«, sagte er; und plötzlich auf russisch: »Ich küsse dich.« Und dann Klicken und Knistern, und sie hielt nur noch den Hörer in der Hand.

»Wo war er?« wurde die Frage wiederholt.

»Geschäftlich unterwegs.«

»Wo?«

»Zunächst wegen einer Bauholzlieferung in Riga, und dann in München, glaube ich.« Sie kam sich dumm vor: der Mann kannte die Antworten doch schon.

»Und in Genf. Von dort hat er mich angerufen.« Und beschämt fügte sie hinzu: »Diese Uhr hat er mir mitgebracht.«

Der Inspektor beugte sich nachsichtig vor und betrachtete die Uhr. »Aha.«

Unwillkürlich sah sie plötzlich eine verschneite, von Stiefeln zertrampelte Waldlichtung vor sich; am Boden schlug ein zerschossener Körper mit gespreizten Beinen um sich, und Henkersknechte sahen zu, wie die Hände sich in den Boden krallten.

»Unmöglich.«

»Was ist unmöglich?«

»Was Sie mit Ihren Fragen unterstellen.«

»Ich unterstelle überhaupt nichts, Madame.«

Er taxierte ihren Ekel, ihr Erstaunen. Na gut, dachte sie. Jetzt muß ich meinen Ekel einsetzen. Und meine Angst.

»Sie denken, zwischen der Reise meines Mannes in die Schweiz und dem Mord an Ignatij Reiss besteht ein Zusammenhang.«

Sein Blick blieb gelassen. Er wartete, daß sie weiterredete.

»Das ist nicht möglich. Verstehen Sie, ich würde davon gewußt haben.«

Weil wir uns doch so nahe waren. Es konnte zwischen uns kein Geheimnis geben. Ich habe zwanzig Jahre lang an seiner Seite geschlafen. Ich weiß, was er im Schlaf gemurmelt hat. Ich kenne jede Falte, jedes Haar an seinem Körper. Ich habe ihn alt werden sehen, ich habe gesehen, wie er jeden Morgen seine Gymnastik getrieben hat, und ich habe sein vor Anstrengung verzerrtes Gesicht gesehen. Ich habe gewußt, was sein Leben ihn kostete, welche Schäden reparabel waren und welche nicht. Ich wußte alles. Wir konnten einen ganzen Tag verbringen, ohne miteinander zu sprechen, und wenn wir so nebeneinander auf der Couch vor den Balkonfenstern saßen und lasen, konnte ich aus der Art, wie er die Seiten umschlug oder wie er aufblickte und in die Ferne sah, auf seine Stimmung schließen und auf seine Anteilnahme an dem, was er gerade las. Unsere Gesichter waren für uns gegenseitig so durchsichtig wie Wasser: wir konnten jede Bewegung in der Tiefe erkennen. Meine erste Liebe, mein erster Seelenverwandter. Nein. Es ist nicht möglich.

»Also schön.« Der Inspektor wechselte das Thema. »Sie haben Wladimir Isaakowitsch Botynskij gut gekannt?«

»Er ist voriges Jahr im April gestorben.«

»Ganz recht, Madame. Meine Frage lautete: Haben Sie ihn gut gekannt?«

Er kannte die Antwort. Aber woher?

»Wir waren befreundet. Besonders 1919, nach meiner Ankunft in Paris.«

»Wir kennen die Briefe.«

»Was für Briefe?« Sie errötete, fingerte an ihrer Uhr, ihrem Ehering.

»Die Sie ihm geschickt haben. Die er aufbewahrt hat.«

»Die gehen die Polizei nichts an.«

»Selbstverständlich nicht, Madame.«

Sie sah die Briefe jetzt vor sich: in einer Keksdose oben auf diesen verrückten durchgebogenen Regalbrettern in diesem dunklen Zimmer unterm Dach, ein fest verschnürtes Bündel, nicht sehr viele, zwanzig Jahre alt. Sie dürften zeitlich geordnet sein; die Umschläge waren bestimmt beigefügt. Mit solchen Kleinigkeiten war Botynskij sehr gewissenhaft, während alles Größere, wie etwa sein Leben, ihn in Verwirrung stürzte. Offenbar hatte man die Wohnung komplett auseinandergenommen. Sie konnte sich vorstellen, wie dieser Polizist da vor ihr Botynskijs Regale demontierte, Bücher in Stücke riß und Schubladen durchwühlte. Für Männer wie ihn mußten solche Hausdurchsuchungen sehr befriedigend sein, eine bestialische Abwechslung vom Alltag in den Bürostuben. Gut. Sie war wütend. Die Wut half ihr, sich auf dieses Büro in der Gendarmerie von Cerbère zu konzentrieren, auf die graugrünen Wände, das fleckige Licht, das schräg durch das schmutzige Fenster auf den Teppich fiel, das glattrasierte, rosa Gesicht dieses Mannes, seinen gestutzten Schnurrbart, seine völlige Undefinierbarkeit, seine verächtliche Gelassenheit und aufgesetzte Höflichkeit.

»Sein Tod hat Ihnen großen Kummer gemacht?«

»Sie kennen die Antwort auf diese Frage. Sie haben ja die Briefe gelesen.«

Jetzt hatte sie den Köder geschnappt, er sah zufrieden drein.

»Und sein Tod hat Sie überrascht?«

Sie sah Botynskij, wie er sonntags nach dem Mittagessen ausgestreckt auf dem Boden ihres Wohnzimmers lag und langsam ein- und ausatmete, während Sergej auf dem Sofa saß und ohne ihn zu beachten die Seiten von *Le Matin* umschlug und Niki einen Zug um Botynskijs Beine steuerte.

»Er hatte schon immer ein krankes Herz. Nein, es hat mich nicht überrascht.«

Er schrieb etwas auf, unterbrach sich und sah sie mit einem dünnen Lächeln an: »Im Gegensatz dazu hat es uns sehr überrascht. Unangenehm überrascht.«

Sie konnte es nicht ausstehen, wie er an seinen Manschetten zupfte, sich nach vorn beugte und schon im voraus genoß, was er sagen wollte.

»Monsieur Botynskij hatte uns gute Dienste geleistet. Er war sehr nützlich für uns gewesen, und daher waren wir natürlich sehr überrascht. Sie haben nicht gewußt, daß er uns geholfen hat?«

Die Frage war überflüssig. Die Antwort stand auf ihrem Gesicht geschrieben.

Oh, Gott, nein. Unmöglich. Doch unwillkürlich tauchte er vor ihr auf – ihr Botynskij: in irgendeinem schäbigen Café hielt er seine Hand über die Sprechmuschel eines Telefons gewölbt, und seine wäßrigen Augen zuckten hinter den Brillengläsern hin und her.

»Ich glaube Ihnen kein Wort.«

»Wie Sie wollen, Madame, aber ich kann Ihnen sagen, daß Ihr Monsieur Botynskij uns im Fall Ignatij Reiss ganz besonders behilflich gewesen ist.« Er klopfte auf einen Aktenordner. »Es wäre törich von Ihnen, mir nicht zu glauben.«

Der Haken saß in ihrem Mund. Er zog die Schnur ein.

»Und Dr. Rasumkin?« fuhr er fort.

»Mein Arzt. Seit zwanzig Jahren.«

»Und offenbar auch der von Monsieur Botynskij.«

»Ja.«

»Und Dr. Rasumkin ist folglich auch geholt worden, um Monsieur Botynskijs Tod in dessen Wohnung zu bestätigen.«

»Ja.«

Sie glaubte zu ersticken. Das Licht in den Fenstern war verblaßt. Auf der anderen Straßenseite, in einer anderen Welt, sah sie im Café de la Gendarmerie ein einzelnes Paar. Zehn Meter entfernt speiste man zu Abend. Durch das offene Fenster hörte sie Gabeln klappern und Glas auf einem Tisch klirren.

Er las jetzt aus einer anderen Akte vor. »Rasumkin, Ilja Iljonowitsch, geboren am 13. Dezember 1894 in Paris, kein Militärdienst, einzige Stütze seiner kränkelnden Mutter, Examen an der École de Médecine im Jahre 1917, mit zweiundzwanzig. Sehr jung für einen Studienabschluß – ein hervorragender Beginn.« Der Polizist gefiel sich in seinem ironischen Tonfall.

»Er hat mich von meinem Sohn entbunden.«

»Und daher hängen Sie offenbar an ihm. Schon gut. Aber jetzt ergeben sich einige Schwierigkeiten. 24. April 1926, Verhandlung in Erster Distanz vor dem Gerichtshof Paris, Anzeige von Madame Gaston Dulhumeau, einer Patientin, wegen Körperverletzung. Klage aus Mangel an Beweisen abgewiesen. Und dann das hier.«

»Die Abtreibungsgeschichte«, sagte sie leise.

»Ach, Sie wußten davon? Verstehe. Ja, die Abtreibungsgeschichte. Es mag verständlich sein, daß er als Gynäkologe in so etwas hineingeraten ist, aber leider hat es bei dem Mädchen Nachblutungen gegeben, und die Eltern haben Anzeige erstattet. Das hat ihn seine Approbation gekostet. Jedenfalls vorübergehend.«

Hier blickte er auf. »Und da hat er Drogen verkauft. Haben Sie das gewußt?« fragte er neugierig.

Sie log. »Es gab ein Gerücht.«

Er sah lächelnd von seiner Akte auf. »Das Gerücht war zutreffend. Er ist Apotheker geworden, Apotheker der Pariser Gesellschaft. Sie sind mit Kokain und Heroin vertraut?«

»Nur mit den Namen.«

»Er war mit den Dingen selbst vertraut. Und ab und zu hat auch er uns ein wenig geholfen.«

Jetzt erkannte sie den Fleck, der sich auf seinem Leben ausgebreitet hatte. Jedermanns Lieblingsonkel, der unermüdliche Freund, pausbäckige Spaßvogel, Liebling der Familien.

Man hatte ihn erpreßt. Die Polizei wußte, sobald ein Mann in Unehre gefallen war, konnte sie ihn benutzen. Es dürfte nicht schwergefallen sein, Rasumkin dazu zu bringen. Das war ihr klar, sie hatte sich diesen Gedanken zuweilen selbst erlaubt. Er kannte seltsame Leute, bei Tisch erzählte er Geschichten, die nicht ganz sauber klangen. Und dann sein Kumpan Jacquot, der sich immer so verdächtig aufführte, wie ein Schmalspurgauner, und den Sergej als Chauffeur eingestellt hatte. Was hatte Rasumkin mit einer solchen Person zu schaffen? Die Tatsachen sprachen alle gegen ihn, aber...

»Ich halte zu meinen Freunden«, hörte sie sich mit frostiger Stimme sagen.

»Das kann man wohl sagen. Nie eine Frage gestellt.«

»Sie haben Ihre Treuepflichten, ich habe meine.«

Er klappte den Ordner zu.

»Die habe ich allerdings. Ich bin sehr loyal. Ich kümmere mich um meine Leute. Und genau aus diesem Grund führen wir dieses Gespräch. Verstehen Sie, Monsieur Botynskij war einer meiner Leute. In meinem Gewerbe kann man es sich nicht leisten, die eigenen Leute zu Schaden kommen zu lassen. Ich kann das nicht ungestraft durchgehen lassen. Ich meine, was wäre denn ein Polizeibeamter ohne seine Informanten? Wo käme ich hin, wenn jeder kleine Ganove glauben würde, er könnte jemanden, der für mich arbeitet, einfach so umbringen? Dafür haben Sie doch sicher Verständnis. Denn Sie sind intelligent und vielleicht sogar aufrichtig. Wir haben ein nützliches Gespräch gehabt, und jetzt wollen Sie bestimmt Ihren Freund wiedersehen.«

Sie drehte sich um, als Rasumkin durch die Tür geführt wurde. Er hielt etwas in seinem Taschentuch und kam auf sie zu. Man setzte ihn neben sie. Rasumkin sah sie nicht an. Seine Lippen waren leicht mit blutigem Speichel verschmiert. Er blickte auf seine Hände hinunter. In dem Taschentuch hielt er seine Vorderzähne.

Sie stand auf. Rasumkin murmelte etwas, wollte sie an ihrem Mantel wieder auf ihren Stuhl ziehen, aber sie schlug mit beiden Fäusten auf den Schreibtisch und schrie: »Dazu haben Sie kein Recht! Hören Sie sofort auf damit! Auf der Stelle!«

Der Inspektor verstand sie vollkommen, er verstand, daß ihr furchtloses Auftreten ihrem Namen zuzuschreiben war, ihrer Vergangenheit, ihrer unerschütterlichen Illusion, daß ein bloßer Polizeibeamter ihr niemals Angst machen konnte. Daher sagte er ganz ruhig: »Was glauben Sie eigentlich, wo Sie hier sind? Wie kommen Sie darauf, daß ich Ihnen überhaupt zuhören muß? Setzen Sie sich«, und er winkte den Mann zur Seite, der bereits Anstalten machte, sie mit Gewalt auf ihren Stuhl zu drücken. Er wußte, daß sie sich hinsetzen würde.

»Schon besser. Wir wollen die Lage noch einmal betrachten. Ich möchte, daß Sie diese Angelegenheit mit meinen Augen sehen. Unsere Interessen, die meines gegenwärtigen Arbeitgebers genau wie die meiner früheren« – und hier begann er auf und ab zu gehen und machte vor dem Porträt Pétains eine ebenso spöttische wie ehrerbietige Handbewegung – »sind fest umrissen. Es ist uns vollkommen gleichgültig, daß die sowjetischen Geheimdienste nun seit bereits fünf Jahren in verschiedenen europäischen Ländern die führenden Mitglieder von Leon Trotzkijs Organisation, darunter seinen Sohn Leon Sedow, ins Jenseits zu befördern trachten. Auch kümmert es uns nicht im geringsten, daß sie Ignatij Reiss oder irgendwelche anderen Agenten umbringen wollen, denen das sowjetische Experiment plötzlich nicht mehr ganz geheuer vorkommt. Das ist deren Sache, und da wollen wir uns gar nicht einmischen. Um so besser, wenn die Russen sich gegenseitig umbringen. Wir sind allein daran interessiert, sicherzustellen, daß die, die für *uns* arbeiten, nicht zufällig auch für *sie* arbeiten. Und genau das ist jetzt unser Problem. Wie Sie wissen«, und wieder wies er auf Pétains Porträt, »legt unser neuer Arbeitgeber großen Wert auf die Ausrottung – ich zitiere ihn wörtlich – des kommunistischen

Einflusses auf unsere neue politische Ordnung.« Er fühlte sich großartig. Solche Gelegenheiten ergaben sich nicht jeden Tag. Die Fahrt nach Cerbère war ein voller Erfolg gewesen.

»Sie können ohne weiteres nachvollziehen, wie sehr es uns beunruhigen würde, sollte sich herausstellen, daß eine derartige Infiltration im Zentrum unserer Organisation stattfindet. Und das ist, wie Sie jetzt verstehen werden, der Grund für unser Interesse an Rasumkin. Der übrigens ein alter Freund von mir ist.«

Rasumkins Kopf schaukelte hin und her. Er hielt sich das Taschentuch vor den Mund. Seine Kleidung war weder zerrissen noch beschmutzt. Er hatte nur einen einzigen Schlag erhalten.

»Nun, wie Sie sehen, hat Dr. Rasumkin zwei Zähne eingebüßt, und dennoch bleibt er bei seiner Behauptung, Monsieur Botynskij sei an einem Herzinfarkt gestorben.«

Der Inspektor stand jetzt vor ihr. Er war kleiner, als sie gedacht hatte. Er roch nach Eau de Cologne: offenbar legte er Wert auf eine elegante Erscheinung. Sie hatte das Gefühl, sich übergeben zu müssen.

»Madame Galizin, Ihr Freund hat sich töricht angestellt. Wie Sie selbst zu begreifen scheinen, ist es besser, die Wahrheit zu sagen.«

Sehr leise fragte sie: »Wie können *Sie* denn die Wahrheit wissen?«

Er griff in die Tasche seines blauen Zweireihers, wickelte einen Gegenstand aus seinem Taschentuch und legte ihn vor sie auf den Schreibtisch. Eine Drahtbrille, von irgendeinem Aufprall verbogen, Glasscherben hingen noch an den Rändern.

»Gehört diese Brille Dr. Rasumkin?« Und er klappte sie vor Rasumkins gesenktem Kopf auf. »Offenkundig nicht. Das Gesicht Ihres Arztes ist zu breit, zu dick. Wem kann sie also gehören?«

Ach, mein armer Botynskij, tastest im Dunkeln, während

deine Angreifer die Tür eintreten, suchst im Dunkeln nach dieser Brille, während sie schon fällt und unter einem Absatz zersplittert, und du schreist.

»Dieser Fehler verwirrt mich, Doktor, verwirrt mich wirklich. Was hat Sie nur dazu gebracht, ein derart belastendes Beweisstück in einen Lappen zu wickeln und unter dem Waschbecken im Bad Ihrer Wohnung zu verstecken? Wozu die Mühe, ein so schmutziges Geheimnis aufzubewahren?«

Rasumkin weinte tonlos und hielt sich das blutige Taschentuch vor den Mund.

»Sie hatten es doch geschafft. Wir hatten nichts in der Hand. Sie waren zurückgekehrt, hatten die Wohnung aufgeräumt, die Spuren des Kampfs beseitigt, den Stuhl neben dem Bett wieder aufgestellt, den Teppich geradegerückt, die Leiche wieder in ihre Schlafposition gebracht. Eine entzükkend umsichtige Vorgehensweise. Und dann haben Sie die Concierge als Zeugin geholt, den Puls gefühlt, den Patienten für tot erklärt, auf die Uhr gesehen, um die Zeit zu notieren, die Polizei angerufen, auf unser Eintreffen gewartet, sämtliche Fragen beantwortet und den Schein ausgestellt; direkt unter meiner Nase haben Sie ihren untadeligen Weg beschritten. Denn ich bin doch dabeigewesen, stimmt's?«

Asja weinte vornübergebeugt und hielt sich die Ohren zu.

»Und daher verstehe ich das mit dieser Brille nicht. Warum Sie sie aufbewahrt haben. Wollten Sie insgeheim sich selbst belasten, um Ihre schließliche Bestrafung zu gewährleisten? So etwas gibt es.«

Rasumkin wischte sich das Blut vom Mund und betrachtete seine rotverschmierte Hand.

»Sind Sie sentimental? Sie waren nicht nur eng mit Botynskij befreundet, sondern auch sein Arzt. Also ist die Brille ein kleines Andenken, das Sie an ihn erinnern soll?«

Während er sprach, sah der Inspektor Asja an. Sie hatte den Kopf in ihren Händen vergraben.

»Dicke Männer sind leicht zu bemitleiden. Bei dicken

Männern wird man leicht sentimental. Sogar ihre Fehler, ihre Reibereien mit dem Gesetz verleihen ihnen einen gewissen zusätzlichen, mitleiderregenden Charme, finden Sie nicht auch?« Der Inspektor wandte sich an Rasumkin. »Es ist natürlich, daß Sie sich für einen sentimentalen Menschen halten, Doktor. Immerhin sind Sie Russe. Die Tränen kommen Ihnen schnell, wie ich sehe. Aber –«

Asja blickte auf und wischte sich mit dem Ärmel die Augen trocken. Der Inspektor beugte sich dicht vor Rasumkins eingesunkenes Gesicht.

»Doktor, Sie sind kein sentimentaler Mensch. Die Brille ist kein Andenken, und Sie sind auch viel zu sehr um Ihr Überleben besorgt, als daß Sie einen solchen Fehler machen oder den Wunsch verspüren würden, sich selbst zu belasten. Es bleibt also nur ein einziger Grund, warum Sie ein so entscheidendes Beweisstück in Ihrem Badezimmer versteckt haben können.«

Rasumkin erhob sich taumelnd und legte seine blutverschmierten Hände auf den Schreibtisch.

»Hinsetzen, Rasumkin. Ich wiederhole, es bleibt nur ein einziger Grund, und zwar folgender: Sie wollten diejenigen, die seine Ermordung angeordnet hatten, erpressen können. Für alle Fälle. Falls man Sie selbst bedrohen sollte. Habe ich recht?«

Rasumkin murmelte etwas zwischen seinen eingeschlagenen Zähnen. »Lassen Sie sie gehen. Es besteht kein Anlaß, sie damit zu quälen. Sie weiß nichts. Ich schwör's. Ich schwöre, sie weiß nichts.« Er war in die Enge getrieben, er wankte, klammerte sich an die Strohhalme seiner Ehre. Wenn man schon die Wahrheit aus ihm herausprügelte, dann sollte sie, wenn das alles einmal vorbei wäre, immerhin wissen, wie sehr er hier und jetzt darum gekämpft hatte, sie zu retten.

»Sehr rührend, Rasumkin. Ihr Wunsch, sie zu beschützen.«

Rasumkin legte seine blutigen Hände auf den Schreibtisch

und flüsterte undeutlich zwischen den fehlenden Zähnen hervor: »Marceau. Wir kennen uns. Wir haben zusammen gearbeitet. Sie sind kein Sadist. Dafür sind Sie viel zu ehrgeizig. Sie wollen Ergebnisse haben. Ich sage Ihnen, aus ihr ist nichts herauszuholen. Lassen Sie sie gehen.«

Sie packten Rasumkin am Hals und stießen ihn so heftig auf seinen Stuhl zurück, daß er aufheulte wie ein geprügelter Hund.

»Aufhören!« flehte Asja.

Marceau winkte die beiden Männer weg.

»Setzen Sie sich, Madame. Nun sagen Sie mir, was wissen Sie von dieser Sache?«

Sie sank auf ihrem Stuhl zusammen und legte, am ganzen Leibe zitternd, die Hände vors Gesicht. »Nichts«, flüsterte sie.

Marceau hielt sich eine Hand hinters Ohr und beugte sich zu ihr hinunter, ohne dabei Rasumkin aus den Augen zu lassen. »Wie war das?«

»Nichts.«

Er zündete eine Zigarette an, begann im Zimmer herumzugehen, sah aus dem Fenster nach dem Café, drehte sich wieder um, musterte sie eingehend und schritt dann weiter auf und ab. Eine Minute verstrich. Dann sagte er mit nachdenklicher Stimme: »Keine Anzeichen von Kampf, keine Blutergüsse. Unser Pathologe hat die Leiche von oben bis unten abgesucht. Nichts. Verschluß der Herzkranzgefäße als Todesursache durchaus wahrscheinlich. Also, was ist geschehen, Ilja Iljonowitsch?«

Rasumkin saß zusammengesunken auf seinem Stuhl. Die beiden Männer standen unmittelbar hinter ihm. Er sagte nichts.

»Hat Jacquot ihn zu Tode erschreckt, oder hat er Ihre Hilfe gebraucht?«

Rasumkin antwortete nicht. Marceau trat hinter ihn, beugte sich vor und flüsterte: »Eine mit Luft gefüllte Spritze? Eine Luftblase in die Blutbahn gejagt?«

Rasumkin schüttelte langsam den Kopf. Einer der Männer holte zum Schlag aus. Marceau winkte ab. »Einzelheiten. Unwesentlich.«

Wieder trat Schweigen ein, gefolgt von Rasumkins Atemgeräuschen und Asjas Schluchzen.

»Ein erbärmlicher Anblick«, sagte Marceau, indem er die beiden auf den Stühlen vor seinem Schreibtisch betrachtete. Er kam um den Schreibtisch herum und kniete sich so vor Asja hin, daß sie ihr Gesicht nicht vor seinem verstecken konnte.

»Ihr ehemaliger Liebhaber arbeitet als Spitzel für die Polizei. Ihr Arzt wirkt an seiner Ermordung mit. Ihr –«

Rasumkin packte Marceau am Arm und stieß einen rauhen Schrei aus. »Marceau! Aufhören! Ich werde Ihnen alles erzählen.«

Die beiden Männer packten ihn und drückten ihn auf den Stuhl zurück. Marceau stand auf, klopfte sich den Ärmel ab, wo Rasumkin ihn angefaßt hatte, und ging langsam wieder hinter den Schreibtisch.

»Lassen Sie sie gehen«, flüsterte Rasumkin. »Ich werde Ihnen alles sagen, wenn Sie sie gehen lassen.«

Marceau sah ihn an. »Warum sollte ich? Im Moment kommen wir doch recht gut voran.«

»Sie weiß nichts. Sie hat nie etwas gewußt. Lassen Sie sie gehen. Wenn Sie sie in den Zug setzen, werde ich Ihnen alles erzählen.«

Marceau sah auf seine Uhr. Er zündete eine Zigarette an und blies den Rauch nach oben, so daß er das Porträt Pétains vernebelte. »Warum sollte ich, Ilja Iljonowitsch? Warum sollten meine Männer Ihnen nicht noch die übrigen Zähne ausschlagen? Die Methode scheint Erfolg zu haben.«

Rasumkin flüsterte: »Mit meiner Methode wird es schneller gehen.«

Marceau ging lächelnd im Zimmer auf und ab. Dann blieb er stehen, und eine weitere Minute verging, als er über Rasumkins Vorschlag nachdachte. Schließlich sagte er, an Asja gewandt, die noch immer mit den Händen vorm Gesicht auf ihrem Stuhl zusammengekauert saß: »Sie haben Glück, Madame Galizin, daß Ilja Iljonowitsch und ich so gut miteinander bekannt sind. Ich kenne ihn besser als Sie, denn im Gegensatz zu Ihnen weiß ich im allgemeinen, wann er lügt und wann er die Wahrheit sagt. Und heute, Madame, haben Sie Glück, denn zufällig sagt er die Wahrheit.« Er schnippte den beiden Männern zu. »Bringt sie zum Zug.«

Sie leistete keinen Widerstand, als sie sie hochhoben und zur Tür begleiteten. Sie wandte sich um. Rasumkin saß mit dem Rücken zu ihr zusammengesackt auf dem Stuhl vor Marceaus Schreibtisch, der Kopf war ihm auf die Brust gesunken. Marceau stand hinter dem Schreibtisch, er stützte sich mit den Händen auf, und seine Finger waren gespreizt wie die Klauen eines Raubtiers nach dem Fressen.

Die Tür fiel hinter ihr zu, und man führte sie durch den dunklen Flur auf die Straße. Über dem Platz, am Bahnsteig oben am Ende der Wendeltreppe, stand der Expreßzug und stieß Rauch aus seinem Schornstein. Sie brachten sie die Treppe hinauf, holten ihre Koffer aus dem Büro des Bahnhofsvorstehers, setzten sie in ein Abteil, gaben ihr ihre Papiere zurück und hoben zum Abschied die behandschuhten Hände an ihre Dienstmützen.

Das Abteil war leer. Sie saß steif da, den Blick starr geradeaus; ihre linke Hand umklammerte ein Taschentuch, die rechte hielt Fahrschein und Paß. Der Zug fuhr an. Sie drehte sich um und sah aus dem Fenster. Dort stand Josettes Bruder mit einem Zugeisen in der Hand und sah ihr nach, bis sie außer Sicht geraten war.

Der Zug fuhr in einen Tunnel und beschleunigte in der Dunkelheit. Sie zog die Abteiltür auf, tastete sich im schwachen gelben Licht durch den Korridor, fand die Toilette und schloß sich ein. Sie übergab sich ins Waschbecken. Krämpfe und Schluchzen schüttelten ihren Körper, Erbrochenes verstopfte ihr Mund und Nase. Ihre Knie zitterten heftig, sie sank, um Atem ringend, auf den Toilettensitz und klammerte sich an die Haltestange, während der Zug durch die Dunkelheit pfiff. Jedesmal, wenn sie an Botynskijs Brille oder an Rasumkins blutverschmierte Zähne dachte, mußte sie sich von neuem übergeben.

Erst nach geraumer Zeit war sie fähig, sich Wasser ins Gesicht zu spritzen, mit einem Handtuch das Erbrochene von ihrer Bluse zu wischen und ins Abteil zurückzuwanken. Sie zitterte am ganzen Leibe, als sie sich durch den Korridor schleppte. Die Vorhänge flatterten ihr ins Gesicht, und der Zug schlingerte im Tunnel hin und her.

Sie zog die Abteiltür auf, ging ans Fenster, setzte sich und schloß die Augen. Sie wischte sich die verschmierten Tränen ab. Sie zitterte noch immer, es schüttelte sie noch immer unerträglich. Sie wußte, wenn sie jetzt den Mund aufmachte, würden ihre Zähne anfangen zu klappern. Sie wußte, daß sie durchhalten und sich zusammenreißen mußte.

Ohne die Augen aufmachen zu müssen, spürte sie plötzlich, daß jemand ins Abteil gekommen war. Als erstes sah sie die Schuhe: braune Krokodillederschuhe mit beschlagenen Absätzen und Spitzen; dann die Hosenaufschläge eines weißen, mehrere Nummern zu großen Leinenanzugs, ein graues Hemd, eine gelbe Seidenkrawatte mit einer Palme darauf. Auf dem Kopf ein Strohhut mit schwarzem Band.

Irgendein Gangster. Seine ersten Worte waren: »Gefallen dir meine Schuhe?«

Es war Majiec.

TEIL 4

Sie zog sich das Nachthemd hoch und fuhr mit einem Finger über die Narbe an ihrer Hüfte. Sie betrachtete ihre Narben als Inschriften, die sie an den Lauf der Zeit gemahnten: die verblaßte Narbe an ihrer Stirn rief ihr noch immer deutlich die Kieswege von Marino ins Gedächtnis, wo sie mit sieben Jahren gestolpert und hingestürzt war; eine andere erinnerte sie an den Augenblick, da sie sich beim Öffnen einer Büchse mit Nikis Babynahrung den rechten Daumen aufgeschlitzt hatte. Die an ihrer linken Hüfte ließ sie an den Sommer 1934 denken, als sie mit Sergej Urlaub auf Korsika gemacht hatte. Der Cafébesitzer hatte ihr geraten, nicht alleine schwimmen zu gehen, die Wellen seien zu hoch; aber sie war unter ihnen hinweggetaucht und dann an die Mole zurückgeschleudert worden, wobei sie zugerichtet wurde wie eine Puppe im Rachen eines Hundes. Das letzte, was sie vor dem Untergehen sah, war Sergej, der über die Mole auf sie zugerannt kam. Als nächstes lag sie im Bett ihres Hotelzimmers, und er rieb gerade die Schürfwunden an ihrer Hüfte mit Salbe ein. Er hatte ihre Narben geliebt.

Jetzt gab es neue Narben, und die würde er vielleicht niemals zu sehen bekommen, von einem runden blauen Fleck umgebene Einstichlöcher zwischen ihren Rippen, wo man die Nadeln hineingesteckt hatte. Gleich nach ihrem Eintreffen zogen die Ärzte ihr das Nachthemd weg, suchten nach der richtigen Stelle, spritzten ihr eine örtliche Betäubung und stießen ihr dann die Nadel zwischen die Rippen. Am Ende der Nadel war ein Gummischlauch befestigt, durch den Luft in den Hohlraum zwischen Brustkorb und Lungen gepumpt wurde. Dr. Lucas sagte, auf diese Weise werde die Lunge stillgelegt, damit sie ausruhen könne. Sie ruhte jetzt schon seit sechs Monaten aus. Die Zeit erstreckte sich hinter ihr wie ein braches Feld unter einem leeren Himmel.

»Besuch für Sie, Madame.«

Asja fuhr herum und ließ das Nachthemd herunter. Mit einem Blumenstrauß in der Hand war Lapin eingetreten, er sah verlegen aus.

Er küßte sie auf die Stirn, und sie nahm die Blumen.

»Du bist ein Zauberer.«

»Eine Frau am Bahnhof hat sie verkauft. Sind sie nicht unglaublich?«

Es waren Kornblumen, genau wie die auf den Feldern von Marino, genau wie die auf der Fabergé-Brosche ihrer Mutter. Wo mochte diese Brosche jetzt sein, fragte sie sich. Sie hatte sie in Konstantinopel versetzt und so zu einem Dasein im Zwielicht verurteilt, wo sie ewig von einem Pfandleiher zum anderen wanderte.

»Eh bien, ma chère«, sagte er und ließ sich auf den Stuhl nieder, wobei sein braunes Lederkoppel knarrte. Er war groß und dünn, und seine Uniform ließ ihn noch ausgemergelter als sonst erscheinen.

»Um Himmels willen, was ist passiert?« rief sie und nahm seine Hand. Unter dem Kragen seiner Uniformjacke stand ein großer weißer Verband hervor.

»Bloß ein Kratzer«, sagte er auf seine phlegmatische englische Art, »von einem Bombensplitter.«

»Erzähl mir davon!«

Und er erzählte es ihr, und sie sah, wie er sich in der lang anhaltenden Stille nach der Explosion auf der mit Trümmern übersäten Edgeware Road wälzte; seine Ohren klangen, Mund und Nase waren voller Staub, Blut lief ihm in die Hände. Sie hatte das gespenstische Leuchten der Luftangriffe über London gesehen, aus vierzig Meilen Entfernung, über den Wipfeln der Parkbäume. Sie schämte sich, daß sie in Sicherheit gewesen war.

»Armer Kerl«, sagte sie und streichelte sein Gesicht.

Lapin hatte sich um alles gekümmert: er hatte ihre Ausreisegenehmigung aus Lissabon besorgt, seinen ganzen Einfluß geltend gemacht, um den englischen Konsul zu überzeugen, daß sie immerhin keine Spione seien, ein Schiff gefunden, das Fahrgeld für sie bezahlt, sie am Hafen abgeholt, sie in dem Sanatorium untergebracht, sie an Wochenenden besucht, und sogar Majiec hatte er zu einer Unterkunft verholfen.

Daß Majiec sie in den ersten Monaten ihrer Krankheit im Sanatorium gepflegt hatte, war gegen sämtliche Vorschriften gewesen. Man versuchte, ihn – wie sie es ausdrückten – »vor die Tür zu setzen«, aber er kletterte über die Mauer und brach ein Fenster auf, und am nächsten Morgen fand man ihn schlafend auf dem Stuhl gegenüber ihrem Bett. In diesem einen Punkt war er wie wahnsinnig. Lapin erklärte Dr. Lucas, was die beiden zusammen durchgemacht hatten, worauf Lucas nachgab und Majiec erlaubte, ein Bett in ihrem Zimmer aufzustellen und so lange bei ihr zu bleiben, bis sie das Schlimmste überstanden hätte. Er fütterte sie, badete sie, hob sie auf und begleitete sie zur Toilette. Die Schwestern und Ärzte schrieben sein Verhalten einem Kriegstrauma zu. Schließlich war er Pole.

Majiec seinerseits behandelte die Krankenhausangestellten mit Gleichgültigkeit; er holte Handtücher für Asja aus ihren Wäscheschränken, Thermometer aus ihren Besteckschalen, Essen aus ihren Küchen. Nur wenn Lapin sie besuchen kam, machte Majiec eine Verbeugung, schlug die Hacken zusammen und verschwand aus dem Zimmer.

Lapin überredete Majiec, sich von seinem fleckigen Gangsteranzug zu trennen, den er von Cerbère bis Southampton ununterbrochen getragen hatte, und sich in neues Drillichzeug zu kleiden. Und Lapin fuhr auch mit ihm nach London, wo er sich zur polnischen Exilarmee meldete.

»Ich glaube, dein Majiec ist verliebt«, sagte Lapin. »Am Mittwoch komme ich auf dem Weg zur BBC am Portland Place vorbei, und da steht er vor der Polnischen Botschaft, mit einer Frau, die er mir eindrucksvoll vorstellt: ›Meine Rachel, Sekretärin des Außenministers im Exil.‹ «

Das war typisch Majiec.

Asja sagte: »Ich bin eifersüchtig. Ist das nicht lächerlich?«

Lapin stand am Spülbecken, schnitt die Stengel mit seinem Taschenmesser zurecht und stellte die Kornblumen nacheinander in die Vase. Er schürzt die Lippen genau wie Mutter, dachte Asja, wenn sie durch die Gewächshäuser von Marino ging und mit ihrer Gartenschere die Pfirsichbäume beschnitt.

»Welchen Tag haben wir heute?« fragte Asja.

»Den zweiundzwanzigsten.«

»Juni? Schon? Mein Gott? In diesem Zimmer geht die Zeit einfach verloren.«

Sie gingen durch den Flur zum Aufenthaltsraum. Es war ein schläfriger Sommernachmittag, bewölkt und drückend, und manchmal blitzte die Sonne auf und warf tiefe Schatten über den Rasen.

Gladys saß wie üblich in ihrem Morgenmantel auf dem Stuhl mit der besten Aussicht auf die Begonien und las den *Telegraph* zu Ende. Sie kam aus Streatham, obgleich Asja keine Ahnung hatte, wo das liegen mochte; und ihr Mann war in der Wüste. Sie hatte Asja ein Photo von einem windzerzausten Mann gezeigt, der in langen Khakihosen grinsend wie ein sonnengebräunter Junge neben einem Panzer stand.

»Ist Ihr Mann auch bei der Armee?« hatte Gladys gefragt, als sie zum erstenmal zusammen im Aufenthaltsraum gesessen hatten.

»Mein Mann ist tot«, hatte Asja geantwortet.

Gladys war stark gepudert und hatte blondes, dichtgelocktes Haar. Von ihr erfuhr Asja einiges über das Leben in England, oder jedenfalls über das Leben in einer Doppelhaushälfte in Streatham. Gladys lieh ihr die *Picture Post*, und jeden Abend hörten sie sich im Radio gemeinsam Alvar Liddell an.

»Die Nachrichten müssen gleich anfangen. Nehmen Sie sich einen Stuhl.« Gladys stellte das Radio an. Und während Lapin und Asja nun auf die Begonien im Garten eines Sanatoriums bei Hastings schauten, erfuhren sie vom Überfall der Deutschen auf Rußland.

Der deutsche Rundfunk berichte, so wurde gemeldet, es seien Hunderttausende Gefangene gemacht worden, und die Panzerkolonnen stünden zwanzig Meilen vor Pinsk. Vom sowjetischen Rundfunk sei nichts zu erfahren. Als der Sprecher schließlich bei den Wetteraussichten für die Home Counties angelangt war, schaltete Gladys das Radio aus. Eine Minute lang blieben sie schweigend sitzen.

Dann sagte Gladys: »Das wär's dann also.« Sie strich die Zeitung auf ihrem Schoß glatt und blickte zu den Begonien hinaus.

Lapin stand auf. »Ich muß nach London zurück. Wir sind überrumpelt worden.« Lapin war beim militärischen Nachrichtendienst. Er wußte, in seinen verlassenen Büros klingelten jetzt bereits die Telefone.

Asja erhob sich, trat ans Fenster und starrte in den Garten. Mit der ganzen Wucht der Gewißheit kam ihr der Gedanke, daß Niki an dieser Invasion teilnahm, daß er darum gekämpft haben würde, als Dolmetscher dorthin abkommandiert zu werden, als Fahrer oder sonst irgend etwas, Hauptsache, er könnte an der Spitze der Invasoren in seine Heimat zurückkehren. Sie preßte ihre Stirn an die Fensterscheibe. Ihre Erinnerungen, ihre Geschichten, ihr treues Festhalten an der entweihten Vergangenheit – all das konnte nur darauf hinausgelaufen sein. Er hatte sich zu ihrem Rächer gemacht, und jetzt war es zu spät, ihn aufzuhalten.

Nachdem Lapin ihr einen Abschiedskuß gegeben hatte und zum Bahnhof losgerannt war, ging Asja in ihr Zimmer zurück, legte sich aufs Bett und sah zu, wie sich die Mittsommerdämmerung auf die alte Mauer am Ende des Gartens legte. Solche Backsteinmauern gab es in Rußland nicht, und von allem, was sie in England gesehen hatte, war diese Mauer das Schönste: gebeugt von der Last der Jahrhunderte, limonengrün an den Stellen, wo die Sonne nicht hinkam, dunkelbraun mit hellem Unkraut in den Ritzen. Das Licht glitt über die oberste Ziegelreihe, schwand dahin und ließ die Mauer im Schatten zurück; der grüne Rasen wurde grau, der Himmel schwarz. So lag sie stundenlang reglos und sah zu, wie das Licht des Sommers langsam verblaßte und erlosch.

Sie schreckte aus dem Schlaf. Es war frühmorgens, der Rasen glitzerte von Tau, die Sonne stand noch nicht über der Mauer. Sie schlüpfte in ihren Frotteemantel, tappte durch den Korridor zum Aufenthaltsraum und hörte sich die Nachrichten an: Brest, Malorita, Pripjet, eine tausend Meilen lange Front, Durchbrüche bei Pinsk. Jeder dieser Namen beschwor Erinnerungen herauf. Sie kannte die Pripjet-Sümpfe: die Züge zur Riviera fuhren durch diese unermeßlichen schilfbewachsenen Ebenen, die im Winter zugefroren und verlassen waren. Sie fragte sich, wie es dort im Sommer aussehen mochte: Kraniche, die über ihren Nestern im Schilf Kreise zogen, das stumpfe Gleißen des Mittags, und in der Ferne die von den Schützenpanzern aufgewirbelten schwarzen Staubwolken. Auch ihn konnte sie dort sehen, in einer schlammbespritzten Uniform spähte er über die Windschutzscheibe eines Daimlers in die schrumpfenden Entfernungen einer Heimat, die sie ihm vorm Einschlafen beschrieben hatte. Für einen Augenblick war sie bei ihm, auf der Straße nach Marino, und gegen ihren Willen empfand sie den ganzen Rausch seiner Flucht mit ihm.

Asja blieb sitzen und wartete auf die Nachrichten um sieben, um acht, aber es kam nichts Neues, und die unterkühlte Stimme des englischen Sprechers – als spräche er von einem Sandsturm auf einem fernen Planeten – machte sie wütend.

Als Majiec zu seinem üblichen Sonntagmorgenbesuch kam und sie in ihrem Kostüm erblickte, ging ihm vor Überraschung der Mund auf. Zum erstenmal seit sechs Monaten hatte sie sich angekleidet.

»Du hast es also gehört?« war alles, was er sagen konnte. »Jetzt ist deine Zeit gekommen.«

Asja nahm seinen Arm, und sie traten in den Garten. Aus dem Boden stieg der Geruch von nassem Schiefer, feuchten

Blumenbeeten und Gras, und die Luft roch scharf und verheißungsvoll nach Meerwasser. Majiec wischte den Tau von einer weißen Bank, sie setzten sich und betrachteten den umgebauten georgianischen Landsitz, der in den vergangenen Monaten ihr Zuhause gewesen war. Die Nachrichten aus Rußland hatten ihren Kopf klar gemacht. Sie mußte gesund werden. Sie mußte etwas tun. Er legte einen Arm um sie, und sie dachte daran, wie sie im Licht der Oktobersonne die endlosen versengten Ebenen Spaniens durchquert hatten, und wie sie, sein Gesicht neben ihrem, in den Schlaf gesunken war. Um dem Bild von Rasumkins blutverschmierten Zähnen in seinem Taschentuch und Botynskijs zerschlagener Brille zu entfliehen, hatte sie ewig schlafen wollen.

Sie erwachte in einem Hotelzimmer in Lissabon, ihr Kopf lag auf seinem Schoß. Er streichelte ihr das Haar und aß dabei einen Apfel. Sie lag im Bett, die Jalousien waren zugezogen, die Fenster standen offen. Es war kalt und feucht in dem Zimmer. Über dem Tagus hörten sie Möwen schreien. Wie lange das her war.

Er erzählte von Rachel. Die polnische Brigade, bei der er sich gemeldet hatte, exerzierte in der Salisbury-Ebene. Bald würde er keinen Urlaub mehr bekommen.

»Du vermißt sie. Das ist gut.« Asja musterte prüfend einen Schneeballstrauch, der sich an der alten Backsteinmauer hochrankte. Er stand in voller Blüte: die Knospen dufteten schwach, kaum noch wahrnehmbar.

»Möchtest du sie kennenlernen?« fragte Majiec.

Asja lächelte ihn ungehalten an. »Ich glaube kaum.«

»Wütend?«

Sie war nicht wütend, nur plötzlich entschlossen, aufzuwachen, »die Vergangenheit hinter sich zu lassen«, wie Gladys sich ausgedrückt haben würde.

»Komm. Ich begleite dich zum Bahnhof.«

Sie hatte das Gelände noch nie verlassen, aber die Schwester am Eingang konnte sie nicht daran hindern.

Der Weg zum Bahnhof führte eine Landstraße entlang, die zu beiden Seiten von hohen Hecken gesäumt war. In den Gräben rann klares Wasser, das Sonnenlicht flirrte auf der glimmerhaltigen Fahrbahn. Weiße Wölkchen standen reglos am Himmel. Tausende Kilometer weiter östlich war in diesem Augenblick der ganze Horizont von Feuer erhellt, und der Boden bebte vom Donnern der Panzerkolonnen. Sie spürte, sie war gleichzeitig hier, auf einer sonnenhellen Landstraße, und dort, bei ihrem Sohn, auf dem staubigen Pfad der Eroberung, der an niedergebrannten schwarzen Dörfern und jammernden Frauen vorbeiführte. Sie konnte nichts dagegen machen, beim Gedanken an seine Rückkehr begann ihr Herz zu hämmern.

Als sie in einer Kurve von einem Heuwagen überholt wurden und die obendrauf sitzenden Jungen sich umdrehten und ihr nachgafften, sah Majiec sie plötzlich mit ihren Augen, diese Europäerin mit ihren hohen Absätzen, diese Strumpfnähte, die in gerader Linie von ihren Fersen zum Rocksaum hoch liefen, den Faltenrock und die eng geschnittene Jacke, das ihren Kragen streifende Haar, den leuchtendroten Lippenstift und den Strohhalm zwischen ihren Zähnen.

Als der Zug kam, strich Asja ihm mit einem Finger über die Wange und ging dann schnell weg. Während der Zug schneller wurde, sah er sie, tief in Gedanken versunken, zum Sanatorium zurückschreiten.

Nachdem Dr. Lucas sie für hinreichend gesund erklärt hatte, kam Lapin und brachte sie mit dem Zug nach London. Irgendwo südlich von Clapham hielt der Zug auf freier Strecke an, und sie blickte auf einen bunten Teppich von Schrebergärten hinunter. Ein Mann lehnte auf seinem Spaten; ein Junge in kurzen Hosen spähte aus einem Wellblechbunker; zwischen den geblümten Vorhängen des Hauses dahinter sah Asja eine Frau, die sich am Spülstein die Arme wusch.

Auf der anderen Seite derselben Straße war kein einziges

Haus stehengeblieben. Die ganze Zeile war dem Erdboden gleichgemacht und nur noch ein Gewirr aus schwarzen Balken, verdrehten Fensterrahmen, zertrümmerten Ziegelsteinen und Mörtel. Eine Riesenhand war vom Himmel herabgestoßen und hatte eine ganze Seite der Straße weggefegt, während die andere Seite mit genau gleichen Häusern und Leben unversehrt geblieben war. Diese Präzision war faszinierend. Als der Zug an der verwüsteten Straße vorbeiglitt und in die große Glashöhle der Victoria Station einlief, war sie davon überzeugt, daß ihrem Leben und dem ihres Kindes ein ganz ähnliches Schicksal bevorstand, weder wild noch ausgelassen, sondern kalt und präzise wie das Messer eines Chirurgen.

Sie traute ihren Augen nicht, als sie auf dem Weg zu Lapins Wohnung aus dem Taxifenster blickte. War dies die Stadt, in der sie und Sergej jenes Wochenende vor dem Krieg verbracht hatten? Diese schmutzige Wüste aus Bretterzäunen, blinden Fassaden und lückenhaften Häuserzeilen? Die Stadt glich einer Wunde, die Bombentrichter waren Löcher in ihrem Gedächtnis.

Lapin meldete sie bei der BBC zu einem Ausbildungslehrgang für Nachrichtensprecher an. Alle sagten, ihre tiefe, dunkle Stimme sei für das Mikrophon bestens geeignet, und der Rußlanddienst stellte sie ein. Wochenlang machte sie den gefahrvollen Weg zur Arbeit und wieder zurück zu Lapins Wohnung in der Seymour Street hinter Marble Arch. Bei Verdunkelung tappte sie mühsam durch die Zimmer, fummelte an den Kohleöfen herum, deren Wärme die Laken ihres Betts noch feuchter erscheinen ließ, und die Schlagzeilen an allen Zeitungsständen – die Niederlage in Griechenland, die Rückschläge in der Wüste, der deutsche Vormarsch gegen die Außenbezirke von Moskau – wurden von Tag zu Tag finsterer.

Während des Blitzkrieges 1940, sagte Lapin, habe trotz allen Schreckens so etwas wie Hochstimmung geherrscht. Jetzt aber war alles nur noch grausame Routine: schmutzige Straßen, Staub, der in den Augen brannte, Trümmer, aus denen einsame Pflanzen wuchsen, Bombentrichter voller Unrat und trostlose Erschöpfung in jedem Blick.

Eines späten Abends saß sie im Oberdeck eines Busses und beobachtete auf der Sitzbank vor ihr ein knutschendes Pärchen. Der Soldat rieb seine rauhen Lippen am Hals einer blondgefärbten Frau, und diese wühlte ihre Hand tief in seine Uniform. Asja sah seine von Speichel glänzende Zunge wedeln. Der Bus holperte durch die Dunkelheit und warf die beiden hin und her. Plötzlich merkte die Frau, daß sie beobachtet wurde. Sie drehte sich um und starrte Asja an; kalte gefühllose Lust lag auf ihrem Gesicht, als der Soldat seinen Mund über ihre Brustwarzen stülpte. Selbst als er unter hemmungslosem Stöhnen in ihre Hand ejakulierte, ließ die Frau Asja nicht aus den Augen.

An der nächsten Haltestelle stieg sie aus, verirrte sich in den verdunkelten Straßen, stolperte über irgendwelche Trümmer, stürzte schwer gegen einen Bretterzaun und rutschte in einen Bombentrichter. Sie blieb dort unten sitzen, schmutziges Wasser lief ihr in die Schuhe.

»Alles in Ordnung mit Ihnen?« rief jemand.

»Nein.«

Dann beugte sich ein Mann in einem Overall zu ihr hinunter und zog sie heraus. Es war ein Luftschutzwart, der eben dienstfrei hatte, und sie ließ sich von ihm nach Hause begleiten. Dort rannte sie die Treppe zu Lapins Wohnung hoch, steckte ein paar Shilling in den Zähler und stellte das Badewasser an. Sie streifte die zerfetzten Strümpfe und durchnäßten Kleider ab, kniete sich in das bißchen lauwarmes Wasser, sah das Blut in dünnen Bächen über ihren Oberschenkel rinnen und brach in Tränen aus.

Als Lapin um Mitternacht nach Hause kam, fand er sie, in ihren Bademantel gehüllt, schlafend im Sessel vor den verlöschenden Kohlen im Kamin. Er kniete sich hin und streichelte ihr Haar. Sie zuckte heftig zusammen.

»Wo bist du gewesen?«

Sein Gesicht war weiß vor Erschöpfung.

»Sie stehen fünfzehn Meilen vor Moskau. Wir sitzen dort und sehen uns die Karten an, hören den Funkverkehr ab und fragen uns, ob sie durchhalten werden.«

»Verzeih mir.«

»Wofür?«

»Ich muß auf der Stelle damit aufhören«, flüsterte sie und wischte sich die Tränen der Erleichterung über seine Rückkehr aus dem Gesicht. Dann saßen sie schweigend vor dem

Kamin, Bruder und Schwester vor der sich verfinsternden Welt.

Der nächste Morgen war frostig und klar, und sie kratzte ein kleines Bullauge in den Reif auf dem Busfenster. Alles Trostlose in London war jetzt wieder gut: Rauhreif glitzerte auf den grasgefüllten Bombentrichtern, den Blechzäunen, den zerklüfteten und schwankenden Fassaden und den Dienstmützen der Männer.

Kurz vor Weihnachten wurde sie für tauglich erklärt, ihre erste Sendung zu sprechen. Im Keller des Bush House führte man sie durch dicke Polstertüren und einen Regieraum voller Instrumente in ein stickiges Studio, dessen Ausstattung – Tisch, Mikrophon und Stuhl – grau in grau gehalten war. Sie hatte gehofft, Nachrichten sprechen zu dürfen oder vielleicht sogar aus Puschkin oder Lermontow vorlesen zu dürfen, doch als der Techniker den Tonregler an seinem Mischpult hochschob und das rote Licht anging, waren ihre ersten Worte: »Kamel Tango an Roter Stern Zwo Null Drei, Hochzeit ist verschoben. Alpha Delta Pilot Sechs an MC Vierzehn Zwo Null Sechs, Weihnachtsgeschenke verspätet. Foxtrott Fünf Sieben Delta Vier, Liste ist versandbereit.«

Ihre Stimme strahlte über die eisigen Wälder und zerfurchten Straßen, die Kuppeln und Kirchen ihrer Heimat, und beim Sprechen kam ihr der Gedanke, daß irgendwo inmitten von zertrümmerten Ruinen oder tief in einem Bunker ein junger deutscher Leutnant den Kompanieempfänger abhören und zufällig auf eine Stimme stoßen könnte, die er erschreckt als die ihre erkennen würde. Als sie fertig war, schob sie sich aus dem Studio und eilte in die Kantine, um ihre Fassung wiederzugewinnen. Sie nahm eine Tasse Tee und saß dann allein damit am Fenster.

Ob seine Stiefel warm genug waren? Ob die Deutschen ihre Männer auf den russischen Winter vorbereitet hatten?

Sie knallte die Tasse auf die Untertasse. Dumme, dumme Frau, murmelte sie vor sich hin. Sentimentaler Dummkopf.

»Asja«, sagte jemand. Es war Gaby.

Sie beugte sich über den Tisch, und als ihre Lippen sich berührten, dachte Asja: Das ist die einzige Frau in London, die nicht nach Sunlight-Seife riecht. Sogar der Schnitt ihrer Uniform, ihr enganliegender Rock mit den eleganten Falten machte sich über die männlich-militärischen Anstandsregeln lustig.

»Da sind wir also: unter den Wilden.«

»Mein Gott! Ich dachte, du bist in Algier.«

»War ich auch. Aber ich kann verängstigte Männer nicht ausstehen. Das ist so desillusionierend, und glaub mir, in Algier hat es gewimmelt von Angsthasen, die drauf und dran waren, mit Vichy oder was weiß ich ein Abkommen zu treffen. Und als ich dann von de Gaulles Anwesenheit hier erfuhr, dachte ich: Warum nicht? Und es gab ein englisches Flugzeug, und ich habe da so einen Mann kennengelernt, und deshalb... bin ich jetzt hier. Und was treibst du hier so?«

»Ich schicke in meiner besten Schulmädchenaussprache unverständliche Botschaften über den Sender.«

»Ich auch!«

»Ich habe dir allerhand zu verdanken, Gaby.«

»Aber nicht doch.« Gaby langte in die Brusttasche ihrer Uniform, zog ein Päckchen Senior Service heraus und zündete für jede eine an.

»Ohne deine Josette wäre ich gestorben.«

»Meine Josette?« Gaby lachte. »Wie amüsant.«

»Wieso?«

»Josette ist meine Mutter.«

Wie konnten die beiden nur Mutter und Tochter sein: dieses Luxusweib und die alte Frau in Kittel und Pantoffeln?

»Ich habe einen weiten Weg hinter mir«, sagte Gaby und blies einen Rauchtrichter in die Lampen.

»Warum hat Josette mir das nicht gesagt?«

»Sie mußte vorsichtig sein, wegen Rasumkin. Und sie hatte doch recht, stimmt's?«

Da Asja schwieg, sagte Gaby nur: »In Bordeaux habe ich ihn gewarnt, daß man hinter ihm her ist. Ich wollte nicht, daß du da reingezogen wirst.«

»Ich konnte einfach nicht glauben, daß er zu so etwas fähig wäre«, sagte Asja.

»Ich glaube, er war eifersüchtig«, sagte Gaby.

»Auf Botynskij? Gaby, das halte ich nicht aus.«

Gaby sah sie zärtlich an und streichelte ihren Arm.

»Ich habe gehört, was in Cerbère geschehen ist.«

»Wie?«

»Carlton Gardens hat davon erfahren.«

»Carlton Gardens!« Asja fing sich wieder und lachte. »Du bist unglaublich! Mit einem einzigen Satz aus dem Regime in Algier ins Hauptquartier des Widerstands. Ich weiß nicht, wie du das machst, meine Liebe, wirklich nicht.«

Gaby ließ lächelnd einen perfekten Rauchring hochsteigen.

»Ich reise mit leichtem Gepäck.«

»Aber woher weiß Carlton Gardens, was in Cerbère geschehen ist?«

»Von dem Eisenbahnmenschen.«

»Josettes Bruder?«

»Du bist lustig. Wie kommst du auf Bruder? Das ist mein Vater.«

»Nein!«

»Jetzt weißt du's. Es gibt noch eine Menge, was du nicht glauben würdest.«

»Zum Beispiel?«

»Später einmal.«

»Gaby.«

»Später einmal.«

Sie rauchten schweigend ihre Zigaretten.

»Zurück an die Arbeit«, seufzte Gaby. Als sie, um auf die Uhr zu sehen, den Ärmel ihrer Khakijacke hochzog und im Zigarettenrauch die Augen zusammenkniff, mußte Asja plötzlich daran denken, wie Josette dem Hausmeister der russischen Kirche mit einem kleinen Bündel Francscheine gewinkt hatte. Wie die Tochter, so die Mutter. Beide wußten instinktiv, was zu tun war, um den Widerstand eines Mannes zu brechen.

Auf dem Flur sagte Gaby, sie werde am Silvesterabend in ihrer Wohnung eine Party geben.

»Warum kommst du nicht auch? Du könntest ein paar erträgliche Leute kennenlernen.«

»Du hast immer gesagt, es *gebe* keine erträglichen Engländer.«

»Wer redet von Engländern? Die haben keinen Zutritt«, sagte Gaby mit einer wegwerfenden Handbewegung. »Nur Franzosen, dazu ein Pole und ein paar Kanadier. Gegen ein paar Kanadier hast du doch nichts, oder?«

»Ich kenne keinen einzigen.«

»Und es kommt auch ein Russe, den du kennenlernen solltest.«

»Was für ein Russe?«

»Kultiviert. Dein Typ«, fügte Gaby noch hinzu, gab ihr einen flüchtigen Kuß auf die Wange und machte die Tür zu ihrem Studio auf.

»Du bringst mich auf Abwege.«

Gaby klopfte Asja sanft auf beide Schultern. »Dafür sind Kriege da.« Sie kritzelte die Adresse auf den Verschluß ihrer Zigarettenpackung, riß das Stück Pappe ab und reichte es ihr, und dann war sie verschwunden.

Als Asja erklärte, sie könne unmöglich gehen, da sie nichts anzuziehen habe, suchte Lapin eins der Kleider heraus, die seine Frau für ihre Stadtbesuche in der Wohnung aufbewahrte. Asja probierte es an und schnitt vor dem Spiegel eine Grimasse. »Das paßt überhaupt nicht zu mir«, und strich den schwarzen Velours über ihren Hüften glatt, fuhr mit den Fingern über die Träger und drehte mit mißbilligender Miene den Kopf hin und her. Es saß wie angegossen.

Kaum war die Tür des Hauses in der Walton Street aufgegangen, fand sie alles auch schon abstoßend: die hektische, studentenhafte Ausgelassenheit, die mit Girlanden aus Toilettenpapier behangene Eingangshalle, die erbärmliche kniehohe Kiefer in ihrem papierenen Schmuck. Ein Mädchen namens Molly, das einen baumlangen kanadischen Soldaten im Arm hatte, sagte ihnen, sie sollten ihre Mäntel in eins der Zimmer werfen und sich dann irgendwo hinten einen Drink besorgen. Das Haus war hoch und schmal, und zwischen Paaren, die auf der Treppe saßen, tasteten sie sich nach oben. Das Grammophon machte einen betäubenden Lärm, das ganze Haus schien vom Stampfen der Tänzer zu beben. Im ersten Stock öffnete Lapin die Tür zu einem dunklen Zimmer und überraschte ein Pärchen, das sich auf einem Haufen Mäntel herumwälzte.

Alle wirkten so jung, so erregt, daß Asja sich erst einmal auf den obersten Treppenabsatz zurückzog und die Dünung der Party unter sich ließ. Sie schob den Verdunkelungsvorhang ein kleines Stück beiseite und blickte über die Baumwipfel auf die abgedunkelte, vom Halbmond beschienene Stadt.

»Da bist du ja«, sagte Gaby. »Lapin hat mich geschickt, dich zu suchen.« Sie reichte Asja ein Glas Punsch, und die beiden rückten zur Seite, als ein Soldat aus dem Bad platzte und sich die Hose zuknöpfte. Er stieg grinsend über sie hinweg und polterte die Treppe hinunter. Gaby seufzte. »Was sind das nur für Leute?«

»Aber Gaby, du wohnst doch hier.«

»Was nicht heißt, daß ich sie eingeladen habe.« Sie bewohnte das Haus gemeinsam mit Molly aus Winnipeg, Provinz Manitoba, einer Schreibkraft beim MI 5, Florence aus Nantes, Daisy aus Trois Rivières, Provinz Quebec, und Rose aus Paris. Gaby schüttelte wie ungläubig den Kopf.

»Es ist unglaublich, aber in diesem Land gibt es keine Bidets. Was soll eine Frau da machen?«

Durch eine Tür neben ihnen drang gedämpftes Stöhnen und ein dumpfer Schlag.

»Das scheint sie nicht aufzuhalten, wie?« sagte Asja.

»Kondome. Brrr.« Gaby schüttelte sich, sprang dann auf und winkte einem großen Mann auf der Treppe. »Darf ich dir einen Freund von mir vorstellen?« sagte sie. Er war groß und kräftig gebaut und hatte schütteres rotblondes Haar und einen Schnurrbart. An seiner Uniform trug er Abzeichen mit Ahornblättern.

»Das ist die Russin, von der ich dir erzählt habe«, sagte Gaby und küßte ihn auf beide Wangen; dann klopfte sie auf den freien Platz neben Asja. Er wurde rot und ließ sich neben ihr auf der Treppe nieder.

»Ausgezeichnet«, sagte Gaby, amüsiert über ihre Verlegenheit. Dann stöckelte sie die Treppe hinunter.

»Captain Nick Iswolskij.« Sie schüttelte ihm die Hand.

»Sie müssen Lapins Schwester sein. Wir arbeiten zusammen.«

»Iswolskij?«

Er nickte.

»Aus Kislowodsk?«

Er nickte wieder.

»Das kann nicht sein.« Sie hob die Hand vors Gesicht.

Er verzog den Mund zu einem breiten Grinsen. »Warum nicht?«

Sie schlang die Arme um ihn und küßte ihn auf beide Wangen.

»Ich war damals noch ein Kind. Kann mich nicht an viel erinnern, aber Sie…«

»Ich erinnere mich!« rief sie.

»Wahrscheinlich habe ich hinten im Garten mit dem Nachbarsjungen gespielt«, sagte er wehmütig, um den Altersunterschied zwischen ihnen – zehn Jahre – hervorzuheben.

»Sie hatten draußen gespielt, und mitten beim Tee sind Sie hereingestürmt.«

Sie sah den alten Iswolskij vor sich, wie er ihn zur Tür hineinwinkte, die komische Verbeugung des Jungen, und wie er sich einen Keks vom Tablett nahm, damit auf die Armlehne des Korbstuhls kletterte, auf dem sein Vater saß, und seine nackten Füße an die Hosenbeine seines Vaters baumeln ließ.

»Kann mich an nichts erinnern«, sagte Nick kopfschüttelnd.

»Ihr Russisch ist so rostig wie ein altes Gartentor«, sagte sie.

»Das hat Kanada mir angetan.«

»Und Ihr Vater? Wie geht es ihm?«

Nick starrte seine Hände an. Sie waren kräftig und sonnengebräunt und an den Knöcheln mit einem Flaum rotblonder Härchen überzogen; am Mittelfinger der Linken trug er einen schmalen Goldring.

»Er hat nie mehr als Anwalt gearbeitet. Hat für Philips Elektroartikel verkauft. Im Territorium Montreal, wie es damals hieß«, sagte er, indem er den Eiswürfel in seinem Drink herumschwenkte. »Jeden Montagmorgen hat er Kartons mit Elektrorasierern in seinen Studebaker verladen und sich dann allein auf den Weg gemacht, sie an die besseren Kurzwarengeschäfte in Chicoutimi und Trois Rivières zu verkaufen.«

»Wo liegt das?«

»Weit draußen im Niemandsland. An der Nordküste von Quebec, am Ende einer langen einsamen Asphaltstraße. Aber schöne Gegend. Er hat immer gesagt, es erinnere ihn an die Wälder bei Pskow.« Nick versank in Gedanken, und Asja wurde sich plötzlich bewußt, was für ein gutes Gefühl es war, seiner nachdenklichen Stimme zuzuhören. »Da war er nun, ein Mitglied der St. Petersburger Anwaltschaft, fünfundfünfzig Jahre alt, und verkaufte Rasierapparate in Trois Rivières.« Sie schwiegen eine Zeitlang; die Vibrationen vom Gestampfe der Tänzer zwei Stockwerke tiefer drangen bis zu ihnen hoch.

»Und dann?« flüsterte sie. Sie saßen Seite an Seite. Sie

spürte seinen Körper an ihrem, muskulös, fest und warm. Er bot ihr seinen Drink an. Sie nahm einen Schluck.

»Ich habe bis zum Ende meines Studiums bei ihm gewohnt, und wenn er Freitag abends von seiner Tour nach Hause kam, habe ich ihm das Abendessen gemacht; er mußte auf jedem Absatz verschnaufen, keuchte mit den unverkauften Kartons unterm Arm die Treppen zur fünften Etage der Victoriaville Apartments hoch und rief dann als erstes nach seinem Glas heißen Wodka mit Milch.« Er blickte in sein Glas. »Warum erzähle ich Ihnen das alles?« Sein Atem duftete nach Gin.

»Weil wir doch praktisch Verwandte sind, um Himmels willen. Ich fühle mich mit jedem verwandt, der '18 Kislowodsk überlebt hat.«

Er lachte. »Dad lag in der Wanne, trank seinen Wodka mit Milch und erzählte mir durch das Oberlicht von Madame Demers in Chicoutimi und Madame Richard in Trois Rivières. Ich vermute, mit Madame Demers hat er geschlafen. Jedenfalls –«

»Ich habe Ihren Vater gemocht.«

»Ja.« Nick schwenkte seinen Drink und schwieg ziemlich lange. »Und was ist mit Ihnen«, sagte er dann. »Erzählen Sie mir Ihre Geschichte.«

»Später«, sagte sie. »Erst möchte ich hören, wie es weitergegangen ist.«

»Na ja. Eines Freitags machte ich das Abendessen, während Dad wie gewöhnlich mit seinem Wodka in der Wanne saß und durch das Oberlicht redete; plötzlich war nichts mehr zu hören, und da habe ich nach ihm gerufen.«

Nick sah sie an. Er hatte klare und tiefliegende Augen. Sie wollte seine Wange berühren.

»Ich weiß nicht, warum ich Ihnen das erzähle«, sagte er.

Sie stieß ihn sachte an. »Weiter.«

Nach einigem Schweigen sagte er mit geistesabwesender Stimme: »Als ich ins Badezimmer kam, rollte das Wodkaglas auf dem Kachelboden. Er war von der Seife glitschig wie ein Aal. Ich konnte ihn nicht aus der Wanne heben, nur hochhalten, damit er nicht ertrank.«

Sie saßen Seite an Seite; ihre Körper berührten sich, doch ihre Gedanken weilten getrennt voneinander bei dem Augenblick, da sie das Licht in den Augen ihrer Väter hatten verlöschen sehen. Plötzlich hatte sie das Gefühl, daß dieser Fremde der einzige war, der jemals verstanden habe, was sie in jenem Augenblick durchgemacht hatte. Sie lehnte sich an ihn, so daß ihre Köpfe sich fast berührten.

»Ihr Vater war der einzige, der zum Friedhof gekommen ist. Haben Sie das gewußt?«

Nick schüttelte den Kopf.

Sie fühlte, wie der alte Iswolskij sie am Rand des Grabes festhielt, wie seine Hand ihre Schulter umfaßte. Und da erst erkannte sie, wie sehr sie in jenem Augenblick auf seine Stärke, auf seine Hände, die ihre Schultern streichelten und ihr die Tränen abwischten, angewiesen gewesen war.

»Ich muß zuviel getrunken haben«, sagte Nick.

»Ich finde, Sie reden ganz nüchtern.«

Nick leerte sein Glas. »Sind Sie verheiratet?«

Sie sah die lange Wendeltreppe hinunter, die unter ihnen ins Dunkel entschwand. »Er ist verschwunden.«

»Erzählen Sie mir davon.«

»Ein andermal.«

Sie sah ihn an und zuckte die Schultern. Das brachte ihn zum Lachen. Der goldene Ring an seinem Finger sagte deutlich genug, daß er verheiratet war, weshalb sie die Frage gar nicht erst stellte.

Er stand auf. »Möchten Sie tanzen?« Er folgte ihr zwischen den Paaren auf der Treppe hindurch in das Zimmer, in dem das Grammophon spielte. Die Arme in Tanzhaltung, drehte sie sich lächelnd zu ihm herum, legte ihre Hände in seine und ließ sich von ihm führen; sie glaubte zu schweben. Er war einen Kopf größer als sie, ein stattlicher Mann. Sie zog ihn näher und legte ihren Kopf an den rauhen Stoff seiner Uniform. Sie konnte sein Herz klopfen hören. Aus dem Augenwinkel sah sie Lapin in der Tür stehen und sie mit versonnener Miene beobachten.

»Ich bin dran«, sagte Gaby und klopfte Nick auf die Schulter. Er trat mit verlegenem Ausdruck zurück und ließ sie mit Asja davontanzen. Bald hielten sie einander eng umschlungen. Wie reif und füllig Gaby war, und wie sie nach Moschus duftete. Asja küßte ihre Wange und spürte dabei, daß Nick und Lapin sie von der Tür aus beobachteten. »Er ist nicht übel, wie?« sagte Gaby.

»Als er ein kleiner Junge war, habe ich einmal Tee mit ihm getrunken.«

»Jetzt ist er kein kleiner Junge mehr.«

Asja biß in Gabys feuchten duftenden Hals.

»Deine Schwester will mich aufessen!« rief Gaby, als sie an Lapin vorbeikamen.

Dann war die Musik zu Ende, und sie holten sich etwas zu trinken. Asja fächerte sich Kühlung zu, während Gaby ihr ein Glas Punsch einschenkte. »Jetzt hast du also Nikolaj Dimitrowitsch kennengelernt«, sagte Lapin; Asja versetzte ihm einen Rippenstoß. »Warum hast du mir diesen Mann verschwiegen?«

»Wir arbeiten für den Geheimdienst«, sagte Lapin mit einem komischen Achselzucken.

»Das ist kein Grund«, gab Asja zurück.

Draußen in der Eingangshalle entstand Bewegung, kalte Luft wehte hinein, dann laute Rufe und ausländische Stimmen. Ein Knäuel von Männern in Militärmänteln drängte sich auf die Tanzfläche.

»Die Polen!« rief Gaby, und als Asja sich umwandte, kam gerade Majiec auf sie zu, eine Flasche in der einen und die scheue Rachel an der anderen Hand.

Er küßte Asja so ungestüm, daß sie das Gesicht verzog und zurückwich.

»Wie kommst du an diesen albernen Schnurrbart?« rief Asja und hielt ihn auf Armeslänge von sich weg, um ihn besser betrachten zu können. Er sah aus, als wäre er aus einer Pathé-Wochenschau entsprungen.

»Ist er nicht umwerfend, was meinst du?«

»Umwerfend«, sagte Gaby trocken; Majiec umarmte sie und übergab ihr die Flasche. Dann zog er Rachel nach vorn, und Asja schüttelte ihr die Hand.

»Majiec hat mir das Leben gerettet, also passen Sie mir gut auf ihn auf. Wissen Sie eigentlich, daß er ziemlich verrückt ist?«

»Ich weiß«, sagte Rachel.

»Du erzählst bestimmt schreckliche Dinge über mich«, sagte Majiec, und Asja hob sich auf die Zehenspitzen und küßte ihn auf die Wange, über seinem absurden Schnauzbart. Dann machte er eine melancholische Verbeugung und führte Rachel auf die Tanzfläche. Sie sah aus wie ein Vögelchen, das er in seinem Mantel trug; er trat ihr beim Tanzen ständig auf die Füße, und Rachel blickte mit stummer Nachsicht zu ihm auf.

Um Mitternacht riefen alle durcheinander »Wir haben 1942!« und begaben sich nach draußen in die schneidend kalte Nacht. Aus einem Haus in der Nähe schrie ihnen jemand zu, sie sollten verdammt noch mal still sein und hineingehen, ob sie denn nicht wüßten, daß Verdunkelung angeordnet sei. Einer der Kanadier kletterte auf den Zaun und verkündete, er werde den gottverdammten Briten Manieren beibringen, ob sie etwa nicht wüßten, daß die Kanadier die einzigen seien, die zwischen ihnen und diesem gottverdammten Hitler stünden, aber dann zog ihn seine Freundin an den Hosenbeinen wieder auf den Boden zurück.

Nick stieg nach oben, um Asjas Mantel zu holen; Lapin schlich auf der Suche nach seinem durch die verdunkelten Schlafzimmer, und Asja stand solange in der Tür des Tanzzimmers und sah Majiec und Rachel zu, die jetzt langsamer und wie betäubt die Hüften schwenkten. Er hatte beide Arme um ihre Taille gelegt, und sie schien an seiner Brust eingeschlafen zu sein. Als Nick hinter ihr auftauchte, sagte Asja leise: »Adieu, Majiec.«

Draußen war es frisch und frostig, und sie lief mit klappernden Absätzen ihnen voraus die Straße hinunter. Nick zündete eine Zigarette an und sah sie über den Platz hüpfen, ihr Schatten rieselte im Mondlicht an den Eisengittern entlang und verschwand dann um die Ecke.

Als sie sie eingeholt hatten, lehnte sie an einem Zaun; sie packten sie bei den Ellbogen, hoben sie hoch und stellten sie wie ein Kind auf den Boden. Dann lief sie ihnen wieder voraus, und männlich die Hände in den Taschen, schlenderten sie ihr nach. Als sie Lapins Wohnung erreichten und Nick bemerkte, er würde am liebsten immer weitergehen, die Nacht sei so schön, drückte sie ihm einen festen Kuß auf die Lippen und flüsterte ihm ins Ohr: »Bleib.«

Als Asja am nächsten Morgen aufstand, lag er noch, den Kopf zurückgeworfen, die Haare im Gesicht, einen Arm ausgestreckt auf dem Teppich vor dem erloschenen Kamin, im Wohnzimmer unter der Steppdecke, die sie für ihn auf dem Boden ausgebreitet hatten. Sie stellte eine Tasse Tee neben ihn, und als sie aus dem Bad kam, war er angezogen und hielt mit schlafbetäubter Miene die Tasse in den Händen.

Am zweiten Abend standen sie Seite an Seite in der kleinen Küche und schnitten rote Bete für den fleischlosen Borschtsch, den sie nach einem Rezept zubereiteten, das Nick noch von seiner russischen *nanja* in Erinnerung hatte. Er lutschte sich den roten Saft von den Fingern, nahm einen Schluck Stout und reichte ihr die Flasche. Er besaß ein Talent fürs Alltagsleben, wie sie es noch bei keinem anderen Mann gesehen hatte. Nach dem Essen führte er sie in einen Pub, wo sie Darts spielten, und als sie nach Hause kamen und Lapin sich in sein Zimmer zurückgezogen und die Tür abgeschlossen hatte, nahm Nick ihren Kopf fest in seine Hände, und sie sanken vor dem Kamin auf den Boden und liebten sich. Danach sah sie zu ihm auf und sagte: »Du bist wie ein Bruder zu mir«, und er beugte sich lachend über sie und küßte sie auf beide Schultern.

»Nicht wie ein Bruder, niemals.«

Sie hatten sieben solche Nächte, und am Morgen des achten Tages schreckte sie neben ihm aus dem Schlaf und dachte – halb schuldbewußt, halb verwundert –, daß sie kein einziges Mal an Sergej gedacht hatte.

Am neunten Tag nahmen sie und Lapin ein Taxi zum Bahnhof King's Cross, trafen Nick auf dem Bahnsteig und stiegen dann alle zusammen in den Zug nach Greenock. Es war ein »Sonderzug«, zwei Personenwagen und sechzehn Güterwagen; hinter einer Absperrung aus Stacheldraht kontrollierte Militärpolizei die Papiere der Matrosen, die an der

Sperre Schlange standen. Während der Posten den Paß untersuchte, den Lapin ihr bei Captain Saunders, dem Chef der Rußland-Abteilung, besorgt hatte, fiel Asja auf, daß sie die einzige Frau in dem Zug war. Sie hatte darauf bestanden, das Schiff zu sehen, das Nick ins Eis des Nordens, nach Murmansk bringen sollte.

Sie hatte zugesehen, wie er seine Polarausrüstung gepackt hatte, und manches davon hatte sie an die Sachen erinnert, die früher in den Schlitten ihres Vaters verladen wurden, wenn er im Winter auf die Jagd fuhr: lange Unterwäsche, grobe Flanellhemden, dicke Socken, pelzgefütterte Stiefel und Handschuhe, die von den Dienstboten so lange mit Salbe bearbeitet wurden, bis sie sich ganz weich anfühlten. All das war ihr vertraut, aber es gab auch andere, bedrohliche Dinge darunter, die ebenfalls zur Standardausrüstung gehörten: den Dienstrevolver in seinem schweren wasserdichten Etui und die Schutzhaube aus Asbest, die in Gefechtsstellungen getragen wurde, um das Gesicht vor Feuer, Phosphor und Granatsplittern zu schützen. Sie bat ihn, die Haube einmal für sie aufzusetzen, aber er schüttelte den Kopf.

»Molotschkow ist auch dabei, wie ich sehe.« Lapin hatte seiner Aktentasche einige Papiere entnommen und überflog die Namen auf einer Liste.

»O Gott«, sagte Nick und starrte aus dem Fenster. »Dieser schmierige Mistkerl.«

Lapin zuckte die Schultern. In letzter Minute war der harmlose stellvertretende Leiter der Station London von seinem Vorgesetzten, dem Geheimagenten Wassilij Petrowitsch Molotschkow, ersetzt worden. Wer konnte das Verhalten der Sowjets ergründen?

»Saunders erklärt mir ständig: ›Sie sind Russe. Sie sollten die verstehen‹«, sagte Lapin nachdenklich. »Und ich antworte ihm jedesmal: ›Das sind keine Russen. Das sind Sowjets. Ein neuer Menschentyp. Ich bin der alte Menschentyp. Hoffnungslos. Mich verwirrt das genauso wie Sie.‹

Worauf er natürlich sagt: ›Wofür zum Teufel bezahlen wir Sie dann eigentlich?‹« Lapin zuckte die Schultern. »Immerhin kann ich ihre Sprache sprechen.«

»Ich kann nicht einmal das«, murmelte Nick.

»Doch, das kannst du«, sagte Asja leise.

»Wenn es nur nicht so eingerostet wäre«, sagte er.

»Ich war bei Saunders und habe ihn gefragt, was wir über Molotschkow wissen«, sagte Lapin. »Gerüchte, sagt er. Stellvertretender Leiter der Stationen Wien und Madrid. Also dürfte er vor dem Anschluß in Österreich gewesen sein und davor im republikanischen Barcelona.«

»Zweifellos, um die örtlichen Parteien zu säubern«, äußerte Nick.

»Zweifellos.«

Sobald man seine Vorgeschichte kenne, sagte Asja – alles, was er mit sich herumschleppe –, kenne man den ganzen Menschen. Dann könnten einen die guten Manieren auch nicht mehr täuschen.

»So ein Mist«, sagte Nick. »Wenn die Briten vor dem Krieg mit ihrer Spionageabwehr nicht so verdammt nachlässig gewesen wären, könnte jetzt eine Akte über ihn existieren.«

»In Frankreich …« fing Asja an.

»Ganz genau«, sagte Nick. »Da würden sie eine Akte haben, aber Saunders meint, mit solchen Sachen hätten wir uns vor dem Krieg nicht abgegeben.«

Also wüßten sie aber auch wirklich alles über die Sowjets, alles über deren europäisches Agentennetz, alles über Murmansk.

»Saunders hat das überhaupt nicht gestört. ›Kundschaften Sie sie einfach aus, wenn Sie da sind. Dafür werden Sie von uns bezahlt, alter Junge‹«, äffte Nick seinen Vorgesetzten nach. »Ich bin nicht Ihr alter Junge«, sagte er und sah aus dem Fenster.

Die Vorstellung, einen Monat lang mit Molotschkow auf

hoher See verbringen zu müssen, ließ Nick in ein Schweigen versinken, das er erst wieder brach, als der Zug London weit hinter sich gelassen hatte. Er nahm seine Aktentasche, vergewisserte sich, daß die Abteiltür verschlossen war, und öffnete dann die Öltuchmappe, die seine geheimen Anweisungen enthielt. Das Wesentliche war ihm bereits bekannt: der Besuch war von sowjetischer Seite angeregt worden. Die Sowjets behaupteten, der kodierte Funkverkehr zwischen London und Murmansk werde abgefangen: das hätten sie aus dem Muster der deutschen Bombenangriffe geschlossen. Das deutsche Bombergeschwader in Norwegen sei in der Lage, die Ankunftszeiten von Flottenverbänden vorauszuberechnen, und erziele eine beunruhigende Trefferquote. Zunehmende Verluste auf den arktischen Schiffahrtsrouten. Der Leiter der Murmansker Depots wünschte ein persönliches Treffen vor Ort, um das weitere Vorgehen zu besprechen. Warum nicht in London? hatte Saunders gekontert. Nein, hatte Molotschkow insistiert, das müsse vor Ort geschehen. All das ließ die Einheit vermuten, daß Nick mit einer Botschaft von höchster Stelle zurückkehren werde. Die Anweisungen ritten auf Selbstverständlichkeiten herum: Bestehen Sie auf ein Treffen mit dem Oberbefehlshaber, dem örtlichen Stationsleiter und der Moskauer Führung. Nick reichte die Mappe an Lapin weiter, der sie in seiner Aktentasche einschloß: nicht nötig, die Anweisungen mit an Bord zu nehmen.

Nick sah zu Asja hinüber. Der Schatten ihres Hutes halbierte ihr langes, kantiges Gesicht, und ihre rubinrot geschminkten Lippen leuchteten im Dunkel des Abteils. Er blickte weg, und sie wußte, daß er dachte, sie hätte nicht mitkommen sollen. Er zog den Verdunkelungsvorhang zurück: sie näherten sich Birmingham. Am Fenster sprühten Funken aus dem Schornstein vorbei. Über das besänftigende Rauschen des Zugs schob sich das dünne hohe Dröhnen eines Flugzeugs.

Es klopfte an die Tür des Abteils. Lapin ließ die Aktentasche zuschnappen, legte sie ins Gepäcknetz und ging an die Tür. Sie glitt auf, und Molotschkow trat ein. »Darf ich?«

Er nahm Asja gegenüber Platz und zog mit einem geübten Ruck die Tür zu. Er hatte eine hohe fliehende Stirn, stahlgraues Haar und klare graue Augen. Asja warf einen raschen Blick auf seine Hände, sie suchte dort nach irgendeinem verräterischen Zeichen seiner Vergangenheit, aber sie waren ebenso weiß und leer wie sein Gesicht.

Genau wie sein Name, dachte sie. Wenn sie und Lapin als Kinder mit den Namen der Leute gespielt hatten, hatten sie sich vor Lachen gekugelt. Sie sah es noch vor sich, wie Lapin in der überdachten Gartenschaukel unter den Kiefern lag und seine drolligen Späße trieb, während sie mit ihrem Schuh ans Gerüst trat und sie hin und her schaukelte. Und jetzt saß ihnen gegenüber »der Milchige«.

Rote Sterne auf den Epauletten: ansonsten war sein Uniformrock kahl, zweckmäßig, ziemlich schlecht geschnitten, aus minderwertigem Stoff. Die Volksarmee. Er hielt ihr ein gewölbtes, glänzendes Zigarettenetui hin; er ließ es mit einem Druck seines Daumens aufspringen, und es kam eine Kompanie Dunhills zum Vorschein, die hinter einer goldenen Borte in Habtachtstellung standen. Sie schüttelte den Kopf. Er reichte das Etui an Nick weiter. Er nahm sich eine Zigarette, und im gleichen Augenblick war auch schon das Feuerzeug da, die Flamme flackerte im Luftzug.

»Jetzt kehren Sie also endlich in die Heimat zurück.« Molotschkows modernes, rauhes Russisch tat ihr in den Ohren weh. Lapin hatte recht: ein neuer Menschentyp.

»Wassilij Petrowitsch, tun Sie mir einen Gefallen«, sagte Nick auf englisch. »Wir werden fast einen Monat lang zusammen auf diesem verflixten Schiff verbringen müssen. Vielleicht werden wir sogar das Vergnügen haben, gemeinsam zu ertrinken. Also verschonen Sie mich mit Witzen über meine Heimat.«

»Aber es ist doch Ihre Heimat.«

»Ich bin Kanadier, Molotschkow.«

»Nun, es ist *Ihre* Heimat, Prinzessin Galizin«, sagte Molotschkow, »habe ich recht?«

»Ich habe einen französischen Paß«, erwiderte sie so kalt wie möglich. Nicht ganz wahrheitsgetreu, aber warum diesem Mann gegenüber zugeben, daß sie nie den Mut besessen hatte, ihren Nansen-Paß, dieses Abzeichen kompromißloser russischer Exilanten, wieder abzugeben?

»Du liebe Zeit«, sagte er fröhlich. »Ich habe mir Ihre Gesellschaft angenehmer vorgestellt.« Er lachte, und sie alle beobachteten ihn.

Er glich einem Straßenzauberer, den sie einmal in Paris gesehen hatte; er hatte Niki eine Taube aus der Tasche gezogen, und sein durchdringender, grinsender Blick hatte sie nicht von der Stelle weichen lassen. Bei Molotschkow war es ganz ähnlich: als er sie so boshaft grinsend ansah, glaubte sie fast, gleich werde er ihr ein Pik-As hinterm Hut hervorzaubern.

»Aber wir kämpfen doch für dieselbe Sache, oder?« Jede seiner Bemerkungen schraubte sich zu einer Frage.

»Ja«, sagte sie. »Immerhin besser als früher, als Sie auf Hitlers Seite gekämpft haben, finden Sie nicht auch?«

Er hob einen Finger. »Wie sagen die Engländer so schön? ›Man soll das Vergangene ruhen lassen.‹ «

»So lange ist das nun auch nicht her«, sagte Nick. »Vor gerade mal drei Jahren haben Sie und Hitler noch Polen unter sich aufgeteilt.«

Molotschkow ignorierte ihn. »Ihr Mann ist, glaube ich, für Polen in den Kampf gezogen.«

Ihr Gesicht war vollkommen ausdruckslos. »Ja, und er ist nicht zurückgekehrt.«

»Tut mir leid, das zu hören.«

»Mir auch«, gab sie zurück, »besonders, weil Sie Polen von Osten her angegriffen haben, als Hitler gerade von Westen her einmarschierte.«

»War Ihr Mann Pole?«

»Möchte wissen, wo Sie Ihre Informationen über meinen Mann herhaben.«

Molotschkow lächelte gelassen und machte eine Handbewegung, als wollte er sagen: Ihre Entrüstung ist reine Zeitverschwendung.

»Ihre Unterlagen sollten etwas genauer sein. Er wurde in Chelm geboren.«

»Das einmal zum zaristischen Rußland gehört hat«, konterte Molotschkow.

»Bevor Lenin es 1918 in Brest-Litowsk an die Deutschen verschachert hat. Durch diesen Vertrag wurde die Heimatstadt meines Mannes in das republikanische Polen eingegliedert«, sagte Asja. »Also hat Polen ihm naturgemäß am Herzen gelegen. Obwohl er Russe geblieben ist.«

»Interessante Geschichtsstunde«, sagte Molotschkow.

»Ich war zwanzig Jahre mit ihm verheiratet.«

»Aha.«

Sie hatte das nervöse Gefühl, daß er sie bloß an der langen Leine zappeln ließ, um sie müde zu machen. Er ließ sie keinen Moment aus den Augen. Wer Reptilien mochte, konnte ihn fast für gutaussehend halten.

»Bis zu seinem Abgang nach Polen hat er wertvolle Geschäftsbeziehungen zu meinem Land unterhalten. Hatten Sie nichts dagegen einzuwenden?«

Sie schüttelte den Kopf.

»Warum nicht?«

Sie fand das unverschämt. »Weil er mein Mann war.«

Es folgte ein längeres Schweigen. Über dem Rattern des Zuges konnten sie das Dröhnen von Flugzeugen hören. Nick zog den Verdunkelungsvorhang zurück und starrte in den Himmel. Sie näherten sich einem Bahnhof, doch welchem, das konnte er nicht erkennen.

Molotschkow lächelte. »Es ist eine Schande, daß nicht alle Emigranten so feste Standpunkte haben wie Sie.«

Nick schaltete sich ein. »Hören Sie, Molotschkow«, sagte er auf russisch, »keiner von uns hat etwas für die weißgardistischen Schwachköpfe übrig, die Hitler in ›ihre Heimat‹ gefolgt sind.«

Asja saß ganz still. Der Zug wurde langsamer. Dampf wurde ausgestoßen, Bremsen knirschten, ein Rütteln lief von Wagen zu Wagen. Sie sagte: »Solche Leute sind fehlgeleitet. Man hat sie in die Irre geführt.«

Molotschkow nickte gemessen.

Plötzlich wurden sie alle nach vorne geschleudert. Der Zug erbebte, die Bremsbacken kreischten auf den Schienen. Etwas zog sie mit aller Gewalt in ihren Sitz, dann warf es sie wieder mit einem Ruck nach vorn. Sie stürzte auf den Boden des Abteils, eine Hand drückte ihren Kopf nach unten, und der Zug stand. »Flugzeuge!« brüllte Nick und warf sich dann über sie. Alles um sie dröhnte, Glassplitter prasselten nieder, und Nick hielt sie fest gepackt. Immer und immer weiter, Sekunden dehnten sich zu Minuten, zu Stunden, der Boden bebte, Glas klirrte, tollwütig zerrten die Explosionen an ihren Kleidern. Flammen vor den zugepreßten Augen, glaubte sie immer tiefer in die Zeit zurückzustürzen bis hin zum Bahnhof von Mineralnyje Wody, wo sie unter dem Restauranttisch in Deckung gegangen war, und dann wurde sie in die kreischende Gegenwart nach vorn geschleudert, Nick lag auf ihr, und es krachte von allen Seiten.

Dann hörte es auf. Eine Minute lagen sie und horchten in die Stille, lauschten, hörten aber nur Flammen knistern; Geruch brennender Farbe durchdrang die Luft. Nick ließ sie los und zog sich auf den Sitz. Sie blickte auf: der Verdunkelungsvorhang flatterte im zerborstenen Fenster. Nicks Haare waren mit Glassplittern behängt. Molotschkow starrte vor sich hin, aus seiner rechten Schläfe strömte Blut. Seine ganze Uniform glitzerte vom Glas der Abteiltür und der Waggonfenster.

Schreie ganz in der Nähe. Nick riß den Vorhang weg,

stemmte sich aus dem zertrümmerten Fenster und sprang auf die Gleise. Lapin folgte ihm und half dann auch Asja hinaus. Nick zerrte Molotschkow nach draußen. Er krachte auf den Boden, stöhnte, und Nick schob ihn die Schotterböschung hinunter. Lapin gab ihr einen Stoß, und auch sie rutschte über die Steine nach unten, bis sie das Gleichgewicht verlor und kopfüber durch einen Mattenzaun stürzte.

Sie tastete mit einer Hand durch die Dunkelheit. Die Erde war feucht, frisch bestellt: sie fühlte Reihen kleiner Pflanzen, roch irgendwo in der Nähe Kompost. Eine Art Schrebergarten. Nick und Lapin waren nirgends zu sehen. Dann wieder eine Explosion, ein Feuerball aus Benzin stieg auf, und sie warf sich flach hin.

Als sie den Kopf hob, sah sie vor sich jemand mit dem Gesicht im Gras liegen. Sie kroch hin, erkannte Molotschkow, stellte ihn auf die Beine, packte ihn am Kragen und zog ihn mit sich. Glas knirschte unter ihren Füßen. Weiter vorne stand ein Haus. Die Glasscheibe der Hintertür war herausgesprengt. Sie griff hindurch und drückte auf die Klinke.

Sie waren in einer Küche: sie sah einen Pumpenschwengel, einen Spülstein, Reihen von Bechern auf einem Regal, ein Geschirrtuch auf einem Tisch. Sie ging durch die Küche in einen dunklen Flur und folgte einer geblümten Tapete und einem Plüschläufer, bis sie zu einer Tür gelangte.

Als sie sie aufmachte, sah sie drei sehr weiße Kindergesichter, die unter einem Messingbett hervor zu ihr hochstarrten, und eine Frau im Nachthemd, die auf allen vieren hockte und sich gerade erheben wollte. Asja ließ Molotschkow auf einen Stuhl sinken. »Ich glaube, ich habe Ihren Garten ruiniert«, sagte Asja. Molotschkow untersuchte seine blutende Hand. Alles war still.

»Hier«, sagte die Frau argwöhnisch und reichte ihm ein Handtuch von der Lehne des Stuhls neben ihr. Er wischte sich übers Gesicht, betrachtete das Blut und schien verwirrt.

Die Kinder lagen mit offenen Mündern. Die Frau beobachtete sie, horchte auf die Geräusche draußen. Vorne von der Straßenseite kamen Schreie, Feuerwehren heulten, die Glocke eines Polizeiwagens schrillte.

Auf dem Sims über dem Kohlenofen tickte ein eiserner Kinderwecker. Asja lauschte der Uhr, und plötzlich begann sie zu zittern. Sie ließ sich neben einer Frisierkommode am Erkerfenster nieder.

Die Frau ging an ihr vorbei durch den Flur in die Küche. Die Kinder krochen unter dem Bett hervor und nahmen in einer kleinen Gruppe Aufstellung gegenüber den zwei schlammbedeckten und blutenden Fremden. Ein Kessel begann zu pfeifen. Die Frau kam zurück und reichte Molotschkow und Asja Tassen mit heißem gezuckertem Tee. Sie selbst schlürfte auch eine, gab jedem ihrer Kinder einen Keks und setzte sich; sie drängten sich um ihren Stuhl.

»Bert ist am Bahnhof«, sagte die Frau nach einer Weile.

»Wo sind wir?« fragte Asja.

»Sie bombardieren den Güterbahnhof. Wo Bert arbeitet.«

»Wo?«

»Carlisle.«

Die Frau trug rote Pantoletten und einen blauen Herrenbademantel. Sie hatte Lockenwickler im Haar und mochte um die Vierzig sein. Sie ging in die Küche und kam zurück mit einem alten Hemd, einem Waschlappen und einem Kochtopf voll Wasser.

»Eins von Berts alten«, sagte sie und riß das Hemd in Streifen. »Für ihn«, sagte sie. Sie setzte sich und beobachtete, wie Asja die Kopfwunde Molotschkows badete und ihm die Glassplitter aus dem Ohr und den Haaren zupfte. Molotschkow versuchte den Kindern zuzulächeln, aber da verbarg die Jüngste angstvoll ihr Gesicht im Schoß der Mutter.

»Sie machen das sehr gut«, flüsterte Molotschkow auf russisch.

»Ich war früher Krankenschwester, oder steht das nicht in Ihren Akten?« flüsterte sie zurück.

Nur Schrammen und Beulen, dachte sie, sonst hat er nichts Ernstes abbekommen. Sie sahen zu, wie sie ihm die Hemdstreifen um den Kopf wickelte und die Enden hinter dem Ohr feststeckte.

»Woher kommen Sie?« fragte die Frau und betrachtete die roten Sterne auf Molotschkows Uniform.

»Aus London«, sagte Asja. »Und er ist auf dem Weg nach Rußland.«

»Aha«, sagte die Frau wenig überrascht.

»Ich muß meine Freunde finden«, sagte Asja. »Kann ich ihn bei Ihnen lassen?«

Die Frau nickte, und sie blieben wachsam bei ihm sitzen, während Asja aufstand und durch die Vordertür auf die Straße ging. Schmale Reihenhäuschen, die unmittelbar an der Eisenbahnböschung standen. Bloemfountein Road, stand auf dem Schild. Nummer 36. Am Boden lagen Schläuche, Feuerwehrleute rannten um sie herum. Der Zug brannte noch immer, die Flammen beleuchteten die Spitzen der Schornsteine. Sie wollte nach Nick und Lapin rufen, aber die Sirenen hätten jeden Schrei übertönt. Sie ging auf ein Gebäude zu, das sie für den Bahnhof hielt. Es brannte, und sie ging so nahe an die Flammen heran, bis sie die Hitze auf ihrem Gesicht spürte. Dann hörte sie jemand ihren Namen rufen und drehte sich um.

Nick sagte: »Du brauchst Hilfe«, und als Asja an sich hinunterblickte, sah sie, daß ihre Hände und ihr Trenchcoat voller Blut waren. »Von Molotschkow, nicht von mir«, sagte sie, und ein absurdes Wohlgefühl durchströmte sie. Sie gingen zurück, um ihn zu holen; die drei Kinder wachten bei ihm wie bei einem verletzten Vogel. Auch Bert war jetzt da, ein kleiner Mann in rußverschmiertem Overall und Helm; er rauchte eine Zigarette und ließ Molotschkow nicht aus den Augen.

»Nur mal eben vorbeigekommen, um zu sehen, ob alles in Ordnung ist.« Seine Frau reichte ihm eine Tasse Tee.

»Sie haben einen Kratzer abgekriegt, wie?« sagte er zu Molotschkow.

Molotschkow sagte: »Ich bin Russe.«

»Stört mich nicht«, sagte Bert.

Als Asja so in diesem Kinderschlafzimmer stand und ihre weißen Füße auf dem Linoleum sah, ihre Kleider zum Lüften auf dem Wäscheständer vor dem aschgrauen Kohlenfeuer, fühlte sie sich plötzlich den Tränen nahe. Ihr Vater hatte den Helm abgenommen: der kleine Junge hielt ihn am Gurt in der Hand. Der Vater fuhr sich mit der Hand durchs Haar: Armeeschnitt, hinten und an den Seiten kurz. Stirn und Wangen mit Kohlenstaub beschmiert. Alles in der Bloemfountein Road Nr. 36 war ordentlich: die sauberen Spitzenvorhänge an den Fenstern, die Frisierkommode, der kleine Fußballspieler auf dem Kaminsims. Asja beugte sich zu der Jüngsten hinunter und sagte: »Eines Tages wirst du den Leuten erzählen, du hättest geschlafen, und dann wärst du aufgewacht, und ein Zug hätte gebrannt, und zwei blutüberströmte Russen wären zur Tür hereingekommen. Und kein Mensch wird dir glauben. Aber du wirst die Wahrheit sagen. Laß dir von niemand einreden, daß es nicht geschehen ist.« Das kleine Mädchen sah sie an und verbarg sich hinter dem Stuhl.

»Danke«, sagte Asja zu Bert. Er nickte.

»Schon gut«, sagte die Frau, die mit verschränkten Armen in der Tür stand und ihnen nachsah.

Um vier Uhr morgens waren sie mit einem Stabswagen auf dem Weg nach Greenock. Die Scheinwerfer tasteten sich durch die grünen Tunnel der Landstraßen, und es zog durch das Planverdeck. Asja fror und fühlte sich steif und wund. Molotschkow saß vorne neben dem Fahrer, und das letzte, woran sie sich erinnerte, bevor ihr Kopf ans Fenster sank und sie einschlief, war sein bandagiertes Profil vor dem schwachen Leuchten der Armaturen.

Als sie erwachte, quietschten die Reifen des Wagens über die stählernen Geleise auf dem Kai von Greenock. Riesige

Kräne ragten in die neblige Dämmerung, und sie sah einen Panzer in der Luft über dem Laderaum eines Schiffes schweben, grotesk, als hätte er gerade eine Denkpause eingelegt. Es war noch dunkel, doch auf der Werft wimmelte es von Gestalten, die sich zwischen Kisten und Ballen hin und her bewegten und zu den großen Kränen hinaufgestikulierten. Sie roch den Ölfilm auf dem Wasser in der frostigen Luft und sah die Mastlichter von einem Dutzend Frachtschiffen. Neben der Gangway am Heck eines der Frachter kam der Wagen zum Stehen. Molotschkow starrte die *Frederick Johnson* an, den Rost, der von ihren Nieten strömte, die salzverkrusteten Bullaugen und die Leckwasserpumpen, aus denen es krampfhaft ins Hafenbecken spie. Er machte spöttisch drei Kreuze. »Mögen die Heiligen uns beschützen«, sagte er.

An einem Kran schwebte ein Netz voll Benzinkanister über das Deck, und die Mannschaft umringte die Luke und lenkte die Ladung hinein. »Benzin«, sagte Lapin zu Molotschkow und zeigte auf das Netz. Molotschkow nickte. »Für Leningrad.«

Und während er sich durch die Luke in die Quartiere unter Deck stemmte, fügte Nick hinzu: »Ein Torpedo, und wir beide werden als Grillhähnchen aufwachen.«

»Was heißt Grill?« hörte Asja Molotschkow fragen, als er Nick nach unten folgte.

Sie wußte, unter Deck würde sie sich wie lebendig begraben vorkommen, und blieb daher oben in der frischen Luft der Dämmerung. Sie fühlte sich sehr weiblich hier unter diesen unruhigen geschäftigen Männern, die mit Proviantballen an ihr vorbeiliefen, die Taue der Rettungsboote kontrollierten und die Flansche an der Signallampe neben der Tür zur Brücke ölten. Auf dem Achterdeck stand ein Flakgeschütz; der Kanonier hockte, den Blick in den Himmel gerichtet, auf dem Sitz und drehte sich schnell um 360 Grad. Ein kleines Geschütz, nicht sonderlich brauchbar gegen irgendeinen ernsteren Angriff, und an der Art, wie man die Reling herausgeschnitten hatte, um Platz dafür zu schaffen, erkannte sie, daß es eben erst festgeschraubt worden war.

In Noworossisk war das alles so anders gewesen. Nicht diese stille, bange Geschäftigkeit, sondern Panik auf jedem Gesicht. Nicht dieses rostige Trampschiff, die *Frederick Johnson*, sondern die imposante *Orient Star*. Nicht dieser schummrige Nebel und diese beißende Kälte, sondern der strahlende Glanz der Schwarzmeerküste. Nicht Morgen-, sondern Abenddämmerung. Kein Anfang, sondern das Ende von allem, was sie gekannt hatte.

Nick tauchte hinter ihr auf. »Du mußt jetzt allmählich gehen.«

Man schickte sich an, die Leinen loszumachen.

»Ich bin weit weg gewesen«, sagte sie.

»Wo?«

»In Noworossisk, am Kai, genau wie hier.«

»Und irgendwo dort unten in der Menge stehe ich, mein Vater und meine *nanja*.«

»Ja, du bist auch dort unten.«

»Wie hieß das Schiff?«

»*Orient Star.*«

»Das haben wir nicht mehr bekommen.«

»Wie hieß denn deins?«

»*Huanchaco.*«

»Auf Wiedersehen«, sagte Nick und küßte sie dreimal.

»Auf Wiedersehen«, sagte sie und strich ihm mit der Hand über die Schulter.

Lapin stand bei ihnen, und sie warteten gemeinsam noch eine Weile schweigend und reglos, wie russische Familien es tun, wenn einer von ihnen zu einer Reise aufbricht, bis Asja den Bann brach, die Gangway hinunterlief und am Kai entlang davonging. In diesem Augenblick kam Molotschkow an Deck, und er und Nick sahen ihr nach, bis sie im Nebel verschwunden war; Lapin folgte ihr mit großen Schritten, ohne sich einmal umzudrehen.

Nach Nicks Abreise stürzte sich Asja in den »Tunnel« – drei Wochen ohne Unterbrechung Nachtdienst, der jeden Morgen um sechs mit der Nachrichtenzusammenfassung endete. Draußen in London war es noch dunkel, doch auf dem Kontinent, in Leningrad und im Hafen von Murmansk, war über Belagerern und Belagerten die Sonne aufgegangen. Ihre Bekanntmachungen strahlten immer nur die offiziellen Hoffnungsbotschaften aus: der Vormarsch sei gestoppt, Leningrad trotze der Belagerung, die alliierten Konvois kämen durch, bei Portsmouth und Southampton rollten amerikanische Geschütze und Panzer an Land, das Blatt wende sich. Sie las ab, was man ihr vorlegte, fragte sich aber, wieviel davon der Wahrheit entsprechen mochte. Am Ende ihrer Schicht kam die Müdigkeit; sie ging durch die Korridore, in denen sich jetzt schon die Kollegen der Frühschicht drängten, und dachte kalt und mechanisch: In Rußland ist es jetzt neun Uhr morgens, und mein Sohn, mein Mann und mein Geliebter befinden sich am anderen Ende dieses Kontinents. Sie können am Leben sein, sie können tot sein, ich kann es nicht wissen. Und plötzlich empfand sie nur noch Haß für diese allgemeine Herzlosigkeit.

Auch Gaby arbeitete im »Tunnel«, und so trafen sie sich nach Dienstschluß fast jeden Morgen in der Kantine und nahmen ihr Frühstück gemeinsam ein. Es gab einen neuen Mann in Gabys Leben, und Asja fragte sie nach Einzelheiten aus.

»Name?«

»André Menard, aus Toulouse, da kommen wir praktisch aus demselben Hinterhof. Na ja, fast.«

»Dienstgrad?«

»Captain bei den Fallschirmjägern.«

»Alter?«

»Einer von denen, wo man nie sicher sein kann: um die Dreißig.«

Es gefiel Asja, wie Gaby einen Mann taxierte, wie sie seine Kondition beurteilte und abschätzte, welche Vorteile er ihr verschaffen könnte. Sie kniff die Augen zusammen, klopfte ihre Zigarette ab und konzentrierte sich auf das Wesentliche. Er schien nicht unbedeutend. Sie gab sich weniger spöttisch als gewöhnlich. Auf einer Party in Walton Street hatten sie sich kennengelernt, und dann war alles sehr schnell gegangen.

»Und jetzt ist er weg.«

»Wohin?«

»Frag mich nicht. Irgendein Auftrag. Zu dritt: ein Saboteur für die Eisenbahnstrecken, ein Funker und er. Wohin, wollte er mir nicht sagen.«

Sie gingen durch durch den frühmorgendlichen Nieselregen zur U-Bahn, beide wie betäubt vor Erschöpfung. Da Gaby die Piccadilly Line und Asja die Central Line nahm, trennten sie sich immer an den gewaltigen ächzenden Rolltreppen der Station Holborn.

Von dem unheilvollen Verlangen überwältigt, sich Schmerz zu bereiten, stellte Asja eines Morgens jene Frage, die schon immer dagewesen war, die schon so lange, wie sie einander kannten, zwischen ihnen gestanden hatte.

»Hast du mit ihm geschlafen?«

»Mit wem?«

»Serjoscha.«

Gaby sah weg, den Leuten nach, die auf der rasselnden Rolltreppe neben ihnen in die schmutzige Tiefe sanken.

»Antworte!«

Gaby bedachte sie mit einem kalten amüsierten Blick.

»Was erwartest du, was soll ich dir sagen? Im übrigen geht es darum gar nicht.«

»Und worum geht es?« fragte Asja wutschnaubend, ohne Rücksicht auf die Leute, die sich an ihnen vorbeidrängten.

»Wach doch auf«, sagte Gaby. »Weißt du, daß Niki mich aufgesucht hat? ›Erzähl mir von meinem Vater. Mutter tischt mir nur Märchen auf.‹ Also habe ich's ihm erzählt.«

»Was weißt du?« zischte Asja.

»Genug«, sagte sie, wandte sich um und polterte die Rolltreppe hinunter.

Vollkommen klar und kalt kam Asja die Erkenntnis, daß Gaby mit beiden geschlafen hatte: mit Vater und Sohn.

Während sie durch die fleckigen gelbgekachelten Tunnel stürmte und sich wütend an den Leuten vorbeischob, ging ihr auf, daß es ihnen an Gelegenheiten nicht gemangelt hatte. Niki war von Gaby fasziniert, und dergleichen entging Gaby nie. Wenn sie am Tisch Platz nahm und er ihr liebevoll den Stuhl zurechtrückte, bedachte sie ihn stets mit einem Seitenblick. Ah! Asja schlug sich mit der Faust aufs Knie.

Wie einfältig sie gewesen war! Gaby zu den Urusows einzuladen, ihr und Niki alle Zeit der Welt zu lassen, die kühle dunkle Treppe zu den Schlafzimmern hochzusteigen. In Lapins Wohnung warf sie sich mit dem Gesicht nach unten aufs Bett und preßte in starrer Wut die Hände an die Schläfen. Verraten, verraten! Von dieser Hure! Ihr Parfum, die Art, wie sie ihre Zigarette hielt, das glatte blonde Haar, die fest aufgerichteten Brüste, die sich so schamlos unter ihrer Bluse abzeichneten – alles an ihr erfüllte Asja mit Ekel. Sie blieb starr so liegen und schlief dann ein.

Sie erwachte mit dem Gesicht nach unten, die Tagesdecke feucht von ihrem Speichel, ihre Gedanken kalt und klar. Ein Blick auf die Uhr: es war Mittag. Sie dachte: Und was, wenn Gaby recht hat? Was, wenn Serjoscha … und da setzte sie sich auf, rieb sich das Gesicht und fühlte das Muster der Decke auf ihrer Wange. Kühl erwog sie die Ursachen ihres Zorns. War das alles nur vorgetäuscht, um die Wahrheit zu vertuschen? Nein, das konnte nicht sein, das konnte einfach nicht sein. Sie kannte ihn besser als sich selbst.

Aber mit Gaby sah die Sache anders aus. Ihr Verrat war so offensichtlich, daß Asja sich bei dem Gedanken, daß sie damit nicht gerechnet hatte, mit der Faust an die Stirn schlug. Mit trostloser Klarheit sah sie das Schlafzimmer der Urusows vor sich, darin ihren entkleideten Sohn unter den Blikken ihrer engsten Freundin, die ihn im schräg durch die Fensterläden einfallenden Licht mit eigenen Händen in die erregenden Geheimnisse seines Körpers einweihte. Asja setzte sich auf ihr Bett, gefühllos wie ein Stein.

»Ich verliere den Verstand«, sagte sie zu sich und ging in die Küche. Da in den Schränken außer getrockneten Haferflocken nichts Eßbares zu finden war, machte sie sich Haferbrei und aß mit mechanischer Gleichgültigkeit.

Jetzt wußte sie, was Botynskij gemeint hatte: »Dein moralischer Zauber wird noch einmal dein Untergang sein.« Ja, er hatte völlig recht gehabt. Gewisse Standespersonen, hatte er gesagt, gäben sich gern der Einbildung hin, »über gewisse niedere Gefühlsregungen«, wie Wut oder Eifersucht oder Neid, erhaben zu sein. Und daher hatte sie es sich nie erlaubt, Eifersucht auf Gaby zu empfinden oder, was Sergej betraf, sich irgendwelchen Spekulationen über sein Tun hinzugeben. Ach, es war so viel reizvoller, gut von sich zu denken, sich selbst als großzügig gegenüber den Fehlern anderer zu sehen, sich über dergleichen »erhaben« zu fühlen.

Ich habe mich satt, dachte Asja, und ich habe diese Hure satt. Sie wühlte in den Schubladen, fand eine von Lapins Zigaretten, zündete sie am Brenner des Gasherdes an und ging wütend auf und ab.

Was die Leute ihre Naivität nannten, war, wie sie jetzt erkannte, nur ihre Unfähigkeit, von anderen Schlechtes zu denken; und dies wiederum, weil sie unfähig war, von sich selbst schlecht zu denken. Ihre Naivität war eine unbelehrbare Spielart von Eigennutz gewesen.

Und gleich begann sie zu spüren, wie ihr starrer, gerechter Zorn sich löste und nachließ. Ohne jeden Grund mußte sie plötzlich an jenen Abend denken, als Gaby sie zu der Stripshow mitgenommen hatte. Wie hatten sie gelacht! Wie so weich waren ihre Lippen gewesen! Wie quälend nah an den Abgrund hatten ihre Zärtlichkeiten sie geführt!

Aus Stolz jedoch erstickte sie ihr Verlangen nach Versöhnung: sie fühlte, daß sie ihrem Zorn treu bleiben mußte, auch wenn dieser bald wieder von der Sehnsucht nach Gabys Gesellschaft verdrängt wurde. Sie hatte noch eine Woche im »Tunnel« zu arbeiten, und in der Kantine sprachen sie und Gaby kein Wort miteinander. Asja beobachtete, wie sie den Lippenstift nachzog, ihre Puderdose laut zuschnappen ließ und mit kühl klappernden Absätzen durch den Korridor entschwand.

Eines Abends im September, Asja war bei der Arbeit und Lapin allein in der Wohnung, läutete es. In der Tür stand eine verhärmte und unrasierte Gestalt: es war Nick.

»Neun Stunden in diesem verdammten Zug und vorher sieben Tage auf See. Hast du zufällig Wodka im Haus, Alexander Wladimirowitsch?«

Lapin küßte ihn auf beide Wangen, nahm ihm den Matchbeutel vom Rücken und warf ihn aufs Sofa.

»Werde meinen Geheimvorrat inspizieren.«

Nick verkroch sich auf den Lehnsessel vorm Kamin. Alles war noch da, wo es vorher gewesen war. Zeichen für den kargen Stil der Galizins: in der Küche, durch die Tür zu sehen, Kochlöffel an ihren Haken; neben ihm, sauber gefaltet auf einem Stapel, die Ausgaben der *Times* aus der Vorwoche. Ordentlich wie Mönche, diese Galizins. Er war froh, wieder zurück zu sein, daß er den Teppich hätte küssen mögen.

Lapin goß Wodka in ein Schnapsglas, reichte es Nick, schenkte sich selbst einen ein und nahm auf dem Stuhl gegenüber Platz.

»Wo ist Asja?«

»Hat bis sechs Uhr morgens Dienst.«

»Auch gut«, sagte Nick, kippte seinen Wodka, leckte sich die Lippen und sank dann plötzlich wieder vollkommen erschöpft zusammen.

»Erzähl doch«, sagte Lapin, aber Nick saß einfach nur da und kratzte sich die Bartstoppeln.

»Du könntest mir nicht ein paar Rühreier machen?«

»Ich frag mal die Nachbarn.« Lapin klopfte nebenan an die Tür. Der strenge britische Major war bereits im Schlafanzug, hatte aber tatsächlich etwas Eipulver, das Lapin zusammen mit einer Zwiebel, dem einzigen Gemüse in der Wohnung, in der Pfanne aufbriet.

Nick schlang alles hinunter, fuhr mit einem Finger auf dem Teller herum und bat um Tee. Lapin goß ihm eine Tasse ein und wartete.

»War es schlimm?«

»So schlimm, wie du es dir nur vorstellen kannst. Eine Woche lang habe ich jede Mahlzeit ausgekotzt. Muß zwanzig Pfund abgenommen haben. Drei Monate nichts Anständiges zu essen gehabt.« Er sah zu Lapin auf. »Weißt du, was die in Murmansk essen?«

Lapin schüttelte den Kopf.

»Robbenfleisch. Wenn sie es kriegen können.«

»Und wenn nicht?«

»Ich habe Männer gesehen, die Ratten gehäutet und gekocht haben.«

»Und die Begleitschiffe?«

»Eins haben wir verloren. Ist zurückgeblieben, ein Nachzügler. Konnten nicht kehrtmachen, um die Überlebenden aufzusammeln. Wären sowieso keine dagewesen.«

Er fragte, ob er noch mehr zu essen haben könne. Lapin machte eine Dosensuppe heiß, und Nick schlang sie hinunter. Leise und fanatisch murmelnd erzählte er von der Nacht, als sich bei einem Sturm vor der Nordspitze Norwegens die Ladung verschoben hatte: wie die Wogen über ihnen auf die Luken gekracht waren, während sie die Ladung wieder zurechtzurücken versuchten, und wie dabei zwei von der Mannschaft, Schotten aus Greenock, von einem umstürzenden Faß zerschmettert worden waren. Sie wurden über Bord geworfen. Die Bedingungen waren so schlecht, daß für eine Totenmesse keine Zeit war.

»Man sieht die Leute nicht richtig«, sagte Nick. »Molotschkow zum Beispiel. Wenn man in denselben Eimer kotzt, revidiert man seine Meinungen. Er war in Ordnung.« Als sie sich eines Nachts in ihren Kojen wälzten, habe Molotschkow, nur um im infernalischen Lärm der Maschinen und der See nicht wahnsinnig zu werden, zu reden angefangen. Mit neunzehn habe er als Hilfskanonier bei Perekop gekämpft. Ein Veteran des Bürgerkriegs, man stelle sich vor. Nicht bloß ein Mörder am Schreibtisch, sondern ein echter Gläubiger. Und seine Eltern waren Lehrer aus Pjatigorsk. Bei den Sozialrevolutionären, habe er geflüstert. Gerade noch rechtzeitig zu den Bolschewiken übergewechselt. Ja, er habe zwanzig Jahre lang im internationalen Büro gearbeitet – er beherrsche viele Sprachen, und ja, er sei in Wien gewesen, in Spanien. Das alles sei wahr. Und einmal, als das Schiff so schlimm ins Schlingern geraten sei, daß die Vernietung des Kesselblechs über ihnen sich gelöst habe und Seewasser in ihre Kojen gerauscht sei, habe Molotschkow gesagt: »Werden wir sterben, Nikolaj Dimitrowitsch?« Und Nick habe über den Wahnsinn lachen müssen, im Zwischendeck dieses elenden, bei Windstärke 10 irgendwo vor der norwegischen Küste umhergeworfenen Handelsschiffs in den Armen eines sowjetischen Geheimagenten zu liegen.

Nachdem er all das losgeworden war, sank Nick der Kopf auf die Arme, und er schlief ein. Zwanzig Minuten später, noch immer am Tisch, wachte er auf, kratzte sich am Kopf und bat um eine weitere Tasse Tee. In Murmansk angekommen, erzählte er, mußten sie dann erst einmal tagelang das Benzin an Land schaffen. Die Mannschaft wurde unten am Hafen in britischen Nissenhütten untergebracht, die wie Iglus vollständig mit Schnee bedeckt waren, und dort schliefen und aßen sie und hockten wärmesuchend um den Holzofen. Molotschkow verschwand, und Nick durfte einen geschlagenen Monat lang auf die verfluchten Sowjets warten.

»Konntet ihr die BBC empfangen?« wollte Lapin wissen. »Asja meinte, du könntest vielleicht ihre Stimme hören.«

Nick nickte und sagte lächelnd: »Ja. Das war unglaublich. Durch das ganze Rauschen und Knistern diese klare dunkle Stimme. Wunderbar. Als ob sie mit mir geredet hätte.« Er schien den Tränen nahe.

»Jedenfalls habe ich einen Monat in dieser verdammten Nissenhütte verbracht. Von Molotschkow immer dasselbe: ›Warten Sie, mein Vorgesetzter ist unterwegs. Nur Geduld. Kommunikation ist schwierig, die Eisenbahnstrecken sind vielerorts zerstört, es wird dauern, bis er hier ankommt.‹ ›Von wo?‹ frage ich. ›Moskau. Nur Geduld.‹ «

Als dann einen Monat später die deutschen Bomber einen nächtlichen Angriff flogen, führte Molotschkow ihn durch ein Labyrinth dunkler Gänge, die unterhalb des Hafens in das ewige Eis gegraben waren. Die Stollen waren eng und niedrig, und die vereisten Wände bebten von den Detonationen über ihnen. Sie liefen geduckt, und dann brachen sie plötzlich durch einen Filzvorhang in eine Höhle tief unter der Stadt, und dort an einem Schreibtisch saß unter einer einzigen weißen Glühbirne, links und rechts flankiert von einem Funker und einem Schreiber, der große Boß.

»Hat er um seine Geschenke gebeten?« fragte Lapin.

»Ja, wie ein Stammeshäuptling hockt er da tief unten im ewigen Eis; daß der Boden zittert, kümmert ihn kein bißchen, will nur von mir hören, daß ich mir vor Angst in die Hose mache. Schließlich sage ich: ›Mit größtem Respekt, Kommandant...‹

›Kriwitzky‹, sagt er.

›Sind wir hier, um Geschäfte zu machen?‹

›Aber natürlich‹, sagt er. Und dann haben wir angefangen. Eine richtige Einkaufsliste. ›Ich habe unsere Leute bereits instruiert: Panzer, Handfeuerwaffen, Treibstoff, Treibstoff und noch mal Treibstoff.‹

›Sie nehmen uns die ganzen Vorräte weg‹, sage ich.

Darauf er: ›Wir gewinnen den Krieg für Sie.‹

Und ich konnte einfach nicht widerstehen. Ich meine, man hatte uns in diese verdammten Nissenhütten eingepfercht, kein Mensch hatte uns irgendwas gesagt, und deshalb bin ich dann damit rausgerückt: ›Wo waren Sie '39, als wir Sie gebraucht haben? Zwei Jahre lang mußten wir allein damit fertig werden, bis Sie es endlich für angebracht hielten, sich uns anzuschließen.‹

›Ich bin vollkommen Ihrer Meinung, Captain‹, sagt er. ›Nicht jeder in meinem Land ist für diese Allianz gewesen.‹ Das hat er wirklich gesagt. Der erste Sowjet, den ich kennengelernt habe, der es gewagt hat, die offizielle Linie in Frage zu stellen. Ich dachte: Dieser Kerl *muß* einen hohen Rang bekleiden. Und dann sagt er sehr weltmännisch: ›Lassen wir die Politik beiseite, Captain.‹ – ›In Ordnung‹, sage ich.

Und als wir das Geschäftliche erledigt haben, schickt er Molotschkow und alle anderen weg, und nur noch wir beide sitzen uns da an dem kleinen Kerosinofen gegenüber. Über uns rattern noch immer die Flaks, gelegentlich fällt ein Stück aus der Höhlendecke und wir müssen in Deckung gehen, und während ich mich frage, ob wir hier jemals lebendig rauskommen werden, bleibt er ganz ruhig, und so allmählich finde ich diesen Mann beeindruckend.«

»Das muß der Moskauer Chef gewesen sein. Aber der Name ist mir neu«, sagte Lapin.

Nick nickte. »Er hatte eine komplette Akte über mich: Vater, Mutter und so weiter, und er geht das alles durch, nur damit ich Bescheid weiß. Dann sagt er: ›Ich sehe, Sie waren in Kislowodsk.‹

›Da war ich sieben Jahre alt, Kommandant.‹

›Schöne Stadt.‹

›Damals war Bürgerkrieg, deshalb weiß ich nicht mehr, ob sie schön war oder nicht.‹

›Das war sie‹, sagt er, ›das war sie.‹ Und fügt dann hinzu: ›Das ist sie noch heute‹, und lächelt mich an.«

Lapin machte ein verdutztes Gesicht.

»Und dann zeigt er mir das hier...«

Nick durchwühlte, eine Zigarette zwischen den Lippen, seinen Matchbeutel und zog eine wasserdichte Mappe hervor. Darin befand sich ein fest eingepacktes Blatt Papier. Er faltete es auseinander und reichte es Lapin. Spaltenweise Namen. Nick fuhr mit dem Daumen die Liste hinunter, drehte das Blatt um und hielt dann an.

»Da. Sieh dir das mal an.«

Lapin las den Eintrag und sagte: »O Gott.«

Nick zog an seiner Zigarette. »Das ist die Botschaft. Dafür habe ich den ganzen Weg nach Murmansk und zurück machen müssen.« Er warf die lange Liste auf den Tisch zwischen ihnen.

»Ich glaube, du hast recht«, sagte Lapin düster.

Und sie saßen und rauchten und warteten auf Asja.

Als sie durch die Tür kam, stellte sie ihre Tasche ab, und ohne erst den Mantel auszuziehen, stürzte sie auf ihn zu und umarmte ihn dreimal. »Du lebst!« Sie schlug die Hände zusammen. »Aber wie dünn du bist! Gott, was hast du durchgemacht?«

»Man hat mich auf Diät gesetzt.« Und er sah sie an.

»Laß mich dir was machen. Ein Omelett, irgendwas.«

»Lapin hat mir schon...«

Dann sah sie Lapin an, und dann wieder Nick, und fragte: »Stimmt was nicht?«

Lapin setzte sie und gab ihr eine Tasse Tee, und Nick erzählte ihr seine Geschichte. Sie hing an seinen Lippen, und als er fertig war, gab er ihr die Liste.

Seitenweise nichts als Namen, Dienstgrade, laufende Nummern. Irgendein polizeiliches Dokument. »Staatliches Sicherheitsbüro« stand darüber, »Moskau«, ein Datum – Februar 1942. Sie sah zu Nick auf, wußte nicht, warum sie sich das ansehen sollte; er sagte leise: »Lies«, und da begann sie zu lesen. Und als sie erkannte, worum es sich handelte, fuhr sie mit dem Finger die Liste hinunter, Seite um Seite. Als sie an die Stelle kam, hielt sie an und starrte an ihnen vorbei aus dem Fenster in die Nacht.

In dieser einen Sekunde durchlebte sie noch einmal jeden Augenblick: wie er auf ihrem Bauch lag, die winzigen blauen Fäuste geballt und blutverschmiert; wie er, die Arme nach ihr ausgestreckt, über den Kachelboden auf sie zugewackelt kam; wie er bei den Urusows in der Hängematte lag und in den Maulbeerbaum hinaufstarrte; wie er mit Serjoscha den staubigen Weg entlangging und verschwand; wie er, auf Zehenspitzen, um sie zu erreichen, Olga und Dimitrij umarmte; wie er im Wohnzimmer in der Rue de Solferino mit zornbleichen Lippen vor seinem Vater stand. Sie spürte seinen Kuß auf ihren Lippen, am Abend seiner Rückkehr aus Deutschland auf dem Bahnsteig des Gare de l'Est; sie sah ihn in einem Schützenpanzer, weiß vor Staub, auf der Straße nach Smolensk; und jetzt sah sie auch die letzte Szene: wie die Männer des Suchtrupps von Leiche zu Leiche gingen, Uniformjacken aufrissen, Hundemarken abtrennten, dicht am noch warmen Körper die Innentaschen nach Ausweispapieren, nach Dokumenten durchwühlten, Briefe und Postkarten im Schnee herumverstreuten und endlich um den blutverschmierten Hals das kleine orthodoxe Kreuz entdeckten.

»So«, sagte sie.

Sie bewegte den Finger von dem Namen weg, bis sie bei den Worten »Sitschewka, Provinz Smolensk« stehenblieb.

Wahrscheinlich hatte er sich freiwillig gemeldet, das Haus von Heckenschützen zu säubern. Er kannte dieses Haus, er kannte jeden einzelnen Stein, und er war ihnen, da war sie sicher, wie ein Kind im Dunkeln vorangegangen, hatte sich an den Wänden entlanggetastet und ihre, Asjas, Erinnerungen als seinen Führer durch das Gelände gebraucht.

Sie hatten das Pförtnerhaus besetzt, hatten die Stallungen links hinter sich gelassen, waren von Baum zu Baum die lange Auffahrt hochgeschlichen, waren über die Balustrade auf die Terrasse gesprungen und hatten die großen Fenster eingeschlagen, aus denen man auf den schneebedeckten Rasen sah. Er hatte sie durch die weißen Flure geführt, durch die leeren Zimmer, und irgendwo, sie konnte nicht wissen wo – unter der Treppe? in dem großen Bullaugenfenster unterm Dach? – war er einem Fremden ins Visier geraten. Er hatte nichts davon geahnt, hatte nicht gewußt, wohin er sich wenden sollte, hatte wahrscheinlich nichts gespürt, nur eine Millisekunde lang, wie alles sich auflöste. Er war nach Hause gekommen. Er war in Marino gefallen. Und sie hatte ihn dorthin geführt.

»Prinz Nikita Galizin, Dolmetscher, Offizier, 14. Panzerdivision, laufende Nummer WN6435253. Identifiziert durch: orthodoxes Kreuz, Briefe und Dokumente in russischer Sprache. Getötet von einem Heckenschützen.«

Sie bewegte den Finger die Datumsspalte hinunter, bis sie wieder auf seinen Namen stieß. 14. Januar 1942. Er war seit acht Monaten tot.

Sie legte die Blätter der Liste zusammen, strich sie auf dem Sofa glatt, gab sie Nick zurück, stand auf und ging in ihr Zimmer. Sie schloß die Tür und legte sich mit dem Gesicht nach unten aufs Bett.

Die V2s kamen im Winter des folgenden Jahres; unheimlich pfiffen sie durch die Luft, um dann geräuschlos auf die Erde zu fallen. Eine schlug in Holborn ein, fünfhundert Meter von dem Studio entfernt, in dem Asja gerade eine Nachricht verlas. Das Gebäude bebte, die Lichter gingen aus. Ein Wasserglas kippte ihr in den Schoß, und sie zitterte am ganzen Leibe.

Manchmal konnten Lapin und Nick sie nachts im Schlaf wimmern hören, doch nach dem Aufwachen sagte sie nichts. Sie zog sich an, schminkte sich vor dem Spiegel, trank ihren Kaffee und ging zur Arbeit. An den Stränden der Normandie kämpften sich die Truppen an Land. Abends saßen Nick, Asja und Lapin vorm Radio und lauschten den Korrespondentenberichten aus Caen, Cherbourg und dann von der Straße nach Paris. Eines Nachts verlas sie die Meldung, die Russen seien in Ostpreußen einmarschiert.

An einem warmen stickigen Abend im August 1944 führte Nick sie in Luigi's Grill in der Jermyn Street zum Essen aus. Sie trug ein leichtes buntes Baumwollkleid und keine Strümpfe. Hinterher hakte sie sich bei ihm ein, und sie gingen die Duke Street hinunter, schlängelten sich durch Knäuel von betrunkenen Soldaten, schoben sich an dem Gedränge vor dem Pub in der Crown Passage vorbei und spazierten dann über Pall Mall. Sie teilten sich eine Zigarette.

Im St. James's Park zog sie die Schuhe aus und ging barfuß durch das Gras. Er folgte ihr, sah ihr Kleid hin und her schwingen. In der Dunkelheit ahnte er ein Durcheinander kaum sichtbarer Schemen: umgestürzte Klappstühle, Körper, hochgerutschte Röcke, einen Schuh, Soldatenmützen. Er hörte Lachen, Leiber, die sich im Gras wälzten. Als sie die Brücke über dem künstlichen Teich überquerte, holte er sie ein, und dann sahen sie auf zwei weiße Schwäne hinunter, die über das schwarze Wasser glitten. Sie ging weiter. Unter den großen Bäumen gegenüber Whitehall nahm sie sein Gesicht und küßte ihn auf die Lippen. Er zog sie in der Dunkelheit ins Gras und liebte sie.

Danach lagen sie Seite an Seite und sahen durch die Äste in den Nachthimmel. Das Kleid hing ihr um die Hüften. Sie steckte sich die Hand zwischen die Beine und beschmierte seine Lippen, bis sie naß waren.

Dann begann sie zu weinen.

»Mein armer Junge, mein armer Junge.«

Sie hatte die Augen geschlossen und warf den Kopf hin und her. Nick wollte ihr das Gesicht streicheln, aber sie stieß seine Hand fort.

Als sie nach Hause kamen, verschloß sie ihre Tür. Nick legte sich auf dem Sofa im Wohnzimmer schlafen.

Im September ging sein Freund Rawlinson zur Rheinarmee, und Nick borgte sich die Schlüssel zu seiner Wohnung. Er wollte Asja eine Zuflucht bieten, wo sie sich erholen konnte. Am ersten Abend stand er mit den Schlüsseln in der Hand neben der Tür, und sie ging von Zimmer zu Zimmer, strich mit einem Finger über die Anrichte, besah prüfend den Staub und verschwand dann im Schlafzimmer. Er machte die Tür zu, schloß ab und hängte seinen Mantel auf, und als er ins Schlafzimmer trat, stand sie nackt vor dem Bett.

Jeden Freitagabend erwartete er ihre Rückkehr vom Dienst und ging dann mit ihr in Rawlinsons Wohnung. Sie war gierig, anschmiegsam und wortkarg. Kein Wort vom Tod ihres Sohnes. Sie wollte nur eines von ihm: nicht sein Mitgefühl, nicht seinen Trost, nicht sein Zureden, sondern seinen Körper. Sie hungerte nach ihm. Ihre Finger gruben sich in seinen Rücken.

»Mehr«, flüsterte sie. Mehr und immer mehr, bis es ihm Angst machte.

»Ich werde dir weh tun«, flüsterte er.

»Du kannst mir nicht weh tun«, gab sie zurück.

Hinterher ging sie rauchend von Zimmer zu Zimmer. Wenn er das Radio anstellte, bat sie ihn, es auszumachen.

Stundenlang lag sie in der Wanne und fuhr sich im Wasser mit den Händen über die Brüste, während er auf dem Wannenrand saß und sie beobachtete. Sie starrte auf ihren Körper hinunter, das Delta schwarzen Haars, das ihre Brüste umspielende Wasser.

»Ich glaube, ich komme nie mehr hoch«, sagte sie.

»Du brauchst Zeit.«

Einmal, als sie nebeneinander im Bett lagen, erzählte er von Kanada. Er zog ein Photo hervor; es zeigte einen kleinen Jungen in einem Schneeanzug, er stand im grellweißen Schnee und hielt sich schützend die Hände über die Augen. Nachdem er es lange betrachtet hatte, reichte er es ihr hinüber. Sie war eingeschlafen. Ihr Arm baumelte über die Bettkante. Er nahm die Zigarette aus ihren Fingern und drückte sie im Aschenbecher aus.

In Rawlinsons Wohnung war es immer das gleiche: das Leuchten der Gasheizung auf ihren Körpern, die leeren Schränke, die Kleider auf dem Fußboden, ihre stumme Gier. Monate verstrichen, und dann kam er auf die Idee, sie die Königin des Schlafs zu nennen.

Eines Abends zu Beginn des Winters teilte er ihr mit, daß man ihn nach Nordholland fliegen werde; von dort solle er sich der 2. Kanadischen Division auf dem Marsch durch die norddeutsche Ebene anschließen. Für das erwartete Treffen mit den Russen werde jemand gebraucht, der Russisch spreche.

Im Bahnhof stand sie auf Zehenspitzen, hielt seine Wangen in den Händen und küßte ihn auf die Lippen.

»Du weinst ja.« Sie war überrascht.

»Um Gottes willen, ich liebe dich.«

»Sei nicht böse.«

Der Zug fuhr an, und sie ging nebenher, zwei Schichten Glas zwischen ihr und ihm; sie hatte die Hände tief in den Taschen ihres Trenchcoats, und erst im letzten Augenblick, als er außer Sicht entschwand, sah sie auf.

Sie beantwortete nur wenige seiner Briefe, und als er sie nach dem Grund fragte, erklärte sie, daß es schwierig sei, einem Mann im Kriegsgebiet zu schreiben. Wenn sie aus seinen Briefen von irgendwelchen Ereignissen erführe, seien diese schon längst vorbei. Hätte sie ihm zum Beispiel auf seinen Brief über die Kinderleichen in den Trümmern geantwortet, wäre er inzwischen weitergezogen und würde sich kaum noch daran erinnern. Sie wisse, was der Krieg dem Zeitgefühl und dem Gedächtnis antun und welche Verheerungen er im Innern eines Menschen anrichten könne.

Ende April bat Nick sie in einem Telegramm, zu ihm nach Paris zu kommen. Sie wollte nicht, aber Lapin meinte, sie müsse praktisch denken – es könnte doch sein, daß die Rue de Solferino nicht zerstört und alle ihre Sachen noch da seien. Über einen seiner Freunde beim Luftfahrtministerium besorgte ihr Lapin einen Platz in einem Militärflugzeug.

Nick holte sie in le Bourget ab. Neue Furchen waren in seinem Gesicht. Man hatte ihn befördert. Er drückte sie an sich und streichelte sie, und sie legte ihren Kopf an seine Schulter. Auf der Fahrt in die Stadt sagte er, daß er kündigen werde.

»Ich habe Russen befragt, die aus der Zwangsarbeit befreit wurden. Im Darmstädter Durchgangslager. Sie hatten Angst, nach Hause geschickt zu werden – dort würden sie von Kommandos der Geheimpolizei erwartet.«

»Warum?«

»Sie sagten alle dasselbe: ›Ein sowjetischer Soldat wird nicht gefangengenommen. Man wird uns dafür erschießen.‹ Ich war der einzige, der ihnen geglaubt hat.«

Er blickte in das nächtliche Paris hinaus.

Er hatte einer ganzen Baracke voller Männer Mitteilung von ihrer bevorstehenden Repatriierung machen müssen, und beim Appell am nächsten Morgen, als sie in die Züge verladen werden sollten, fand er zwei von ihnen an ihren Gürteln erhängt an den Querbalken. Im Bahnhof sprang ein weiterer durch das Fenster des Restaurants, schlitzte sich dabei den Hals auf und verblutete auf dem Bahnsteig. Vor Nicks Füßen. Asja legte ihre Hand in seine.

»Du mußt nach Hause gehen, nach Kanada.«

»Sprich nicht davon.«

Sie hob den Verdunkelungsvorhang und sah die Stadt vorbeiziehen. Ein rauher Abend im April. Alles war, wie es immer gewesen war: der grellrot geschminkte Mund des Mädchens an der Ecke, der Zeitungsverkäufer mit den schmutzigen Händen am Eingang der Metrostation, die Ströme von Männern und Frauen, die mit Zigaretten zwischen den Lippen die Treppen zur U-Bahn hinuntereilten.

»Warum ist es immer dasselbe?« dachte sie. »Ich hasse das. Die alle machen weiter, als ob nichts geschehen wäre. Sieh sie dir an«, sagte sie. »Wer von ihnen hat für die Gestapo denunziert?« Ihr Gesicht war dunkel vor Verbitterung.

Als der Bus an der Madeleine vorbeifuhr, flüsterte sie: »Das Café Weber.«

»Bist du da mal gewesen?«

Sie nickte. »Ich habe einmal davon geträumt.«

Auf dem Vorplatz des Hôtel Scribe in der Nähe der Place de l'Opéra lehnten GI-Fahrer an ihren Jeeps. Im Foyer stritt sich ein Mädchen, das einen riesigen Hut trug, mit einem Amerikaner, und als der sie beim Arm faßte, schlug sie ihm ins Gesicht und stolzierte aus der Tür.

Im Flur zu Nicks Zimmer hörte Asja hinter den Türen eine Schreibmaschine klappern, ein Glas über den Boden rollen und jemanden leise singen.

»Was ist das? Ein Bordell?« fragte sie.

»Das Hauptquartier der amerikanischen Presse.«

»Und was machst du dann hier?«

»Wo soll ich denn sonst hin?«

Aus einem Radio plärrte Musik, und zwei Mädchen tanzten in den Türen ihrer Zimmer.

»Das hier war mal das Hauptquartier des Pressecorps der deutschen Armee. Telegraph, Überlandleitungen, die beste

Telefonzentrale von Siemens: die hatten einfach alles. Die Yanks brauchten nur sämtliche Leitungen von Berlin nach New York umzuschalten.«

Im Zimmer neben dem von Nick fand eine Party statt, und er hämmerte an die Tür: »Ruhe da drin!«

Er drückte die Klinke, und sie blieb in der Tür stehen und versuchte das alles in sich aufzunehmen: an der Wand aufgestapelt zwei Kisten mit Einsatzverpflegung, umherverstreute Teile seiner Uniform, ein Helm, vor dem Spiegel eine kleine hölzerne Madonna mit Kind, ein Bild von ihr, von dem sie sich nicht erinnern konnte, es ihm geschenkt zu haben, ein riesiger Samowar aus Messing und eine Luger auf dem Frisiertisch.

Die Madonna stammte aus Lübeck, entdeckt im Schutthaufen dessen, was einmal eine Kirche gewesen war. Die Einsatzverpflegung, sagte er, komme aus dem Laden der amerikanischen Armee in Frankfurt, und anstatt die Sachen aufzuessen, benutze er sie für gewisse Tauschgeschäfte. Und der Samowar stamme aus einer Offiziersmesse in Darmstadt. Dort habe er auf der Anrichte unter einem Porträt von Göring gestanden. Er drehte ihn um, und sie las: »Gebrüder Solomon, Sankt Petersburg.«

Sie nickte. »So einen hatten wir früher auch.«

Und die Pistole?

»Von einem Gestapo-Offizier in Nijmegen. Ich habe herausgefunden, daß es tatsächlich Leute gibt, die ich ohne Bedenken töten kann.« Er setzte sich aufs Bett.

Sie stand noch immer in der Tür. Er winkte.

»Zieh den Mantel aus. Setz dich. Ich habe dich seit Monaten nicht gesehen.«

Sie saßen Seite an Seite auf dem Bett und tranken Cognac, den er in Mainz in einem Keller gefunden hatte, und dann fielen sie, ohne ihre Kleider abzulegen, übereinander her und liebten sich.

Am nächsten Morgen erwachte sie im Bett. Ihre Unterwäsche lag gefaltet auf einem Stuhl neben ihr, und er saß, mit einem Cognacglas in der Hand, nackt auf dem Stuhl gegenüber und beobachtete, wie sie wach wurde. Durch die Gitterfenster fiel graues Licht auf sein Gesicht, und er sah sehr müde aus. Sie sagte: »Ich liebe dich.«

Das hatte sie noch nie gesagt. Er hob sein Glas.

»Auf die Königin des Schlafs.«

Er stieg in seine Kleider, ging in den Flur und kam mit zwei Tassen *café national* zurück. Sie rümpfte die Nase.

»Woraus wird das Zeug gemacht?«

»Zichorie. Für richtigen Kaffee reichen meine Tauschwaren nicht.«

Er setzte sich auf den Wannenrand und sah ihr beim Baden zu. Sie schlang sich das Handtuch wie einen Turban um die nassen Haare und ging mit bloßen Brüsten im Zimmer umher. Dann setzte sie sich an einen Tisch und schrieb hastig einen Brief an die Urusows in Saint Rémy. Sie fuhr mit der Zunge um den Umschlag und sandte ihm dann durch die Luft einen Kuß zu. Er würde nie begreifen, wieso ihre Stimmungen so schnell umschlugen, wie sie so plötzlich aus der Tiefe auftauchen und ihn anlächeln konnte, als ob es die Finsternis nie gegeben habe.

Da er es nicht über sich brachte, diese Stimmung zu zerstören, erzählte er ihr nichts von Torgau, nichts von dem Tag, an dem sich mitten in Deutschland auf einem von einem Bach durchschnittenen Feld die Besatzungen russischer und amerikanischer Panzer trafen, Abzeichen und Photos von Freundinnen austauschten und die Geschütztürme ihrer Panzer besichtigten. Man hatte ihn als Dolmetscher abkommandiert, und er hatte Kriwitzky wiedergetroffen: ja, genau dieser Mann aus Murmansk, sein Gegenstück auf sowjetischer Seite, war rätselhafter Weise auch dort gewesen. Kriwitzky und er hatten ein paar Stunden lang auf einem Acker gesessen und russisch und englisch miteinander gesprochen. Nein, er würde ihr nichts davon erzählen. Das würde sie nur wieder in die Finsternis stürzen. Niki käme ihr in den Sinn, und damit hätte er sie von neuem verloren, und ihr Herz wäre ihm wieder verschlossen.

Das Telefon klingelte.

»Unten wartet jemand auf uns. Eine Überraschung.«

Im Foyer des Hotels kam eine Frau auf sie zu; sie trug einen schräg vorm Gesicht sitzenden Hut, ein enganliegendes schwarzes Kleid und Schuhe mit sehr hohen Absätzen.

»Gaby!« rief Asja. »Gaby!« Sie küßten sich auf die Lippen. Ein großer schwarzer amerikanischer Sergeant blickte von seiner Zeitung auf und stieß einen anerkennenden Pfiff aus; alles lachte. Asja hielt sich an Gaby fest, und Nick erkannte, daß sie Gaby so sehr brauchte, daß sie ihr alles verzeihen würde.

»Was machst du denn hier? Ich kann's gar nicht glauben!«

»Du glaubst doch nicht, daß ich die Befreiung von Paris verpassen wollte? Vollkommen ausgeschlossen. Ich bin schon seit vorigen August hier.«

Gaby ging mit ihnen um die Ecke in ein Bistro, das sie kannte. Man hatte ihren Captain auf einer der Listen ausfindig gemacht und würde ihn nächste Woche nach Hause fliegen. Asja küßte sie, und Nick sagte, das sollten sie mit einer Flasche Champagner feiern.

»Besser nicht, Nick«, sagte Gaby. Sie betupfte sich mit einer Serviette die Lippen und betrachtete den Abdruck des Lippenstifts auf dem Leinentuch.

»Er war in Buchenwald. Ich habe gesehen, wie sie in das Repatriierungszentrum im Hotel Lutetia gekommen sind. Sie können nicht gehen, nicht sprechen. Manche wiegen nur noch dreißig Kilo.« Stumm saßen sie im Stimmengewirr, und dann sagte Gaby, sie wolle jetzt lieber nach Hause gehen. Sie brachten sie zur Metro an der Place de l'Opéra.

»Morgen, im Lutetia«, sagte Asja.

Gaby schüttelte den Kopf. »Du darfst nicht nach Sergej suchen. Das wird dich nur unglücklich machen.«

»Aber ich muß.«

»Du bist nicht zu retten«, sagte Gaby.

Asja hängte sich bei Nick ein, und sie gingen zum Fluß hinunter. Sie kamen an einem völlig ausgebrannten Gebäude vorüber, dessen Mauern mit Einschußlöchern übersät waren. An einer Ecke, wo ein Straßenkämpfer gefallen war, lag ein Haufen vermoderter Kränze. Es war unheimlich in den Straßen. Alle trugen lange dunkle Mäntel und schienen hastig Schutz vor der Rauheit der Nacht zu suchen. Und alle wandten die Blicke ab. Niemand sah sie an.

Vor dem Haus Nr. 8 in der Rue de Solferino lehnte Asja sich ans Hoftor und führte Nick hinein. Im Fenster der Concierge bewegte sich die Gardine.

»Madame! Das ist doch nicht möglich! Ich dachte, Sie wären tot!«

»Ich war in London.« Sie schüttelte Madame Conte die Hand. »Ich möchte die Schlüssel abholen.«

»Oh, Madame, nein. Besser nicht. Die Deutschen ...«

»Welche?«

»Sehr höfliche. Ja, Monsieur, sie haben alle leerstehenden Wohnungen beschlagnahmt. Ich konnte nichts dagegen machen.« Die Concierge hielt ihnen die Fahrstuhltür auf.

»Aber ich habe Monsieurs Anzüge und Ihre Kleider gerettet, Madame. Und ich habe Sie zusammen mit Monsieur Rasumkin in den Fahrstuhl getragen.«

»Daran kann ich mich nicht erinnern.«

Der Aufzug fuhr im Innern der gewundenen Treppe ruckelnd nach oben, das Licht aus der Kabine lief neben ihnen über die Wände des Treppenhauses. Ein Kind hatte einmal ihren Lippenstift genommen und an diesen Wänden einen langen hellroten Strich gezogen. Damit es davon abließ, hatte sie ihm auf die Hände schlagen müssen.

»Sie sind furchtbar überstürzt von hier weggegangen. Was für ein Durcheinander. Ich wußte gar nicht, was ich tun sollte.«

Madame Conte musterte Nick, seine Uniform. »Man hat mich eine Kollaborateurin genannt, weil in meinem Haus Deutsche gewesen waren. Der Tabakhändler an der Ecke hat mich denunziert. Ich habe der Polizei gesagt: ›Ich bin Concierge. Sie waren in meinem Haus. Was weiß ich vom Kollaborieren?‹ Und einer der Polizisten hat zu mir gesagt: ›Alle Concierges sind Kollaborateure.‹ Können Sie sich das vorstellen?«

Nick nahm ihr den Schlüssel aus der Hand und schloß die Wohnungstür auf. Die Fensterläden waren geschlossen, die Fenster versiegelt. Es war kalt, muffig und feucht. Im Licht der nackten Glühbirne schwebte der Staub in der Luft. Asja trat langsam in den Flur und ging an dem Marmortisch vorbei, auf den sie früher ihre Schlüssel zu werfen pflegten. Dort hatte einmal ein Hutständer gestanden. Das Parkett knarrte unter ihren Füßen. Dort hatte früher ein türkischer Teppich gelegen, den Sergej aus Ankara mitgebracht hatte; gemeinsam hatten sie am Abend seiner Rückkehr die rote Verschnürung aufgeknotet. Sie stieß die Wohnzimmertür auf, machte Licht und sank auf einen Stuhl neben der Tür.

Sie zählte die kahlen Stellen an den Wänden, deren Ränder grau angestaubt waren. Wo waren die Bilder? Die Sofas waren mit Schondecken überzogen. Die Böden mit Glas und Gips übersät. Als sie aufblickte, sah sie dort, wo der Kronleuchter gehangen hatte, ein ausgefranstes Loch in der Decke. Nick folgte ihr in die Bibliothek. Viele Bücher waren gestohlen, aber einige standen noch in den Regalen. Sie nahm eins und blätterte darin herum. Sie schien zu überlegen, ob sie es mitnehmen sollte. Dann legte sie es auf den Tisch. Nick hob es auf: Gides 1936 erschienene *Retour de l'U.R.S.S.*, voller spöttischer Anmerkungen, die jemand mit Bleistift an den Rand geschrieben hatte. Sie ging an den Schreibtisch und zog die Schubladen auf. Alle leer. Sie nahm den Hörer vom Telefon. Die Leitung war tot.

Sie ließen sie langsam, wie in Trance, durch alle Zimmer

gehen. Sie öffnete den Wäscheschrank, der ebenso ausgeräumt war wie die Küchenschränke, und dann betrachtete sie sich im Flurspiegel. Sie stand in Nikis Zimmer und besah das Einzelbett in der Ecke, die Leselampe auf dem Tisch, die Schreibunterlage und das leere Regal, in dem seine Bücher gestanden hatten. Das alles nahm sie in sich auf. Ihr Gesicht war ausdruckslos.

Nick folgte ihr ins Schlafzimmer, ihr und Sergejs Schlafzimmer. Die Schränke an der einen Wand standen offen und waren bis auf ein paar Bügel leer. Sie umkreiste mit einem Finger einen Wasserfleck auf der Frisierkommode, drehte sich dann um und betrachtete lange das große Doppelbett. Kein Laken auf der Matratze. Auf der rosa Tapete war der speckige Abdruck eines Kopfs zu sehen, und in der Mitte der Matratze ein dunkler Blut- und Samenfleck. Sie ging ins Badezimmer und schloß die Tür. Er hörte, wie sie sich übergab.

Als sie herauskam, ging sie an Nick und der Concierge vorbei in den Flur.

»Ich habe mein Bestes getan, Madame«, sagte die Concierge, als sie im Fahrstuhl nach unten fuhren. Asja starrte die Schatten der Kabine auf der dunklen Treppe an.

»Was werden Sie jetzt tun, Madame?«

»Ich werde es verkaufen.« Asja wandte sich ab und trat auf die Straße.

»Und Ihre Kleider, Madame? Und die von Monsieur?«

Asja antwortete nicht. Sie schritt über die Brücke, durch die Tuilerien, über die dunkle und hallende Place Vendôme, dann die Rue de la Paix hoch in Richtung Hotel. Nick lief ihr nach. Sie ging gebeugt, ihr Schatten hastete ihr voraus.

Am nächsten Morgen fuhr sie allein zum Hôtel Lutetia. Als sie aus der Metrostation Sèvres-Babylone kam und den Boulevard Raspail überquerte, regnete es. Sie erinnerte sich an die Bar; wie sie und Gaby dort im eleganten Dämmerlicht auf Barhockern gesessen und Cocktails geschlürft hatten, bis Sergej kam und sie zum Abendessen abholte. Aber sie wußte, dieses Leben war nun so ausgelöscht, als ob es das nie gegeben habe. Als die Deutschen 1940 das Hotel übernahmen, hatte Nick ihr erzählt, benutzten sie die oberen Räume als Bordell und die Keller als Folterkammern.

Ein Militärlastwagen hielt vor dem Vordereingang, die Fahrer sprangen heraus und öffneten die Ladeklappe.

Krankenschwestern kamen aus dem Hotel geeilt und halfen den Sanitätern, die Männer auf Bahren auf die Straße hinunterzuheben. Asja sah kurz einen jungen Mann auf einer Bahre, unrasiert, grau im Gesicht, die Augen unvorstellbar müde. Frauen drängten sich heran, um ihn anzusehen. Sie berührten die Bahre, den Körper des Jungen. Sie riefen die Namen ihrer Söhne und Väter, Onkel und Brüder, die Namen ihrer Regimenter. Die Männer wirkten benommen, verschreckt, glücklich. Sie lauschten wie von weit her.

Zwei Frauen schwenkten Photos und schrien: »Buisson aus Valence, 14. Mörsertruppe. Sie waren in Leipzig, haben Sie ihn gesehen?«

»Arthur Dupont aus Lyon, 2. Fallschirmjäger-Regiment. Mein Sohn.«

Die Männer schüttelten die Köpfe.

Gestützt von Sanitätern stiegen die Männer, die noch gehen konnten, langsam an den Frauen vorbei die Treppe hoch und verschwanden durch die Tür des Hotels.

Als der Lastwagen leer war, stiegen die Fahrer wieder ein und fuhren los. Eine stämmige, schlicht aussehende Frau in einem abgewetzten Wintermantel steckte das Photo ihres Sohns in die Tasche zurück und sagte, an niemand besonderen gerichtet: »Seit drei Wochen komme ich täglich hierher. Man hat mir dies gesagt, man hat mir das gesagt. Jetzt komme ich zu jeder Lieferung.« Sie faltete ein Einkaufsnetz auseinander und reihte sich in die Warteschlange vor der Bäckerei an der Ecke.

Asja stieg die Eingangstreppe zum Hotel hoch. Im Foyer waren sämtliche Säulen, sämtliche Wände, sämtliche Anschlagtafeln vollgeklebt mit Bildern und Notizzetteln. Durch den Raum schob sich langsam die Menge im Kreis herum, jeder einzelne Zettel wurde gelesen, jedes einzelne Bild studiert.

Asja schloß sich an. Alles Bilder von jungen Männern: lächelnd, nicht lächelnd, die Haare glattgekämmt, die Haare vom Wind zerzaust, viereckige braune Photos aus Personalausweisen, abgerissene Hälften von Hochzeitsphotos oder Bilder von ganzen Fußballmannschaften, auf denen ein Gesicht mit Tinte eingekreist war. Einige hielten einen Hund in den Händen, andere hatten ein Mädchen im Arm. Einige trugen Uniform, andere Badehosen: einige trugen Straßenanzüge, andere Baskenmützen. Unter den Bildern stand in tausend verschiedenen Handschriften immer wieder dieselbe Frage: Haben Sie ihn gesehen? Aus Blois, aus Apt, aus Lille, aus Carcassonne, von überall her und allen Regimentern: eine ganze Generation wanderte an Leichen vorüber durch die Felder und endlose Landstraßen entlang, um irgendwie nach Hause zu kommen.

Die es geschafft hatten, hinterließen Nachrichten für die, die auf sie gewartet und sie vermißt hatten:

»Angekommen. Zu Lucie nach Bayonne gefahren.«

»Gesund und wohlbehalten. Postlagernd, Bordeaux.«

Andere, die es geschafft hatten, hinterließen Nachrichten über die Kameraden, die sie zurückgelassen hatten:

»Louis Menand, Jean Legrand und Jo D'ambois aus Bleuvac sind in einem Düsseldorfer Krankenhaus. Ich habe sie mit eigenen Augen gesehen. Fantin, Jerome, nach Bleuvac weitergefahren, 2. April 1945.«

Und die Mütter und Schwestern, Brüder und Väter, Vettern und Onkel und Freunde schoben sich langsam vorbei, starrten die Photos an und entzifferten die Nachrichten. Zuweilen riß eine Hand einen Zettel von der Wand, drückte eine Frau ein Photo an ihre Lippen und brach in Tränen aus.

Vor Tischen im hinteren Teil des Foyers standen lange

Warteschlangen. Jeder Tisch war mit bestimmten Buchstaben des Alphabets gekennzeichnet, und hinter jedem saß eine Frau mit etlichen Kästen voller Karteikarten, auf denen die Namen von vermißten, ausfindig gemachten, in Krankenhäusern liegenden, für tot erklärten oder irgendwo lebendig gesehenen Männern verzeichnet waren.

Asja stellte sich an. Vor jedem der Tische stand ein Stuhl, und als sie an die Reihe kam, setzte sie sich und wartete, bis die Frau ihren Blick von den Unterlagen hob.

»Name? Regiment? Wann gefangengenommen?«

Die rotlackierten Fingernägel der Frau schwebten über den eselsohrigen Karten.

»Gurewitsch, Sergej. September 1939.«

»September '39?« Die Frau sah sie über ihre Lesebrille hinweg an. Sie war tadellos frisiert und trug Ohrringe. Sie machte diese Arbeit aus Nächstenliebe.

Asja zwang sich, weiterzureden. »Er ist für Polen in den Krieg gezogen.«

»Dann sind wir hier nicht für ihn zuständig, Madame.«

»Aber er war französischer Staatsbürger.«

»Das hätten Sie sagen sollen.«

Asja sah die roten Fingernägel in den Karten blättern. Sie hielten an, zogen eine Karte heraus. Die Frau ließ sich Zeit.

»Ah, nein. Tut mir leid, Madame.« Sie hatte ihre Brille abgenommen. Ihr Blick war neutral und intelligent.

Asja stammelte weiter: »Ich hatte gedacht, er würde vielleicht mit den anderen auftauchen, wenn die Russen in den Ostsektor kommen. Ich dachte, jemand hätte ihn vielleicht gesehen...«

»Tut mir leid, Madame.«

»Stehen noch weitere Lieferungen an?«

»Von woher, Madame?«

»Aus Polen, Ostpreußen.«

»Sie werden es machen müssen wie die anderen, Madame. Sie werden abwarten müssen.«

Als Gaby sie fand, saß sie in ihren Mantel gehüllt in einer Ecke des Foyers auf dem papierübersäten Marmorfußboden und starrte ihre Füße an. Gaby bückte sich zu ihr hinunter.

»Ich habe es dir doch gesagt.«

Gaby brachte sie nach oben. Mehrere Zimmer fungierten jetzt als Krankensäle für die Männer, die auf ihre Befragung warteten. Ausgemergelt lagen sie in gestreiften Pyjamas auf den Betten und sprachen leise auf Frauen mit Karteikarten ein. Sie starrten ins Leere, versuchten sich zu erinnern. Dies war eine Gedächtnisfabrik: ein Ort, wo Namen, Tatsachen und Daten aus den Köpfen hervorgezogen werden sollten wie Bombensplitter aus einem Körper.

Am nächsten Morgen kam Asja wieder ins Lutetia und verbrachte den Tag am Bett eines kleinen Mannes aus dem Vaucluse. Er sprach sehr leise, und durch Unterernährung hatte er so viele Zähne verloren, daß sein Gesicht ganz eingesunken war. Er hatte grimmig schwarze Pupillen und starrte sie unablässig an. Von seiner Gefangennahme im Mai '40 bis zum Februar '45 hatte er auf den Feldern eines deutschen Kartoffelbauern im nördlichen Pommern Zwangsarbeit geleistet. Zusammen mit seinem Kameraden Jacques hatte er in kahlen Schuppen unter Kartoffelsäcken geschlafen, und in den Wintern waren sie nur knapp dem Tod durch Erfrieren entgangen. Das Beste während dieser ganzen Zeit war die Frau des Bäckers aus dem Nachbardorf gewesen. Drei Monate lang hatte sie für ihn die Hintertür aufgelassen, wenn der Bäcker in der Morgendämmerung zur Arbeit gegangen war.

»Das erstemal bis heute, daß ich in einem Federbett geschlafen habe«, sagte er.

Seine einzige Fleischmahlzeit in den letzten zwei Jahren war ein Kaninchen gewesen.

»Jacques und ich haben es in einer Ackerfurche entdeckt, ich hab's am Fuß erwischt, und dann haben wir es erschlagen und in die Scheune gebracht, Madame, und dann haben wir es abgezogen und roh gegessen, solch einen Hunger hatten wir da.«

Er erinnerte sich an die Jungen in der Maultiertreiber-Kompanie, zu der er 1940 gestoßen war. Er erinnerte sich an jeden einzelnen, und wie die Maultiere bei dem Artillerieangriff auf den Steinbruch, wo sie festgebunden waren, sämtlich in Stücke gerissen wurden; wie Fernand auf einer Straße unweit Amiens gefallen war, als sie als Gefangene nach Deutschland zurückmarschierten; wie Patrice erschossen worden war, als er versuchte, am Straßenrand eine Zwiebel aufzuheben; wie Jacques – der, mit dem er seine Gefangenschaft geteilt hatte – gestorben war.

»Die Russen schossen Brandbomben. Sie waren zehn Kilometer von uns weg. Eine landete auf dem Strohdach des Bauernhauses und setzte es in Brand. Wir hatten uns auf dem Hof flach hingeworfen. Und der Bauer sagt zu Jacques: ›Los, steig aufs Dach und mach das Feuer aus.‹ Und Jacques sieht ihn an und sagt, der Krieg ist vorbei. Gleich darauf schlägt eine zweite Bombe ein, und als ich aufblicke, ist Jacques über den ganzen Hof verteilt. Was von ihm übrig war, hätte in eine Streichholzschachtel gepaßt. Der Bauer war auch weg.«

Seine schwarzen Augen starrten an die Decke. Sie wartete ab und las dann aus der gedruckten Stammrolle seiner Kompanie vom 15. März 1940 vor.

»Ah, der ist im Mai gestorben... und der ist auf dem Rückmarsch nach Deutschland von einem Schützenpanzer überrollt worden... und der ist zurückgelassen worden, als wir auf einem Zwiebelfeld biwakiert haben; zu schwach, ist nicht mehr mitgekommen.«

Die Namen, die Namen. Der alte Joe. Francis, der Junge aus Apt oder irgendeinem anderen verfluchten Ort. Manchmal konnte er sich nicht mehr an die Namen erinnern, doch daß er ihre Gesichter nicht vergessen hatte; konnte Asja an seinen Augen erkennen.

Nick wartete auf sie; er brachte sie zum Hôtel Scribe zurück und machte ihr das Abendessen. Es sei ganz wieder wie damals in Kislowodsk, sagte sie, als die Jungen nachts in den schwarzen Zelten mit ihr geredet hätten.

»Ich bin ihr Beichtvater.«

Die Zurückkehrenden kamen immer weiter von Osten, aus den russischen Grenzgebieten. Wenn Sergej noch irgendwo existierte, mußte er von dort kommen, aus den Grenzsümpfen zwischen Polen und Rußland, und er würde, wie die anderen, von Zwiebeln und rohen Rüben leben, Milch und Eier aus den zerstörten Bauernhöfen stehlen, sich von Schützenpanzern mitnehmen lassen, auf Heuböden schlafen, sich nach Westen schleppen, die Füße in Lappen gewickelt, damit sie nicht so schmerzten, eine Mütze um den Kopf gebunden, damit ihm nicht die Ohren abfroren, in Kleider gehüllt, die er Leichen ausgezogen hatte.

Auch er war dabei, dessen war sie sicher. Aber die Lieferungen kamen Tag für Tag spärlicher. Der Vorrat ging zu Ende. Nick redete ihr zu, sie solle endlich den Tatsachen ins Gesicht sehen.

»Tatsachen?« schimpfte sie. »Also schön, hier hast du eine Tatsache. Er ist schon einmal zu mir zurückgekehrt. Aus dem Gefängnis nach Hause gekommen. Tausende von Meilen. Entgegen allen Erwartungen. Wenn er lebt, wird er zurückkommen. Also werde ich warten.« Sie wandte sich ab und blickte reglos und unbeugsam aus dem Hotelfenster.

Wie zum Beweis dafür, daß Treue tatsächlich ein Lohn erwarte, wurde Gabys Captain André in einem Lazarettzug aus Buchenwald nach Hause gebracht. Die Sanitäter trugen ihn auf der Bahre hinaus, und sie gingen neben ihm her zum Krankenwagen. Er war in eine Decke gehüllt und wog vierzig Kilo.

Gaby nahm ihn mit in ihre Wohnung in der Rue St. Jacques. Asja brachte einmal täglich die Einkäufe und half Gaby, ihn im Bett umzulegen und hochzuheben. Jedesmal, wenn sie ihn auf den Eimer setzten, schrie er auf, und wenn sie seine dürren Unterarme packte, fürchtete sie, ihm die papierene Haut von den Knochen zu reißen. Seine KZ-Nummer war ihm auf die Haut tätowiert, eine siebenstellige Zahl in Graublau.

Als Gaby und Asja ihn zum erstenmal mit dem Schwamm abwuschen, brach Gaby in Tränen aus. Captain André flüsterte: »Warum weinst du?« So hatte Asja sie noch nie gesehen, die ganze Tünche war abgeplatzt, ihre Hände zitterten, Tränen strömten ihr übers Gesicht.

Asja ging mit ihr auf den Treppenabsatz, eine Zigarette rauchen, zur Ruhe kommen.

»Am liebsten würde ich weglaufen. Das ist kein Körper mehr, sondern ein Leichnam. Ich halte das nicht aus.« Gaby zitterte am ganzen Leibe. »Ich könnte die Leute umbringen, die ihm das angetan haben. Umbringen. Und am liebsten würde ich weglaufen.«

Sie hörten ein Stöhnen. André verlangte nach Wasser.

»Ich komme«, sagte Asja; sie ging hinein und ließ Gaby im Treppenhaus stehen; rauchend lehnte sie an der Heizung und versuchte ihre zitternden Hände zu beruhigen.

Doch Gaby gewann ihre Fassung wieder. Als Asja zwei Tage später mit den Einkäufen kam, roch es in dem Zimmer nicht mehr nach André und seinen fleckigen feuchten Laken. Und Gaby hatte wieder Parfum aufgetragen.

Inzwischen konnte André aufrecht sitzen und Suppe zu sich nehmen. Eine Woche später vermochte er, wenn Asja und Gaby ihn stützten, auf die Toilette zu gehen. Er hatte fünf Kilo zugenommen und konnte auch schon ein wenig sprechen. Redete aber immer nur vom Essen. Nie von Buchenwald. Nachts, sagte Gaby, schreie er im Schlaf: als ob der Schmerz nur im bewußtlosen Zustand aus ihm herauskönnte.

Eines Tages teilte Gaby Asja mit, daß sie und André heiraten würden. Gaby zündete sich lächelnd eine Zigarette an. »Schau nicht so traurig drein. Auch du wirst wieder heiraten.

Nur keine Sorge.« Asja legte ihren Kopf an Gabys Schulter. Sie reichten sich die Zigarette hin und her, bis Asja leise sagte: »Ich gratuliere dir, Liebste«, und Gabys Wange streichelte.

Am nächsten Tag räumte Asja in Gabys Küche gerade die Einkäufe ein, als jemand hinter sie trat und sagte: »Erinnern Sie sich an mich, Madame?«

»Josette! Sie haben sich überhaupt nicht verändert!« Sie küßte Josette auf beide Wangen und faßte sie bei den spitzen kantigen Schultern.

»Oh doch, Madame Asja. Ich bin älter geworden, und mein Mann lebt nicht mehr.«

»Ach, Josette.«

»Und auch Sie haben sich verändert.« Josette betrachtete sie mit leidenschaftslosem Blick.

»Sie haben mir das Leben gerettet.«

»Es war unvernünftig von Ihnen, mit diesem Mann zu reisen, Madame.«

»Ich bin noch nie vernünftig gewesen, aber jetzt bin ich hier. Und Sie auch. Das ist wunderbar.«

»Und vollkommen überraschend.« Josettes Oberlippe mit dem Hauch von Schnurrbart, ihr abgemagertes, keckes und züchtiges Gesicht verzog sich langsam zu einem Lächeln. »Ich hätte nicht geglaubt, daß Sie es über die Berge schaffen würden. Er war doch ein sehr schlechter Mensch. Ich vermute, er hat meinen Mann denunziert.«

»Den Eisenbahner in Cerbère? Den ich für Ihren Bruder gehalten habe? Den soll Rasumkin denunziert haben?«

Josette nickte.

»Ach, Josette, was soll ich dazu sagen?«

»Es war nicht Ihre Schuld.«

»Es tut mir so leid, Josette.«

»Sie waren naiv, das habe ich immer gewußt.«

»Nicht naiv, sondern ahnungslos. Das ist etwas anderes. Ich schäme mich.«

Josette füllte den Kessel und stellte ihn auf den Ofen. »André braucht Tee.«

»Die beiden werden heiraten.«

»Ja«, sagte Josette, »der Krieg ist vorbei. Er ist wirklich vorbei.«

Am Abend des 8. Mai schlossen Asja und Nick sich den Menschenmassen an und ließen sich von ihnen durch die Boulevards mitreißen. Alles sang, und die Strahlen der Suchscheinwerfer tanzten auf den Dächern der Stadt wie ein riesiger beleuchteter Clown auf Stelzen. Weit hinten auf dem Balkon des Hôtel de Ville standen winkende Gestalten, und die Menge um Asja brüllte. Die Boulevards waren so voller Leute, daß sie sich an Nick festhalten mußte, um nicht das Gleichgewicht zu verlieren. Es schien Stunden zu dauern, bis sie sich seitwärts durch die strudelnden Menschenwogen geschoben und in eine Seitengasse geflüchtet hatten. Sie kamen wieder ins Hotel; in der Bar sang alles, und als sie in die Küche gingen, um sich etwas zu essen zu holen, warfen dort die Kellner Teller an die Wände. Nick nahm sich einen, Asja tat es ihm nach, andere kamen dazu, und bald war das ganze Foyer mit zerschmettertem Geschirr übersät. Im Salon wurde getanzt. Eine Glenn-Miller-Schallplatte lief, die Nadel war hängengeblieben, aber man war zu betrunken, um dem Abhilfe zu schaffen. Ein Amerikaner lehnte an ihrer Schulter und sagte, er sei aus St. Paul, Minnesota, und ob sie gerne tanzen würde? »Ich würde gern ins Bett gehen«, sagte sie, und Nick hob sie hoch und trug sie die Treppe hinauf. Mit einer schwungvollen Geste, die sie zum Lachen brachte, zog er ihr das Kleid aus, aber bis zum Bett schafften sie es nicht mehr.

Einige Stunden später wurde sie wach; sie lag nackt in einer Pfütze auf dem Fußboden des Badezimmers. Er schlief neben ihr, atmete ihr ins Ohr; zwischen den Lippen hatte er eine Strähne ihres Haars, seine Hand lag auf ihrer Brust. Sie befreite sich, deckte ihn mit einem Handtuch zu und sprang ins

Bett. In der Welt hinter den geschlossenen Fensterläden heulten Sirenen durch die Nacht; gelegentlich waren Schüsse zu hören, die Leute standen feiernd auf den Dächern und schossen in die Luft, und überall lautes Gehupe von Jeeps. Im ganzen Zimmer lagen Kleider verstreut, und Nicks Füße ragten aus der Badezimmertür. Sie dachte: Jetzt bin ich fünfundvierzig Jahre alt.

Am nächsten Morgen kam ein Brief von Olga Urusow.

Liebste Asjenka!
Es ist ein Wunder, daß Du noch lebst! Ich freue mich sehr. Wenn doch nur unser Dimitrij das noch erleben könnte. Werde Dir von unserem Leid erzählen, wenn wir uns sehen. Ich sehne mich nach Neuigkeiten von all Deinen Lieben. Komm bitte sofort.

Ich umarme Dich
Olga

Als sie am nächsten Abend mit einer Flut demobilisierter Soldaten in Avignon auf den Bahnsteig stiegen, wurden sie von Olga erwartet: eine kleine, walnußfarbene Frau in fülligen Röcken und Kopftuch, älter, gebeugter, und doch die gleiche, ganz und gar die gleiche.

Nick stand abseits, während die Frauen sich weinend abküßten.

Als Asja sie mit Nick bekannt machte, rief Olga: »Der, den wir den alten Iswolskij genannt haben?«

»Das war mein Vater.« Und Olga küßte ihn dreimal und drückte seine Ellbogen, die sibirischen Augen zu freudig erstaunten Schlitzen verkniffen.

Der alte Citroën stand auf dem Bahnhofsvorplatz.

»Du kannst jetzt fahren, Olga?«

Olga hatte sich eine Zigarette angezündet und ließ bereits den Motor anspringen, winzig und zerbrechlich hockte sie über dem Steuerrad.

»Er ist '42 gestorben, Liebste. Seither habe ich eine Menge

Dinge lernen müssen«, sagte sie und setzte mit Getöse zurück.

Wenig später fuhren sie auf der geraden Straße durch das Schilfrohrdickicht, und das Haus kam genau so in Sicht, wie Asja es erwartet hatte. Als ob sie die ganzen Verluste in ihrem Leben nie erlitten hätten, stand es dort noch genau wie früher, versteckt im Schatten der Alpilles zwischen den mächtigen Platanen, die dunkelgrünen Fensterläden zum Schutz vor der Hitze des Vormittags geschlossen, die sandfarbenen Mauersteine mit Schatten und Licht übersprenkelt.

»Eines Morgens weckt mich ein Geräusch, und als ich die Fensterläden aufmache, steht da vorne am Ende der Auffahrt ein Jeep mit einem weißen Stern auf der Motorhaube. Zwei junge Amerikaner mit Gewehren auf dem Rücken springen heraus.«

Olga hob ihre Tasche aus dem Wagen und scheuchte Nick mit einer Handbewegung fort, als er ihr beim Tragen helfen wollte.

»Da vorne am Tor.« Sie öffnete die Tür mit einem langen Schlüssel, der mit einer Schnur an ihrem Gürtel befestigt war.

»Also werfe ich mir ein Tuch übers Nachthemd und laufe nach unten. Und was sehe ich da? Einer dieser Jungen – kaum älter als achtzehn konnte er sein – knöpft sich gerade die Hose zu. Er hatte meine Azaleen gegossen. Er war schrecklich verlegen, als ich ihn umarmte.«

»Und das war die Befreiung?«

»Richtig. Und jetzt gibt es Kaffee. *Richtigen* Kaffee. Für diesen Augenblick aufgespart.«

Sie trippelte in der niedrigen dunklen Küche mit den schweren schwarzen Balken umher. Die Ikonen flackerten in ihrem Winkel vor den trüben Petroleumlampen. Asja sank auf ihren gewohnten Stuhl neben dem großen Ofen. Als der Kaffee fertig war, tranken sie ihn unter feierlichem Schweigen.

»Ahhh!« sagte Olga. »Der Krieg ist vorbei. Von jetzt an. Mit dieser Tasse Kaffee.«

Dann setzte sie Nick in die Hängematte unter dem Maulbeerbaum, und die beiden Frauen brachen zu einem langen Spaziergang über den Hügel auf. Er sah ihnen nach: sie gingen Arm in Arm, die Köpfe zusammengesteckt, zu beiden Seiten vom Schilfrohr eingerahmt; ab und zu blieben sie stehen, bückten sich, um eine Blume am Wegesrand zu pflükken, und verschwanden allmählich in der hitzeflirrenden Luft.

Olga erfuhr, was mit ihrem Niki passiert war, und Asja erfuhr, daß Dimitrij nach dem ersten Verhör im Dezember 1942 in den Männerbaracken des Marseiller Internierungslagers an einem Herzanfall gestorben war. Sie gingen den ganzen Weg bis zu dem ummauerten Friedhof im Schatten der kahlen Hügel und schritten durch die engstehenden Reihen der zum Teil bis zur Jahrhundertwende zurückreichenden Grabsteine all dieser Schafhirten und Bauern, Weinhändler und Postangestellten, Witwen und Ehefrauen, die in diese harte, gebrannte Erde zurückgekehrt waren. Fast jeder Grabstein war mit einem Photo eines Verstorbenen versehen.

»Das ist nicht richtig mit diesen Bildern. Betrug. Sie sind tot. Das ist ganz verkehrt. Illusionen.«

»Ja, Liebste«, sagte Olga, und dann standen sie lange vor dem einzigen Grabstein, auf dem es kein Photo gab, nur einen Namen und ein Datum und zwei Worte in Russisch, die der Steinmetz auf Olgas Wunsch in den Stein gemeißelt hatte: Ewiges Gedenken.

»So ist es besser für ihn. Ihm ist das alles erspart geblieben«, sagte Olga; sie kniete sich hin und goß Wasser aus dem Friedhofsbrunnen in die Blumenvase. »Es war besser so.«

»Was ist ihm erspart geblieben?«

Olga schüttelte den Kopf. »Reden wir nicht davon...«

Nick lag noch immer in der Hängematte, als sie trockenen Auges und schweigend zurückkamen; die Säume ihrer Röcke waren vom weißen Staub gebleicht, und jede hatte einen Strauß sonnwelker Blumen in der Hand.

»Die Idioten haben uns für Juden gehalten. Kannst du dir so was vorstellen? Und da er die Staatsbürgerschaft noch immer nicht beantragt hatte, konnte er nur seinen Nansen-Paß vorweisen.«

Sie saßen bei der zweiten der zwei Flaschen, die im Keller noch übrig gewesen waren; Olga, eine Zigarette zwischen den Lippen, die Augen fest zugekniffen, putzte wütend Kartoffeln.

»Ohne Rasumkin hätte ich es nicht einmal geschafft, die Leiche nach Hause zu bringen. Diese Schweine!«

Asja fuhr heftig zusammen. »Rasumkin?«

»Genau der, dieser Kollaborateur. Hat als Arzt für die Marseiller Polizei gearbeitet. Und hat natürlich herausgefunden, daß wir in dem Lager waren.«

»Vielleicht hat er euch auch da hineingebracht.«

»Glaubst du wirklich?«

»Rasumkin ist zu allem fähig.«

»Jedenfalls«, fuhr Olga fort, »halte ich meinen Dimitrij in den Armen, und diese Leute erzählen mir gerade, er käme in irgendein Massengrab für gemeine Verbrecher, als plötzlich Rasumkin auftaucht und dem Oberpolizisten etwas ins Ohr flüstert, worauf sie mir wenigstens gestatten, ihn anständig zu begraben.«

»Ja, solche Schweine gibt es. Schweine mit einem weichen Herz.«

»Wie meinst du das?« Nick gab ihr eine Zigarette.

»Weil er mich immerhin gerettet hat«, sagte Asja verbittert. »Hat mich sicher an die Grenze gebracht. Und mich gleichzeitig verraten.«

»Ein schwer durchschaubarer Mistkerl«, stimmte Olga zu. Sie hastete in der Küche herum, knallte Teller auf den Tisch, sah nach den Kartoffeln im Ofen, rauchte heftig und wischte sich mit dem Ärmel die Tränen aus den Augen.

Asja sagte: »Ich war sehr dumm.«

Nick rieb ihre Schultern, und sie ließ sich von seinen Händen den Nacken massieren.

»Als ich Rasumkin das letztemal gesehen habe, saß er in der Gendarmerie von Cerbère und hielt zwei seiner Vorderzähne in einem Taschentuch.«

»Die werden ihm gesagt haben: ›Arbeite für uns, oder du verlierst noch mehr als deine Zähne‹«, sagte Olga. »Ich weiß, wie das geht.«

»Ganz genau.«

»Aber was hatten sie gegen ihn in der Hand?« fragte sich Olga. Da Asja es nicht über sich brachte, darüber zu reden, blieb sie stumm.

»Ein böser Mensch«, sagte Olga und leerte ihr Glas.

Nach dem Abendessen begaben sich Asja und Nick zum Schlafen nach oben in das Zimmer mit den Radierungen vom chinesischen Markt in Moskau; unter dem offenen Fenster stand der Maulbeerbaum, Weinlaub raschelte an den Läden. Unten hörten sie Olga herumhantieren, Töpfe schepperten, Geschirr wurde zum Einweichen in die Spüle gestellt.

Asja starrte die Schatten der Blätter an der Decke an.

»In diesem Bett habe ich mit meinem Mann geschlafen. Und mein Sohn schlief nebenan.«

Nick rieb sich mit beiden Händen das Gesicht. Sie streichelte seinen Arm.

»Du Armer. Es gibt keinen einzigen Ort, wo du meiner Vergangenheit entkommen kannst, stimmt's?«

»Nicht einen einzigen. Aber das macht nichts.« Er barg ihren Kopf an seiner Schulter und betrachtete die Schatten an der Wand, bis er einschlief.

Am nächsten Morgen im Bahnhof klammerte Olga sich an sie.

»Stell dir nur vor, wir wollten Niki alles vermachen.«

»Es war dumm von uns, sich auf irgend etwas zu verlassen«, sagte Asja, indem sie Olgas Haare streichelte.

»Und Serjoscha?«

»Am allerwenigsten.«

»Wird er zurückkommen?«

»Er ist tot.«

»Glaubst du das wirklich?«

»Es ist das, was ich sage«, murmelte Asja; sie hielt die kleine Olga in den Armen, spürte, wie dünn, wie winzig sie war, und roch den Zigarettengeruch in ihrem dichten grauen Haar, das sie wie ein Mädchen hinten zusammengebunden hatte.

»Bitte, komm wieder«, sagte Olga.

»Jederzeit.«

Der Zug nach Paris war schon an Dijon vorbei, sie saßen im Speisewagen, tranken Kaffee und sahen auf die goldenen Felder im Licht der späten Nachmittagssonne hinaus, das Besteck zitterte auf dem weißen Tischtuch; Nick faßte Asjas Hand und fragte sie, ob sie ihn heiraten wolle.

»Du und ich, wir sind beide gebunden«, sagte sie sanft.

»In einer Woche fahre ich zurück. Um die Scheidung einzureichen. Um frei zu werden.«

»Auch von deinem Kind?«

»Asja –«, er packte ihre Hand fester.

»Du tust mir weh«, und sie zog die Hand weg.

Als es soweit war, begleitete sie ihn bis nach Cherbourg, wo ihn sein Schiff erwartete. Der Hafen war noch voller Trümmer, die Stadt niedergebombt, und ein staubiger Wind fuhr über die dunklen Kais. Während das Schiff beladen wurde, gingen sie Arm in Arm zum Leuchtturm und zurück. Er erzählte ihr, daß er sein Geschäft verkaufen werde, daß er nach London zurückkehren und sich als Journalist selbständig machen werde. Wenn seine Frau den Jungen nähme, könne er nichts daran ändern. Aber er werde noch einmal von vorne anfangen.

»Wann?«

»Weihnachten.«

Sie spürte seine Hüfte an ihrer, seinen Arm um ihre Taille, seinen Geruch von Holzrauch und Heu, den sie so an ihm liebte. Sie verschwieg sich nichts: er war alles, was sie hatte, und als er dann endgültig die Gangway hinaufschritt und ihr vom Oberdeck zuwinkte, als man die Leinen losmachte und der dunkle Wassergraben zwischen ihnen breiter wurde, erwachte sie plötzlich aus ihrer Betäubung; der Panzer, der seit Nikis Tod um sie gewachsen war, fiel von ihr ab, und nichts schützte sie jetzt mehr vor dem Schmerz über seine Abreise. Während der ganzen Rückfahrt nach Paris drückte sie ihre Wange an das kalte, regennasse Zugfenster und weinte.

Ein letztes Mal suchte sie das Hôtel Lutetia auf. Jetzt drängten sich dort keine Frauen vor der Tür, denn es kamen keine Lieferungen mehr, und auch drinnen bei den Frauen mit den Karteikarten stand niemand mehr Schlange. Aber Zettel und Photos hingen noch immer an den Anschlagtafeln, und hier und da stand noch jemand, eine Frau, die in den Gesichtern herumforschte, oder ein Mann in neuen Zivilkleidern, der nach Lebenszeichen von seiner Frau suchte. Dazwischen lungerten Hyänen in eleganten Anzügen herum, die sich anboten, gegen Bezahlung Angehörige ausfindig zu machen.

Sie zog ein Photo und einen Zettel aus ihrer Handtasche. Es war die Aufnahme, die im Frühjahr '39 in London von ihnen gemacht worden war, ihr Lieblingsbild, denn der Photograph hatte ihn überrascht, als er ihr in einem Augenblick des Glücks gelöst in die Augen schaute; sie hätte alles dafür gegeben, diese Stunden noch einmal zu erleben.

Während sie das Photo und den Zettel mit ihrer Londoner Anschrift an die Anschlagtafel heftete, war sie davon überzeugt, daß er sie finden würde, so wie er den Weg zu ihr am Square des Batignolles gefunden hatte. Doch als sie einen Schritt zurücktrat und es noch einmal musterte, wie es da klein unter den hunderten von zerknitterten Photos und abgegriffenen Zetteln in tausend verschiedenen Handschriften hing, empfand sie Schwäche und Erschöpfung. All diese leeren Gesichter, die sie dort anstarrten, erinnerten sie an die Photographien der Verstorbenen auf sämtlichen Grabsteinen im Friedhof von Saint Rémy, wo Dimitrij begraben lag. Sie sah das Photo an und war sich auf einmal nicht mehr im klaren, ob sie immer noch hoffte, ihn wiederzusehen, oder ob sie endgültig Abschied von ihm nahm.

Am nächsten Tag würde sie nach London abreisen, aber vorher brauchte sie noch etwas zum Anziehen für Gabys und Andrés Hochzeit, die an diesem Abend stattfinden sollte. Sie ließ sich von ihren Füßen in die Rue de Solferino tragen. Madame Conte führte sie in den Keller, wo sie in einem Verschlag ihre Truhen eingelagert hatte.

»Ich habe überall Naphthalin hineingestreut, Madame.«

Die Concierge schloß die Truhen auf und klappte die Dekkel zurück. Ja, alles war ordentlich gefaltet und verstaut, Motten und Feuchtigkeit waren nicht hineingekommen. Jemand hatte große Sorgfalt walten lassen. Ein Leben, das sie einmal geführt hatte, lag einbalsamiert unter ihren Fingern.

»Ich lasse Sie jetzt allein, Madame.«

Unter einer grellen Glühbirne hockte Asja in der Dunkelheit des Kellers und strich mit ihren Händen über die Kleider. So viele Blusen und Gewänder aus Seide und Crêpe de Chine, die ihr durch die Finger glitten. Sie waren damals reich gewesen: sie wußte, nie mehr würde sie in solchem Wohlstand leben. Sie erinnerte sich an Rennveranstaltungen, an Abende im Bataclan, wo sie in dem enganliegenden, bodenlangen Kleid, das sie hatte hochraffen müssen, getanzt hatte. Aber ihr lag jetzt nichts an diesem Pathos. Sie hatte eine Aufgabe, sie mußte ein bestimmtes Kleid wiederfinden. Sie fand es ganz unten, und es war gut genug für die Hochzeit. Gaby würde nach der neuesten Mode gekleidet sein, aber mit ihr zu konkurrieren, war ohnehin zwecklos. Dieses hier, schlicht und schwarz, war durchaus annehmbar. Sie schlüpfte aus ihren Kleidern und probierte es an. Der Naphthalingeruch war unangenehm, würde sich aber auf der

Straße verflüchtigen. Schon fühlte sie sich besser: das Kleid paßte. Sie hatte sich nicht verändert. Sie dachte: Dieses Kleid ist meine Vergangenheit, dies ist alles, was ich mitnehmen werde. Den Rest kann Madame Conte verkaufen.

Die Photoalben: die sollte sie vielleicht mitnehmen. Aber wo waren sie? In den beiden Truhen mit ihren Sachen waren sie nicht. Sie sah in einer dritten nach. Oben lag ein Paar Tennisschuhe, vom Platz rot eingestäubt, und ein Hemd, an das sie sich erinnerte. Nikis Sachen. Sie schlug den Deckel zu.

Sie rieb sich das Gesicht und betrachtete ihre Hände. Sie waren schwarz von Staub, und jetzt wäre auch ihr Gesicht damit beschmiert. Sie mußte Schluß machen. Sie mußte hier weg. Aber wo waren die Alben?

Sie öffnete eine vierte Truhe. Darin waren, durch Lagen von Seidenpapier getrennt, Sergejs Anzüge gestapelt. Daneben, in den Winkeln der Truhe, auf Spannern seine Schuhe von Lobb in St. James's. Ein Paar beige Handschuhe. Seine Unterhemden. Seine weiße Unterwäsche. Alles sauber und faltenlos an seinem Platz, nach Naphthalin riechend. Wie klein er war, erkannte sie. Wie klein seine Füße waren, wie hübsch und kompakt sein Körper. Wie der einer Katze. Sie kniete vor der offenen Truhe und hatte das Gefühl, in seinen Sarg zu blicken.

Von der Treppe hinter ihr kam ein Geräusch. Sie drehte sich um. »Madame Conte?«

Jemand kam die Treppe hinunter. Sie kniete reglos unter dem Licht und blickte suchend in die Schwärze des Kellers.

»Wer ist da?«

Lautlos näherten sich Schritte über den Kellerboden, und ehe sie aufstehen konnte, war die Gestalt ins Licht getreten.

Er bückte sich, um ihr aufzuhelfen, aber sie kam alleine hoch und stieß ihn fort.

»Verschwinde! Weg!« schrie sie und stieß noch einmal nach ihm. Er schlug mit dem Kopf an die Glühbirne, so daß sie zwischen ihnen hin und her schwang.

»Bitte, hör mich an«, sagte Rasumkin.

Er hielt mit einer Hand die Glühbirne an, und sein Gesicht flackerte nun nicht mehr vor ihren Augen. Schwitzend, feist, verängstigt – sie hätte ihm diesen flehenden Blick aus den Augen kratzen können.

»Schamloser Mensch.«

»Ich habe diese Truhen gepackt. Ich habe mich um all deine Sachen gekümmert.«

»Du widerst mich an! Verschwinde! Laß mich in Ruhe!«

Von oben rief Madame Conte hinunter: »Alles in Ordnung bei Ihnen, Madame?«

»Halten Sie sich da raus. Sie hätten ihm nichts sagen dürfen. Kümmern Sie sich um Ihre eigenen Angelegenheiten.«

»Asja, laß mich doch erklären.«

»Kein Wort. Ich will nichts hören. Du hast mich verraten. Du hast Josettes Mann und Onkel Dimitrij denunziert. Und Botynskij. Du bist widerlich.«

»Nein, ich schwöre es. Das habe ich nicht.« Er stand mit dem Rücken an der Lattenwand. Sein Gesicht war fahl und schweißüberströmt.

»Ich habe Nachrichten für dich. Von Sergej. Du mußt mir zuhören.«

»Ich glaube dir kein Wort.«

»Aber du mußt mir glauben. Ich möchte dir Leid ersparen. Ich habe gesehen, wie du im Lutetia das Bild an die Wand geheftet hast. Ich kann es nicht ertragen, daß du noch immer glaubst, er sei am Leben. Ich will, daß du mit dem kanadischen Offizier ein neues Leben beginnst. Du mußt mir glauben.« Er langte in seine Tasche und reichte ihr das Bild, das sie im Lutetia aufgehängt hatte. Sie riß es ihm aus der Hand.

»Du mieser Spion!« schrie sie ihn an.

»Hör mich an«, sagte er und wich vor ihr zurück. »Hör mir nur zu. Sergej hat den Russen geholfen. Genau, wie du vermutet hast. '39 ist er zurückgegangen, aber '41 ist er bei der Belagerung von Leningrad ums Leben gekommen. Die

Botschaft hat es mir gesagt. Du mußt mir glauben. Er wollte, daß ich dich in Sicherheit bringe, daß ich dich unter allen Umständen beschütze, daß ich dir bei der Flucht helfe. Und habe ich das etwa nicht getan? Ich habe dich gerettet.«

Sie schlug ihm ins Gesicht. Dann noch einmal, fester, und noch einmal. Sie dachte: So etwas habe ich noch nie getan. Das ist neu, das bin ich nicht, das ist jemand anderes. Aber es ist gut, dachte sie. Sehr gut. Wieder. Und wieder. Ihre Hände klatschten ihm rechts und links ins Gesicht. Aus seiner Nase spritzte Blut auf seinen Kragen. Er wehrte sich nicht. Er nahm die Strafe auf sich.

Sie schlug ihn, bis ihr die Hände weh taten, bis ihr die Tränen kamen, bis das Blut an ihren Händen sie anwiderte. Sie drängte sich aus dem Verschlag, stieg die Treppe hinauf und trat auf die Straße. Es war dunkel, und sie ging blindlings weiter, bis ihr auffiel, daß die Leute sie anstarrten, den schwarzen Kellerstaub und das Blut an ihren Händen, ihr tränenverschmiertes Gesicht. »Glotzt mich nicht an!« murmelte sie. »Geht weg! Laßt mich in Ruhe!« Sie schritt durch die nächtlichen Straßen, trunken vor Abscheu vor diesen schmutzig gekleideten, widerwärtigen Leuten, denen Zigaretten von den Lippen hingen, vor diesen ordinären Weibern mit ihren klappernden Absätzen, vor den vollgespuckten Bürgersteigen, vor dem Blutgeschmack in ihrem Mund, vor der Gemeinheit, der unauslöschlichen Gemeinheit all dieser Dinge.

Sie ging in ein Café, um ihr Gesicht zu säubern. Dieser Lügner! Dieser Lügner! Dieser dreckige Lügner! Sie schlug mit den Fäusten auf das Waschbecken. Ein Kellner beobachtete sie über den Rand der Tür.

»Was gibt es hier zu sehen?«

»Sie sind verrückt«, sagte er.

»Lassen Sie mich in Ruhe!« schrie sie wütend, außer sich, überhaupt nicht mehr ansprechbar.

Im Rathaus wurde sie bereits erwartet – von Gaby, die André in seiner viel zu großen Uniform umschlungen hielt, und Josette, die ein dunkles Kleid und einen Veilchenstrauß trug.

»Fühlen Sie sich wohl?« flüsterte Josette.

»Vollkommen«, sagte Asja.

Sie vernahm die Phrasen des Standesbeamten, sah, wie André Gaby einen Kuß gab, hörte, wie sie für Mann und Frau erklärt wurden, und als sie auf sie zukamen, um sie zu umarmen, starrte sie sie an wie ein Gespenst.

TEIL 5

Es war ein Verhängnis, so lange gelebt zu haben. Alle anderen waren inzwischen abgetreten: Olga, Dimitrij, Niki, Sergej, Botynskij, all ihre Lieben, selbst Majiec und Gaby. Es war sinnlos, daß sie alle ihre Gründe zum Leben überlebt hatte; und dennoch ging das Leben immer weiter, und sie saß vor sich hin und wartete auf das Ende. Aber das wollte nicht kommen. All ihre so starken Gefühle verblichen wie bunte Kopftücher, die zu lange der Sonne ausgesetzt waren: sogar ihre Liebe, sogar ihre Trauer verblaßten jetzt, und darin erblickte sie ein Zeichen, daß ihr das Leben aus den Händen glitt, daß sie selbst bald würde Abschied nehmen müssen. Alle Leidenschaften verraucht? Nun, nicht ganz... Sie mußte nur an Rasumkin denken, und schon fuhr ihr ein glühender, belebender Schuß Wut durch die Adern. Auf eine gewisse grimmige Weise amüsierte sie sogar das Bewußtsein, daß dieser Haß auf Rasumkin von allen menschlichen Empfindungen, die ihr noch das Gefühl vermittelten, am Leben zu sein, bei weitem die heftigste war. Ein Paradoxon, das auch Rasumkin gefallen hätte: die gute Asja, am Leben erhalten von der hellen Flamme des Hasses.

Noch konnte sie sagen, daß sie das Leben liebte. Tag für Tag kam es mühelos und ungeheißen zu ihrer Rettung. Dennoch erwachte sie jeden Morgen mit dem Gedanken: Oh, nein, nicht schon wieder. Einen Sinn sah sie schon lange nicht mehr darin: über allem lag der Schatten einer melancholischen Sinnlosigkeit, selbst über dem Aufgehen der Sonne, der Helligkeit des Tages, dem Dunkeln des Nachmittags. Als Kind war sie von ihrer Unsterblichkeit überzeugt gewesen und hatte fest daran geglaubt, daß sie, geboren mit dem Jahrhundert, seinen ganzen Lauf miterleben werde. Hütet euch vor euren Wünschen, sagte sie jedem, der sie besuchen kam, denn sie werden euch erfüllt werden. Seht mich an, sagte sie: zur Unsterblichkeit verdammt.

Und jetzt war da dieser Mann, der eigens aus Kanada nach London gekommen war, um sie zu besuchen. Warum? In seinen Briefen schrieb er, daß sie ihm helfen könne: aber wie? Das alles war so lange her. Aber was sollte sie machen? Wenn sie sagen würde, sie könne ihm nicht helfen, käme er auf den Gedanken, daß sie etwas zu verbergen hätte. Und sie hatte nichts zu verbergen. Sie würde ihm alles erzählen, aber das würde ihm nichts nützen. Wann hätte die Wahrheit jemals einem Menschen geholfen?

Sie saß im Wohnzimmer am Kamin und sah auf den Eaton Square hinaus, über den sich der Abend senkte. Vor ihr stand ein Teegedeck für zwei Personen. Ein großer Fernseher neben ihr tauchte ihr bejahrtes Gesicht in bläuliches Licht.

Ihr dunkelgraues Haar wurde von einem feinen schwarzen Netz zusammengehalten, es war vom Nacken aufwärts zu einem altertümlichen Knoten hochgesteckt und oben mit einer knallroten Schleife verziert. Das Alter hatte die scharfen Kanten ihrer Wangen bloßgelegt, und die schmale Nase stach aus der uralten papierenen Haut hervor. Sie trug eine weiße Bluse mit hohem Rüschenkragen, der ihren langen dünnen Hals um so mehr betonte, eine schwarze Leinenhose mit scharfen Bügelfalten und glänzende Lackschuhe.

Die Haushälterin steckte ihren Kopf durch die Tür.

»Peter Iswolskij.«

Sie hielt ihm eine zierliche Hand voller Leberflecken entgegen, die er an seine Lippen drückte.

»Lassen Sie mich Sie ansehen«, sagte Asja.

Ihre Stimme war tief, rauchig und ein wenig heiser. Ihre Augenbrauen waren kokett mit einem dunklen Strich nachgezogen, eisblauer Lidschatten lag auf ihren Lidern. Sie war neunzig Jahre alt.

»Sie verstecken sich hinter Ihrem Schnurrbart. Ich kann mir kein Bild von Ihrem Mund machen.«

»Sehe ich ihm ähnlich?«

»Etwas in Ihren Augen, vielleicht.«

Klare graue Augen: weit offen, kanadisch, naiv. Breite Schultern, rotblondes Haar, ungeschliffener, unverbildeter Anstand.

»Als er starb, war ich zehn«, sagte Peter, indem er sich setzte.

»Dann haben Sie Ihren Vater also kaum gekannt«, sagte sie.

»So gut wie gar nicht.«

Er wandte den Blick ab, um nicht sehen zu müssen, wie der Tee zitternd in die Tasse plätscherte.

»Nehmen Sie Milch?«

Er nickte.

»Wie ist er gestorben?«

»Am Straßenrand, als er an seinem Wagen Schneeketten aufgezogen hat.«

»Aber woran? War es ein Herzanfall?«

Er senkte den Blick in seine Teetasse. »Wie haben Sie es erfahren?«

»Lapin ist ein sehr systematischer Mensch. Als die jährliche Weihnachtskarte ausblieb, hat er an Ihre Mutter geschrieben.«

Ein längeres Schweigen. Sie stellte ihre Tasse ab.

»Und da sitzen wir jetzt und fragen uns, was wir miteinander anfangen sollen. Sie denken: Was bin ich den weiten Weg von Toronto hierhergeflogen, um mir dieses alte Wrack anzusehen? Und ich denke: Das also ist sein Sohn.«

Sie lächelte, und mit einemmal strahlte ihr Gesicht wie das eines Mädchens. »Alle, die ich je gekannt habe, sind tot. Jeden Morgen wache ich auf, betrachte meine stockdürren Beine und denke mir: Gott hat mich vergessen.«

»Vergessen?«

»Muß wohl. Warum sonst sollte diese garstige Angelegenheit denn immer weitergehen? Es ist einfach zu schrecklich.« Sie lachte auf und griff nach einer Zigarette.

»Ich habe etwas für Sie«, sagte er; er nahm die Notizbücher

aus seiner Aktentasche und legte sie auf den Tisch. Es waren vier Stück, eins auf dem anderen, schwarz eingebunden, mit weißen Zahlen auf den Rücken: 1942, 1943, 1944, 1945.

Mit einem langen zinnoberroten Fingernagel schlug sie eins auf, warf einen Blick auf die Schrift und klappte es wieder zu. Sie steckte die Zigarette in eine Ebenholzspitze. Als er ihr Feuer gab, berührte sie flüchtig seine Hand. Sie hielt die Zigarettenspitze wie früher, unter der Hand, zwischen Daumen und Zeigefinger.

»Sie handeln alle von Ihnen.«

»Natürlich alles gelogen.« Sie stieß den Rauch nach oben aus. – »Natürlich.«

»Wann haben Sie sie entdeckt?« fragte sie. Er erzählte, nach dem Begräbnis seiner Mutter hätten sie das Haus ausgeräumt und dabei habe er sie in einer Truhe ganz hinten im Keller entdeckt. Beim Öffnen der Truhe, sagte Peter, habe er das Gefühl gehabt, den Deckel von einem Sarg zu nehmen. Drinnen befand sich Dads Uniform, seine Orden auf einem in Plastik gehüllten Purpurkissen, ein Aktenordner mit seinen alten Zeitungsausschnitten aus der *Montreal Gazette*, dem *Kingston Whig Standard* und der *Toronto Globe and Mail*, sein Frackhemd, ein Smoking mit Schärpe: alles korrekt aufgebahrt wie in einer Leichenhalle. Und ganz unten lagen die Notizbücher.

»Wie haben Sie Ihren Vater in Erinnerung?« fragte sie und war gerührt, als er sagte, sein deutlichstes Bild von ihm sei eigentlich keine Erinnerung, sondern acht Minuten eines Films, den seine Mutter ihm, als er sechzehn war, ein einziges Mal gezeigt habe, und zwar eines Sonntags nach dem Mittagessen. Da flackerten sie alle in den ausgebleichten Farben eines anderen Lebens an der Schlafzimmerwand: seine Mutter verscheuchte Mücken und kümmerte sich um das Feuer; sein Bruder und er rannten pudelnackt über die flachen Felsen; Nick hielt sich schützend die Hände über die Augen und sah auf die Seven Mile Bay hinaus.

»Verstehen Sie, nach dem Unfall hat meine Mutter nie mehr von ihm gesprochen, kein Wort. Deshalb bin ich zu Ihnen gekommen. Ich dachte, Sie könnten mir vielleicht helfen.«

Sie schien ihm nicht zugehört zu haben.

»Ich bin nach dem Krieg in Nordamerika gewesen«, fing sie an.

»Wo?«

»Ein Mann wollte mich heiraten, ein Amerikaner aus Detroit. Ein ziemlich guter Mensch. Militäranwalt in Berlin, und jetzt mußte er wieder zurück. Aber das tut nichts zur Sache. Er wollte, daß ich mit ihm komme. ›Morgen geht das Flugzeug‹, hat er gesagt. Ich dachte: Warum nicht, was lasse ich schon hinter mir? Nichts. Also bin ich mit ihm gegangen. Grosse Point, Michigan. Kennen Sie das?«

»Ein Nobelvorort von Detroit. Da wohnen die Manager der Autoindustrie.«

»Ja. Ein Paradies für Automobile.«

Sie zündete sich die nächste Zigarette an. »Ich muß damit aufhören. Der Arzt sagt, das bringt mich noch um. Aber wen kümmert das, in meinem Alter... Wo war ich stehengeblieben?«

»Grosse Point, Michigan.«

»Richtig. Die Konversation in Grosse Point war sehr eigenartig. Einmal trat auf einer Party eine Frau an mich heran und fragte, warum ich Schwarz trage. Ich sagte, ich trauere um meinen Mann, und sie fragte, wann er denn gestorben sei, und ich sagte, am Ende des Kriegs. ›Nun‹, sagte sie, ›auch ich bin Witwe. Aber mein Analytiker meint, eine Trauerzeit von mehr als acht Wochen sei unangemessen.‹ Typisch Amerika.«

»Ich bin Kanadier.«

»Haben Sie bei sich eine Psychoanalyse durchführen lassen?«

»Nicht direkt. Nur eine Therapie.«

»Aha«, sagte sie. »Sie glauben also, daß wir repariert werden können?«

»Nein, ich glaube nicht, daß wir repariert werden können.« Sie lächelten sich an.

»Jedenfalls habe ich es zwei Monate lang in Grosse Point ausgehalten; die Vorbereitungen zu unserer Hochzeit waren schon weit fortgeschritten, als ich zu meinem Freund gesagt habe: ›Ich glaube, ich sollte nach Hause gehen. Ich gehöre nicht hierher.‹ Natürlich war er enttäuscht. Hat es mir übelgenommen und eine andere geheiratet.«

»Was war zwischen Ihnen und Dad?«

»Noch etwas Tee?« Er schüttelte den Kopf und wollte seine Frage eben wiederholen, als sie zum Fernseher aufsah, in die Tiefen ihres Sessels langte, die Fernbedienung hervorzog, auf den Bildschirm richtete und den Ton anstellte.

Der Sender hatte live auf den Vorplatz der Botschaft umgeschaltet. Die Lage hatte sich die ganze Woche über zugespitzt. Scharfschützen gingen in Stellung. Hinter einer Mauer kauerte der Reporter und erstattete flüsternd Bericht. Dann explodierten zwei Fenster in der zweiten Etage, das Überfallkommando seilte sich vom Dach ab und sprang in das Gebäude. Aus dem Rauch drang ein scharfes Knacken.

»Handfeuerwaffen«, sagte Peter.

»Und was arbeiten Sie?« fragte sie, ohne den Blick vom Bildschirm abzuwenden.

»Ich bin Journalist«, sagte er und beobachtete, wie der Rauch aus den Fenstern wallte.

»Was *bin* ich verkalkt«, sagte Asja. »Das haben Sie mir ja in Ihrem Brief geschrieben.«

Aus dem verrauchten Inneren des Gebäudes krachten noch immer gedämpfte Revolverschüsse.

»Unglaublich«, sagte Peter. »Das ist alles live.«

Eine Geisel war bleich und bebend aus dem Haus gekommen. Dahinter ein Mann des Einsatzkommandos mit gezogener Waffe und maskiertem Gesicht.

»Was bedeutet live?«

»Unbearbeitet. Real.«

Kreischend fuhren Krankenwagen vor und brachten die Geiseln weg; die Reporter standen jetzt auf und sprachen inmitten von Rauch und Sirenenlärm in die Kameras. Das Einsatzkommando befand sich im Haus und bahrte die Leichen auf.

»Ich frage mich«, sagte sie nachdenklich, »ob mein Leben live gewesen ist?«

»Alles andere ist fürs Kino.«

Sie lachte.

»Live«, sagte sie. »Was für ein phantastischer Ausdruck. Wenn das da live ist«, sagte sie und zeigte auf den Bildschirm, »was ist dann nicht live?«

»Alles, was bearbeitet ist.«

»Aber was ist mit dem Gedächtnis? Sehen Sie, was es mit dem Leben macht. Wenn ich mich nur treiben lasse und nichts geschieht, kann ich mich an kein bißchen Leben live erinnern. Mein Gedächtnis hat das ganze reale Leben herausgeschnitten. Und was übrigbleibt, sind nur noch unbewegte, bedeutungslose Photos, eins neben dem anderen. Und Stimmen.«

»Ich kann Ihnen nicht folgen.«

»Es kommt mir vor, als hätte ich das ganze reale Leben verloren. Es ist einfach untergegangen. Deshalb ist alles so schrecklich.« Sie sah auf den dunkel werdenden Platz hinaus.

»Erzählen Sie mir, was zwischen Ihnen und meinem Vater gewesen ist.«

Sie wandte ihren Blick auf den Fernseher zurück. Es war jetzt dunkel im Zimmer, und in dem blauen Irrlichtern des Bildschirms wirkte ihr Gesicht noch viel älter, wie das eines Pharaos. Sie sprach mit tonloser, entrückter Stimme.

»Toronto. Hübsches Städtchen. Bin einmal dort gewesen. Auf der Rückfahrt von Grosse Point. 1947. Holzhäuser in eurer Straße, mit Veranden und grünen Schindeldächern; davor

Männer, die Laub zusammenharkten. Ich erinnere mich. Und am Ende der Straße ein Park; und eine Bank. Ich habe mich hingesetzt und zugeschaut.«

Er sagte nichts.

»Euer Haus stand an der Ecke, davor war ein Wagen geparkt, und als erstes kam Ihr Vater heraus und ließ ihn an. Er blieb bei laufendem Motor im Auto sitzen und starrte geradeaus vor sich hin. Er hat mich nicht gesehen. Ich saß auf der anderen Straßenseite, auf der Bank. Er hat einfach ins Leere gestarrt.«

Sie sah Peter an.

»Und dann sind Sie und Ihr Bruder die Treppe heruntergekommen. Sie dürften um die sechs Jahre alt gewesen sein, und er war praktisch noch ein Kleinkind. Ihr hattet die gleichen Trikots an, hinten mit dem Aufdruck *Toronto Maple Leafs*. Daran erinnere ich mich. Dann seid ihr auf den Rücksitz geklettert. Und dann kam eure Mutter und hat sich auf den Beifahrersitz gesetzt. Und dann ist Ihr Vater losgefahren. Und wissen Sie was?«

Peter sagte nichts.

»Als das Auto um die Ecke bog, haben Sie mich angesehen. Sie haben mir genau in die Augen gesehen, dieser Dame in schwarzem Hut und grünem Mantel, die da allein auf der Bank im Park bei Ihnen an der Straßenecke gesessen hat. Sie haben mir in die Augen gesehen, genau wie jetzt.«

Sie sahen einander schweigend an. Die Haushälterin kam herein, räumte das Teeservice ab, zog die Vorhänge zu und machte die Lampen an, die über den Jagdszenen an den Wänden hingen. Schließlich sagte er: »Warum haben Sie nicht an der Tür geläutet?«

»Ich habe Ihren Vater geliebt. Es hat mich ziemlich überrascht, das festzustellen. Ich erkannte das erst, nachdem er abgereist war, und ich dachte: Laß diese Chance nicht verstreichen, du darfst dich nicht mit dem Alleinsein abfinden. Sie verstehen. Sind Sie verheiratet?«

»Ich war es. Es ist schiefgegangen.«

»Wie schief?«

Er lachte. »Sehr.«

»Mir scheint, die Wunden sind noch immer nicht verheilt.«

»Wie können Sie das wissen?«

»Ich kann es. Ich kenne die Anzeichen.« Der finstere, verhärmte Ausdruck seiner Augen stand ihm gut.

»Das Royal York Hotel: gibt es das noch?«

Er nickte.

»Ja. Ein schönes Zimmer. Ganz oben. Nachdem ich Ihren Vater gesucht und im Park gesessen und ihn beobachtet hatte, bin ich in dieses freundliche Zimmer im Royal York Hotel zurückgekehrt. Ich habe auf die Eisenbahnzüge und diesen flachen grauen See hinausgeblickt und bei mir gedacht: Nun, das ist vorbei.«

»Sie hätten bei uns läuten sollen«, sagte er, und seine rauhe Stimme machte ihr begreiflich, warum er gekommen war.

Heftig erwiderte sie: »Sie hätten Ihren Vater verloren. Ich wäre nicht in Toronto geblieben. Ein Sonntag hat mir gereicht. Ich hätte ihn mit mir mitgenommen. Nein, nein, als ich sein Gesicht gesehen habe, wußte ich, daß ich niemals an seiner Tür läuten würde.«

»Was war denn mit seinem Gesicht?«

Sie erwog die Möglichkeiten.

»Es war das Gesicht eines Besiegten.«

Er ließ die Worte im Raum verhallen.

»Sie haben sich geopfert«, sagte er nach einer Weile.

»Mein Lieber, mit Opfern hatte das nichts zu tun. Wenn Sie sein Gesicht gesehen hätten. Er war nicht mehr zu retten. Die Lichter waren ausgegangen.«

»Sie hätten trotzdem läuten sollen.«

»Warum?«

»Lesen Sie die Tagebücher.«

»Mein Lieber, ich denke nicht daran.«

Er stand auf und trat ans Fenster. Sie wußte, er wollte sein Gesicht vor ihr verbergen, sie sollte nicht sehen, wie er um Fassung rang.

»Die Geschichte mit den Schneeketten ist nicht wahr. Das war Mutters Version, aber in Wirklichkeit war es ganz anders. Nach ihrem Tod bin ich mit meinem Bruder ins Archiv gegangen. Wir haben die OPP-Akten ausgegraben.«

»OPP?« Sie verstand nicht.

»Ontario Province Police. Es gab keinen Schneesturm auf Highway 9. Es war Mitte Oktober. In dem Unfallbericht war keine Rede von einem Blizzard, wie sie behauptet hatte.«

Er drehte sich um und sah sie an. »Asja, mein Vater ist mitten auf der Straße überfahren worden. Er hat sich in den Gegenverkehr gestellt. Er war nicht am Rand, neben dem Auto, wie Mutter immer gesagt hat. Sondern mitten auf der Straße. Der Fahrer des Holzlasters hat ausgesagt, Vater sei einfach vom Straßenrand auf die Fahrbahn getreten und habe die Hände ausgestreckt, ungefähr so.«

Mit Tränen in den Augen breitete Peter die Arme aus und drehte die Handflächen nach oben – die Willkommensgeste eines Mannes, der seiner Erlösung entgegensieht.

Asja sank in ihrem Sessel zurück und hielt sich die Hände vors Gesicht.

»Deswegen bin ich gekommen. Verstehen Sie nicht? Wir alle kommen von unseren Vätern her, von ihnen beziehen wir unsere Gründe fürs Weiterleben, fürs Leben überhaupt. Verstehen Sie, was ich sagen will?«

Sie nickte. »Mein Vater starb, als ich achtzehn war. Ich weiß.«

»Aber er ist gestorben.«

»Ja, in meinen Armen.«

»Aber er ist gestorben. Darum geht es. Meiner hat nicht mehr leben wollen. Und ich spüre ihn hinter mir, er saugt mich aus, er raubt mir den Sinn des Lebens, er pumpt mich leer. Wissen Sie, was ich meine?«

Sie ließ ihn reden: wie ähnlich er seinem Vater war, so ernst, so verloren.

»Und als ich dann die Tagebücher entdeckte und herausfand, was Sie ihm bedeutet haben, dachte ich, Sie könnten mir vielleicht sagen, was für ein Mensch er war, Sie könnten mir helfen…«

»Wobei, Kind, wobei?«

»Herauszufinden, wie er war, bevor er… was Sie gesagt haben: besiegt war. Bevor er besiegt war. Als er mit Ihnen zusammen und alles in Ordnung war.«

»Ist damals alles in Ordnung gewesen?«

»Lesen Sie die Tagebücher. Dann werden Sie es wissen.«

»Mein Lieber, die werde ich auf keinen Fall lesen.«

»Warum denn nicht?«

»Sie sind wie alle jungen Leute; ich war in Ihrem Alter genauso. Egoistisch. Sie denken nur an sich. Versetzen Sie sich mal in meine Lage. Das quält mich. Ihr Vater… das Thema quält mich.«

»Verstehe.« Sie starrte ins Feuer, als sei er gar nicht da. »Ich bin sehr müde. Plötzlich ist alles weg. Meine Kräfte haben mich verlassen. Ich kann nicht mehr.«

»Darf ich wiederkommen?«

»Jederzeit. Was tut eine alte Frau denn schon, außer in ihrem Zimmer sitzen?«

»Morgen?«

»Morgen.«

Sie hielt ihm die Hand hin. Er küßte sie, und als er ging, fuhr sie sich mit dem Finger über die Lippen und sah in den dunklen Park hinaus.

Am nächsten Tag erwartete sie ihn in einem hellen Zimmer der zweiten Etage. Vor den Fenstern standen Vasen mit Kornblumen. Bei seinem Eintreten klappte sie ihr Buch zu und tat, als ob sie aufstehen wollte.

»Peter, mein Lieber, geben Sie mir bitte den Stock da. Meine Beine streiken heute.«

Es war ein eleganter schwarzer Stock mit Elfenbeingriff; sie stemmte sich daran hoch, und er faßte ihren Ellenbogen. Sie war viel zu dünn.

»Wir wollen jemanden besuchen.«

Er hätte sie weiter unterm Ellbogen gestützt, doch sie riß sich mit einem heftigen Ruck los und tappte durch den Flur zu einer Tür im hinteren Teil des Hauses.

Sie klopfte an, horchte, und trat ein.

Ein alter Mann mit weißem Haar und klaren blauen Augen saß in einem Korbstuhl vor einem offenen Fenster, unter dem sich der Park ausbreitete. Er trug einen Pyjama, seine schmächtigen Brustknochen standen sichtbar hervor. Die Nägel an seinen bloßen Füßen waren gelb und knorrig.

»Peter Iswolskij ist eigens von Kanada hierhergekommen, um uns zu besuchen«, sagte sie auf russisch und gab Lapin einen Kuß auf die Stirn.

»Sie sprechen doch Russisch?« fragte sie und bedeutete Peter mit einem Wink, sich auf das Bett zu setzen.

»Ja, aber es dürfte Ihnen nicht gefallen.« Er zeigte auf seine Ohren und sagte zu Lapin: »Vom Tonband.«

»Er versteht jetzt nur noch Russisch.« Sie nahm Lapins Hand und hielt sie fest. Er lächelte sie an, wie aus weiter Ferne.

»Nach Olgas Tod hat Lapin mich aufgenommen.«

»Olga?«

»Sie wird auch in den Tagebüchern vorkommen. Ihr Vater hat sie gekannt. Meine Tante. Nachdem ich bei der BBC aufgehört hatte, habe ich bis zu ihrem Tod in ihrem Haus in Saint Rémy gewohnt. Als ich sie dann neben meinem Onkel Dimitrij begraben hatte, bin ich ins Haus zurück, habe die getrockneten Pilze angesehen, die von den Deckenbalken der Küche hingen, und mein einziger Gedanke war: Nein, das ist vorbei. Also habe ich alles verkauft und bin hierhergekommen.« Sie zeigte um sich her. »Dieses Haus gehört Lapin, müssen Sie wissen. Wir sind die letzten der Familie, seit zwanzig Jahren leben wir hier zusammen wie zwei alte Krähen.«

Es war Lapin, der Jahr für Jahr vom Eaton Square 36 die Weihnachtskarten mit einem russischen Gruß an den »liebsten Nick« geschickt hatte; und als es Nick nicht mehr gab, waren weiterhin alljährlich Karten eingetroffen: »An Nancy und die Kinder«. »Mit herzlichen Grüßen, Alexander Galizin.«

»Danke für Ihre Weihnachtskarten, Onkel Lapin«, sagte Peter auf russisch.

»Gott, wie hört sich denn Ihr Russisch an!« sagte Asja.

Lapin schwieg.

»Er ist Ihrem Vater sehr ergeben gewesen«, sagte sie. »Mehr als ich.« Lapins blaue Augen waren unverwandt auf Peter gerichtet. Sein Mund stand offen. Seine Zähne waren gelb. Es sah aus, als wollte er sprechen, aber er sagte nichts.

»So würde Dad heute vielleicht aussehen«, sagte Peter.

Eine Zeitlang schwiegen sie alle.

»Helfen Sie mir hoch, mein Lieber.«

Peter zog sie auf die Beine, und wieder riß sie dann ihren Ellbogen los. Sie küßte Lapin auf beide Wangen und strich ihm das Haar auf dem Hinterkopf glatt.

»Dieser junge Mann wird mich auf meinem Spaziergang begleiten, und wenn ich zurück bin, werde ich dir vorlesen.«

Peter berührte Lapins Hand.

Lapin wandte den Kopf und sah auf den Park hinaus.

In der Parkanlage hinter Eaton Square stapfte sie energisch über den Kiesweg, der sich zwischen Azaleen und Jasmin, Zwergkiefern und Steingärten dahinschlängelte. Als Peter einmal aufblickte, saß Lapin noch immer am Fenster und starrte in den Tag hinaus.

»Mein Bruder ist schon ein seltsamer Mensch. Er hat seiner Bank zu ganz außerordentlich einträglichen Geschäften verholfen, müssen Sie wissen. Auch wenn er nicht so aussieht.«

»Wie meinen Sie das?«

»Ach, Sie wissen schon, er wirkt wie eine dieser freundlichen alten Gestalten bei Tschechow. Die Engländer sind sehr herablassend uns alten Russen gegenüber. Lapin ist viel zäher gewesen, als man allgemein vermutet hat. Das war sein Geheimnis.«

»Und das Ihre.«

»Kluger Junge.«

»Er hat Alzheimer, stimmt's?«

Sie blieb aufgebracht stehen.

»Mein Lieber, bitte.«

»Asja, es ist zu Ende mit ihm.«

Sie setzte sich auf eine Bank und klopfte auf den freien Platz neben sich.

»Sie sind genau wie Ihr Vater. Es gibt viele Dinge, die Sie nie verstehen werden. Lapin hat die falsche Frau geheiratet und sie bis zu ihrem Tod geduldig ertragen, Gott sei Dank. Mit seinen Kindern, absolut netten langweiligen Jungen, hat er ganz und gar nichts gemeinsam. Er hat sich mit uneingeschränkter Hingabe der Aufgabe gewidmet, für seine Bank Geld zu machen, eine Tätigkeit, an der er nicht das geringste Interesse hatte. Er ist müde. Außer mir versteht ihn niemand.«

»Aber...«

»Kein Aber. Mein Lieber, wenn wir beisammensitzen, nur wir zwei, und ich ihm Puschkins *Eugen Onegin* vorlese, höre ich ihn, sehr leise, so daß nur ich es hören kann, immer schon die nächste Zeile aufsagen. Also, bitte...«

Sie unterbrach sich kurz und atmete den Duft des Winterjasmins ein, der die Bank auf beiden Seiten umrahmte.

»Dieser Park ist ein Paradies. Ich sitze hier stundenlang und lasse mich treiben. Dann denke ich an gar nichts. Das ist das Glück. Wie Sie sagen, das Leben live. Am Ende ist alles gut ausgegangen. Und jetzt helfen Sie mir bitte wieder auf.«

Er stützte sie hoch, und unter Lapins unverwandtem Blick gingen sie zum Haus zurück.

»Ende der Woche fahre ich nach Moskau«, sagte Peter.

»Das haben Sie mir in Ihrem Brief geschrieben. Ich bin nicht so senil, wie Sie denken. Sie treten bei Ihrer Sendeanstalt den Posten des Büroleiters an. Meinen Glückwunsch.«

»Ich bin nicht sicher, ob man mir dazu gratulieren sollte. Ich bin erst einmal dort gewesen, noch zu Breschnews Zeiten. Sie können sich nicht vorstellen, wie da gelogen wurde.«

»Und ob ich das kann. Das ist, oder war, eine Spezialität der Sowjets. Vielleicht ist dieser neue Mann ja anders.«

»Vielleicht.«

»Und vielleicht gehen Sie ja Ihrer Angehörigen wegen dorthin. Ich habe Ihren Großvater, den lieben alten Iswolskij, sehr gern gehabt.«

»Mein Großvater ist in Montreal begraben, und mein Vater in Toronto.« Peter unterbrach sich, als müßte er für den nächsten Satz seinen Mut zusammenraffen. »Asja, ich habe keine Angehörigen mehr, nur noch Sie.«

»Mein Lieber, was sagen Sie da!« Freilich gefiel es ihr.

»Sie sind so alt wie das Jahrhundert. Sie sind dabeigewesen. Sie haben alles miterlebt.«

»Allerdings, mein Kind, allerdings.«

Am nächsten Morgen rief er sie an und fragte, ob er sie zum Essen einladen dürfe, das Restaurant solle sie bestimmen.

»Wilton, um eins«, sagte sie und legte auf. Während sie sich zurechtmachte, fühlte sie eine gewisse verschlagene Fröhlichkeit in sich aufsteigen. Sie hatte einen neuen Bewunderer. Mit neunzig. Man stelle sich vor!

Kaum hatte er ihr gegenüber Platz genommen, gab sie dem Ober die Speisekarten zurück und sagte forsch: »Wir haben über Ihr Schicksal entschieden. Es gibt entweder Seezunge, Hummer oder Steinbutt. Ich nehme die Seezunge.«

»Steinbutt.«

»Und das Übliche«, fügte sie hinzu, indem sie die Brille abnahm und in ihre Tasche steckte.

»Sehr wohl, Madame.«

›Das Übliche‹ erwies sich als eine Flasche weißen Burgunders, und als Peter einschenkte, sagte er: »Sie sind ganz anders, als ich erwartet habe.« Er lachte. »Sie sind ja gar keine nette alte Dame.« Das gefiel ihr, und sie blinzelte ihn mit einem listigen Lächeln an.

»Verletzt. In den Tagebüchern machen Sie einen verletzten Eindruck. Dad hat es einmal so beschrieben.«

»Die Wunden sind verheilt«, sagte sie lebhaft.

»Erzählen Sie mir davon.«

»Ich habe beschlossen, meinen Mann für tot zu halten.«

»Haben Sie jemals Gewißheit erlangt?«

»Habe ich.«

Als der Fisch serviert wurde, zerlegte sie ihn routiniert und hob die Gräten auf ihren zweiten Teller; ihre Hände waren ruhig wie die eines Chirurgen.

»Ich *war* verletzt. Bis ich Serjoscha aufgegeben habe. Ich sagte mir: Er ist weg. Und von da an wurde es langsam besser. Vor allem mit meinem Liebesleben.«

»Erzählen Sie mir davon.«

»Sie werden kein Wort von mir hören.«

Und dann gab sie nach.

»Mit meinem Mann war nur schwer auszukommen. Er war ganz anders als Ihr Vater. Er war nicht – wie sagt man? – gefügig. Er hat sich aufgedrängt. Ich war sehr jung, als ich ihn kennengelernt habe, und er hat mich nach seinen Vorstellungen geformt. Nach seinem Verschwinden habe ich lange Zeit gebraucht, wieder zu mir selbst zu finden. Ich kam mir verloren vor. Ihr Vater hat es sehr schwer mit mir gehabt. Ich habe immerzu in Trauer gelebt. Auf Ihre Gesundheit.« Sie hob ihr Glas und lächelte ihm zu.

»Was war mit Dad?«

»Geduld. Alles zu seiner Zeit.«

Sie erzählte ihm, daß sie nach ihrer Rückkehr zur BBC vom Posten einer Sprecherin zu dem der Abteilungsleiterin aufgestiegen war.

»Sie waren der Chef da?«

»Was überrascht Sie daran?«

»Sieht man mir das an?«

»Die Mienen der Männer sind lächerlich leicht durchschaubar.«

»Für Sie.«

»Für mich, ja.« Sie führte eine Gabel voll Fisch an ihre Lippen. »Ich habe meinen Beruf geliebt. Bänder zusammenschneiden, Aufzeichnungen anhören, das Rotlicht, das Telefon, Leute einstellen und manchmal auch entlassen. Da blieb keine Zeit für unsere schreckliche russische Melancholie.«

»Aber im Park haben Sie gesagt, am liebsten würden Sie sich treiben lassen.«

»Dazu war bei der BBC keine Zeit. Jetzt bin ich eine alte Frau, und da lasse ich mich treiben. Ich sitze im Park bei meinem Jasmin. Ich kümmere mich um Lapin.«

»Sie haben sich verändert.«

»Wie wollen Sie das wissen, mein Lieber?«

»Damals waren Sie nicht so stark.«

»Meinen Sie? Schon möglich. Ja, ich habe mich verändert. Ich liebe es, stark zu sein!« Sie sah zufrieden aus und trank von ihrem Wein. »Unser schauderhaftes russisches Milieu. Ich sehe sie in der Kirche, die Russen, so sanfte, wohlerzogene Wesen, so naiv und verletzlich. Ich will nicht naiv sein.«

»Oder verletzlich.«

»Oder verletzlich. Als junges Mädchen habe ich meine Verletzlichkeit furchtbar teuer bezahlen müssen. Aber wer in meinem Alter noch verletzlich ist, mit dem ist es aus. Es wird schließlich nicht einfacher. Gaby pflegte zu sagen, das Alter ist nichts für die im Herzen jung Gebliebenen. Gaby hat gesagt, hier drinnen muß man Eisen haben«, und sie klopfte sich an die Brust.

»Gaby, die den Mann aus Buchenwald geheiratet hat?« fragte Peter.

»Richtig«, sagte Asja und sah weg. Ihre Stimme war leise und freundlich. »Haben Sie den Film *Lohn der Angst* gesehen?«

Peter nickte. »Mit Yves Montand?«

»So ähnlich ist es ihr ergangen. Nach schrecklichen Abenteuern liefert man die gefährliche Fracht sicher ab. Man hat alles überlebt. Und auf dem Rückweg kommt man bei irgendeinem dummen Unfall ums Leben. Nach Buchenwald, nach all meiner Pflege, nach der ganzen Liebe, nach alledem sind die beiden 1956 bei einem Autounfall ums Leben gekommen. Was hat das für einen Sinn?«

Aber davon ließ sie sich nicht zurückwerfen. Heute würde sie sich nicht von ihren Verlusten überwältigen lassen. In seiner Gegenwart fühlte sie sich jung. Als der Kellner die Teller abräumte, blickte sie durch das Restaurant zu einem weißhaarigen Mann hinüber, der allein an einem Tisch saß, zu weit weg, um mit ihm zu reden, aber ihr Winken mußte er sehen. Also winkte sie ihm fröhlich zu, auf die altmodische Art, nur mit den Fingern.

Als der alte Mann sich zittrig wieder seinem Fisch zugewandt hatte, flüsterte sie: »Das war zu seiner Zeit ein ungeheurer Schürzenjäger, ungeheuer. Wirklich der promiskuitivste Mensch, den ich je gekannt habe. Sehen Sie ihn sich an.«

Peter sah hin. Der alte Knabe brauchte ziemlich lange, bis er die Gräten herausoperiert hatte.

»Er hat mir sogar einmal einen Heiratsantrag gemacht.« Sie beugte sich mit ihrer Zigarettenspitze vor. Peter gab ihr Feuer, und sie blies Rauch in Richtung Decke.

»Männer können sehr schwierig werden, wenn man sie nicht ernst nimmt. Aber in diesem Fall war es einfach zu lächerlich. Also habe ich ihm gesagt: ›Was glauben Sie eigentlich, wo Sie sind? Im Varieté? In Ihrem Alter? Jedenfalls schlafen Sie mit allem, was einen Rock anhat. Also Schluß mit dem Quatsch.‹« Sie lachte. »Ich habe eine Menge getrunken. Das tut gut.«

»Wie alt waren Sie damals?«

»Wann? Mit dem? Was für eine unverschämte Frage! Siebzig.«

Sie lächelte ihn an. »Jetzt denken Sie: Wie abstoßend! Eine Frau in ihrem Alter, und hat noch Affären.«

»Wovon reden Sie eigentlich?«

»Da, Sie werden rot! Ich habe recht gehabt! Die Jungen sind schrecklich arrogant: glauben alles zu wissen, was es zu wissen gibt. Ich war in Ihrem Alter genauso. Aber das kann ich Ihnen sagen: Das Leben ist überaus lang, und ich habe nie irgend etwas aufgeben wollen. Weder das Rauchen. Noch das Trinken. Und auch das nicht. Bis es einfach zu lächerlich wurde.«

»Warum wollen Sie mir nichts von meinem Vater erzählen?«

»Sie lassen aber auch nicht locker.«

»Ich bin Reporter.«

»Aber das hier ist keine ›Story‹.«

»Sie wollen nur Zeit gewinnen.«

»Wieviel Zeit bleibt mir denn noch?« Und sie sah auf die Straße hinaus.

»Ich habe jetzt mein Visum. Am Freitag fahre ich.«

»Nach Moskau?«

Er nickte. »Warum kommen Sie nicht mit?«

»Es würde mir das Herz brechen.«

»Woran erinnern Sie sich noch?«

»Sinnloses Zeug. Wie die *iswoschiks* – die Taxifahrer – ach, ich vergesse ständig, daß Sie Russisch sprechen – wie die *iswoschiks* vor der Ikone am Troitskij-Tor des Kremls ihre Tschapkas lüften.«

»Was sonst noch?«

»Mehr, als ich Ihnen je erzählen könnte. Die Bahnhöfe.

Die Lakaien, die am großen Samowar im Bahnhofsrestaurant die Teekessel nachfüllen und dann zurücktragen und durch die Fenster der Waggons hineinreichen. Der ganze Dampf. All das sehe ich deutlich vor mir.«

»Und vermissen Sie es?«

»Mein Lieber, was für eine Frage! Nein. Das ist mir verboten. Es liegt am anderen Ufer. Ich werde niemals hinübergehen. Zu spät.«

Ein silbernes Tablett wurde neben ihn auf den Tisch geschoben, doch bevor er nach seiner Kreditkarte greifen konnte, hatte sie ein kleines Bündel Zwanzig-Pfund-Scheine auf das Tablett gelegt. »Lapin meint, ich sei sehr extravagant«, sagte sie.

Sie nahm seinen Arm, und sie schritten zusammen durch das Restaurant. Vor dem alten Mann in der Ecke verneigte sie sich; er winkte ihr tattrig zu und machte sich dann wieder umständlich über seinen Käse her.

Sie gingen Arm in Arm die Duke Street hinunter, denn wie sie sagte, wollte sie sich die Schaufenster der Galerien ansehen. Lange verweilte sie vor einem Gemälde aus dem achtzehnten Jahrhundert – nach Fragonard; es zeigte eine Nymphe mit blauen Adern und kecken rosa Brüsten, die von schaumigem Tüll umrahmt auf einem Sofa lag. Sie lächelte matt: »Ich liebe Kitsch.«

Sie drehte sich um ihren Stock von dem Fenster weg.

»Hier bin ich mit Ihrem Vater oft gewesen.«

»Ich weiß.«

»Was wissen Sie sonst noch?«

Als er mit verlegener Miene stehenblieb, sagte sie: »Daß wir 1944 eines Nachts durch diese Straße zum St. James's Park spaziert sind und dort unter den Bäumen miteinander geschlafen haben?«

»Ja, das weiß ich.«

»Ich wünschte, Sie wüßten es nicht.«

»Tut mir leid.«

»Aber es gibt vieles, was Sie nicht wissen. Nicht alles steht in den Tagebüchern.«

»Sie haben sie doch nicht lesen wollen.«

»Ich habe es mir anders überlegt.«

»Warum?«

»In meinem Alter tue ich, was ich will.«

»Wieso haben Sie es sich anders überlegt?«

»Ich habe mir gedacht: Sei nicht kindisch, das ist doch alles so lange her. Und im übrigen, habe ich mir gedacht, muß ich herausfinden, was dieser junge Mann eigentlich weiß.« Sie lächelte und stieß ihm mit einem lackierten Fingernagel vor die Brust.

»Und was weiß ich demnach?«

»Sie wissen jedenfalls nicht alles.«

»Zum Beispiel?«

»Daß er mir einen Heiratsantrag gemacht hat.«

Sie hatte recht. Das hatte er nicht gewußt.

»Eigenartig, das wegzulassen. Wirklich sehr typisch für Ihren Vater.« Sie nahm seinen Arm und schlenderte ein Stück weiter. »Eigentlich wollte ich Sie damit verschonen, aber Sie scheinen sehr an der Wahrheit interessiert. Also.«

Sie blieb stehen und drehte sich wieder um.

»Ihr Vater war ein schwacher Mensch, ein sehr schwacher. Er hat mich gebeten, ihn zu heiraten; er hat gesagt, Weihnachten wäre er wieder zurück, und...« Sie ging weiter, trippelte festen Schritts die Straße hinunter und sagte über die Schulter: »Und er ist nicht gekommen.«

Sie spähte in eine Kunstbuchhandlung an der Ecke. »Er hat mir einen sehr seltsamen Brief geschickt; darin hat er geschrieben, daß er nach alldem nicht mehr zu mir zurückkönne. Er habe einen Sohn, seinetwegen müsse er bleiben, wo er sei. Damit sind Sie gemeint. Ich habe das damals als sehr feige empfunden.«

»Asja, er hat sich umgebracht.«

»Ja, das hat Mut erfordert«, sagte sie tonlos.

»Er hat sich Ihretwegen getötet.«

Sie sah ihn prüfend an.

»Ich habe in meinem Leben genug Verantwortung getragen. Die Verantwortung für Ihren Vater übernehme ich nicht. Besorgen Sie mir ein Taxi.«

In der Nacht darauf packte Peter im Hotel gerade seine Sachen für die Reise nach Moskau, als das Telefon läutete.

»Ich bin es.«

»Hören Sie, das mit gestern tut mir leid.«

»Was sollte Ihnen da leid tun? Sie haben gefragt, ich habe geantwortet. Fertig. Aber ich rufe aus einem anderen Grund an. Wann reisen Sie ab?«

»Morgen früh.«

»Wie früh?«

»Sehr früh.«

»Dann müssen Sie jetzt noch kommen.«

»Asja, es ist schon fast Mitternacht.«

»Ich weiß sehr gut, wie spät es ist. Aber Sie müssen jetzt kommen. Es ist sehr dringend.«

»Asja, was haben Sie denn?«

»Kommen Sie einfach. Auf der Stelle. Lassen Sie alles stehen und liegen.«

Am Eaton Square öffnete ihm die Haushälterin im Nachthemd die Tür. Als sie nach oben gingen, sagte sie streng, als ob es seine Schuld wäre: »Sie ist sehr aufgeregt, sehr aufgeregt. So habe ich sie noch nie erlebt.«

Asja stand auf ihren Stock gestützt vor dem Kamin, auf ihrem Gesicht tanzte der Widerschein der Flammen. Das Haar hing ihr über die Schultern herab, sie machte einen wilden und entnervten Eindruck. Kaum hatte er das Zimmer betreten, fing sie an.

»Ihr Vater hätte mir das sagen müssen. Absurd. Das Wichtigste hat er mir verschwiegen. Hätte ich das gewußt, wäre alles ganz anders gewesen. Warum hat er es mir nicht gesagt? Warum?«

»Wovon reden Sie?«

Sie nahm zwei der Tagebücher vom Kaminsims und hielt sie ihm hin. »Lesen Sie.«

»Das habe ich doch bereits getan.«

»Lesen Sie.«

Die Stellen waren mit Notizzetteln markiert.

Peter sah zu ihr auf.

»Entschuldigen Sie. Ich hätte wissen müssen, wie schmerzlich es für Sie ist, noch einmal an die Geschichte mit Niki erinnert zu werden.«

Aus ihrem Blick sprach Verachtung und Ungeduld.

»Natürlich, aber darum geht es nicht.«

»Aber worum denn, Asja? Sagen Sie doch.«

Sie nahm ihm das Buch weg und bewegte ihre Hand über die Seite, bis sie die Stelle gefunden hatte. »Jetzt lesen Sie.«

3. März 1942, Forts.

Dann kommen wir zu den bestellten Waren. Kriwitzky fragt, ob ich die Anweisung buchstabengetreu ausgeführt habe. Buchstabengetreu, sage ich. Ich hole den wasserdichten Beutel aus dem Tornister, nehme die Sachen heraus und lege sie auf den Tisch. Seltsamer Anblick in diesem sowjetischen Bunker unterm ewigen Eis in Murmansk: das komplette Rasierzeug, der Dachshaarpinsel und die Zitronen-Limonen-Rasiercreme, alles mit der Aufschrift Geo. Trumper, Jermyn Street. Ich mußte lachen. Und er reibt sich die Bartstoppeln und lacht ebenfalls.

»So bekommt man den sowjetischen Verbündeten zum Bruder«, sagt er.

»Und eine glatte Rasur«, sage ich.

Peter blickte auf.

»Ich verstehe nicht.«

Asja nahm ihm das Buch aus der Hand. »Sie sind genau wie Ihr Vater. Er hatte es direkt vor der Nase, und hat es nicht gesehen. Und als er mir von seiner Begegnung mit diesem Mann in Murmansk erzählte, hielt er das nicht für erwähnenswert. Eine unwichtige Nebensache.«

»Aber was meinen Sie denn?«

»Die Rasiercreme, Dummkopf! Die Rasiercreme! Von George Trumper in Jermyn Street! Wie hat er mir das nur verschweigen können!« Erschöpft von ihrem Zorn, sank sie schwer atmend auf das Sofa ihm gegenüber. Den Blick auf den nachtschwarzen Schlitz zwischen den Vorhängen gerichtet, sprach sie dann weiter.

»Wissen Sie, mit wem Ihr Vater in Murmansk zusammengetroffen ist? Mit meinem Mann.«

Peter konnte ihr noch immer nicht folgen.

»Und das sagt Ihnen diese Rasiercreme?«

»Serjoscha hat nie eine andere benutzt.«

»Sind Sie ganz sicher?«

Sie hatte sich entschieden. Ihre Stimme kam von weit her.

»Ich wußte, daß er zurückkommen würde. Irgendein Teil von mir hat das immer gewußt. Rasumkin hat es mir nach Kriegsende erzählt, aber Rasumkin hat gelogen, so wie er immer gelogen hat. Serjoscha ist nicht 1941 bei der Belagerung von Leningrad umgekommen. Denn im März 1942 ist er in Murmansk gewesen.«

»Und hat mit meinem Vater gesprochen.«

Sie sah ihn mit aufrichtiger Verachtung an.

»Nur hat Ihr Vater es nicht für nötig gehalten, mir davon zu erzählen.«

»Aber er konnte es doch nicht wissen.«

»Jede Einzelheit war wichtig. Er hätte die Rasierseife nicht auslassen dürfen. Typisch Mann. Eine Frau würde solche Einzelheiten niemals weglassen.«

»Und als also dieser Kriwitzky –«

»Mein Serjoscha.«

»– meinem Vater die Liste mit Nikis Namen darauf übergeben hat –«

»Hat er mir damit eine Nachricht zukommen lassen. Er wollte mir mitteilen, daß unser Sohn gefallen war.« Tränen liefen ihr über die Wangen, und sie sah auf den dunklen Platz hinaus, ohne sie abzuwischen.

»Verstehen Sie jetzt? Mein Sergej hat mir eine Nachricht zukommen lassen. Alle haben ihn für einen Verräter gehalten. Aber er hat mich benachrichtigt. Er hat mich nicht vergessen.«

Nach einer Weile sagte er: »Das tut mir leid.«

Sie erwiderte trocken: »Seien Sie nicht albern. Es ist nicht Ihre Schuld. Sie haben sehr gut daran getan, mir diese Tagebücher zu bringen.«

Sie drehte sich um und sah ihn mit glänzenden Augen an. »Weil diese Tagebücher den Beweis enthalten, daß er den Krieg überlebt hat.«

»Torgau?«

»Allerdings.«

Er las den Eintrag noch einmal.

25. April 1945

Wir sitzen zusammen auf einem Zaun und blicken auf das von Panzern aufgewühlte Senffeld. Kriwitzky ist alt geworden. Sein Haar ist grauer, und er sieht hundemüde aus. Er sagt, er sei die ganze Nacht gefahren. Da keine Geschäfte abzuwickeln sind, keine Lieferungen zu vereinbaren sind, sitzen wir einfach da und sehen zu, wie die weiblichen sowjetischen Scharfschützen sich mit den Kanonieren der rund um das Feld postierten Sherman-Panzer die Zeit vertreiben. Einmal fragt er mich nach Asja, und ich sage, das gehe ihn nichts an. So was sagt ein Mann nur, wenn er glücklich ist, antwortet er.

Ich biete ihm ein Päckchen Luckys an, und er gibt mir eine Flasche Wodka; wir trinken ein paar Schluck aus seinem Feldbecher. Ich sage, leider gebe es diesmal keinen Nachschub an Zitronen-Limonen-Rasiercreme, worauf er meint:

»Von meiner Sehnsucht nach bourgeoisem Luxus bin ich geheilt.«

Wir bleiben etwa drei Stunden dort sitzen. Ich erzähle ihm von dem Durchgangslager in Darmstadt, wie die Sowjets sich an den Dachbalken erhängt haben. »Das überrascht mich nicht«, sagt er, und mir ist klar, daß er ganz genau weiß, was diese Leute erwartet, wenn sie nach Hause kommen.

Wir sehen noch immer zu, wie die Amerikaner und Russen Bilder von ihren Freundinnen austauschen, wie die Russen Luckys rauchen und ihre neuen amerikanischen Uhren bewundern, und plötzlich sagt Kriwitzky: »Das wird nicht lange halten.«

»Wieso?«

»Wir werden Feinde sein. Wir werden einander hassen. Es hat bereits angefangen. Wir werden an das hier zurückdenken und nicht glauben, daß es je geschehen ist.«

Dann ist es Zeit zum Aufbruch, die Panzerbesatzungen steigen wieder ein. Wie gute Russen umarmen wir uns mitten auf dem Senffeld, dann fährt er nach Osten und ich nach Westen. Beim Abschied werde ich das Gefühl nicht los, daß er noch bleiben will, daß er unser Beisammensein auf dem Acker so lange wie möglich ausdehnen will.

»Warum hat Ihr Vater mir nichts von Torgau erzählt?«

»Ich weiß es nicht. Vielleicht war es ja besser so.«

»Besser? Was soll das heißen? Niemals!«

»Das wird Sie unglücklich machen. Sie haben geglaubt, die Wahrheit zu wissen. Nun hat es sich anders herausgestellt. Sie werden damit leben müssen.«

»Sie begreifen aber auch gar nichts. Als ich geglaubt habe, Sergej sei tot, mußte ich meine Gefühle für ihn abtöten. Ich mußte einen Teil meiner selbst abtöten.« Sie schlug sich mit einer knochigen Faust an die Rippen, ihre Augen strahlten einen fiebrig erregten Glanz aus. »Und jetzt ist er vielleicht noch am Leben! Denken Sie nur!«

»Asja, die Wahrscheinlichkeit spricht dagegen.«

»Junger Mann, die Wahrscheinlichkeit hat auch gegen mich gesprochen. Aber hier bin ich. Er wäre jetzt dreiundneunzig Jahre alt. Alles ist möglich.«

»Asja, wissen Sie eigentlich, was sich nach 1945 in der Sowjetunion abgespielt hat? Haben Sie da irgendeine Vorstellung?«

»Ich bin nicht senil. Die Shdanow-Säuberung. Die Säuberung der Gelehrtenverschwörung. Überall Säuberungen. Besonders in den Nachrichtendiensten. Ich habe Zeit genug gehabt, über all das nachzudenken.«

»Und wieso sollte er eine Ausnahme sein? Warum sollte er überleben, wenn alle anderen umgebracht werden? Asja, er hat Sie verraten.«

Sie ließ sich nicht davon abbringen. »Er ist schon einmal zurückgekommen. 1924. Damals habe ich nicht aufgegeben. Ich habe gewartet, und er ist zurückgekommen. Und jetzt werde ich ihn wiederfinden.«

»Wie?«

Sie sah ihn strahlend an.

»Ich werde Sie nach Moskau begleiten.«

Boris nahm sie im schlecht beleuchteten Chaos der Ankunftshalle des Scheremetjewo-Flughafens in Empfang und brachte sie zum Auto. Boris hatte während Peters letzter Dienstzeit als Fahrer für das Büro gearbeitet. Er trug große breite Krawatten, zweireihige Anzüge und Schuhe mit Plateausohlen, das schmutzige blonde Haar hing ihm über den Kragen. Sein Dienstwagen war ein Sil, ein riesiger reptilienhafter Schlitten mit schwarzen Heckflossen, der äußerlich einem 58er Chevrolet ähnelte; die Polster innen waren mit verblaßtem grünem Leder bezogen. Kein Mazda oder Volvo konnte Boris von diesem Wagen abspenstig machen, den er die Politbüro-Maschine nannte.

»Wen haben wir da als VIP, Chef?« fragte Boris.

»Prinzessin Anastasia Galizin«, sagte Peter. Boris deutete eine Verbeugung an. Asja lächelte, als die beiden sie aus dem Rollstuhl hoben und sachte auf dem Rücksitz absetzten.

»Scheremetjewo«, sagte sie nachdenklich, während sie zu den Taxiwerbern hinaussah, die sich an der Ankunftsrampe des Flughafens um Kundschaft prügelten. »Wie seltsam, ich habe Daisy Scheremetjew in den zwanziger Jahren in Paris kennengelernt. Völlig durcheinander, das arme Ding.«

Als führe er irgendeinen Parteibonzen, benutzte Boris auf dem Weg nach Moskau hinein den Mittelstreifen, wie immer; er saß über das Steuer gebeugt und hielt es gepackt, als wollte er es von der Steuersäule reißen. Fluchend überholte er einen mit Steinen beladenen Laster, der dicke Auspuffwolken ausstieß. Die Straße war mit LKWs und Bussen verstopft, die sich durch die Schlaglöcher quälten. An Asjas starrem Blick zogen endlose Reihen von Chruschtschow-Wohnhäusern und trostloses Ödland vorüber.

»Mütterchen Rußland«, sagte sie und lächelte Peter an. »Ich bin gekommen. Wir müssen sofort anfangen.«

»Womit?«

»Serjoscha suchen.«

»Ich werde Deep Throat anrufen«, sagte Peter.

»Wer ist das?«

»Sein Name ist Petjunkin. Ein alter Kontaktmann. Wenn überhaupt jemand Sergej ausfindig machen kann, dann ist es Deep Throat.«

»Sie tun Ihre Arbeit, ich tue meine.«

»Aber Sie kennen hier doch niemanden.«

Sie lächelte. »Sir Roger Maitland. Kennen Sie den?«

Sie war unverbesserlich. Natürlich kannte er Maitland: Rechtskonsulent bei der Britischen Botschaft, ein weißhaariger alter Junggeselle, dünn wie ein Stock und verschlossen wie eine Schildkröte.

Asja verfiel in Schweigen und beobachtete den Verkehrsstrom, der zur Innenstadt hin immer dichter wurde. Eine Ratte versuchte den vierspurigen Kalinin Prospekt zu überqueren. Zitternd hockte sie zwischen den vorbeidonnernden Sils und Moskwitschs auf dem Mittelstreifen. Boris machte einen Bogen um das Tier. »Das ist nicht typisch, Euer Hoheit.«

»Steht der Kasaner Bahnhof noch?«

»Ich bringe Sie überallhin«, sagte Boris.

»Ich bin kein Tourist.«

Als sie um die Manege mit den goldenen Kuppeln fuhren, die sich zur Rechten über der backsteinernen Festung des Kremls erhoben, richtete sie sich plötzlich auf.

»*Ochotnij Rjad.* Die Straße des Jägers.«

»Kenn' ich nicht, Euer Hoheit.«

»Doch, doch«, sagte sie ungeduldig und zeigte auf die Gebäude aus dem achtzehnten Jahrhundert mit den gelben und weißen Säulen. »Die Universität. Meine Straße ist gleich hier vorne.«

Mitten auf dem Manegenplatz brachte Boris den Wagen kreischend zum Stehen und bog in die Straße ein, die jetzt den Namen Herzen trug.

»Sie wollen sagen, daß Sie hier gewohnt haben?«

»Gegenüber der Universität. Nachts in meinem Zimmer konnte ich die Glocken des Kremls hören.«

»Wo?«

Sie spähte aus dem Fenster. Auf den schmalen Bürgersteigen drängten sich Leute, die nach Hause gingen. Der Wagen fuhr an einem Forschungsinstitut der Universität vorbei, schwarz angelaufener Beton aus den sechziger Jahren, dann kam das TASS-Gebäude, und dahinter die runde weiße Kirche, in der Puschkin geheiratet hatte. Als sie die Kirche sah, lächelte sie und runzelte dann die Stirn.

»Ja, die Kirche. Dann war es irgendwo da hinten.«

»Ich werde wenden, Euer Hoheit.«

Sie schüttelte den Kopf. »Zerstört.«

»Nach Hause, Boris.«

»Ja, Chef.«

Sie lehnte sich blinzelnd zurück.

»Das wird sehr hart werden«, sagte sie.

Sie brauchten mehrere Tage, um die Wohnung in Ordnung zu bringen. Peter überließ ihr sein Schlafzimmer und machte sich selbst eine Schlafstatt auf dem Sofa im Wohnzimmer zurecht. Während er am Telefon saß, um bei Stockmans Essen zu bestellen und Anrufe seiner Redaktion in Toronto entgegenzunehmen, saß sie den größten Teil des Tages am Fenster und blickte auf die zehn Stockwerke unter ihr liegende Stadt hinaus. Er zeigte ihr die Stalin-Türme, die Lenin-Berge und den Kreml. Die Aussicht war das einzig Gute an dieser Wohnung.

»Früher gab es hier so viele Kirchtürme, so viele Glocken. Ein Lärmen...«

Ein Glas Wodka lehnte sie ab.

»Haben Sie sich bei Deep Throat erkundigt?«

»Petjunkin arbeitet an der Sache.«

Am ersten Abend schaltete Peter die Nachrichten ein, und sie sahen Gorbatschow beim Rundgang durch einen Molkereibetrieb in der Nähe von Brjansk. Er trug einen weißen Kittel und Gummistiefel, und als er zu den Molkereiarbeitern sprach, hielt er den Kopf zur Seite geneigt, und ein wissendes, festes Lächeln lag auf seinen Lippen.

Sie sagte: »Sein Russisch klingt sehr südlich. Aus den Dörfern. Das ist gut.«

»Haben Sie je geglaubt, noch einmal nach Hause zu kommen?«

»Das ist nicht mein Zuhause. Keine Sentimentalitäten bitte. Natürlich nicht, mein Lieber.«

»Haben Sie je geglaubt, daß Sie das noch erleben würden?«

»Natürlich nicht. Es ist vollkommen absurd. Mit vierzehn habe ich den Zar Nikolaus in der Kirche des Kremls gesehen, und jetzt sehe ich Gorbatschow in diesen lächerlichen Gummistiefeln eine Molkerei besichtigen. Ich habe viel zu lange gelebt, wenn Sie mich fragen.« Sie sah noch ein wenig zu und sagte dann: »Vielleicht sieht Sergej das jetzt auch.«

Die Vorstellung, daß irgendwo in Moskau oder in den Weiten der Sowjetunion ein kleiner alter Mann, womöglich in Pantoffeln und Strickjacke, in seiner Parteiwohnung dieselbe Sendung verfolgte und dabei ausländische Zigaretten aus einem Silberetui rauchte, ließ sie plötzlich sehr jung aussehen.

»Warum empfinden Sie keinen Haß auf ihn?«

»Was für eine Frage, mein Lieber«, und wandte sich wieder dem Studium Gorbatschows zu, der jetzt über den Betriebshof schritt. Sein Gesicht war in dem Gewirr von Mikrophonen und Kassettenrecordern kaum noch zu erkennen.

»Ich hatte Zeit genug, ihn zu hassen. Das ist jetzt vorbei.«

»Aber er hat Sie verlassen. Und Niki.«

Sie nickte, ohne den Blick vom Bildschirm zu wenden.

»Ich möchte ihn nur noch einmal sehen.«

»Warum?«

Ihre weit offenen Augen strahlten vor Hoffnung.

»Um ihm zu sagen: ›Ich lebe, du lebst. Nach all dem. Nach

all dem, was wir durchgemacht haben, leben wir noch immer.‹«

Nach den Nachrichten sagte sie, sie wolle zu Bett gehen, und begab sich ins Schlafzimmer, während er auf dem Sofa liegen blieb und einen Anruf seiner Redaktion in Toronto wegen der Berichte von der morgigen Parteiversammlung entgegennahm.

Er hatte eben den Hörer aufgelegt, als sie, langsam und sich mit beiden Händen an den Wänden abstützend, von der Toilette am Ende des Flurs zurückkam und noch einmal in der Tür erschien. Sie trug ein bis zum Hals zugeknöpftes Nachthemd, er konnte die Wölbung ihrer Hüften erkennen, die eingesunkenen, gebeugten Schultern, er sah ihre geschwollenen Knöchel. Sie blickte auf ihre nackten Füße hinunter.

»Ich habe meine Pantoffeln vergessen.«

»Nehmen Sie ein Paar von meinen Socken.« Sie schüttelte zaghaft den Kopf, und betroffen von ihrem Alter, ihrer ausgezehrten Verlassenheit, wandte Peter den Blick von ihr ab.

»Ich falle Ihnen zur Last«, sagte sie mit einem sanften Lächeln, als könne sie alle seine Gefühle, einschließlich des Ekels, der ihn gerade überlaufen hatte, nachvollziehen. »Das weiß ich. Aber es wird alles gut werden.«

»Brauchen Sie Hilfe?«

»Natürlich nicht. Gute Nacht.«

Wenig später war sie eingeschlafen. Er lag auf dem Sofa und horchte durch die offene Tür. Der Atem pfiff ihr leise durch die Kehle. Dann begann sie aus den Tiefen eines Traums irgendwelche russischen Silben zu murmeln. Er stand auf und trat an die Schlafzimmertür.

Rock und Bluse waren ordentlich gefaltet, Unterkleid und Wäsche lagen ausgebreitet auf einem Stuhl, ihr kleiner Koffer stand offen neben dem Bett. Sie lag auf dem Rücken, die Hände über der Brust gefaltet, das Haar ausgekämmt auf dem Kopfkissen. Sie wirkte wie die zur Bestattung aufgebahrte Frau eines Pharaos. Aber das Leben strömte noch in ihrem Körper. Ihre Brust hob und senkte sich, der Atem pfiff leise durch ihren Mund, und als er näher heranging, sah er, daß ihre alten schlaffen Lider gelegentlich aufzitterten. Ein Traum zog ihr durch den Kopf. In dem Gewirr von Worten, die sie vor sich hin flüsterte, erkannte Peter nur ein einziges: *Ljod.* Das russische Wort für Eis.

Behutsam trat er an ihre Seite. Auf dem Nachttisch stand neben der russischen Bibel ein Photo in einem ovalen silbernen Rahmen. Die beiden gingen Arm in Arm, sahen sich in die Augen, ihre Schuhe, kurz davor, gleichzeitig aufzusetzen, schwebten knapp über dem Pflaster. Der Saum ihres Kleides und sein Hosenaufschlag schwangen im synchronen Rhythmus ihres Gangs. Er trug einen dunklen Filzhut und einen zweireihigen Anzug, sie einen Glockenhut und ein helles Kattunkleid. Sie hielt ein umbändertes Päckchen in der Hand. Sie kamen von einem Einkaufsbummel und waren nun, auf einer Straße in Europa vor dem Krieg, nach irgendwohin unterwegs.

Sergej war kleiner und gedrungener, als Peter sich vorgestellt hatte; ein scharfgeschnittenes Gesicht sah unter der Hutkrempe hervor, die geschwungene Linie seines Bartes hob sich deutlich ab wie eine Narbe. Sein Körper hatte etwas Straffes, Athletisches, und man konnte sich eine Biretta in seiner Hüfttasche vorstellen. Vater mußte einen Kopf größer und breiter in den Schultern gewesen sein, aber niemals dürfte er solche Anzüge oder eine so selbstbewußte Haltung zur Schau getragen haben.

Asja bewegte sich, ihre träumenden Lippen formten undeutliche Silben. Peter stellte das Photo auf den Nachttisch zurück. Sie wurde wieder ruhig, und ihr Atem fiel in seinen tiefen Rhythmus zurück. Lange stand er im Dunkeln an ihrem Bett und konnte seinen Blick nicht von ihr wenden. Es verlangte ihn, sie zu küssen, dieses schrecklich abgemagerte Knochenbündel in die Arme zu nehmen.

Am nächsten Morgen kam sie verlegen in die Küche.

»Mein Lieber, ziehen Sie mir den Reißverschluß zu?«

Sie drehte sich um und stand mit dem Rücken zu ihm am Frühstückstisch. Er sah ihren altmodischen Spitzenunterrock und die Wirbelsäule unter der nackten Haut ihres gekrümmten Rückens. Das schwarze Kreppkleid hatte oben einen Haken. Es war lange her, daß er einer Frau das Kleid zugehakt hatte.

»Zu komisch. Wir sind wie ein altes Ehepaar«, sagte sie und setzte sich. »Mein Gott!« rief sie aus, als sie auf ihren Teller sah.

»Maria Iwanowna hat Ihnen Kascha und Serniki gemacht.«

Maria Iwanowna gehörte zu der Wohnung. Bei Peters vorigem Aufenthalt war sie auch schon dagewesen. Jetzt erschien sie in der Tür und wischte sich die Hände an der Schürze ab. Sie war klein und mollig, und wenn sie lächelte, wurden ihre Augen zu vergnügten asiatischen Schlitzen.

»Sie müssen etwas essen.«

Asja aß wie ein Vögelchen, knabberte an winzigen Bissen. Fasziniert sah Maria Iwanowna ihr zu.

»Können Sie Sir Roger für mich erreichen?« fragte Asja Peter.

»Schon erledigt. Er erwartet Sie zum Mittagessen.«

»Ausgezeichnet.«

Maria Iwanowna nahm Asjas Teller vom Tisch und vollführte dabei einen kleinen, gerade noch wahrnehmbaren Knicks. Was ging da vor sich? Die stille, phlegmatische Maria Iwanowna war in Asjas Bann geraten. Als Peter seinen Kassettenrecorder und seinen Laptop-Computer nahm und sich durch die Tür zwängte, hörte er Asja in der Küche leise sprechen, und Maria Iwanowna klapperte mit ihren falschen Zähnen und sagte immer wieder: »Ja, Madame, ja...«

Am Ende des Tages wurde Peter von Boris abgeholt; auf den Bürgersteigen der Gorkij Straße drängten sich sommerliche Massen. Starker Verkehr auf den mittleren Fahrstreifen: Milizsoldaten in hellblauen Sommeruniformen winkten mit roten Stäben die großen Sils an den Ampeln vorbei, und mehr als einmal mußte Boris auf die Bremse treten, um eine Wagenkolonne mit kreisenden Lichtern und Motorradeskorte vorbeizulassen, die irgendein Mitglied des Politbüros zur nächsten Versammlung beförderte. Als eine der dicken Limousinen vorbeifuhr, richtete Boris sich auf wie ein Jagdhund und verfolgte ihren Weg durch sein Blickfeld.

»Der Chef des KGB«, grunzte er und fuhr los, als die Miliz den Weg freigab. »Kommt von der Lubjanka«, fügte er mit müdem Nicken hinzu.

»Ich wette, für den würden Sie gern als Fahrer arbeiten.«

Boris lächelte und gönnte Peter den Anblick seiner stahlgrauen falschen Zähne.

»Wie war es mit Asja?«

»Ich habe meinen Hut den ganzen Tag nicht abgenommen.« Boris hatte seine Chauffeursmütze auf dem Sitz neben sich liegen; er trug sie nur im Kreml oder wenn er Peter beim Zentralkomitee ablieferte.

»Wo sind Sie mit ihr gewesen?«

»Nach dem Besuch in der Britischen Botschaft denke ich mir: Sie ist unglücklich. Also sind wir noch etwas herumgefahren. Sie sieht aus dem Fenster. Traurig. Und sagt: ›Ich kann mich an nichts erinnern.‹ Am Kasaner Bahnhof steigt sie schließlich aus und bleibt lange, auf ihren Stock gestützt, dort stehen. ›Was gibt's denn hier, Madame?‹ Und sie: ›In diesem Bahnhof habe ich Moskau für immer verlassen.‹ – ›Wann war das, Euer Hoheit?‹ – ›Im Sommer 1917.‹ – ›Haben Sie unsern Lenin gesehen?‹ Sie lacht. ›Nein, Boris, euren Lenin nicht, aber den Zaren habe ich gesehen.‹ Eine erstaunliche Frau, Chef. Wie ein wandelndes Museum oder so was. Sie ist dabeigewesen.«

»Sie ist dabeigewesen.«

Boris sah in den Rückspiegel. »Und dann fragt sie: ›Gibt

es das Restaurant Slawjanskij Basar eigentlich noch?‹ Ich sage: ›Kein Problem, Euer Hoheit.‹ Jedenfalls steht Sladko an der Tür. Ich steck' ihm einen Fünf-Dollar-Schein zu – Sie verzeihen mir diese Ausgabe doch, Chef? –, und schon sind wir drin. Sie besieht sich die Porträts von Dostojewskij und all den hohen Tieren, die da vor hundert Jahren essen gegangen sind. Und dann sagt sie: ›Ich will Ihnen einen Drink spendieren.‹ Sladko plaziert uns in einer Nische in dem großen Speiseraum mit dem Kuppeldach und bringt uns einen guten georgischen Wein, und dann fragt sie mich nach meiner Familie. Ich sage: ›Gott sei Dank habe ich keine, genau wie der Boß‹, worauf sie mich fragt: ›Hat der Boß eine Freundin?‹ «

»Und, haben Sie es ihr erzählt?«

»Chef, ich bitte Sie. Dann blickt sie nach oben, nach dem Verbindungsgang zwischen dem Speisesaal und den Privaträumen, wo die Bonzen ihre Partys feiern, und fragt mich: ›Sollen wir uns für den Nachmittag eins der Privatzimmer buchen und ein paar Zigeunermusikanten kommen lassen?‹ Ich sage: ›Euer Hoheit haben dergleichen erlebt?‹ Und sie: ›Ich habe alles erlebt.‹ Ihre Verwandte, Chef, hat wirklich Klasse.« Boris hielt vor dem Milizsoldaten, der als Wache vor dem Journalistenwohnblock stand, in dem Peter seine Dienstwohnung hatte.

Boris sah in den Rückspiegel. »Sie starrt jeden alten Mann auf der Straße an, als ob sie die Leute wiedererkennen müßte, als ob sie unbedingt jemanden finden will.«

»Und es gibt keine Hoffnung für sie, Boris.«

Als er nach oben kam, hatte Asja den Tisch zum Abendessen gedeckt. Maria Iwanowna hatte Bœuf Stroganoff vorbereitet, und Asja war es gelungen, das Essen in den Herd zu stellen und warm zu machen. Sie saß im Wohnzimmer vor dem großen Fernseher und sah die Sitzungsnachrichten.

»Live«, sagte sie.

Er schüttelte den Kopf. »Aufzeichnung.«

Sie sah gespannt hin, als die Kamera über den Saal

schwenkte und Reihe um Reihe die Gesichter der Herrschenden zeigte; die flachsblonden Balten, die spatzenäugigen Asiaten, die Armenier mit ihren grauen Korkenzieherlocken, die Männer mit den großen Händen, die mit Orden behangenen Veteranen, die Generäle, die Frauen, denen Jahrzehnte von Leben in die Gesichter geschrieben waren. Als dann die Kamera über das riesige Auditorium hinschwenkte, an den ansteigenden Balkonen und Logen vorbei immer weiter nach oben wanderte, wandte Asja den Blick ab. »Ich habe Rozjanko einmal in seiner Kutsche gesehen. Was für ein großer Mann. Was für ein Feigling.«

»Wer war das?«

»Der Präsident der Vierten Duma. 1916.«

»Heute ist es genau wie damals, sagt man jetzt überall. 1990 ist genau dasselbe wie 1916. Alles bricht zusammen.«

»Wenn das so ist«, sagte sie, »wird man es erst wissen, wenn es zu spät ist. Wir haben damals überhaupt nichts gewußt. Eines Morgens wurden Banner durch die Straßen getragen, und das Brot verschimmelte. Das war die Revolution.« Sie stemmte sich hoch und tappte zum Herd.

»Sie brauchen das nicht zu tun«, sagte er und kam ihr zu Hilfe.

»Ich sage Ihnen, mein Lieber, wir sind wirklich wie ein altes Ehepaar.« Sie drückte energisch ihre Zigarette aus und setzte sich im Schein der Kerzen ihm gegenüber.

»Und Ihr Beau bei der Britischen Botschaft?« fragte er, indem er ihr vorlegte.

»Ein ausgesprochen langweiliger Mensch.«

»MI6?«

»Zweifellos. Ich hätte ihn fast geheiratet.«

»Er muß fünfundzwanzig Jahre jünger sein als Sie.«

»Das war das einzig Reizvolle an ihm.«

»Irgendwelche Neuigkeiten?«

»Ich bin nicht sicher. Vielleicht.«

Er sei, erzählte Maitland, 1961, am Anfang seiner Karriere,

in Moskau stationiert gewesen. Und es habe dort tatsächlich jemanden gegeben, auf den die Beschreibung zutreffen könnte. »Aber Kriwitzky hat der nicht geheißen. Bestimmt nicht. Irgendwie anders. Aber Sie werden mir verzeihen, gnädige Frau, das ist schon zu lange her. Er war Leiter der europäischen Abteilung beim Zentralkomitee. Auf jeden Fall nicht wie die anderen.«

»Was meinen Sie damit: nicht wie die anderen?«

»Nun, er hätte ohne weiteres bei White oder Boodle verkehren können«, sagte Maitland. »Seine Anzüge waren natürlich schauderhaft – Fabrikware –, aber sein Auftreten war überaus weltmännisch, und er sprach fließend Französisch.«

»Wie alt?«

»Schwer zu sagen, Gnädigste. Mit Sicherheit älter als ich. Anfang sechzig. Weiße Haare, ziemlich kleine Statur. Aber auf alle Fälle einer von den Spitzenleuten. Als ich ihn fragte, wo er sein exzellentes Französisch gelernt habe, sah er mich an und sagte: ›Halten Sie uns alle für Gangster, die mit Revolvern herumlaufen?‹ Daran erinnere ich mich. Ironie war damals noch nicht üblich.«

Sie zog das ovale Photo aus ihrer Handtasche. »Und dann habe ich ihm das gezeigt.«

»Und?«

»Der alte Maitland fand es sehr bedauerlich, daß der Hut so tief sitze und man daher keinen rechten Eindruck von den Augen gewinnen könne.«

»Aber Sie, verehrte Asja«, fuhr er fort, »sehen einfach blendend aus. Wann ist das aufgenommen worden? Doch offenbar vor meiner Zeit?«

»Das tut nichts zur Sache, Roger.«

»Gewiß«, stimmte er zu. Dann studierte er das Gesicht auf dem Photo. »Das Bild ist '39 in London entstanden, sagen Sie? Tja, gnädige Frau«, sagte er und gab es ihr mit einer wehmütigen Geste zurück, »ich kann es nicht mit Sicherheit bestätigen.«

»Ach, Roger, mehr können Sie nicht dazu sagen?«

»Leider nein, Gnädigste.«

»Aber waren Sie denn kein Spion oder so was? Haben Sie keine Akten über diese Leute?«

»Ich weiß nicht, ob mir der Ausdruck Spion besonders gefällt, verehrte Asja; und im übrigen könnten wir Ihnen ohnehin keine Akteneinsicht gewähren.«

Sie hatte in seinem imposanten Büro gestanden und ihm in das längliche Gesicht gesehen, das mit seiner rosigen Haut etwas ewig Schuljungenhaftes ausstrahlte, wie manche Diplomaten es ihr Leben lang nicht loswerden; dort, im Gebäude der Britischen Botschaft, hatte sie ihre Enttäuschung für sich behalten. Aber jetzt, in Peters Wohnung, stieß sie den Stock auf den Boden. »Verdammt!«

»Kann man von einer Identifizierung sprechen?«

Sie zuckte die Schultern, stemmte sich hoch und stapfte ärgerlich rauchend im Zimmer umher.

»Asja, Ihr Mann ist ein sowjetischer Spion gewesen.«

Sie starrte aus dem Fenster auf die Skyline von Moskau.

»Tun Sie nicht so, als ob Sie das nicht gewußt hätten.«

Sie hatte den Kopf in den Nacken gelegt. Starrte sie in den Himmel? Hatte sie die Augen geschlossen? Er konnte es nicht erkennen.

Sie schwieg.

»Wenn das, was Kriwitzky in Torgau gesagt hat, irgendeinen Sinn haben soll, dann doch wohl den: er wollte, daß Sie meinen Vater heiraten und ihn selbst vergessen.«

Sie fuhr blitzschnell herum und sagte: »Aber das habe ich nicht getan, stimmt's?« Worauf sie in ihr Zimmer ging und die Tür hinter sich schloß.

Er nahm die eiskalte Wodkaflasche aus dem Kühlschrank und drückte sie sich aufs Gesicht. Dann goß er sich einen Schluck ein und legte sich aufs Sofa. Er hörte sie im Schlafzimmer herumrascheln, dann schlug sie die Schranktür zu. Er blieb liegen und lauschte dem Verkehr, der zehn Stockwerke tiefer über den Kutusowskij Prospekt donnerte. Zum Schlafen war es noch immer zu warm. Er beschloß, Deep Throat anzurufen. Am anderen Ende der Leitung war Musik zu hören; Mozart oder vielleicht Schubert. Petjunkin steckte voller Überraschungen. Kein Mensch wußte, für wen er eigentlich arbeitete: er schien überall zu Hause zu sein, in den Ateliers der Künstler, in der Welt der Cocktailpartys, im Pressezentrum. Ein klassischer Dunkelmann der späten Breschnew-Ära, der unter Gorbatschow noch immer seinen Geschäften nachging. Er ließ sich von den Leuten in Anspruch nehmen, handelte mit Gerüchten, kannte alles und jeden. Und niemand vertraute ihm. Immer wieder wurde Peter vor Petjunkin gewarnt.

Die Stimme im Hörer klang ein wenig undeutlich. Petjunkin war ein Trinker.

»Peter Nikolajewitsch, der Name, den Sie mir genannt haben, ist falsch. Ein Kriwitzky ist nirgendwo bekannt. Aber ich habe trotzdem Kontakt hergestellt. Der Mann, den Sie suchen, war ein dicker Fisch. Ein sehr dicker. Die alten Herren haben großen Respekt vor ihm.«

»Name?«

»Sprechen wir nicht von Namen, Peter Nikolajewitsch.«

Wie in den guten alten Zeiten, dachte Peter.

»Sie müssen alleine kommen. Lassen Sie die alte Frau zu Hause.«

»Warum?«

»Sie sind hier in der Sowjetunion. Bitte tun Sie, was man Ihnen sagt.«

»Wo?«

»Nowodjewitschij.«

»Wann?«

»Dienstag um sechs. Besuchszeit. Er wird am Eingang warten.«

»Was schulde ich Ihnen, Petjunkin?«

»Ich tue das aus reiner Menschenfreundlichkeit.«

»Erwarten Sie, daß ich Ihnen das abnehme?« fragte Peter lachend.

»Das steht Ihnen frei«, erwiderte Petjunkin und legte auf.

Am nächsten Morgen blieb Asjas Zimmertür zu. Peter schickte Maria Iwanowna mit einer Tasse Tee hinein. Gleich kam sie wieder und sagte vorwurfsvoll:

»Ihre Verwandte möchte nicht gestört werden.«

Er begab sich zur Parteiversammlung und produzierte zwei Berichte – einen für die Nachrichten um sechs, einen für die um neun – über Gorbatschows Erklärung zur Nahrungsmittelknappheit. Als er zurückkam, hörte er sie husten; sie lag, in ein Tuch gehüllt, im Bett.

»*Grippe*«, sagte sie. »Eins dieser ausgezeichneten französischen Wörter, die in unsere russische Sprache eingeschmolzen sind wie Fliegen im Bernstein.«

»*Garderobe, Lift, Etage, Parterre*«, steuerte er bei.

»*Carandash* – für Bleistift«, fügte sie hustend hinzu. »In der Sprache ist das ganze Ancien régime noch gegenwärtig.«

»*Temperatura?*«

Sie zuckte die Schultern. Er befühlte ihre Schläfe. Ja, sie hatte Fieber.

»Ich bin gestern abend grob zu Ihnen gewesen«, sagte Peter. »Ich bitte um Entschuldigung.«

Sie hob eine Augenbraue. »Kaum bin ich krank, plagt Sie die Reue. Typisch Mann.« Sie nahm einen Schluck Wasser und machte eine kleine Handbewegung. »Ich verstehe schon. Sie denken: Daß sie mit Sergej zusammengelebt hat, kann nur bedeuten, daß sie entweder naiv oder niederträchtig gewesen ist.«

Er lockerte seine Krawatte und ging an den Kühlschrank. Der Wodka stürzte seine Kehle hinunter.

»Und? Wie war das nun? Waren Sie naiv oder niederträchtig?«

»Weder noch. Ich war verliebt.«

Er wärmte die Bouillon auf, die Maria Iwanowna auf dem

Herd hatte stehenlassen, und brachte sie ihr auf einem Tablett. Sie nahm ein paar Löffel, verzog das Gesicht und schüttelte den Kopf. »Das reicht.«

Aber es reichte natürlich nicht. Sie war viel zu dünn. Sie lächelte und sah ihn spöttisch an. »Es ist zu spät. Ich habe keinen Hunger mehr. Sind Sie schon mal verliebt gewesen?«

Er nickte.

»Und? Was dann?«

»Sie hat mich verlassen.«

»Und dann?«

»Habe ich versucht, mich umzubringen.«

Sie faßte seine Hand, einfach so, als wäre es das Natürlichste von der Welt.

»Ganz schön dumm. Genau wie Ihr Vater.« Sie lachte leise, ein altes, weises, kehliges Lachen, das ihn mehr überraschte als alles andere, was er bisher an ihr erlebt hatte. Es überraschte ihn so sehr, daß er selbst lachen mußte. Ja, wie dumm er gewesen war. Ganz schön dumm. Er setzte sich neben sie und lachte, bis ihm die Tränen kamen.

»So ist es besser«, sagte sie und strich mit ihrer dünnen, papierenen, leberfleckigen Hand über seine. Ihre scharfen, klauenartigen Fingernägel waren zinnoberrot lackiert.

»So ist es besser.« Er wischte sich die Augen und trat ans Fenster. Wolken wallten am Mond vorbei. »Er hat bis zur letzten Nacht seines Lebens von Ihnen geschrieben«, sagte Peter nach einer Weile. »Haben Sie das gewußt?« Sie antwortete nicht. »Von dem Abend, als er Sie auf Gabys Party in der Walton Street im Treppenhaus kennengelernt hat, gibt es sechs verschiedene Fassungen. Er hat das einfach nicht richtig hinbekommen. Die letzte Fassung bricht mitten im Satz ab.«

Sie sah ihn zärtlich an.

»Er hat versucht, diesen ganzen Abend noch einmal zu durchleben«, sagte Peter.

Sie lächelte. »An der Schreibmaschine kann man sein Leben nicht zurückholen«, sagte sie.

»Nein, das kann man nicht«, sagte Peter.

Sie breitete eine seiner Landkarten auf ihrem Schoß aus. Er kam vom Fenster herüber, und als er sich neben sie aufs Bett setzte, spürte er ihre hagere Hüfte an seiner.

Ihr hellroter Fingernagel fuhr einen Fluß westlich von Moskau entlang.

»Die Wasusa. Marino hat an der Wasusa gelegen, mein Lieber. Morgen ist Samstag. Um neun Uhr holt Boris uns ab.«

»Boris?«

»Ich habe mir erlaubt, ihn im Büro anzurufen. Sie haben hoffentlich nichts dagegen. Ich werde ihm die Überstunden bezahlen.«

Peter schüttelte müde und ungläubig den Kopf

»Für so eine Fahrt sind Sie viel zu krank.«

»Unsinn. Im übrigen haben Maria Iwanowna und ich schon die Sachen für das Picknick vorbereitet.«

Er trank ein zweites Glas und sah sie finster an. Sie machte einen belustigten Eindruck.

»Ich weiß, mein Lieber. Es ist schwer, mit mir zu leben. Das haben sie alle gesagt.«

Anderthalb Stunden, nachdem sie am nächsten Morgen die Wohnung verlassen hatten, bogen sie von der Schnellstraße Moskau–Smolensk ab und ratterten, eine Staubwolke hinter sich aufwirbelnd, einen Feldweg entlang, der gefurcht war wie ein Waschbrett: Maria Iwanowna saß auf dem Beifahrersitz und bekreuzigte sich, Asja hielt Peters Hand gepackt und blickte gespannt aus dem Fenster. Als sie in ein Dorf kamen, trat Boris auf die Bremse, stieg aus, verscheuchte einige Hühner und schritt in seinen besten ostdeutschen Jeans den Weg zwischen den Häusern hinunter, um nach Zeichen von Leben Ausschau zu halten.

Die Dächer der Häuser waren aus zerbeultem Blech, dessen graugrüner Anstrich verblaßt war wie Wäsche in der Sonne. Altersschwache Veranden, lückenhafte Lattenzäune, mit bunten Lumpen zugestopfte Löcher in den alten Schindelmauern der Häuser. In einem Hintergarten hackte eine alte Frau Tomaten, sie trug ein billiges Kattunkleid und ein Kopftuch und keine Schuhe. Die Gärten waren klein und zugewachsen, der Sommer hatte das Grünzeug mächtig wuchern lassen. Die Stangenbohnen bildeten zwei Meter hohe Mauern aus dicht verschlungenen Ranken, feucht und schwarz zogen sich darunter die schmalen Bewässerungsgräben hin. Ein Mann saß barfuß und im Unterhemd auf einer Veranda und lauschte der Übertragung eines Fußballspiels im Radio. Eine Kuh mit einem Halfter weidete unter einer Buche am Rand des Wegs. Unter den umgebogenen Dachvorsprüngen nisteten Schwalben. Hier und da bewegte sich hinter einem Fenster ein alter verschossener Vorhang. Asja sah sich das Dorf vom Wagen aus an. Die Vormittagsluft war erfüllt von mancherlei Gerüchen: es roch nach Gerste, Hochsommer, Heu und Hühnern.

»Hat es sich verändert?« fragte Peter.

Sie schüttelte lächelnd den Kopf. »Noch genauso. Immer noch genauso.« Sie war wieder ganz in ihre Kindheit versetzt und sah sehr glücklich aus.

Boris kam zurück und machte eine Verbeugung. »Ich habe den Fluß gefunden.« Dann ging es weiter, und der große Sil polterte einen steinigen Weg entlang, der zu beiden Seiten vom wuchernden Durcheinander russischer Küchengärten gesäumt war. Dann hörte der Weg auf, und vor ihnen lag wie eine große glatte Schlange die Wasusa. Ein verstaubter Moskwitsch parkte am Ufer, auf der Böschung hatte sich eine Familie hingelagert. Ein Junge in kurzer Hose hob alte Blechdosen auf und warf sie in das trübe Wasser; seine Mutter – die ihre Bluse ausgezogen hatte und bloß mit Unterrock und einem monströsen Büstenhalter bekleidet dasaß – schnitt Essiggurken in Scheiben und fütterte damit ihren Mann, der in Shorts und Unterhemd auf einer Decke lag und *Sowjetskij Sport* las. Sie drehten sich um und glotzten die alte Dame in der schwarzen Hose an, die da, von einem Ausländer am Arm gehalten, auf einen Spazierstock gestützt an ihnen vorbeiwankte; dahinter ein Dienstmädchen und ein Chauffeur, die einen Picknickkorb, Klappstühle und Decken trugen.

»Das also ist mein Fluß«, sagte Asja; sie saß jetzt auf ihrem Klappstuhl, nippte an einem Glas Wein und ließ ihren Blick über die Gerberei, die rostigen Stahlträger einer verlassenen Fabrik und eine Reihe von Betonwohnblöcken schweifen.

»Da hat jemand reingepißt«, sagte Boris; er sah über das schmutzige braune Wasser und knotete sein Taschentuch zu einem Sonnenhut.

»Das kann man wohl sagen«, pflichtete Asja ihm bei.

Maria Iwanowna schnitt die Wurst auf und öffnete Bierflaschen, Boris und Peter lagen auf der Decke und tranken, während Asja den Fluß betrachtete und ihren Wein schlürfte.

Maria Iwanowna wollte wissen, ob damals hier nur Wald gewesen sei. Ja, nur Wald und Weidenbäume bis ans Ufer; schaumbedeckt und kaffeebraun war der Fluß im Frühjahr gewesen, wenn er über die Ufer trat und den englischen Garten überflutete, im Hochsommer dann nur noch ein trübes braunes Rinnsal, in dessen Untiefen unter den Ästen der Weiden Fische faulenzten. Lapin hatte stundenlang, geduldig wie eine Katze, auf einem dieser Äste sitzen und in das Wasser hinabstarren können, um Karpfen zu angeln.

»Wie schmal er ist. Als Kind ist er mir so breit wie der Mississippi vorgekommen.«

Ein Boot kam in Sicht; Männer mit nackten Oberkörpern legten sich mächtig in die Ruder, die Frauen saßen schwatzend im Heck, sie trugen Radfahrermützen und hatten die Schultern entblößt. Asja sah ihnen nach.

»Boris, Sie müssen ein Boot besorgen und mich an meinem Marino vorbeirudern. Wie ein Galeerensklave.«

Doch Boris hörte nicht; das verknotete Taschentuch auf dem Kopf, die Reste eines Butterbrots in der ausgestreckten Hand, lag er flach auf dem Rücken und schlief.

Maria Iwanowna versuchte Asja wortreich zu überreden, eine Gurke zu essen. Und wenn schon keine Gurke, dann wenigstens etwas Roggenbrot, und wenn kein Roggenbrot, dann doch etwas von der guten Bouillon. Ein paar Löffel, mehr nicht.

Asja döste auf ihrem Stuhl, wachte auf und lächelte, als ihr klar wurde, wo sie war.

»Ich habe diesen Fluß einmal überquert«, sagte sie.

»Mit einem Boot?« fragte Peter.

Sie schüttelte lachend den Kopf. »Ich bin auf dem Wasser gegangen.« Sie blieb reglos sitzen und sah dem Strömen des Flusses zu, bis die Sonne vom Ufer weggewandert war und es kühl wurde. Dann stieß sie Boris mit ihrem Stock. »Auf! Aufstehen!« Boris kam ächzend hoch, und Maria Iwanowna sammelte die Reste des Picknicks ein, wobei sie an einem Wurstzipfel herumkaute.

»Und jetzt suchen wir Marino«, sagte Asja.

Eine Stunde lang fuhr der Sil kreuz und quer über die schmalen holprigen Landstraßen. Etwa alle zwanzig Minuten machte Boris halt und befragte die Leute, die in ihren Gemüsegärten arbeiteten. Die einen zeigten in diese Richtung, die anderen in jene. Eine Frau, die auf ihrer Veranda Gurken einlegte, kam hervor, wischte sich die Hände an der Schürze und erzählte etwas von einem Haus, das im Krieg niedergebrannt worden sei; ein Mann stieg aus einer Hängematte, kam durch den Garten seiner Datscha heran und sagte, in dem Haus sei jetzt die Verwaltung der Gerberei untergebracht; alle anderen zuckten nur mit den Schultern.

Gegen sechs Uhr abends kamen sie zu einer kleinen Gruppe grau und grün gestrichener Holzhäuschen. Boris stellte den Motor aus und verschwand auf der Suche nach irgendwelchen alten Leuten, die er fragen könnte, zwischen den Häusern. Nach zwanzig Minuten kam er mit einer alten Frau zurück; sie trug ein Kopftuch und war fünfundsiebzig Jahre alt. Von Marino hatte sie noch nie etwas gehört, aber sie wußte von einem großen Haus etwas weiter die Straße hoch. Sie zeigte die Richtung: an der Eiche links, dann über die Hauptstraße und auch noch über die Eisenbahngleise.

»Wie war es denn hier im Krieg?« wollte Asja wissen.

Die alte Frau lehnte sich durch das offene Wagenfenster.

»Im Winter '41-'42 sind die Deutschen gekommen und haben das Dorf nach Partisanen durchsucht. Damals gab es im ganzen Dorf nur einen einzigen jungen Burschen, und der war ein bißchen schwachsinnig. Alle anderen waren geflohen oder hatten sich den Partisanen angeschlossen. Sie haben Fedka an den Haaren herausgezerrt, und die Dolmetscher haben ihn angeschrien, aber er hat nur den Kopf geschüttelt und gewimmert, als die Soldaten ihn geschlagen haben. Alle haben von ihren Fenstern aus zugesehen. Ein Dolmetscher hat sich neben Fedka hingekniet, und ein Deutscher hat hinter ihm gestanden und ihn an den Haaren festgehalten, und dann haben sie ihn immer wieder gefragt, wo die Geschützstellungen wären. Aber wie hätte Fedka das wissen können? Er wußte überhaupt nichts. Dann gab es einen Wortwechsel, und der Dolmetscher sagte, sie sollten die Sache vergessen, aber der, der ihn an den Haaren hielt, sagte nein. Und dann hat er seine Pistole gezogen und sich umgeblickt, ob wir auch alle zusehen würden, und ihm eine Kugel in den Hinterkopf geschossen.« Die Frau drehte sich um und zeigte auf eine Stelle mitten auf dem Weg, den sie eben gekommen war. »Genau da.« Dort hätten sie Fedka mit einem runden Loch im Hinterkopf im Schnee liegenlassen.

»Die Deutschen waren in dem großen Haus einquartiert«, sagte sie.

Die alte Frau zog sich das Kopftuch wieder über die Haare, verbeugte sich vor Asja und ging langsam zwischen den Lattenzäunen zu ihrem Haus zurück.

»O Gott«, flüsterte Asja und biß sich in die Lippe. Maria Iwanowna befühlte Asjas Schläfe, benetzte ein Taschentuch mit Mineralwasser und rieb ihr damit die Arme ab.

»Sie ist ganz heiß. Wir müssen nach Hause.«

Asja schüttelte den Kopf. »Wir suchen weiter.«

Häuser, Scheunen, Datschas und alte Lattenzäune flogen an ihrem Fenster vorüber. Was alles hier tief unter die Äcker gepflügt sein mochte: Helme, Patronenhülsen, Blei und Knochensplitter, Fahnenfetzen, Schädel, ungepflegte und vergessene Gräber aus Jahrhunderten von Kriegen. Peter beobachtete das Spiel des gesprenkelten Abendlichts auf ihrem Gesicht. Sie hatte den Kopf an die Nackenstütze gelehnt, ihre Augen waren geschlossen.

Es dämmerte schon, als Boris den Wagen zum Stehen brachte. »Das muß es sein.«

Auf dem Rasen stand ein Schild mit der Aufschrift: »Landwirtschaftsschule Smolensk.«

Asja schlug die Augen auf und spähte aus dem Fenster.

»Sie müssen sich irren.«

Boris schüttelte den Kopf.

Maria Iwanowna nahm sie beim Arm, und Peter half ihr aus dem Wagen. Sie bekam ihren Stock und richtete sich auf. Samstag, Abenddämmerung, niemand zu sehen. Der Kies auf der Einfahrt knirschte unter ihren Füßen. Sie drehte sich langsam um, ging ein paar Schritte auf das Gebäude zu, sah kopfschüttelnd zurück und betrachtete die Bäume, die bis an den Rand des Rasens standen. Die Sonne war verschwunden. Um sie her lag grüne Dunkelheit.

»Ist es das, Asja?«

Die Kapelle war weg, die Gewächshäuser waren weg, die Ställe waren weg, der englische Garten war unter den Bäumen begraben, die steinernen Löwen waren weg, die Veranda, die mit ihrer Balustrade um das ganze Haus herumgelaufen war, hatte man abgerissen, und die Flügel, in dem sich das Kindertheater und die Bibliothek befunden hatten, waren zerstört. Und dennoch, hier waren sie richtig.

Sie drehte sich um und ging langsam auf das Gebäude zu. Es hatte drei Stockwerke, und der Eingang war mit einem klassischen Vorbau versehen, der von korinthischen Säulen getragen wurde und matt pfirsichfarben gestrichen war.

Boris hatte den Hausmeister gefunden.

»Chef, wir brauchen ein wenig Schmiermittel.«

Peter steckte Boris einen Zehn-Dollar-Schein zu, den dieser dem Hausmeister in die Hand schob.

»Aber machen Sie's kurz«, sagte der Hausmeister, indem er seine Zigarette ausdrückte und das große Portal aufschloß. Asja stand in der Eingangshalle und betrachtete den schwarzweißen Marmorfußboden, dann die zwei Säulen zu beiden Seiten der Doppeltreppe, die links an Vaters Arbeitszimmer, rechts an Mutters japanischem Wohnzimmer vorbei nach oben führte. Wo waren die ganzen Sachen geblieben? Die Stiefel ihres Vaters, der Stockständer, der Stuhl des *dwornik*, seine blaue Uniform mit den goldenen Knöpfen? Die dekkenhohen holländischen Öfen? In welche Finsternis waren alle diese Gegenstände verschwunden? Und in welches Schweigen waren all die Geräusche verschollen: das Rascheln der Schleppe am Kleid ihrer Mutter, das leise Klimpern der Schlüssel an ihrem Gürtelband?

Asjas Stock tappte über die Fliesen. Sie packte das Geländer der Doppeltreppe und begann über den ausgetretenen roten Teppich nach oben zu steigen. Neben ihr ging Marussja mit der Wäsche unterm Arm; Duft von Preiselbeeren, die in Schmortöpfen eingekocht wurden, wehte aus der Küche hinauf. Oben, wo jetzt ein Porträt Lenins hing, standen die Hausmädchen auf Leitern und polierten die Messingkonsolen: und weiter hinten, am Fenster mit der Aussicht auf den englischen Garten, wo jetzt der Resopaltisch mit der Schreibmaschine stand, war Mutters Schreibtisch gewesen. Keine holländischen Öfen mehr, keine japanischen Seidenaquarelle an den Wänden, keine Topfblumen auf Etageren vor dem Fenster, keine schmierig grün angelaufenen Gläser voller Ranken, keine Chiwa-Teppiche, kein Duft von Rosenwasser und Lavendel aus den Schälchen auf den Tischen. Nicht jedoch auslöschen konnten Zeit und Vergessen die einzigartige Streuung des Lichts in diesen Zimmern, die Art und Weise, wie die hohen schmalen Fenster die grünen Rauten des Rasens umrahmten. Die kahle büromäßige Freudlosigkeit der einzelnen Gegenstände bot Asja keinen Schutz vor der vollen Wucht des Wiedererkennens: die Gegenwart war nur ein dünner Gazevorhang, durch den mit unerträglicher Leuchtkraft und Klarheit das elfenbeinerne Licht ihrer Vergangenheit strahlte. Vor dem Pult des Direktors stand ein roter Plastikstuhl. Sie ließ sich darauf niedersinken, und die anderen standen um sie herum.

»In diesem Zimmer ist meine Mutter gestorben«, sagte sie laut und zornig. »Dort hat das Bett gestanden.«

Maria Iwanowna wischte sich die Augen aus, Boris senkte den Blick zu Boden.

»Wir fahren jetzt zurück.« Das Mansardenzimmer mit dem Bullaugenfenster wollte sie ebensowenig sehen wie den Parkettflur, der zu Lapins Zimmer führte. Auch wollte sie sich kein Bild davon machen können, wo ihr Sohn niedergestürzt und sein Blut vergossen haben mochte. Sie hielt sich an die rettende Gegenwart und sah in allen Räumen, durch die sie kam, nichts als Klassenzimmertüren, abblätternde Farbe, verschossene Teppiche, schmutziges Licht nackter Glühbirnen, von Bücherwägelchen verschrammte Wände und Schultafeln mit verwaschenen weißen Kreidezeichen.

Laubiges Dunkel senkte sich herab, als sie das Haus verließen und durch den Wald wieder nach Hause fuhren.

Sie hatte die Augen geschlossen. Den Kopf an die Nackenstütze gelehnt, hielt sie ein Taschentuch umklammert. Schweigend fuhren sie nach Moskau zurück. Hin und wieder wischte Maria Iwanowna Asjas Stirn und Hände mit einem feuchten Lappen ab.

Boris und Maria Iwanowna trugen sie die Treppe hinauf. Asja sagte immer wieder: »Lassen Sie doch«, und Maria Iwanowna flüsterte zurück: »Pst, Sie sind krank.« Der Botschaftsarzt kam und gab ihr Antibiotika. Maria Iwanowna blieb auf, um ihr Borschtsch in den Mund zu löffeln und die Stirn abzutupfen. Als Peter am Morgen in das Zimmer trat, saß seine Köchin auf dem Stuhl neben Asjas Bett und schlief.

Am Dienstag wollten Boris und Peter gerade gehen, als sie Asja rufen hörten.

»Was schleichen Sie sich heimlich weg?«

»Ich will einem Hinweis nachgehen.«

»Wo?«

»Sie bleiben im Bett.«

»Wo?«

»Bleiben Sie liegen.«

Sie sank in die Kissen zurück, und Maria Iwanowna nahm wieder ihre Maniküre auf.

Vor dem roten Backsteinbau des Pförtnerhauses am Nowodjewitschij-Friedhof trug Peter Boris auf, in die Wohnung zurückzufahren – es könnte ja sein, daß die Frauen irgend etwas brauchten – und ihn dann in anderthalb Stunden wieder abzuholen.

Es war Besuchstag, und vor dem Blumenladen im Pförtnerhaus hatte sich bereits eine kleine Schlange gebildet. Von der Kremlmauer einmal abgesehen, war Nowodjewitschij der berühmteste Friedhof des Landes, eine Ruhestätte für Generäle, Wissenschaftler, altgediente Parteifunktionäre und Künstler der Sowjetunion. Es hatte im sowjetischen Leben keine Gleichheit gegeben; und daher gab es auch keine im Tode. Doch die den Tod überlebt hatten, sahen auch nicht aus wie die Großen dieser Erde. Die Patina der Macht hatte sich abgenutzt: sie wirkten erschöpft und verlassen, trugen Einkaufsnetze über den Armen und alte Orden an ausgefransten Röcken, und auf ihren Gesichtern lag die typische sowjetische Ernüchterung. Eine blühende Dame in rotem Kleid und violett gefärbtem Haar stieg vorsichtig aus ihrem Schuh, balancierte auf einem Fuß und massierte sich die entzündeten Ballen.

Der Wächter kannte die meisten, und Punkt sechs stieß er das Tor auf; eilig strömte die Menge – etwa dreißig Leute – über die dunklen laubigen Wege zu ihren Gräbern. Peter blieb wartend am Tor. Die Frau des Pförtners ordnete die Plastikblumen in ihren Vasen auf dem Kachelboden. Der Pförtner plauderte mit einem Totengräber, dessen Hände dunkel von Erde waren.

Peter blickte über die niedrige Backsteinmauer, alte Frauen in Kopftüchern fegten mit Besen die Gehwege, zupften Unkraut oder machten sich an dem Efeu auf den Gräbern zu schaffen, entfernten welke Blüten und ordneten Sträuße. Ab und zu hielten sie in ihrer Arbeit inne und kamen auf einem der dunklen Wege zusammen, um, an die alten Grabsteine gelehnt, einen Plausch zu halten. Es war ein warmer sonniger Juniabend. Zu manchen Zeiten liebte er Moskau. Jetzt zum Beispiel: die zierlichen, weiß umrandeten Backsteintürme des Klosters über den Bäumen, die Grabsteine im Laubschatten, das gleichmäßige, im Gleiten der Sonnenstrahlen über den Boden fühlbar werdende Vergehen der Zeit.

In jener Nacht, in der Asja seine Hand genommen hatte, in jenem Augenblick, da sie so lange und ansteckend gelacht hatte, hatte etwas in seinem Innern zu heilen begonnen. Fürchte dich nicht, schien sie ihm zu sagen. Die Schmach, die du empfindest, ist nicht einzigartig; die ganze Welt ist voll davon, randvoll. Irgendwie schien sie über alles Bescheid zu wissen, schien seine und Dads Verzweiflung ganz genau zu kennen. Sie schien zu sagen: Sprenge die Ketten, Kind, die dich an ihn binden. Er ist nicht du. Du bist nicht er. Sein Tod ist nicht der Wegbereiter deines eigenen. Sprenge die Ketten. Fürchte dich nicht.

Mit einemmal wußte er genau, warum er in dieser Phase seines Lebens zu ihr gekommen war, warum er so ganz und gar in ihren Bann geraten war. Schließe dich ihr an, schien sein Vater zu flüstern. Kümmere dich darum. Aus dieser Quelle kannst du dein Leben schöpfen. Sie ist nicht nur ein

Mensch mit Charakter, nicht nur eine Persönlichkeit, sondern ein wahrhaft edles, treues und furchtloses Wesen. Hatte er nicht geschrieben: »Sie ist der einzige Mensch, den ich je kennengelernt habe, der sich nicht vor dem Leben fürchtet?« Eile zu ihr, schien Vater zu flüstern. Suche sie auf, ehe die Flamme erlischt. Halte schützend die Hand darüber.

Sonne und Laub legten einen gesprenkelten Mantel um seine Schultern. Die Gräber verschwanden im warmen Dunkel unter den Bäumen. Er dachte an Asja, an ihre Liebe, die sich über allen Verrat erhoben hatte.

Peter spürte jemanden hinter sich und drehte sich um. Es war ein Mann etwa in seinem Alter, klein und stämmig, adretter Haarschnitt, ein Parteiabzeichen am Revers seines Anzugs; er hatte erstaunlich klare, graugrüne Augen.

»Machen wir einen kleinen Spaziergang.« Sein Englisch stammte von einer der besten Parteischulen.

Hohe Mauern umgaben den Friedhof, ein dichtes Laubdach hing über den schmalen gewundenen Wegen. Gräber dicht an dicht, einige rissig und aufgewölbt vom Frost, andere von Ranken und Wurzeln überwuchert. Manche Daten auf den Grabsteinen gingen bis ins neunzehnte Jahrhundert zurück. Ein Klosterhof, der am Ende des neunzehnten Jahrhunderts zur Begräbnisstätte der Elite der Moskauer Gesellschaft geworden war. Auf einigen Grabsteinen sah Peter Photographien, alte Gesichter aus der Zeit vor der Revolution, mit großen Schnauzbärten, mit bis zum Hals zugeknöpften Krinolinen: Paare, die im Tod vereinigt waren. Im zwanzigsten Jahrhundert war der Friedhof von der Partei usurpiert worden, und jetzt war er die Nekropole eines sterbenden Machtapparats.

»Ich bin ein Bewunderer Ihrer Fernsehsendungen. Während meiner Amtszeit an der Botschaft in Ottawa habe ich Ihre Berichte regelmäßig gesehen. Übrigens eine angenehme Stadt.«

»Wann war das?«

»In den siebziger Jahren.«

Der Mann blieb stehen, bückte sich und schob das Efeu von einem Grabstein. Ein trauriges Frauenantlitz sah von einem Photo zu ihnen hoch.

»Wosnjesenskaja. Die Mutter des Dichters.«

Peter betrachtete die dunklen Ringe unter ihren Augen, er sah die Trauer in ihrem Blick. Es war das Gesicht der dreißiger Jahre; Festnahmen, verschwundene und verlorene Menschen spiegelten sich darin.

»In welcher Verbindung stehen Sie zu Kriwitzky?«

»Er hatte viele Namen.«

»Seine Frau kannte ihn unter dem Namen Gurewitsch.«

Der Mann strich mit seinen Händen über ein bronzenes Panzermodell, das ein General auf seinen Grabstein hatte zementieren lassen. Daneben stand das mit dem Modell eines Kampfflugzeugs geschmückte Grabmal eines Luftwaffengenerals.

»Sie ist hierhergekommen, wie wir erfahren haben.«

»Von Petjunkin?«

»Unser gemeinsamer Freund ist die Diskretion in Person. Nein, das haben wir schon früher gewußt.«

»Also haben Sie im Visa-Computer nachgesehen?« Der Mann zuckte die Achseln und ging weiter. Er hatte ein freundliches und gefälliges Gesicht, intelligent und vollkommen beherrscht. Seine Krawatte war adrett gebunden. Seine Hose lag ganz leicht auf seinen Halbschuhen auf. Er sagte: »Dieser Ort hat für mich etwas Tröstliches. Unsere ganze Geschichte ist hier versammelt, und das alles bildet eine Einheit, von der vorrevolutionären Zeit bis zu unserer eigenen, von Rimskij-Korsakow bis zu diesem Kosmonauten.«

Der Mann hielt vor dem polierten Modell eines Raumschiffs, das über dem Grab eines Piloten kreiste, der bei einer Explosion im Raumfahrtzentrum Baikonur ums Leben gekommen war. »Der einzige Friedhof, den man mit unseren russischen vergleichen kann, ist der Père Lachaise in Paris, finden Sie nicht auch? Auf dem Père Lachaise fühle ich mich immer wie zu Hause.«

»Sie will es unbedingt wissen.«

»Ich verstehe.«

Zwischen den Grabsteinen standen Kreuze, alt und rostig ragten sie zwischen den modernen Beton- und Marmortafeln, den Urnen, den Bäumen, die sich allenthalben empordrängten. Manche Gräber waren mit rostigen Eisengittern aus dem neunzehnten Jahrhundert eingezäunt und innen vollständig überwuchert. Vor den meisten Steinen standen fahle welke Blumen in verrosteten Blechdosen. Und auf den Bänken unter dem Laubdach waren alte Männer und Frauen zu sehen, die sich aus einer Thermosflasche Kaffee einschenkten oder das Wasser in einer Milchflasche mit Blumen erneuerten oder einfach nur dasaßen und die Ruhestätte eines Vaters oder das Grab einer Mutter betrachteten.

»Dann will ich es Ihnen sagen«, und der Mann setzte sich auf eine Bank unter einer Birke. Seine Hände waren zierlich und glatt. Er trug keine Ringe. Beim Sprechen rieb er die Finger aneinander, und er wechselte vom Englischen ins Russische. »Ich bin ein Kind der Belagerung.«

»Leningrad?«

Er nickte. »Ja. Meine Mutter ist dort gestorben.«

»Mein Beileid.«

»Unsere Friedhöfe bedeuten mir sehr viel. Sie sind die besten Orte unseres Landes, die ehrlichsten.« Sie blieben eine Weile auf der Holzbank zwischen den Gräbern sitzen.

»Der Mann, den Sie Kriwitzky nennen, ist einer unserer dienstältesten Offiziere gewesen.«

»Aber er hat doch auf der Seite der Weißen gekämpft«, sagte Peter.

»Er ist übergelaufen. Dann wurde er ausgebildet und in den aktiven Dienst geschickt.«

»Wann? Ist er von Anfang an, seit 1924, im aktiven Dienst gewesen?«

»Durchaus möglich.«

»In Paris?«

Der Mann nickte. »Seine Arbeit ist für unsere Regierung überaus wichtig gewesen.«

»Davon hat sie nichts gewußt.«

»Sind Sie da ganz sicher?«

Nein, Peter war sich nicht sicher. Er würde niemals wissen, was sie sich zu glauben zwang, was sie sich zu ignorieren erlaubte, was sie argwöhnte und dann aus ihren Gedanken vertrieb. »Er hat sie als Komplizin benutzt«, sagte Peter. »Niemand hat ihn verdächtigt, weil niemand sie verdächtigt hat. Er hat sie benutzt. Gibt Ihnen das nicht zu denken?«

Der Mann sah auf den Boden, wo eine kleine Ameisenkolonne von einer Ritze eines Grabsteins in eine andere marschierte. Er stellte einen weichen Lederschuh in ihren Weg. »Warum sollte mir das zu denken geben? Was habe ich damit zu tun?«

»*Mir gibt* es zu denken«, sagte Peter.

Der Mann antwortete lebhaft und voller Verachtung. »Wenn Sie schon moralisieren wollen, vergessen Sie nicht, daß es hier um zwei verschiedene Arten von Moral geht. Der Mann, den Sie Kriwitzky nennen, war ein sowjetischer Patriot. Ohne sein nachrichtendienstliches Material über die deutschen und französischen Kriegsvorbereitungen, ohne seine Lieferungen wäre unser Land 1941 noch viel weniger gewappnet gewesen, als es ohnehin schon war.«

»Was für Lieferungen?«

»Ich bitte Sie. Kleinigkeiten, die aber für unser Militär von großem Interesse waren.«

»›Der Mann, den Sie Kriwitzky nennen.‹ Wie heißt er denn richtig?«

Der Mann wischte die Frage mit einer Handbewegung beiseite.

»Wenn er im Westen so nützlich war«, setzte Peter nach, »warum hat man ihn nicht dort gelassen?«

»Der Krieg rückte näher. Es wurde Zeit für ihn, nach Hause zu kommen. Dort konnte er nicht mehr nützlich sein. Andere Aufgaben warteten auf ihn.«

»Und es stört Sie nicht, daß er Frau und Kind zurücklassen mußte?«

»Entwerfen Sie kein Bild von einem Ungeheuer. Wir reden hier von einem Menschen. Und auch etwas anderes dürfen Sie nicht vergessen.« Er zog ein gewölbtes silbernes Zigarettenetui aus der Tasche und ließ es aufspringen. »Sein Sohn war ein Verräter. Das ist sehr wichtig. Er war ein Faschist.«

»Was soll daran wichtig sein?«

»Der Vater ist von seinem Sohn verraten worden.«

»Das klingt mir allzu scheinheilig. Also wirklich. Niki wollte nach Hause zurück, also hat er sich der deutschen Armee angeschlossen. Sein Vater wollte nach Hause zurück, also ist er mit Hilfe der Gestapo in die Sowjetunion übergewechselt. Wo ist da ein Unterschied? Oder haben Sie den Hitler-Stalin-Pakt vergessen?«

Der Mann sah sich um, studierte die Gräber, das Laubwerk, die Bienen, die eine Vase mit Rosen umschwärmten.

»Kriwitzky wurde zurückbeordert. Er stand im aktiven Dienst. Er ist seinen Befehlen nachgekommen.«

»Sicher«, sagte Peter. Sie rauchten schweigend. Kühl und still war es auf dem Friedhof.

»Mein Vater hat ihn zweimal getroffen. In Murmansk und in Torgau.«

»Selbstverständlich.«

»Woher wissen Sie das?«

»Ich weiß es eben.«

»Sagen Sie mir Ihren Namen.«

»Der tut nichts zur Sache.«

»Wieso? Ich dachte, hier hat sich alles verändert. Ich dachte, wir haben diese Spielchen endlich aufgegeben.«

»Manches ändert sich hier niemals.«

Immerhin darin waren sie sich einig.

»Sie hat ihn als Gurewitsch gekannt. Für meinen Vater in Murmansk und Torgau hat er Kriwitzky geheißen. Wie heißt er jetzt?«

»Jetzt?« Er blickte nach oben in das Laubwerk der Birke, pflückte ein Blatt und zerrieb es langsam zwischen seinen Fingern. »Jetzt?« wiederholte er. »Nein, das werde ich Ihnen nicht sagen.«

»Warum denn nicht?«

»Es ist besser für sie.«

»Wieso besser?«

»Vertrauen Sie mir, ich weiß es.«

»Wieso sollte ich Ihnen vertrauen?«

»Sie haben keine andere Wahl.«

Das stimmte freilich. Wenn es ihm gelänge, an diesem Mann dranzubleiben, bestand eine Chance, noch mehr zu erfahren. Aber wenn er gleich beim ersten Treffen allzusehr drängte, riß ihm die Beute womöglich aus und zog sich zurück. Also nickte Peter.

»Und nach dem Krieg?«

»Berlin, bei unserer Militärverwaltung. 1948 dann Warschau. Und 1956 Budapest.«

»Verstehe, alles Krisenherde der Konterrevolution.«

»Er war einer unserer hervorragendsten Offiziere. Die Spannweite seiner Erfahrung war einzigartig.«

»Hat er auch für die Europa-Abteilung des Zentralkomitees gearbeitet?«

Jetzt war der andere an der Reihe, überrascht zu sein.

»Woher wissen Sie das?«

»Es gibt einen Augenzeugen.«

Also stimmte es. Maitland war ihm tatsächlich begegnet. In den sechziger Jahren hatte er noch gelebt. Wie sollte Asja diesen Gedanken ertragen können?

»Dann Washington und Bonn.«

»Da muß er doch schon über siebzig gewesen sein.«

»Ich sagte ja bereits, unser Dienst konnte seine einzigartige Erfahrung nicht missen.«

»Und da ist er also im Ausland gewesen und hätte ihr ohne weiteres eine Nachricht zukommen lassen können und hat es nie für angebracht gehalten, ihr Bescheid zu geben?«

»Aber er hat ihr doch Nachrichten zukommen lassen.« Der Mann lächelte und sah Peter direkt ins Gesicht. »Ihr Vater war der Überbringer.«

Und dann sagte er ruhig und mit Nachdruck: »Er war kein Ungeheuer. Er hat ihr Leid ersparen wollen.«

Sie rauchten eine Weile und sahen den Bienen zu, die auf dem kleinen Grab an den Blumen saugten. Ein widerlich süßer Geruch ging von den Blüten aus, und die Bienen gebärdeten sich so wild, daß die Stengel unter ihren Attacken auf und nieder wippten.

Der Mann sah auf seine glatten weißen Hände hinab und drückte seine Zigarette aus.

»Es ist leicht, jemanden zu verurteilen. Ihnen sollte klar sein, daß ihre Situation ihm nicht gleichgültig war. Er fand es besser, wenn sie ihn für tot hielte. So würde sie weniger zu leiden haben.«

»Wie können Sie das wissen?« Peter erhob sich. »Wie können Sie so verdammt sicher sein?«

Der Mann saß noch immer auf der Bank zwischen den Gräbern, er rauchte gelassen, und dann sagte er, ohne den Blick zu heben:

»Weil ich sein Sohn bin.«

Plötzlich kamen vom Pförtnerhaus her Schreie. Peter hörte Kies unter Schuhen knirschen, lärmende Stimmen. Dann gewahrte er Boris und Maria Iwanowna zwischen den Bäumen und Asja im Rollstuhl. Er rannte auf sie zu, blieb stehen und drehte sich um. Er hörte Schritte auf dem Kies, glaubte zwischen zwei Bäumen etwas Graues aufblitzen zu sehen. Er rief, vernahm aber keine Antwort. Der Kontaktmann war verschwunden.

Boris schob Asja den Hauptweg hinauf, auf die frischen Gräber zu. Der Wachbeamte lief hinter ihnen her. »Zutritt nur für die nächsten Verwandten! Zeigen Sie Ihre Papiere!« wiederholte der Wächter roten Gesichts.

»Sie *ist* eine nächste Verwandte, Dummkopf!« rief Maria Iwanowna empört. Die demütige, phlegmatische Maria Iwanowna war nicht wiederzuerkennen. Asja hatte das bewirkt.

Als sie Peter erblickte, sagte Asja: »Er ist hier. Ich weiß es. Es ist hier! Mit wem haben Sie sich getroffen? Sagen Sie schon!«

Wie alle Männer, die sie je gekannt hatte, mußte nun auch Peter sich dem Augenblick der Wahrheit stellen; und wie alle Männer vor ihm enttäuschte er sie. Er hatte nur einen Gedanken: würde er ihr die Wahrheit sagen, würde es sie umbringen.

»Mit einem ehemaligen Kollegen. Asja, Sie haben recht gehabt. Er ist tatsächlich zurückgekommen.«

Sie hörte ihm kaum zu.

»Er ist hier! Ich sage Ihnen, hier! Deswegen hat man Sie hierherbestellt!«

»Asja, er hat den Namen gewechselt. Es gibt hier keinen Kriwitzky. Er ist jemand anderes geworden.«

»Wir werden ihn finden.«

Maria Iwanowna war in Tränen aufgelöst. »Sie ist krank. Wir müssen aufhören damit.«

»Warum haben Sie sie aus der Wohnung gelassen?«

Boris zog ein einfältiges Gesicht. »Sie hat darauf bestanden. Sie hat gesagt, sie würde uns niemals verzeihen.«

Asja schüttelte den Kopf. »Vorwärts!« flüsterte sie rauh und wütend.

Einen Kriwitzky oder Gurewitsch würden sie nicht finden, allenfalls einen »Sergej Apollonowitsch« und ein paar Daten, mit deren Hilfe er sich identifizieren ließe. Aber jetzt nahm sogar Peter an Asjas Suche teil. Selbst er glaubte jetzt daran, daß auf diesem dunkel werdenden Friedhof die Wahrheit zu finden sein könnte.

Im sinkenden Licht des Tages knirschte der Rollstuhl über die schmalen engen Wege zwischen den Gräbern. Boris wuchtete und stemmte Asja an Grabsteinen vorbei, die auf den Pfad gestürzt waren; Maria Iwanowna hastete voraus, zerrte Efeuranken beiseite, die einen Namen verdeckten, bog Grasbüschel um, die ein Datum oder ein Photo verhüllten. Peter kniete bald neben ihr, wühlte mit und rupfte Wurzeln aus, von denen die alten Gräber überwuchert waren. Sie gruben sich tief ins Archiv des Todes, bis ihre Fingernägel schwarz von Erde waren. Marias Gesicht war schweißüberströmt, Boris keuchte vor Anstrengung. Immer tiefer ging es in den Friedhof hinein. Die Frauen, die sich um die Gräber kümmerten, schlossen sich ihnen an, und als sie begriffen hatten, gingen sie ihnen voran und fegten und rupften, schnitten und säuberten und legten die Grabsteine frei. Immer weiter zogen sie, der Rollstuhl warf Flaschen mit Blumen um, blieb zwischen Grabsteinen und Kiesweg stecken, Asjas Kopf schoß hin und her, und bei jedem Grabstein schrie sie heiser: »Was steht da? Was steht da?«

Überall hatten die Toten ihre Trophäen zurückgelassen: Schwerter, Panzer, Gewehre, die Taucherkugel eines Ozeanographen, die Koralle eines Korallensammlers, die rare Entdeckung eines Botanikers, das scheckige Kostüm eines Clowns – alles in Bronze oder Marmor oder schwarzem Stein auf den zahllosen Grabsteinen; Autoren mit ihren Büchern, Wissenschaftler mit ihren Rechenschiebern, Kommandanten mit ihren Panzern, ehemalige Präsidenten, ehemalige Mitglieder des Zentralkomitees, verdiente Künstler der Sowjetunion auf rötlich angelaufenen Photographien der fünfziger und sechziger Jahre, mit Orden behängte Turner und Schachspieler – eingepfercht in die hohen Friedhofsmauern, heischten sie vergebens um das Gedenken der Lebenden.

Sie war jetzt nicht mehr aufzuhalten. Alle anderen Besucher waren gegangen, die flehentlichen Bitten des Aufsehers hatte sie fuchtelnd zum Schweigen gebracht. Die kleine Prozession näherte sich jetzt den jüngsten Gräbern. Asja war erschöpft und rot im Gesicht. Peter sagte, sie müßten aufhören, ein wenig ausruhen, am nächsten Tag wiederkommen.

Asja schüttelte den Kopf. Sie packte seine Hand. »Nein. Wir machen weiter.« Hier, auf diesem Friedhof, sollte sich der Kreis ihres Lebens schließen.

Braune Erde unter ihren Füßen, frisch umgegraben. Die neuen Grabhügel überhäuft mit Blumen: Mitglieder des Zentralkomitees, Präsident Podgornyj, Namen tief in Steine geschnitten. Asja prüfte jede einzelne Inschrift sehr genau. Botschafter, Verkehrsminister, Polizeichefs. Einige zählten ihre Berufe auf, ihre Leistungen; auch ein Puschkin-Zitat leuchtete ihnen auf dem Weg in die Unterwelt.

Das Licht wurde immer schwächer. Die ernsten Frauen bogen das Gebüsch auseinander und schrubbten die Grabsteine wie Hofbedienstete, die ihrer schwerkranken Königin einen Weg bahnten. Sie verteilten sich auf die noch übrigen Reihen, riefen einander zu, suchten nach den Namen. Der Aufseher befahl ihnen aufzuhören, aber sie weigerten sich. Er sagte, er werde die Polizei rufen. Sie scheuchten ihn fort. Er verschwand, um die Miliz zu holen. Asja, jenseits aller Erschöpfung in einem Zustand der Begeisterung, blickte nach links und nach rechts. Weiter konnten sie jetzt nicht mehr. Vor ihnen ragte die hohe nördliche Mauer des Friedhofs auf. Sie hatten die letzte Reihe erreicht.

Peter entdeckte den Grabstein am hintersten Ende des Friedhofs, unmittelbar an der uralten Backsteinmauer. Die Erde war frisch aufgeworfen, die Blumen konnten noch nicht lange dort liegen, vielleicht erst seit diesem Nachmittag. Der schwarze Basalt glühte und glänzte wie von innen beleuchtet. Als Asja ihn erblickte, blieben sie alle stehen. Sie erhob sich aus dem Rollstuhl, Maria Iwanowna nahm ihren Arm, und dann ging sie los. Kobaltblau wölbte der Himmel sich über ihr, ein Baldachin dunkelnden Lichts über der Friedhofsmauer, von einem Ende des Horizonts zum anderen. Sie kniete sich hin und strich mit einer Hand über den schwarzen Basalt, betastete die frische Erde und ordnete die Blumen. Um sie herum standen Boris, der sich auf die Rükkenlehne ihres Rollstuhls stützte, Maria Iwanowna, die sich bekreuzigte, und Peter, der an der Mauer lehnte. Er hörte die Milizsoldaten den Weg hochlaufen, doch das Geräusch ihrer Schritte schien von weit her, aus einer anderen Zeitebene zu kommen. Asja saß neben dem Grabstein und streichelte seine Oberfläche. Immer wieder strichen ihre Hände darüber, eine sanfte, zärtliche, friedsame Geste. Ihr Gesicht spiegelte sich in seinem harten Glanz. Sie weinte hemmungslos. Peter sah sie an, so klein, so verkümmert, und wußte nicht zu sagen, ob sie tatsächlich glaubte, am Ziel ihrer Reise angekommen zu sein, oder ob sie jetzt ihre Niederlage besiegelt sah. Denn es fand sich keine Inschrift auf dem Stein. Der glatte, schwarze Basalt war vollkommen leer.

Dann krächzten hinter ihnen Funksprechgeräte auf, und der Kreis der Versammelten wurde von Polizisten umstellt, die wütend zu wissen verlangten, was sie hier zu suchen hätten. Boris stieß einem die Finger vor die Brust, schob ihn weg und knurrte: »Halten Sie sich hier raus. Das ist ein Friedhof.«

Maria Iwanowna stieß einen Schrei aus, und alles fuhr herum. Asja war an dem Grabstein hingesunken. Peter beugte sich nieder und hob sie auf, ein Bündel Knochen und Kleider, das neben einem namenlosen Grabstein lag.

Wie leicht sie war, als er sie wegtrug; die Milizsoldaten traten zurück, Boris und Maria Iwanowna schlossen sich ihm an, und dann schritten sie über den weißen, im Abendlicht des Juni strahlenden Kiesweg dem Ausgang zu. Als er sie so durch den Friedhof trug, erkannte er, daß seine Liebe zu ihr sich mit der Liebe seines Vaters vereinigt hatte; sie waren eins geworden. Asja stand auf der Schwelle des Todes, ihr Atem strich matt über seinen Ärmel, ihre Stimme flüsterte unverständliche Silben. Die mächtigen Bäume tauchten sie in ihre schwärzesten Schatten, und die krummen und schiefen Grabsteine wirkten in der zunehmenden Dunkelheit wie Trauergäste. Er fragte sich, ob er ihr jemals erzählen würde, was er in Erfahrung gebracht hatte; ob das Grab tatsächlich sein Grab wäre; oder ob irgendwo im Dunkel der Stadt ein alter Mann noch immer an einem hellen Fenster säße und in die Nacht hinausblickte.

Mit geschlossenen Augen und offenem Mund lag sie wie ein Kind in seinen Armen und barg ihren Kopf an seiner Schulter. Maria Iwanowna, Boris und die ernsten Frauen mit ihren Besen bildeten eine Prozession, der sich sogar die Milizsoldaten schweigend angeschlossen hatten. Als sie das eiserne Tor des Friedhofseingangs erreicht hatten, war es endgültig Nacht geworden. Und dann sprach sie. Peter beugte sich hinab, um keins ihrer Worte zu verpassen. Sie sprach sehr deutlich und zornig wie im Dialog mit einer Stimme aus der Vergangenheit: »Ich habe den Schlittschuhläufer gesehen. Den großen Schlittschuhläufer. Auf dem Eis.« Doch niemand aus dem Kreis derer, die sie auf ihrer Reise begleiteten, hatte lang genug gelebt, um den Sinn ihrer Worte zu begreifen.

Lizenzausgabe für die Büchergilde Gutenberg,
Frankfurt am Main und Wien,
mit freundlicher Genehmigung
des Insel Verlags, Frankfurt am Main
Für die deutschsprachige Ausgabe:

Schutzumschlag- und Einbandgestaltung:
Elisabeth Hau, Stuttgart
Druck und Bindung: Friedrich Pustet, Regensburg
Printed in Germany 1993
ISBN 3-7632-4236-8